目录 Contents

图书在版编目（CIP）数据

我叫王西平 / 舍目斯著. -- 深圳 : 深圳出版社,
2023.2
　　ISBN 978-7-5507-3735-8

　　Ⅰ.①我… Ⅱ.①舍… Ⅲ.①长篇小说 – 中国 – 当代
Ⅳ.①I247.5

中国版本图书馆CIP数据核字(2022)第248068号

我叫王西平

WO JIAO WANG XI PING

出 品 人　聂雄前
责任编辑　简　洁
责任校对　万妮霞
责任技编　郑　欢

选题策划　他系力二工作室
装帧设计　他系力二工作室

出版发行　**深圳出版社**
地　　址　深圳市彩田南路海天综合大厦 (518033)
网　　址　www.htph.com.cn
订购电话　0755-83460239（邮购、团购）
印　　刷　固安兰星球彩色印刷有限公司
开　　本　880mm×1230mm　1/32
印　　张　11.25
字　　数　373 千
版　　次　2023 年 2 月第 1 版
印　　次　2023 年 2 月第 1 次
定　　价　45.00 元

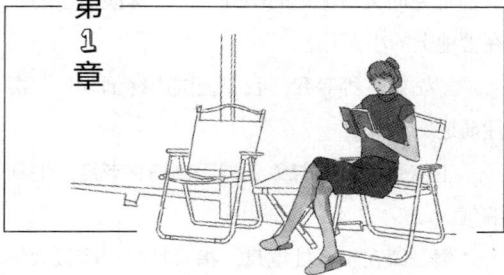

第1章

岁暮大雪天，压枝玉皑皑。

今年大雪来得晚，但胜在喜庆，从腊月二十七的凌晨飘到正午，厚度足有一双筷子高。上次有这般厚的雪，已是十年前的事儿了。

阔而无人的乡道上，一辆黑乌小轿车，一停一顿一急刹，似顽皮的孩子般，趔趔趄趄地滑行在雪面上。

车"嗖"地往前冲了几米，又迅速刹住，后轱辘打滑，不受控地漂移了半个圈，陷进了路边麦田的沟渠里。

沟不深，踩个油门就出来了，但仅限于好天时。

油门踩到底，也只听到车轱辘的打滑声，车身纹丝不动。王宝鬏下车看了看，没人力推或工具辅助，车估计是凵不来了。她轻踢了下轮胎，四下瞅了瞅，除了被雪覆盖的麦田，路两边的灯柱，光秃秃的树干，连只鸟儿都没。

一个七八岁的小姑娘，从车里下来，鼓着包子脸，"咯咯"笑道："姑姑要倒霉了呦，二爷爷要训你了呦！"

王宝鬏拿出条红围巾给她裹上，伸手指朝她"嘘"了声。

"兔子兔子，姑姑，兔子！"一只灰野兔从她们眼前窜过。

王宝鬏追上去，回头叮嘱："樱子，你先回车里等我。"

樱子关上车门，兴奋道："我不要，我也要捉兔子！"

荒芜而又白茫茫的田野上，一抹淡蓝色的人影往前奔，后面跟着个红围巾拖在雪地上的小人儿。

"姑姑，等等我，我要被围巾绊倒了！"樱子索性抱起长围巾，磕磕绊绊地往前追。

王宝鬏打算顺着兔子脚印直捣它老窝，追到一片坟地里，站在那儿叉着腰直喘气。

樱子蹲在不远处歇息，指着其中一座最大的坟头喊："姑姑，我跟爷爷来过这儿，老太爷爷在里面睡觉呢！"

雪刺得眼睛发涩，王宝鬏觑着眼，看着被雪覆没的坟头，给樱子裹紧了围巾："给老太爷爷打声招呼，咱们就回吧。"

樱子不甘心地问："那兔子呢？"

王宝鬏琢磨了一下兔子消失的位置，嘴里呵着团白气说："兔子精着呢，这指不定是黄鼠狼的窝。"

樱子皱巴着小脸说："白追这么远了！"

王宝鬏回望停在路边的车，没追八百米也得有六百米。她往坟堆前走近几步，樱子跟上来道："姑姑，还有三爷爷的坟呢，但我记不清是哪座了。"

"没事儿，我也记不清了。"王宝鬏朝着坟堆喊了声，"太爷爷、太奶奶、三叔叔……我是王家宝字辈的，这孩子是西字辈的，我们路过得匆忙没带礼物，你们多包涵。"她说完拍拍樱子的背，两人鞠完躬，揉着冻红的鼻头往回走。

她先小跑回车上拿手机，来回跺着脚打电话。那头说正忙，大概要半小时才能过来。她冻得直哆嗦，拉开车门催促道："樱子上车，冻死了。"

"我不冷，我要玩雪，这儿的雪干净，家门口的雪脏。"樱子不情愿道，"我的羽绒服特别暖和，我爸说去东北都可以穿。"说着把雪攒成团，跟屎壳郎推粪球似的，撅着屁股滚雪球。

王宝看她行动笨拙，应该是衣服塞得厚冻不着。给她戴上手套勒紧了围巾，自己坐回了车里，透过挡风玻璃，望着镇口隐隐可见的气势宏伟的石牌坊想事情。

樱子朝车窗掷了个小雪球，做了个鬼脸，"咯咯"笑着跑开了。王宝鬏扬了扬唇角，下去麦田里团了个雪球追着她跑。

两人追逐嬉戏了一会儿，身体逐渐暖和了起来。王宝鬏整个儿躺在雪地里打滚，樱子抓了把雪花撒她脸上，她伸舌尖舔了舔，坐起来捧了把雪，天女散花似的往空中抛。

一道"哞哞哞"的怪声渐近，王宝鳌望过去，难以相信这老牛声竟是一辆摩托车发出来的。车上是一个围巾遮了半张脸的男人，头发上蒙了层白霜，车后还载了一个半大的男孩，男孩裹得严严实实，手里拎着个蓝色浴篮。

摩托车老牛气喘似的开过去，半途又折回来。男人停在车边看了看陷进去的轮胎，示意身后的男孩，两人下车站在车尾。

王宝鳌催着樱子上车，她坐在驾驶座轰油门，来回试了几次，车终于从沟里开了上来。王宝鳌探出车窗，递了根烟过去。这男人耷着眼皮没看她，摘下手套，甩了甩弄到上头的雪，骑上脚打火的摩托，来回蹬几次，没打着。

王宝鳌也不好先行一步，只得将头探出车窗，干等着他打着火。这男人掀开车座摆弄了一番，又不紧不慢连打了几下火，骑上，"哞哞哞"地开走了。

王宝鳌把烟装回去，顺手丢去了储物盒，看看落在挡位上的灰尘，嘀咕道："这车多久没刷了？"

樱子团着手里的雪说："我也不知道。我妈说太脏了，我爸说春节串亲戚前再洗。"

王宝鳌没接话，这是堂哥的作风，万事讲究经济实惠。

前头那男人的摩托极缓慢，不比自行车快多少，感觉一道减速带都能把它给颠散了。这种老式摩托她骑过，十几年前没被父亲淘汰的时候。

王宝鳌鸣喇叭超了它，从后视镜看了这男人一眼，脑海里忽然有个人影，又抓不住。似曾见过？或许一时记不得。

车停在大伯家门口，大伯母迎出来问："路上咋走这么些时候？"

王宝鳌含糊道："路滑不好走。我大伯呢？"

"他是个大忙人，镇里临时开什么会，大早上就走了。"大伯母抱住樱子道，"小乖乖，可把奶奶想死了，你妈饿着你没？她是给你买的饭还是煮的饭？哎哟，这小脸都瘦了。"

王宝鳌从后备厢拎了个宜家袋，拿了个行李箱出来，把车钥匙递给大伯母道："我先回了，我妈打电话催几次了。"

大伯母撇撇嘴："你妈可是大忙人，镇里大事小事都有她，比你大伯这镇长都忙。"

王宝嫈没接话，拎着行李回家。路上遇见一帮打雪仗的小孩，他们停下来齐声喊："宝姑奶。"

她是萝卜不大，长在辈上。三五十岁的侄子们大片，十几岁的侄孙们也大片，同她平辈的多已耳顺。

王家在镇上辈分最高，威望也最高。王宝嫈的爷爷没退休时是镇委副书记兼镇长，现任镇长是她大伯，父亲是镇中学的教务处主任，母亲是妇女主任，小姑曾是音乐老师。

王宝嫈刚拐过弯，卧在家门口的虎子叫了声，摇着尾巴跑过来。王宝嫈轻踢开大门说："妈，大雪天的别把虎子关外面。"

"那你清理狗屎，毛掉得哪儿都是。"邬招娣从厨房出来，解着围裙道，"锅里炸着牛肉，火上蒸着最后一笼包子，我得赶紧去大队里一趟。"说着把围裙塞给她，推了电瓶车出来："包子再有十分钟揭锅，酥肉不要炸干了……你休几天假而已，拉个行李箱干啥？也真不嫌费事儿。"说完骑上电瓶车慌慌张张地走了。

王宝嫈拎着行李箱回楼上，到卧室先找出套棉衣棉裤的家居服换上，摸摸床上微潮的被子，拉开床单看了眼，"呼啦"一下掀掉，找出张电热毯铺好，插上电源打开。

随后她打着喷嚏下楼，迎面碰上刚到家的父亲。

王与祯呵着白气问："回来了也不招呼声？我正要去接你，碰到在门口玩雪的樱子。车怎么出来的？"

"遇上个人给推上来了。"

"还是热心人多。"王与祯泡了杯热茶道，"学校送来批新桌椅，我找了群学生帮忙，大半天才给弄回各教室。"

"其他教职工呢？"

"联系了十个来了仨，都嫌冻得慌。哎，你妈呢？"

"去大队里了。"王宝嫈系着围裙说。

"你们公司今年放假怪早，往年你都是三十才回。李琛初几来？前段时间他爸打电话过来，说你们有意结婚？这事儿你好好跟你妈商量着来。"他也不等王宝嫈回话，说完端着杯子去了书房。

王宝嫈把腌好的牛肉条，放进用面粉、淀粉、鸡蛋搅拌好的糊糊里过一下，依次滑进六七成热的油锅里，过个十几秒，用筷子把连到一块儿的酥肉拨开，待炸至金黄，下笊篱捞出。

来回炸了四锅，临傍晚，邬招娣才骑着电瓶车回来。

王宝嫯双手揣在家居服的口袋里，门口站站，院里站站，爬上三楼房顶的平台站站。

邬招娣拎了几斤生牛肉上来，看到静站在平台边沿的人，吓了一大跳，骂她："死丫头吓死个人，刚你大伯还过来找你，我说你不知野哪儿了。"说着把生牛肉挂到晾衣绳上，自言自语道："猫应该够不着。"

王宝嫯没接话，闲晃着下楼道："我不饿，我先回房间睡觉了。"

"等会儿，餐桌上那两兜包子你给西平送去。"邬招娣喊她。

"谁？"

"你不是王家人？大槐树后头王西平家。"

"王西平？我不去。"

"你不去谁去？让你爷爷那一把年纪的人去？趁天没黑透赶紧去，回来给你蒸小酥肉吃。"

"我没见过他，我怕认错门。"

"趁这时候见见，都是咱王家人，总不能打个照面不认识？按辈分，他应该叫你……"邬招娣顺手一指，"大槐树后头那破落院，那片就他一户你认不错。你爷爷特意叮嘱过，说这孩子怪可怜的，让族里人多照看照看。"

"……那我回屋先换衣服。"

"黑灯瞎火的谁瞅你？你大伯母刚过来问你，樱子怎么流鼻涕了？"邬招娣下着楼梯道，"你跟西平说声，年三十让他过咱家吃……算了，你别提了，回头让你爸过去说。"

王宝嫯穿着身家居服，拎了兜酥肉和包子，"咯吱咯吱"踩着雪，深一脚浅一脚地往大槐树去。

大槐树是一个"分水岭"，槐树上面是南坪镇，位于正常的平原上。槐树下面是下溪村，算不上是山坳，也说不上是山谷。因左边是陉山，右边是南坪镇，下溪村就被夹在了中间。镇上人都管下溪村为"坳里的"。

南坪镇辖下十八个行政村，二十六个自然村，总人口约十九万。镇中心有上市的制药厂、中型的电器厂；镇政府扶持的还有养殖业、种植业等不提。单一家上市企业带来的税收和就业机会，就让人不可小觑。镇里除了留不住高材生，下到中学辍学生，上到六十岁老汉，都能在家门口找份工作。

镇里两大姓为首，王家与陈家。繁华喧闹的镇中心住的是陈家；王家住在镇东，距镇中心有一里地。两姓都自恃家族大，横鼻子竖眼，谁都看不上谁。

王宝鋆摸着槐树，眺望坳里的下溪村。村里没几盏灯亮着，村民都搬到了新农村居民楼，亮着的那几盏是民宿。

采菊东篱下，悠然见南山。初读陶渊明，王宝鋆脑海里浮现的就是下溪村。

因地形和土壤关系，下溪村种不出田，曾荒废了几十年。王宝鋆的爷爷任镇长时，不愿看着大片的土地荒废，请了专业的人因地制宜地大整改。自那后，杏花落了桃李开，每年的二至五月份，下溪村整个儿都浸在花香里，春赏花夏摘果。可好景没两年，这些果树陆续没人要了，结出来的果子不酸不甜，实在乏味。

七年前的暑假，王宝鋆的哥哥带了班同学来，他们在下溪村游泳溯溪，叉鱼抓虾，烧烤露营。有同学拍照上传到校论坛，随后两个月间，家里接待了一批又一批的大学生。王宝猷的同学还没离开，王宝鋆的同学就来了，那年暑假过得兵荒马乱。

王家人都快烦死他们兄妹俩了，因自家安排不下，便让一些人投宿到大伯家、姑姑家，但凡沾亲带故的都投宿了个遍。暑假家里光吃喝，就招待出去万把块。也因此契机，让王宝鋆大伯看到商机，镇政府大力扶持下溪村，开发了一条"世外桃源"的旅游路线：春徒步赏花，夏溯溪露营，秋爬山打野，冬踏雪寻梅。

王宝鋆看了看，若没猜错，前边有光源的院落就是王西平家。这条路偏，不好修，左边是几道简陋的铁护栏，护栏下面是下溪村，有四五十米深。路的尽头原有十来户人家，近些年全部迁了出来，只剩孤零零的王西平家。

王宝鋆打开手机照明，不紧不慢地往前走，她对王西平没印象，同他妹妹王西琳坐过同桌。早在读初中时，王西平全家就搬到了武汉经商，他父母只在清明节时才回来。只听说生意做得很大，儿子分配到了武警部队，女儿在新西兰念书。

邬招娣每提及他们家，语气满满都是羡慕。

去年清明假回来，邬招娣唏嘘地提起，王西平的父母和他妹妹、未婚妻全部遇难了。王宝鋆问及原因，邬招娣摇头不语。

今年清明假回来，邬招娣又随口提起，王西平带了个孤儿回来，她正忙着帮上户口，安排到小学念书。至于王西平这个人，她只知是西字辈，比她大个五六岁，曾见过一回，他后面跟着俩小孩，追着喊"傻平"。

王宝鳌止步在篱笆门前，有火光从篱笆院里映出来，还有道若有似无的歌声。

院外是大片的闲置地，地里有几棵梧桐，两棵树中间系了根晾衣绳，绳上晾着冻硬的衣服。院门口停了辆摩托，定睛一看，正是那辆老牛气喘的旧摩托。

院里点了堆火，火上架了东西在烤，空气里弥漫着股肉香。火堆边上坐了一男人、一半大小孩，旁边的凳子上放了个物件，里头唱着蔡琴的歌。

王西平抬头，跟站在门口的人对视。

王宝鳌吸吸半出来的鼻涕，活动了下站麻的腿，推开篱笆门进来。她把手里的袋子搁凳子上，脚钩过来一个小马扎，自来熟地坐在火边烤火。

父子俩看看她，又看看凳子上的袋子。王宝鳌打了个喷嚏道："包子和酥肉，我妈让我送来的。"

王西平无话，继续烤火听歌儿。

王宝鳌不再说话，伸手烤火。

甘瓦尔好奇地打量着她，王宝鳌不觉，盯着火堆走了神。不大会儿，三人各自陷入沉思。

一条黑犬缓缓过来，卧在了王西平脚下。夜很静，空中飘起了雪花，火堆里发出干柴爆裂的清脆声，很好听。

王宝鳌不自觉地添了把柴，继续盯着火堆想事情。烤了大半个钟头，肉香浓郁扑鼻，王西平往上撒调料，来回又翻了面烤，烤好后先撕下一条后腿给甘瓦尔，又撕下一条后腿给王宝鳌。

三人全神贯注地吃，无话。

王宝鳌递了根骨头给黑犬，它撇头不屑。甘瓦尔出声："黑贝不吃人啃剩下的骨头。"说着摸摸黑贝的头，指指屋檐下。黑贝晃悠着过去，鼻子在地上来回嗅，嘴里叼了只兔子过来，眼睛盯着王西平。

王西平接过它嘴里的兔子，准确地掷回屋檐下。黑贝又转身回去，叼了两只小麻雀过来，王西平接过，拿了把铁钳穿透，挂在铁绳上烤。

看见屋檐下吊了野鸡，王宝鳌问："野鸡好不好打？"

甘瓦尔犹豫着接话："还行。"

"哪儿打的？野鸡多不多？"

"下溪村和陉山，没秋天多。"

王宝嫳点点头，没再作声。

甘瓦尔起身回屋里，又折回来问："你喝不喝野鸡汤？"

"炖了我就喝。"王宝嫳毫不见外。

甘瓦尔没接话，扭头回了堂屋。

王宝嫳借着火光打量院子，九十年代的平房，普普通通。院子非常大，屋檐下是几盆花，左边是个半塌不塌的凉亭，右边是块空地，门口栽了两株树。花看不清是什么花，树看不清是什么树。

王西平取下烤好的麻雀肉，王宝嫳问他："这院子是两块宅基地？"

王西平看着她，王宝嫳重复道："院子很大。"

王西平撕开麻雀肉，用钳子挑着晾凉。黑贝仰着头，直勾勾地盯着肉。王西平取下来喂给它，扭头看着王宝嫳，眼神平淡无波，语气平和地说："是两块宅基地。"

王宝嫳指着门口："那两株是果树？"

王西平看过去，大半晌后才道："是夹竹桃和樱桃树。"

王宝嫳点点头，没听清，但也没再问。

甘瓦尔端了个大砂锅，拿了碗筷汤勺过来，垫着抹布揭开砂锅盖儿，热腾腾的蒸汽滚出来。他拿着汤勺轻搅了下，盛了碗汤递给王西平。王西平示意先给王宝嫳，甘瓦尔手一转，递给了她。

三人闷头喝汤，无话。

王宝嫳喝完第二碗，看着砂锅问："还能再来半碗吗？"甘瓦尔看看她脚下的一堆骨头，揭开锅盖儿，倾斜着砂锅给她盛。

王宝嫳看所剩不多，放下碗："算了，其实也饱了。"

甘瓦尔问王西平："盛给你吧？"

王西平摇头："我饱了。"

甘瓦尔盖上锅盖儿："我也饱了。"

王宝嫳又端起了碗："那盛给我吧，别浪费了。"她原本胃口不大，但今晚吃得出奇多。有好几年没静下来纯粹地享受食物了，每顿都吃得仓皇不堪。

甘瓦尔拿了两本书出来，递给王西平一本《犯罪心理学》，自己捧着本《水浒传》，两人站在火堆旁看。

王宝鳌吃撑了，正围着火堆消食，看他们俩挡道了，索性站在王西平身边，盯着他手里的书看。王西平要翻页，她伸手制止，看完最后两行——翻吧。

兜里手机振了几遍，她不情愿地掏出来，看了眼来电显示，直接关机揣口袋。感到腿上一阵滚烫，她低头看，棉裤里冒着缕细烟，火星子不知何时溅了上来。

王宝鳌拉开篱笆门，回头问他："你知道我是谁吧？"

王西平看着她，不知道。

"王国勋是我爷爷，王与祯是我爸，我是宝字辈的。"

王宝鳌拐回主街，路灯下站了群大老爷们儿，瞅见王宝鳌打趣道："桂枝姑，你这身花棉袄真好看。"

王宝鳌在叫王宝鳌前——叫王桂枝。

她曾六下派出所户籍科改名字，才改回了王宝鳌。出生前名字就起好了，这代是宝字辈，叫王宝鳌。出生没百天进了两次医院，一次肺炎，一次拉稀。半岁时吃纽扣卡住，八个月时发烧昏厥。一个算命的说她缺土缺木，缺的东西多，最好叫桂枝。不然，儿时小病不断，大时姻缘坎坷。

王宝鳌到家，客厅没人，空调大开，屋里一股烧焦味儿。她直奔过去关空调。

王与祯从书房出来，王宝鳌道："爸，线路老化了，你们别不当回事儿。"

"这是用电超负荷了，增大变压器就行。年前电工没空，估计得年后了。"王与祯接了杯热茶道，"刚樱子过来玩了，往常都没开过。"

"我妈呢？"

"去你大伯家了。"王与祯示意桌上的扣碗，"里头是小酥肉，你拿火上馏馏。大晚上的你去哪儿了？"

"去王西平家了。"

王与祯坐在沙发角，裁着 A4 纸问："他家置办年货了吗？"

"不清楚，我没去里屋。"

"明儿我过去看看。这孩子是个倔头，那院十来年没住过人了，连电路都没修。镇里安排他住居民楼，他非要住那老宅。"说着掏了根烟出来，在茶几上磕磕烟屁股，"老爷们儿好说，孩子不跟着受冷？"

"他家有电，堂屋里还烧了蜂窝煤。"王宝錾说。

"有电？"

"他儿子开过灯，屋里蜂窝煤上炖了野鸡。"

"那估计是找人修了。"王与祯点上烟，起身站到屋外抽。

王宝錾准备上楼休息，又下来屋门口："爸，咱家祖坟好像被兔子刨了窝。"

王与祯不在意道："有兔子窝是好兆头。哪座坟头？"

"新坟头，没立碑。"

王与祯沉默了几秒后道："估摸是西琳的，一般姑娘家没出阁不兴入祖坟立碑。"

"出阁了不都入夫家坟，还能回来入娘家坟？"王宝錾觉得这话有逻辑问题。

"也有离婚的回来入娘家坟。"王与祯岔了话，问她，"你跟西琳念过同班吧？"

"嗯，还是同桌。"

客厅的灯光泻出来，院里飘着零星小雪。王与祯道："今年是个好年，瑞雪兆丰年。预报说后天就晴了，晴了好，雪化了不耽误年后走亲戚。"

"西琳旁边那座坟是她父母的？"王宝錾不解，"以前宝讳哥在外遇难，堂叔家要求入祖坟，族里不让入。为什么王西平家可以？"

王与祯弹弹烟灰，老半晌才道："宝讳是酒驾车祸，族里反对是合理的，本来在外遇难是不兴拉回来的。西平父母是部队里安排送回来的，族里有人反对也奈何不了。你在城里工作没回来，下葬那天族里人也闹了，西平父母可以入祖坟，但西琳不行，毕竟是未出阁的姑娘。最后还是你爷爷力排众议给葬下了。"又吁了口气道："过去的事儿不提了。咱们族里人不多，西字辈就剩下俩男丁，以后你们多走动走动。"

王宝錾没接话，犹豫了半天："爸，我想跟您说件事儿。"

"屋里说，外头冻得慌。"王与祯扔了烟头，搓着手回屋，"你妈就是屁股沉，到谁家不坐上两个钟头回不来。"

王宝錾跟进来，反手关上门："那我先上楼洗漱了。"

王与祯看她："你不是有事儿说？"

"……算了。年后再说吧。"

"看你表情就不是好事，那就年后再说吧。"王与祯也不勉强，随口道，"想喝碗野鸡汤，今年一只野鸡没打着，出门打只斑鸠被你大伯截住说犯法。"

"犯法？"

"街里墙上宣传着呢，禁止打野鸡斑鸠，只要捕到一定数量就犯法。野兔还能打，但没人稀罕。"

第二天，王宝鳌起了个大早，睡不着，多年习惯使然。下来客厅，空无一人，父母还没起。

推开屋门，房檐下有几坨狗屎，虎子卧在墙脚垫子上，看见她立马支棱起脑袋呜呜咽咽。王宝鳌回屋戴上手套，拎起铁锨清理狗屎。

待她忙完回屋，邬招娣在卧室喊："你去集市买点吃的，家里半个月早上都没开灶了。"

"我爷爷呢？"王宝鳌站在卧室门口问。

"就是你爷爷爱往集市上跑，早上才不开灶的。你买俩肉丁饼，买个煎饼馃子，再捎碗丸子汤回来。"邬招娣道，"这才七点，你八点半买回来就行，我跟你爸起得晚。"

王宝鳌没话接，没人能懒得过邬招娣。除非她宝贝儿子在家，她才会用心煮早餐，不然天王老子都不行。不是爷爷爱往集市跑，八成是没法儿了。邬招娣若不用心，煮出来的饭狗都嫌。

王宝鳌脖子上挂着单反，戴上帽子，往大槐树走。大槐树是俯视下溪村的绝佳位置，村里蜡梅正盛。

下溪村的花果树，是被美学家规划过的。哪儿种杏树，哪儿种桃树，哪儿种李子树，哪儿种蜡梅，绝不胡来。连村里的弃屋，外墙都统一刷了色。

暖紫色的房子后头，是一片淡黄色的蜡梅；蓝色的房子后头，是一片红色的蜡梅。冷暖色调，各有讲究。哪怕如此，冬天的游客还是寥寥。

村里电路复杂不好修整，基础用电还成，若几家民宿同时开空调，线路带不起来。夏天开个风扇没问题，冬天就不行，客房跟冰窟窿似的，热水都供应不上。

村里有栋别致的蓝瓦楼，烟囱里青烟缭绕，这是王宝鳌的姑姑王与秋的民宿。

王宝鳌呵呵冻僵的手，找好角度连拍了几张，随后低头翻看照片，并不理想，总觉得缺点东西。

再次举着相机找角度，镜头里闯入一人一狗，放大了看，是一个穿黑色羽绒服的男人，身后跟着一条黑犬。人面目不清识不得，但狗她认得。

王宝甃离他远，一时跑不过去，双手做喇叭状大喊："王西平！"连喊了三声，王西平才停下脚步看过来。王宝甃朝他挥挥手，比了暂停的手势。

王西平看不懂，继续往前走。

王宝甃蹚着雪跑过去，想要借他的黑犬一用。没跑几米，漫天雪花如柳絮飞。她止了步，看看麦田中素画般的一人一犬，望望大雪中油画般的下溪村，果断回到大槐树下，举着相机拍下溪村。等拍好，顾不得冻僵的手，又抬腿去追王西平，眼见王西平要下坡，她大喊了一声："王西平——"

王西平回头望过来，黑犬也望过来。王宝甃半趴在雪地上，举着相机拍，没拍两张，一人一狗消失在了镜头里。

王宝甃摘下帽子扔在雪地上，把相机搁上头，整个人躺在雪地滚了几圈，面朝天空闭着眼，任雪花落在睫毛上，停在脸颊上。

待王宝甃拎着早餐从集市回来，又碰到王西平父子。两人扛着东西牵着狗，闷头往下溪村去。

王宝甃追过去："你们是去打野鸡？"

王西平看看她，继续往前走。

"捎上我吧？"王宝甃追问。

"我们是去打野兔，黑贝要吃肉。"甘瓦尔说。

"野兔也行。"王宝甃拿了个热包子出来，咬上一口问，"你们吃早饭了没？"

王西平看她："我们要去陉山。"

王宝甃点头："可以，你们先走，我随后就到。"

王西平继续往前走，没再接话。

王西平话少，王宝甃一点不奇怪。他父亲就是族里有名的闷葫芦，和王与祯关系很好。王与祯说十句，他父亲接一句都是话多。王宝甃对他父亲的印象一直停留在小时候，他沉默地坐在沙发上，倾着身子听王与祯说话。

王宝甃回家，换了件带帽子的羽绒服，找出副墨镜，拿着围巾下楼，跟邬招娣打了招呼，戴着手套不紧不慢地出了门。

走到大槐树下，看了眼坳底的父子俩，她戴上帽子裹紧围巾，找到熟悉的坡道，抓着铁栏杆越过去，坐在斜坡上往下溪村滑去。

王西平取下黑贝的绳子，黑贝撒着欢地往前跑，头拱拱雪，再反身跑回来，乐此不疲。甘瓦尔不时回回头，问王西平："那奇怪的女人……"话音未落，右边一阵叫声，坡道上滚下来一个人。

王宝鬉麻利地爬起来，拍拍身上的雪，朝着呆站在那的父子俩走去。她预想的是坐着滑下来，半途却整个人歪倒，只能抱着头狼狈地滚下来。

她拿出墨镜戴上，从兜里掏出压扁的包子，走到王西平跟前，指着陉山问："后头的羊沟村你们去过没？"

王西平看她："这样很容易扭断脖子。"

王宝鬉咬口包子："没事儿，那片坡斜，雪厚。"

甘瓦尔好奇："你以前滚过？"

"那边的坡修整过，以前是玩滑草的，后来有人摔下来就关了。"

"怎么摔下来的？"

"那人恐高，没控制好滑草车，摔下来被人撞断了胸骨。"

"什么是滑草车？怎么被撞断胸骨的？"甘瓦尔追问。

"类似加长加大版的儿童扭扭车，他摔下来后，被其他游客的滑草车撞了。"

"什么是儿童扭扭车？"甘瓦尔又问。

王宝鬉不知怎么解释，拿出手机搜了图片给他看。甘瓦尔看了眼，还给她道："我们那儿的小孩不玩这些。"

王宝鬉反问："那你们玩什么？"

甘瓦尔没作声，跑前头追上王西平。

翻了两座小山坡，三个人来到片桦树林里。甘瓦尔两腿夹着树干往上爬，爬至五六米高停住，眼睛四下打探。片刻后，手指着西南方："那儿有兔子脚印。"说着，从树上滑下来，朝着兔子脚印跑去。

王宝鬉有个不为人知的癖好——爱爬树。年少时跟着帮狐朋狗友时，她的任务就是爬树望风。

她抱着树干往上爬，没一米，人滑了下来。她摘掉围巾脱掉羽绒服，来回试了几次，爬到三四米高处，朝着不远处的王西平喊："哎，帮我把羽绒服扔上来！"

王西平回头找人。

王宝鬉喊："树上呢。"

王西平抬头看她："树干滑。"

"没事，我有十几年的经验。"

王西平不再说话，捡起羽绒服往上扔，王宝嫠单手抓住，随便搭在自己背上。黑贝突然朝着一个方向跑去，王西平紧追过去，一只灰兔呆愣愣地乱窜。

甘瓦尔围堵过来，王宝嫠朝他喊："九点钟方向！"

甘瓦尔辨不清方向。眼见黑贝要猎住了，兔子打个旋儿跑过来，王宝嫠滑下树干，拿着羽绒服掷过去，兔子灵敏地避过，从她脚边逃了出去。王宝嫠反身要追，王西平扑过来，卡住了灰兔的脖子。

甘瓦尔凑过来道："这兔子真肥。"

黑贝"呼哧呼哧"喘着气，用爪子猛拍了下兔子的头。王宝嫠蹲下来："你这黑狗不行……"话未落，"刺啦"一声，她的灯芯绒裤从裆部裂开，露出早上才穿的红秋裤。

王宝嫠本能地并拢双腿半跪在地上。王西平脱下身上的羽绒服给她，拎起兔子，摸了摸肚子，随手给放了。甘瓦尔看着跑不见的兔子，指着不远处道："那儿有个黄鼠狼窝。"

王西平走过去道："黄鼠狼不能打。"

王宝嫠穿上王西平的羽绒服，拉上拉链能遮到膝盖，袖子长一截，手伸不出来。她侧头看了眼羽绒服的臂章，"中国人民解放军"，看来是部队常服。她甩着过长的袖子，朝着他们走过去。

王西平捡了根树枝，拨着被雪覆盖的枯草丛，身上穿着件松松垮垮、洗脱了形的黄色毛衣。袖口有半拉豁，明显被蹩脚地补过。

王宝嫠一时惆怅，这种旧式毛衣她见过，在父亲二十年前的照片里，邬招娣亲手织的。

王宝嫠脱下羽绒服还给王西平，王西平抬头看她。王宝嫠打了个喷嚏："我没事儿，你别冻坏了。"

"我早上跑步也是穿毛衣。"王西平说完，继续拨着枯草丛。

王宝嫠冻得直哆嗦，索性也不再客气，穿着羽绒服问："刚那兔子怎么放生了？"

王西平沉稳地盯着草丛，没接话。

甘瓦尔看她身上的羽绒服，脚踢着草丛道："那母兔肚里有崽。"

王宝嫠点点头，也没再说话。

一个上午过去，捉了两只野兔，捣了两个田鼠窝。甘瓦尔让黑贝驮着猎物，黑贝抖抖身子嫌弃，嗅嗅王西平的手，仰头看着桦树上的鸟。

甘瓦尔呵着气道："黑贝不想吃田鼠，打两只鸟吧？"

王西平仰头看着树梢上的鸟，甘瓦尔指着喊："是鸽子！"王西平没作声，捡起地上的麻袋要走，黑贝咬着他的衣摆，摇着尾巴不愿走。

王西平拧着眉头，又瞅了瞅树上的鸟，往前走，道："不能打。"

"你们家屋檐下挂的不就是野鸡、麻雀？"王宝鳌不解。

"那是之前打的，不知道，前天镇里才广播说不能打。"甘瓦尔回。

"街里墙上都宣传半年了吧？"

甘瓦尔绷着脸，老成持重道："我们很少去街里，没看见过。"又说："我们那儿什么都能打！"

"你们哪儿？"王宝鳌问。

甘瓦尔揽住黑贝不接话。王西平拖着麻袋往前走。

王宝鳌瞅瞅树上的鸽子，喊住王西平："哎，鸽子能打，只要不是别人养的家鸽，一只两只的没事。"

王西平回头看王宝鳌，她抬脚示意黑贝："退役的军犬吃只鸽子没事！"

王西平犹豫了一会儿，朝她走过来，在她面前站定，手伸进羽绒服口袋，拿了把弹弓跟几个磨尖的小石子，拉紧弹弓朝树上"嗖"一下射去，一只鸽子落地，黑贝飞奔过去叼回来。

见王西平脸色苍白唇发紫，握弹弓的手微抖，王宝鳌当下脱了羽绒服塞给他，麻利地套上自己的羽绒服。她的羽绒服是小款，走起路来大腿内侧的红秋裤异常扎眼。

王西平穿好羽绒服往前走，又回头看了眼王宝鳌，反身走到她跟前，指着她脖子上的围巾。王宝鳌取下围巾给他，他把围巾抻开围在她腰上，随后道："没事儿了。"围巾正好把她的大腿根遮住。

王宝鳌跟在父子俩身后，那两人闷头朝前走，三人全程无交流。以前邬招娣提过，甘瓦尔是王西平收养的。

王宝鳌不想回家，绕到下溪村的姑姑家，家中无人，打电话过去，姑姑进了城。回到南坪镇，街上碰到王阿玥她妈，她大着嗓门喊："桂枝，桂枝！"

王宝嫯装聋。

阿玥妈追过来，显得焦急："你这丫头耳朵不好使？阿玥跟你联系了吗？电话咋老不通？会不会出了啥事儿？"

"跟着旅行团能出啥事儿？估计是信号不好。"王宝嫯说。

阿玥妈直埋怨："阿玥一点事儿都不懂，大过年都阖家团圆的，她非往日本跑，撇我跟她爸在家过年有啥劲？阿玥要有你懂事儿就好了。"

"我们俩约好一块儿去的，我签证耽误了。"

"去那儿干啥？有钱没地儿花了？"看了眼四周，阿玥妈低声问，"你帮嫂子问了吗？陈胜那孩子。"

"问了，他刚谈了女朋友。"王宝嫯说。

阿玥妈急切地问："他女朋友哪儿的人？自己在外谈的可靠吗？你跟他提过阿玥吗？"

"我探过陈胜口风，他要找在市里工作的对象，最好能门当户对。"王宝嫯斟酌着说。

阿玥妈愣了下，拉着脸道："他自身啥条件？不就是个破落暴发户？他爷爷早先还是贫农呢！就他那倭瓜样儿还想挑三拣四！"说完扭头就走，半途又折回来问："桂枝，你没跟姓陈的提过阿玥吧？"

"没提。"王宝嫯摇头。

"正好，我们阿玥还瞅不上他呢！我跟她爸压根儿看不上陈家人，是阿玥姥爷说找人提提，我才朝你打听的。这事儿你没跟你妈提过吧？"

"我谁也没提过。"

阿玥妈笑道："阿玥要有你一半沉稳就好了，她整天办事毛毛躁躁的。你这丫头啥都好，就是话不多，见人也没个话。过完年来家里玩，我给你们炖野鸡。她爸秋天打了只，这会儿还在冰箱里冻着呢。"

"好呀。"王宝嫯应下。

路口水渠边有人宰牛，王国勋拎着旱烟袋蹲那儿跟人聊天。王宝嫯快步回家，上楼拎了兜东西出来，邬招娣喊道："死丫头又去哪儿？回来也不搭把手干点活儿。"

王与祯接话："好不容易休个假，你就让她歇歇吧。"

王宝嫯走到路口，路边人打趣："太爷，我桂枝姑来了。"

王国勋举着烟袋杆敲他，朝着王宝鬏说："大清早就不见人，也不帮你妈干点活儿。"他手里拎着兜热腾腾的东西，示意前头道："走，咱们回老院说话。"

王宝鬏要接爷爷手里的袋子，王国勋避开："不碍事，里头是牛下水，晚会儿给西平家那狗拎去。"扭头打量了一下她道："怎么面黄肌瘦的？下巴尖儿都能戳人，黑眼圈也大了。别学现在的小姑娘，好好的饭不吃嚷着减肥，你脸瘦了不好看，跟院里那老树皮似的。"

王宝鬏摸摸脸，最近是消瘦了不少。

王国勋继续道："姑娘家要珠圆玉润的才好看，脸大聚福，脸尖小气。演《红高粱》的那丫头叫啥？是不是叫冯什么……冯巩？"

王宝鬏笑了："爷爷，演《红高粱》的是巩俐。春晚演小品的是冯巩，您弄混了。"

"这姑娘才是我们东方人脸，脸盘大气富态。还有金庸武侠小说里的那些姑娘，一个个也俏得很，我就没见过人干瘦还能美的。"王国勋推开老式木门，指着围起来的角落，"里头圈了两只公鸡，一只下蛋的母鸡，晚会儿宰只公鸡给你炖了。单位放几天假？初几回市里？"

王宝鬏蹲在他旁边："可能过完元宵吧。"

"这才像过年嘛，往年都火烧了眉毛似的，不满初七就走。"王国勋指指她怀里的袋子问，"里头是啥？"

王宝鬏宝贝似的拿出双棉鞋："我们楼下的奶奶是做手工鞋的，里头塞的是纯棉花，鞋底也是防滑的。开春我让她再做两双单鞋。"

王国勋接过来打量："这鞋做得好！外头买的穿不惯，容易打脚。"说着脱掉脚上的皮鞋，蹬上手工棉布鞋。

王宝鬏又递给他两袋橘饼，王国勋"哟呵"一声："这老式橘饼市里也有卖？"

"卖得少，我那天在胡同里看见的。"

"我都七八年没吃过了。"王国勋也没洗手，就着袋子咬了口。

王宝鬏盯着公鸡漂亮的尾巴，要是小时候，她准能拔了那几根毛做毽子。王国勋慢嚼着橘饼闲聊："你爸说你哥暑假就回来了。"

王宝鬏点点头。

王国勋问："李琛啥时候来？"

王宝鬏问："爷爷，你觉得李琛怎么样？"

"说不上，我统共就见了他两回。你们闹矛盾了？"

王宝羹没吭声，片刻后才说："他今年不来了。"

"不来也罢。"王国勋眼神清明地说，"李琛是个好孩子，眼神骗不了人，但不一定是个好丈夫，他太忙了。"

"爷爷从哪儿看出来的？"王宝羹诧异。

"我做寿那回，一顿饭他接了四个电话。这么忙怎么能过好日子？"

王宝羹什么也没说，抓了把碎玉米撒到鸡圈里。王国勋敲她："别瞎喂，马上就要宰了。大的留给你，小的给樱子，等开春了再买一群鸡崽，养到暑假你哥就回来了。"

王宝羹皱皱鼻子道："心都偏到胳肢窝了。这只鸡你也给王宝猷吧，我才不稀罕。"

"算了算了。"王国勋说，"这只下蛋的母鸡也归你，省得整天说我偏心。"

王宝羹笑笑，不作声了。

王国勋回屋拿了平板出来，递给她："怎么连不上网了？我都一个礼拜没看新闻了。"

"王楠家 Wi-Fi 换密码了？"王宝羹到院外楼梯口，踩着台阶上平台，朝隔壁喊，"王楠、王楠！"

隔壁邻居从屋里出来，王宝羹问："你家 Wi-Fi 密码换了？"

王楠应声道："换了呀，前阵就跟太爷说了，wangzheguilai123。"

王宝羹连上，调到《新闻联播》递给王国勋。

王国勋坐在火炉旁看新闻，王宝羹东屋里转转，堂屋里转转，院里转转。王国勋说她："你要是实在没事儿，把门口的牛下水给西平家送去。"

王宝羹坐到他旁边，边看新闻边道："晚会儿再说。"

王国勋忧心忡忡："经济形势不好，大公司都在裁员，小公司得更难熬。"接着问她："你们公司裁员了吗？"

"连着三年，年年裁，都裁掉四分之一了。"

"效益这么不好？"

"我们公司算好的，毕竟是上市企业。好多同行都裁了近半。"

"你们公司今年也裁了？"王国勋琢磨她话里的意思。

"裁了。"王宝羹耷拉着脑袋。

王国勋老半天才说："裁了就裁了。你没毕业就参加工作，左右也五六年了，这回在家好好歇一段。"

"我还没跟我妈说。"王宝鳌低语。

"回头我替你说。此处不留爷自有留爷处。哪还找不来碗饭吃？"王国勋不甚在意。

"李琛的事儿我也没说。"

"李琛的事儿我帮不了你，你自个儿的私事自个儿朝你爸妈说。"

"等过了年再说吧。"王宝鳌推托。

王国勋看她："李琛这事儿没得挽回了？"

王宝鳌摇摇头。

"你琢磨清就行。你们这代人比我们有思想、有追求，但追求的东西多了就容易迷失，什么都想要，最后什么也都抓不住。万事如意不过是句吉祥话，当不了真。恰当的时机看清自己的内心，这比什么都强。"王国勋点拨她。

王宝鳌倚着门不吭声，脚尖在地面来回打转。她心下急躁，手拍门环"叮当"响。

"坏毛病不少，我们上这铜环都快百十年了，磕坏了你赔我。"

王宝鳌又连拍了几下，气得王国勋要拿烟袋杆敲她。王宝鳌躲开道："不是李琛的问题，都是我的错。"

"啥错？你对不起人家了？"王国勋瞪着眼问。

"哪儿的事啊，说了你也不懂，跟你说不明白。"王宝鳌烦闷道。

"那别跟我说，听了糟心。你去老张那儿一趟，让他给你煎几服药，你这脸跟抽干了血似的。"王国勋说着合上平板，从抽屉里拿了盒烟，"我领你过去。"

"我自己去就行了。"

王国勋摆手道："你不懂，得我亲自跟他交代。"

王宝鳌拎了中药回家，拿出一包在热水里烫了烫，拆开捏着鼻子，一鼓作气地喝光。老张说这药连喝半个月，再给她调配些别的喝半个月，保准她面如桃花。老张的话要打七折，面不会真如桃花，但估计也不会太差。

老张家的女人们是出了名的好皮肤。说是老张擅调理，尤其在女性经期前后。镇上女人去开药调理，老张都不搭理。这次她是借了爷爷的光。

邹招娣从厨房出来，给她系着围裙说："土豆都切好了，趁着晚饭这当口儿，我去前头那新媳妇家了解下情况，这都结婚两年了怎么不生小孩。"

"您管得真宽，人家爱生不生。"

"这是我的职责，事关国家民生大计，上头让跟进落实。搞不明白现在年轻人想啥，我们那时候偷着生，现在都开放二胎了，怎么一个个倒不生了？"

"这事儿你们得跟上头出对策，光催生没用。"王宝鬃建议道。

"出啥对策？"

"生一个孩子免一套房首付，再生一个孩子再免一套房首付，还愁没人生？舍不得房子套不住孩子。"

"我不跟你玩嘴皮子，等这两天李琛来了，他只要说结婚，日子随他定，彩礼我都不收。"邬招娣冷笑。

"那你不就亏了？白养我二十几年。"

"所以我才要及时止损，多养你一天就多亏一天。"邬招娣指着砂锅道，"煲了一下午的乌鸡汤，盛出来多喝点，你是没钱买护肤品还是咋的？照照鼻头上的干皮，你这脸比街头卖菜的都沧桑。"她说完拿着电瓶车钥匙离开了。

王宝鬃掀开砂锅盖儿，盛出碗乌鸡汤凉着，又剥了蒜头，切了青椒，开火炒土豆丝。冰箱里塞得满满当当，她随便又挑了两样菜烧，饭菜烧好，夜色完全笼罩下来。两碗热鸡汤下肚，从胃里舒服到每一个毛孔。

屋外传来王与祯的跺脚声，接着他进屋摘手套，闻着香味儿问："炒的啥？"

"尖椒爆肝，要不要帮你夹个烧饼？"

"夹一个，中午的汤面不顶事，早就饿了。"

王宝鬃撕开一半烧饼，往里头夹了尖椒爆肝，又夹了一筷子头土豆丝，塞得鼓鼓囊囊才递给王与祯。随手又撕开个烧饼，往里头塞了好些羊肝，塞不动了，用保鲜袋裹着，又往保温杯里盛了乌鸡汤，走到门口换鞋子："我去给爷爷送饭，天太冷就不让他过来了。"

"行，路面太滑，我也是这意思。"王与祯点头道。

邬招娣推着电瓶车回来，埋怨道："陈家人真懒，门口雪也不知道清理，差点摔一跤。"看见王宝鬃问："又拉着腿往哪儿跑？"

"给爷爷送饭。"

"让你爷爷当心路滑，出门穿防滑靴。"邬招娣交代她。

王宝鬃一路滑行到老院，看堂屋坐了几个人聊天，随手解下围巾，裹着烧饼跟保温盒，放在院里打眼的位置。她在路上滑了会儿雪，围着大槐树转了圈，不太想回家，又没地方去，抬脚朝王西平家走。

推开篱笆门，院里依然生了火，父子俩围着火堆坐。王宝辔唏嘘，王西平家实在太穷了，寒冬腊月天只能烤火取暖。

甘瓦尔端着碗喝粥，王西平叉着田鼠烤，黑犬耷着脑袋卧在地上。王西平看了她一眼，回头继续烤田鼠。甘瓦尔看着她，也没说话。

王宝辔烤了会儿火，闲来无事问："我能去堂屋里看看吗？"

"能。"王西平看她。

王宝辔跨进堂屋，一组陈旧的中式沙发，一张八仙桌，一个书柜。屋中央是座方形火炉台，台面比麻将桌小一圈，火口放着烧水的茶壶，有排烟筒从窗口伸出去。

一面墙上贴了几张褪色的奖状，旁边是个大相框，框里是一家四口站在葡萄藤下的合影。框沿还夹了几张灰黄灰黄、略显斑驳的照片，是王西平跟王西琳学生时代的留影。

王宝辔目光从王西琳脸上移开，她看不得亡人旧照，特别是眼睛。

书架上是一列列书。一列佛家、道家，一列金庸、古龙、梁羽生，剩下几列是东西方哲学、心理学、犯罪学、悬疑推理小说等。

她手指滑过弗洛伊德的书，透过窗户看向院里的人，一瞬间难过不已。活着的人，总要想办法活下去。

堂屋一目了然，冷冷清清，却又异常亲切。爷爷的老屋也是这种格局。

经过火炉准备出去，闻到一股烤红薯味儿，她把火口的茶壶拎开，内侧壁沿上放了几块红薯。她找到火钳子，夹了块红薯出来，手指摁了摁，夹出去丢到王西平脚边。

"火候正好，再烤就老了。"回屋又夹了块，丢到甘瓦尔脚边。

王宝辔用脚钩了个小马扎，坐在火堆边，来回颠着手里的红薯，太烫了。红薯不小心掉在火堆里，火星子溅得哪儿都是。王西平见状接过，轻拨开火堆，把已烧成木炭状的红薯给找出来。

王宝辔摁了摁，太硬了，不能吃，顺脚给踢去了一边。王西平把手里剥好的红薯递给她，捡过她踢去一边的红薯，用力掰开，找勺子挖着吃。

王宝辔吃着手里的红薯，心想，我这大侄子真懂事。想罢，往火里推了下柴："我奶奶说，吃烧煳的东西运气好，能捡钱。"

"你怎么不吃？"甘瓦尔反问。

"我嫌苦。"

"语文书里说，吃得苦中苦方为人上人。"甘瓦尔说。

"我不想吃苦，也不想成为人上人。"她问甘瓦尔，"你读几年级？"

甘瓦尔伸出五根手指。

"语文老师是谁？"

"王阿玥。"

王宝氅点点头，专心吃红薯。

王西平把烤好的田鼠撕开，喂到黑贝嘴边，黑贝爬起来抖抖毛，走到甘瓦尔脚边卧下。

王宝氅把红薯皮扔进火堆，拍拍手说："镇里有养鸡场，里面有死鸡卖。"

"在哪儿？"王西平看她。

"比较偏，挨着玻璃厂。"王宝氅说，"养鸡场是我同学家的，你要的话帮你问。"

"有屠牛场吗？"甘瓦尔插话，"黑贝爱吃牛肉！"

"年口儿牛肉正贵，四五十一斤。"王宝氅摸着黑贝问，"部队都喂牛肉？军犬不讲究营养均衡？"

"它已经老了，用不着讲营养。"王西平翻着烤鸽子说。

"老了不更应该讲究营养？肠胃受得了？"王宝氅不解。

"它到寿限了，不需要讲营养。"王西平语气平和地说。

王宝氅瞬间明了，没再说话了。

王西平端起杯茶，吹吹浮叶，喝了口放凳子上。王宝氅问："这是什么茶？"

"毛尖。"

"我能泡一杯吗？"

"毛尖苦。"

"没事儿，我能喝苦茶。"

"我帮你泡。"王西平起身。

"不用，我自己来。"王宝氅先他一步去了堂屋。甘瓦尔紧跟过来，拿出包茶叶，捏了一小撮到茶杯里，用温水洗了洗，拎起茶壶沏了满杯。

王宝氅问："你们吃过晚饭了？"

"吃了。"好像故意似的，甘瓦尔刻意补充，"爆炒野兔！"

"野兔不是打给黑贝的？"

"我们吃什么，黑贝就吃什么。"

"黑贝吃田鼠，你们也吃？"王宝氅好奇。

"我们才不吃田鼠！"甘瓦尔说着拿了本书出去。

王宝鏊端着茶出来，坐在火堆边烤火，一会儿看看夜空，一会儿盯着火苗，心思转了几转。

王西平手里拿着书，看得专心。

甘瓦尔在灶屋忙活，不大一会儿，端着碗兔肉出来，搁在板凳上，手捏着块兔肉啃，还来回吮着手指。

王宝鏊看得眼馋，指着碗问："我能尝一块吗？"

甘瓦尔把兔肉往她跟前一推，王宝鏊捏了块，啃着问："谁炒的？"

甘瓦尔指指王西平。

王宝鏊评价："好吃，炒入味儿了！"

"我们那儿不让女人吃兔肉。"甘瓦尔指着嘴唇道，"说生小孩会兔唇。"话落，王西平连打了几个喷嚏，合上书，拢了拢身上的军大衣。

"上午冻感冒了？"王宝鏊看他。

"没事儿。"王西平摇头。

王宝鏊想到了什么，问他："你认识王家栋吗？你们好像同岁。"

王西平想了会儿，点头："认识，中学一个班。"

"他家今天宰牛，我爷爷弄了兜下水给黑贝，明天给你拎过来。"

"黑贝不吃下水。"王西平看她。

"我爷爷都已经弄好了，拎回来不吃扔掉好了。"王宝鏊直视他。

王西平点点头。

"你回来见过王家栋没？"王宝鏊闲聊。

"没留意。"王西平摇头。

"王家栋儿子读高中了。"王宝鏊开始了八卦，"王家栋高中就闹大了女同学的肚子，那姑娘辍学在家生孩子，孩子今年读高一。前几年两人才领证，不过去年又离了，儿子留给了王家栋。"

"前年他家盖洋楼，他老婆跟装修队认识，房子都没装完，他老婆就跟着队里男人跑……"王宝鏊止了话，望着听得津津有味的甘瓦尔，再不说。

"然后呢？"甘瓦尔很感兴趣。

"男孩子，太八婆不好。"王宝鏊起身，"哎，王西平，你知道喊我啥吧？"

王西平看她。

王宝鬏喝口茶，双手揣进兜里："论辈分，你应该喊我声姑姑。"朝着甘瓦尔道："你应该喊我声……姑奶，反正比你爸高一辈就对了。"话落，晃着出了院子。

王宝鬏蹲在电暖器前烤面膜，邬招娣嗑着瓜子说："你堂哥今儿回来了，我让他捎了条多宝鱼，洗衣盆里养着呢。"

王宝鬏往脸上敷着面膜，没接话。

"李琛啥时候来？确定了没？"邬招娣问。

"他要是不来，咱家还不过年了？"王宝鬏无奈。

"你顶我干啥？都年二十九了，我不提前安排食材？"

"不用，咱家两个月不买菜都饿不死。"

王与祯坐在沙发上泡脚："厨房里都是你安排的菜，年年就你备得足，最后吃的没扔的多。"

"你们不吃怪得着我？年年有余年年有余……就得扔点，不能全部吃干净。"邬招娣很有理。

"少备点不就行了？大年初一哪儿买不来菜？"王宝鬏说。

"我都懒得接你妈话。"王与祯擦着脚说，"去年春节买的带鱼，你爷爷过寿才吃完，少说放了半年。"

"冷冻着怕啥？新闻上才曝光，超市冷冻柜里的进口肉，全是冻了几年的僵尸肉。"

"行行，你就是常有理。"王与祯端着洗脚盆去了卫生间。

王宝鬏揭掉面膜上楼，邬招娣喊她："年夜饭搭把手，别整天拉着腿满街跑。"

"连着三年，哪一年年夜饭不是我掌勺？"王宝鬏反问。

"隔壁家的王铮，从十四岁就帮她妈煮饭。"

"我朋友王阿玥，活了二十七年，酱油醋不分，她妈从来不让她下厨……"

"所以她才没男朋友啊！"邬招娣打断她，"前阵儿她妈碰到我，还让我给阿玥说门好亲……"

王宝鬏大步上楼，听腻了。

楼下传来王与祯的声音："别整天叨叨叨，你让幺儿清静会儿。"

王宝鬏在床上来回翻，心里躁，睡不着。她拎起枕头掷到地上，干瞪了会儿眼，捡起来继续酝酿睡意。

甘瓦尔在梦里发癔症，双手握拳，咬着牙用力地蹬腿。王西平轻抚他的背，他又平缓下来，慢慢打起了鼾。

王西平掀开被子下床，穿着拖鞋去了厨房。他先在煤气灶上烧了块蜂窝煤，夹去堂屋的火炉里，随后拿出宣纸铺在八仙桌上，用镇尺压着，垂头研墨。

天大亮，他已写了满纸小抄。合上宣纸，淘了把米放到砂锅里，把砂锅放在火炉上熬。换双鞋，拉开篱笆门，身后跟着黑贝，一人一狗围着麦田慢跑。

他跑了一个钟头，绕到集市上买了油条，一大兜肉包子。待要结账时，王国勋递了钱过去，朝老板道："一块儿给。"然后问王西平："光穿件夹克冷不冷啊？"

王西平摇头道："习惯了。"

王国勋双手背在身后，与他同行："咱俩一路回去，昨儿家栋家宰牛，我弄了兜下水，你拎回去喂这狗。"

王西平点点头。

王国勋问："你伯母还没出院？"

"还没，大伯说初三才能出院。"

王国勋点点头，问他："宝猷他爸跟你说了吗？晚上回来家吃饭。"

"二爷说了。"王西平踌躇道，"我就不过……"

路人冲王国勋打招呼："老书记，你们祖孙俩大清早是去哪儿？"说着递了支烟过来。王国勋接过夹耳朵上，王西平摇头："我不抽烟。"

对方笑道："不抽烟好。"那人同王国勋聊几句家常，骑着电瓶车走了。

见人走远，王国勋说："这人是陈家侄子，药厂里的主管。"

王西平点点头。

"咱们家人口少，年夜饭人太少不像回事儿，晚上你领着孩子过来热闹热闹，不过添双筷子的事儿。"王国勋问他，"你是不是还没见过宝鳌？"

"见过，前天见了。"

王国勋又问："那你见过宝猷没？"

"中学见过。"

"那都十来年没见了。"王国勋比画道，"宝猷估计跟你一般高，比你壮实比你白，但没你长相周正。咱王家人都长得好。宝鳌念高中时，陈家老爷子就问过我，想跟他孙子提，我嫌他孙子长得不好。好几个人看中宝鳌，我都嫌他们不好。"

王西平侧身听着，也没接话。

王国勋拍着他的肩："宝猷身杆没你直，他颈椎不好，整天就知道埋头学习。咱王家国字辈里，我长得最出众；与字辈里，宝鳌她爸、她姑跟你爷爷最出众；宝字辈里，宝鳌、宝源跟你爸最出挑。宝鳌你见了吧？那双眼睛能说话似的……就是性子没她哥好。西字辈里，你跟樱子最出挑。反正咱们王家没出过歪瓜裂枣。不像陈家，男女脸上不是橘子皮就是痘。"

王西平拎了牛下水回来，拆开放地上。黑贝围着转了圈，鼻头嗅了嗅，扭头卧回火炉旁。

父子俩吃完早饭，甘瓦尔蹲在地上，自己跟自己下跳棋，王西平拿本经书坐在火炉旁边看，不时打个喷嚏。

"那女人还来吗？"甘瓦尔问。

"哪个女人？"王西平看他。

"就是昨天那个。"

"她没说错，你应该喊她声姑奶。"

甘瓦尔没接话，拨拉着棋子玩儿。王西平合上书问："出去转转？"

甘瓦尔等在门口，王西平穿上外套，递给他一副耳暖，两人一狗出了篱笆院。

漫无目的地转了圈，路人寥寥，大都在家准备年夜饭，只有成群的孩子在打雪仗。父子俩站着看了会儿，甘瓦尔问："那女人家在哪儿？"王西平抬头看了看，指着栋红瓦洋楼。

甘瓦尔蹲下攥着团雪，王西平问："要不要晚上过去吃饭？"

甘瓦尔抬头问："去哪儿吃？"

王西平俯身抓了把雪："你姑奶家。"

甘瓦尔点头："也行。"

"要不要跟他们玩会儿？"王西平看着打雪仗的孩子。

"不去。"甘瓦尔摇头。

镇子的广播里放着首老歌，齐豫的《橄榄树》。王西平跟着哼了两句，看着电线杆上的喇叭道："小时候发洪水，喇叭里就会喊，发洪水了发洪水了，然后我们一窝蜂地往学校跑。"

"为什么往学校跑？"

"学校是新建的三层楼。"

"我们小学是四层？"

"我是说中学。"

"我们小学以前是什么？"

"是平房，下雨天就漏水。"

两人散步到大槐树下，王西平看着坳里的下溪村问："下去转转？"

甘瓦尔异想天开道："我也想滚下去，跟那女人一样。"

王西平说："有人滚下去撞断了胸骨。"

甘瓦尔作罢，跟着他老实地往下走。

广播里换了音乐，是喜庆的节日歌。甘瓦尔团了个雪球，朝王西平身上掷去。王西平拍拍身上的雪，没理他。甘瓦尔安静下来，牵着黑贝往前走。

王西平俯身，攥了团实实在在的雪球，朝他背后砸去。冷不防被砸到后脑勺，甘瓦尔捂着脑袋回头看他。两人对视了会儿，王西平过去揉揉甘瓦尔的脑袋，甘瓦尔趁机往他身上撒了把雪，然后撒开腿就跑。

王西平捻着手腕上的红绳，仰头看着冻云密布的天。甘瓦尔在远处喊他，指着片蜡梅林。王西平望过去，大簇大簇的红、黄、白，零落着几株紫。

王与祯端着保温杯从街上过，老远就瞧见从坳里出来的父子俩。甘瓦尔在结冰的路面上滑，王西平跟在身后，手里拿了把红梅。

王与祯喝了口茶，往前迎了两步道："我刚从你们家出来，走，过去陪你太爷爷喝杯茶。"

王西平犹豫道："那我先回去换件衣服。"

"犯不着，你这身就很周正。"王与祯看他手里的蜡梅问，"你大伯园里的？"

王西平点点头。

王与祯看着这张神似老友的脸，别开头往前走道："我昨儿去了趟坟地，西琳那坟头有个蛇窝。这事儿你怎么看？"

"有蛇窝不正常？"王西平问。

"你觉得这没什么？"王与祯看他。

"我不懂风水，我认为这没什么。"王西平说。

王与祯点头："行，那我明白了。等会儿甫管族里人说什么，你只管听就好，你太爷爷会拿主意的。"

王西平没接话，跟在他身后往家走。

第 2 章

　　王宝嫠拉开厨房门，客厅里的浓烟直呛鼻，姑姑王与秋包着饺子说："你去把屋门打开通通风，不然等会儿客厅没法儿吃饭。"

　　王宝嫠踩着满地板的烟头、瓜子皮，走到客厅门口推开门。

　　坐在门口的堂叔说："开着空调开啥门？暖和气都跑了。"接着又朝主位上的王国勋说："当初就不该葬在祖坟，要我说，还是起棺迁坟……"

　　王国勋咳嗽了两声，指着门口道："幺儿，去搬把椅子让你堂叔坐里头，开开门通通气儿。"

　　王宝嫠推开客厅门，拉开后窗，进储藏室搬了几张凳子出来。

　　王宝嫠回来厨房，拿了把蒜薹切，客厅里又恢复了吵嚷声。屋里坐了十几个人，有话语权的不过三两长辈，但气势足，声音大。

　　王与秋朝客厅努努嘴，摇摇头，不作声。

　　王与祯站门口跺跺脚，抬步进屋。王西平父子也跺了跺鞋上的雪，跟着进屋。王与祯指着椅子，示意他们坐，又朝厨房喊道："幺儿，找个花瓶出来！"

　　王宝嫠出来看了眼，接过王西平手里的蜡梅，找了个花瓶插进去。王国勋朝着王与祯问："你跟西平都说了？"

　　王与祯接着热水道："大致说了。"

四太爷朝着王西平道："你爷爷临走前，交代我跟你大太爷多照应你们这支，情况老二也跟你说了，现在就是商量着要不要迁坟，毕竟是你家的事儿，还得听听你的意思。"

王西平沉默了半晌，问他："迁到哪儿？"

四太爷看了眼王国勋，王国勋没应他。四太爷斟酌着说："迁到杨树沟那片。"

王宝鳌的堂叔抽着烟，附和道："族里人外头走的都要葬那儿，你五叔就葬了那儿，其实葬哪儿都一样，都是族里的坟。"

"必须迁坟？"王西平问。

"这事关祖上风水，不是我们说了算的。二十年前陈家老太爷就起棺迁了坟。"堂叔朝王国勋道，"大伯，要不你跟西平说？"

王国勋低头吹着茶叶，没听见似的。王与祯要开口，被大哥王与仕一个眼神制止了。屋里静了半晌，王西平看向四太爷："那就把我父母的也迁出来吧。"

厨房里切菜的王宝鳌愣住，与王与秋相视一眼，放下菜刀，趴在门口听客厅的谈话。

客厅里气氛僵了，众人还没做反应，堂叔将烟头一摁："这不是赌气的事儿，我儿子不也葬到了杨树沟？部队里把你父母送回来，族里也不好说什么，但西琳一个没出阁的丫头就不该葬到祖坟，她压不住！你说桂枝的车怎么就蹊跷地陷到那沟里了？还凭空跑出一只兔子把她引到祖坟？要我说，这都不是巧合，这是祖上对后辈的……"

王国勋磕了磕烟枪，清了清嗓子问："老四，这事你怎么看？"

四太爷踌躇道："要不也让与仕、与祯这些晚辈说说？"

王国勋道："我看行。"他朝着三与祯说："把幺儿喊出来，这镇里竞选什么的，投票不分长辈晚辈。咱族里以后也要紧跟时代步伐，在一些重大问题上，晚辈们也可以参与两句。与仕是镇长，宝源是科长，宝鳌是高材生，那就让他们简单说两句。"

堂叔不满道："族里的大事，晚辈插啥嘴？"随即意识到自己也是晚辈，不情愿道："那行，就让他们也说说。"

王国勋道："就算我是老子是族长，出了王家的门，我一切都得听王与仕的，谁让他是镇长，我是平头百姓？"说完笑两声，下面晚辈也跟着笑了。

四太爷道："那行，与仕你先说吧。"

王与仕斟酌道："前年南坪镇要过高铁，东站底下就是程书记家祖坟。高铁要是修到咱王家坟头，我也无能为力，目前除了少数民族，全国都是火葬。去年邻村夜里偷葬下的人，第二天就刨了出来。至于西平的父母，那是上头应准的。"

王国勋咳嗽了几声，王宝氅端了冰糖雪梨给他，王国勋喝了几口道："我以后也是火葬。"

堂叔道："大伯，入不上祖坟就不入，这都是后话。眼下是坟头起了蛇窝，这是大忌，直接影响后代子孙。"

王国勋擦擦嘴，看向王宝氅："这事儿你怎么看？"

王宝氅不卑不亢道："历代帝王将相家，各有各样的陵寝，最讲究风水，但子孙王朝世家该覆没还是覆没。谁家祖坟堆会没窝蛇，没窝兔子，没窝黄鼠狼？咱们这儿祖坟有蛇不吉利，但在很多地方是大吉。蛇乃地龙，说明风水极好，族里要觉得是大忌，那就赶走填平好了。若动辄迁坟，将来太爷爷坟头总不能也起棺？"

堂叔来气了："你的意思是我们搞封建迷信？"

"有些小迷信是图吉利，比如婚嫁看日子，这无伤大雅。但要起棺迁坟这就另当别论——"王宝氅话没说完，被王国勋给打断："去给你四爷、堂叔都盛碗雪梨汤，天干润润肺。"

王宝氅回了厨房，王与秋轻斥她："没大没小，怎么说也是长辈，你爷爷还在屋里坐呢！"

"爷爷让我说的。"王宝氅不以为意。

客厅里又嚷了两句，王宝氅偷看过去，四太爷拿着盒茶叶离开，堂叔面色不豫地跟在后头，小辈们也都依次离开。王宝氅说："堂叔憋着气呢。"

王与秋道："能不憋气吗？为了让他儿子葬到祖坟，堂婶都撒泼打滚了好几天，四太爷死活不同意。这回是堂叔特意搬了四太爷过来，想看他怎么处理。"

王宝氅皱皱鼻子道："葬就葬呗，跟咱祖上出过皇帝似的，还要筛选一下才能入祖——"

王与秋轻打她的嘴："胡扯八道，这风俗哪儿都有，祖坟就不是乱入的。他儿子酒驾撞……也是费了老大劲，本来是要火葬的。"她看了眼客厅里的人，轻叹一口气道："西平这孩子也是不会说话，太直愣。"

"那该怎么说？同意四太爷跟堂叔，把自己亲妹子刨出来丢进乱坟岗？"

"你早晚吃嘴上的亏。"王与秋点她的脑门。

"你们可真难伺候，我不说话，你们说我整天没个话。我说话，你们又嫌我话难听。"王宝鳌扭头看到盆里的多宝鱼，顺手捞起来，拎起刀"咔咔"两下，拍死处理内脏。

王与秋阻止不及，瞅着鱼道："你妈特意叮嘱了，这鱼是招待李琛的。"

王与祯进来转了圈，戳戳多宝鱼："这鱼长得砢碜，下不去筷子。"

王与秋笑道："嫂子说这鱼长得吉祥，团团圆圆的寓意好。"

"我看王八更吉祥。"王与祯道，"我给你嫂子打个电话，整天忙得不着家，看她晚上是在敬老院过，还是回来吃。"

"嫂子包完饺子就回了，年夜饭肯定是要在家里吃。"王与秋示意客厅，"四叔怎么说？"

"那支就剩俩西字辈，咱这支人多势众，一帮子长辈欺负一个晚辈？四叔若非要迁，我们爷仨都不会同意。都啥年代了，还靠祖坟旺子孙。"王与祯说。

"这事儿跟四叔好好说，他不是糊涂人。"王与秋拍掉落在他胸前的烟灰。

"行，这事儿你别操心了，这会儿你们俩给那孩子封个包。"王与祯说。

"什么包？"王宝鳌问。

"红包。什么包？"王与祯斟酌道，"要不也给西平包个？他们父子俩一人一个。今早上你妈说，镇里组织王户为一个小组，轮流照看生活困难户，一个是陈家的智障儿，一个是眼盲的黄家老太，一个就是西平。"

王与秋诧异："西平算不上吧，咱这么大个家族，照应不了他们父子？"

王宝鳌简直难以置信："我妈咋想的？陈家那智障跟黄家老太，都是失去了生活劳动能力的人。王西平那么大个头，有手有脚……"

王与祯打断她："不仅是物质方面，我也跟你们闹不清，你妈说是帮他重拾生活信心……"

王宝鳌皱皱鼻子："我妈可真把自己当回事儿。"

王与祯拎着扫帚回客厅，王与秋捏着饺子道："幺儿，你去接过来扫，你爸就会扫个眼皮底下。"

王宝鳌腌好鱼，洗洗手出去。

王与祯递了支烟给王西平，王西平接过拿在手上。王宝鳌扫帚扫过来，王西平腾空双脚，甘瓦尔搬着椅子挪位置。王国勋道："你这丫头就没眼色，哪有这会儿扫地的？"

王宝甏直起身子："我爸让扫的。"

"我是看满地的瓜子皮，没落脚的地儿。"王与祯朝着她道，"你就没眼色，不能先扫别的地儿。"

王宝甏准备撂扫帚，王西平说："没事儿。"

王国勋指着旁边的沙发，朝王西平道："带着孩子坐过来，这头暖和。"

王宝甏铲了糖纸、瓜子皮出去，刚放好扫帚，王与祯问："幺儿，你妈买的糖果炒货在哪儿？"

王宝甏扒着储物柜，拎了几兜东西出来，看了眼坐在沙发上的甘瓦尔，往果盘里倒了牛轧糖和干果，又弄了盘砂糖橘，端给他："吃吧，很甜。"

甘瓦尔手指抠着裤子缝，摇摇头。

王西平把手里的烟放桌上，剥了个砂糖橘给甘瓦尔，甘瓦尔接过掰开吃。王国勋抽着烟说："爷们儿抽点烟是好事。"

王西平道："不太喜欢烟味。"

"抽两口就习惯了。我在镇里开会那会儿，每天能抽一包，手指头都熏黄了。现在闲了，没事儿就抽个一两根。"

王西平看着桌上的烟，拿起来点上，刚抽两口，呛得直咳。王国勋笑道："你这实心眼，不会抽就算了。"

王宝甏开了瓶黄桃罐头，递给甘瓦尔："要不要去书房？"

甘瓦尔看看王西平，接过罐头说："不去了。"

王宝甏回书房拿个平板，找了个耳机给他。甘瓦尔摇头："我不玩。"

王宝甏打开平板问："想看什么电影？这里都有。"

甘瓦尔想了会儿问："有《西游记》吗？"王宝甏搜到《西游记》，插上耳机递给他，随后回厨房盛了碗雪梨汤，端出来给王西平。

王国勋喝了口茶，看着王西平道："昨晚上跟老二商量，你要是没啥事儿，坳里的那几亩桃园就交给你打理。当初没人愿意承包，咱们王家就起个头。你二爷就是个教书先生，打虫、施肥、摘果这事干不了，桃园落他手里也算糟蹋了。"

王西平想了会儿，说："我给承包费——"

王与祯打断他："让你打理就是给你了，提钱外气。当初没人敢承包怕赔钱，我是为了支持你太爷爷的书记工作，只能身先士卒。我平日忙得很，打药、摘桃都请的工人，赚的都不够给工人工钱。管理好赔钱是不会，只是赚得能糊口。"

王西平点头："谢谢太爷跟——"

王与祯摆手："谢啥，等枣熟了管幺儿吃饱就行。"

王国勋咳了几声，王与祯拿走他的烟袋，看见上面花里胡哨的玉吊坠："这是幺儿弄的吧，也不嫌碍事。"

"幺儿说南方祠堂的族长都有吊坠。这是身份的象征。"王国勋道。

"她净唬你。"

说着邬招娣跺着脚回来，先跟王西平招呼了声，然后摘着手套说："爸，这事你得管管，王辉那哥儿几个把老太太一个人丢到敬老院，过年都不接出来。"

王国勋道："我可管不着，他们那支离太远了。"

王与祯点点头道："王辉家的事儿你别管，入秋的时候咱爸想去他家，他媳妇看见咱爸老远就锁了大门。"

"这家人真不是东西，四个儿子来回唠，没一个愿意接老太太回去。"邬招娣去厨房看了眼，夸道，"我闺女跟妹子就是麻利，都捏好饺子准备炒菜了，我还想搭把手来着。"

王宝螯麻利解下围裙给邬招娣，邬招娣盛了雪梨汤出了厨房。

王国勋问："敬老院里还有人？"

"还有十来个外村的，咱街里就王家老太太在，他们哥儿四个也不嫌丢人。"

王国勋没接话，把果盘推到甘瓦尔跟前："剥着吃。"

邬招娣拆开一瓶酸奶，递到甘瓦尔手里："别拘着，就当自个儿家里头。"

王宝螯腾了餐桌，端着菜盘出来摆。王国勋坐在主位，左右两侧坐着王与祯和王西平，邬招娣挨着王与祯坐，王宝螯挨着王与秋坐。

王国勋举着酒盅道："祝咱们家一帆风顺、岁岁平安！"

邬招娣夹了鸡腿给甘瓦尔，冲着王西平说："你这孩子就是憨，镇里分给你的居民楼不住，偏住那犄角旮旯院。那条路雨天泥泞得没法儿走，连个路灯也没装。"

"有啥关系，老屋夏天住着舒坦，比居民楼凉快。咱爸的老院不跟西平家一样？"王与祯道。

"那屋雨天漏不漏？"王国勋问。

"不漏，墙脚有点洇水。"王西平道。

"开春了找人用沥青补补，院里铺条青石板路，雨天方便。"

"好。"王西平点头。

"堂屋里墙也刷下，有些地儿都鼓包起皮了。再安置套沙发茶几之类的，屋里太冷清没人气。"

"沙发不用买，咱三楼有套闲置的，常年没人上去住，不如让西平搬去。省点开销是点。"邬招娣道。

"没事儿，等雪化了我打一套。"王西平说。

"你会打家具？"王宝鳌诧异。

"会一点。"王西平点头。

"你小时候骑的木马、洗澡的大木盆，都是西平他爷爷给打的。他爷爷可厉害了，那时候谁家要娶亲，提前半年招呼声，八仙桌、沙发、藤椅都会打。"王与祯看向王国勋，"爸，你那把摇椅就是与清哥打的吧？"

王国勋惆怅道："有十几年了，右腿的支架坏了。"

王西平看他："开春了我再给您打一把。"

王国勋笑道："那可真好，我就喜欢老式摇椅。"

王宝鳌问："能帮我打一把吗？可以躺着摇的那种。"

邬招娣指着储藏室："你网购的还在那屋里。"她随手给王西平夹了块红烧肉道："多吃点肉，脸窝都凹进去了。"

"网上的不行，刚躺上去眯着眼就散架了，吓我一大跳！"王与祯提起就心有余悸。

王与秋忽然问："鱼是不是快蒸好了？"说着起身去厨房。

"还蒸了一条鱼？"邬招娣看着桌上的红烧鱼问，见王与秋端了多宝鱼过来，随口又问："这鱼咋给蒸了？我交待了等李琛来……"

"我爷爷要吃蒸鱼。"王宝鳌回她。

"李琛初二来？"王与秋问。

王宝鳌嘴里塞得鼓鼓囊囊，不应声。

邬招娣问："你明儿下午不是去市里？问问宝源这鱼在哪儿买的，这两天她舅舅跟李琛会过来。"

"好。"王与秋应声，"我明儿捎两条回来。"

王宝鳌放下筷子，推开餐椅坐到沙发上。

邬招娣看她："你坐那儿干啥？"

"没胃口。"

邬招娣上了火："有本事别吃家里的饭，风一阵雨一阵的，谁招你了？"

"稀罕吃。"

"快过来吃，菜都凉了。"王与祯喊她。

王宝鳌转身要上楼，邬招娣说她："最近你是太上脸了？"

王国勋喊她："幺儿，坐回来吃饭。"

王宝鳌挣扎了一会儿，坐回了餐桌。

邬招娣轻骂道："都是给惯的。打小脾气就怪。"

"根儿里带的。"王宝鳌回她。

王国勋道："都少说两句吧。"

王与秋给邬招娣夹了菜，问她："明儿中午不是在大哥家聚？少说得两桌吧？"

邬招娣说："估计得三桌。"

"那明儿一早就得忙。"王与秋回头看王宝鳌，"你是不是也要过去帮忙？"

"我又不是厨娘，忙完这家忙那家。"

"仗着你爷爷在这儿，你就使劲作吧。看你还能作几天。"邬招娣冷哼。

"你这脾气不收收，将来结婚有你受的。我早托人打听了，李琛他妈可不是个善茬儿，常年跟她婆婆、小姑子不和。"邬招娣道。

"我感觉李琛性子挺温和的。"王与秋说。

"结婚前都收着呢，要都敢露出真性子，你侄女早就被甩……"王国勋咳了声，邬招娣止了话，不再说。

"妈，您担心得一点没错，您也别煞费苦心地准备鱼了，我们俩已经——"

"是不是有饺子？"王国勋打断她。

"有，我去煮。"王与秋应声。

"让幺儿去煮，顺便弄碟醋。"王国勋回头跟王西平聊家常，"明儿中午你大爷家聚，你带着孩子也过来。咱王家门里没几茬人了，以后你们小辈多走动走动。"

王西平点头："好。"

"生活上有困难就跟你二娘说，镇里鸡零狗碎的事儿她都管。跟你二爷说也一样。"王国勋说着从身上掏出几个红包，递给他们父子一人一个。

王西平推辞，王国勋道："得收了，这是长辈送的福气。"王与祯和王与秋也掏出来，依次给他们父子。

　　王与秋朝厨房喊："王桂枝快出来，你最期待的环节到了。"

　　王宝鳌端着饺子出来，王与秋给她个大红包。王国勋给她两份："你哥的那份也给你。"

　　王宝鳌接了一份："不稀罕他那份。"

　　王国勋收起来："不稀罕拉倒。"

　　邬招娣递给她："拿着吧，冤家。"

　　王宝鳌毫不客气地收下，一股脑儿都塞去口袋。她又从另一个口袋拿出俩红包，递给王西平："给吧，大侄子。"

　　王西平自然不接。

　　"别客气。"王宝鳌塞到他手上，将另一个给甘瓦尔，"平安顺遂地长大。"

　　吃完饺子散席，男人坐在沙发上喝茶，女人在厨房收拾，电视里播着应景的春晚，只有甘瓦尔在认真看。

　　邬招娣整理着剩菜道："怪不得我一问李琛，你就上火。"

　　王与秋努努嘴，示意她看王宝鳌的脸色，摇头让她别再提。邬招娣看王宝鳌默不作声地洗碗，又想想她这几天游离的状态，也就没再说。

　　王与秋找话道："西平属什么？"

　　邬招娣说："属虎吧？我过门第二天他爸就来报喜了。"

　　"那得有三十三了？"王与秋说，"他回来也一年多了，带着孩子单过也不是回事，要是有合适的姑娘……"

　　"咱爸也说过。可如今的姑娘都心气高，就陈家那离了婚的老三姑娘，还拖了一个儿子，我跟他们家提，后来再没信儿。"邬招娣道。

　　王与秋讶异，小声问："陈家老三姑娘？"

　　邬招娣撇撇嘴："可不是。"

　　"她不行，她是网恋被抓了现行……男方顾及脸面没提，儿子也不要了。"

　　"不会吧？她看着还算老实。"

　　"咱哪儿知道呢？她嫂子亲口跟我说的。"王与秋叮嘱道，"这事儿千万别说出去。"

王宝鳌擦擦手出来，拿着置物架上的手霜涂，看了眼坐在沙发上的甘瓦尔，转身翻抽屉找出支冻疮膏，递给他："睡前先热水泡泡手，涂上冻疮膏戴上手套再睡。"

甘瓦尔摇头道："没用，我涂过好多种。"

"这支管用，你老太爷脚涂了都管用。"

王国勋接话："我脚趾年年冻，去年涂了这个今年就没冻。痒了就说明管用，千万别挠。"

"爸，大哥已经泡上茶了，让咱们过去呢。"王与祯接着电话道。

"那过去坐坐。'王国勋朝王宝鳌道，"等会儿跟你姑一块儿过来。"随后又看向王西平："站着干啥？领着孩子一块儿过来。"

厨房都收拾妥当，邬招娣解着围裙喊："王桂枝，把屋门后那筐龙眼拎上，宝源跟樱子爱吃。"

王与秋端着酱牛肉道："嫂子，这肉不行了。"

王宝鳌换了身家居服从楼上下来："我说不上桌，我妈说没人能吃出来。"

"扔了吧。"

"扔了干啥，净浪费！"邬招娣朝王宝鳌道，"去你大伯家你换身棉衣干啥？"

"穿啥不一样？'

"你大伯家一屋子人，你就不能讲究点？村里靠墙吐瓜子皮的村妇就这么穿。你上去换那件红色的羊绒大衣。"

"我冷，我不换。"

"你不换就别去！"

"稀罕去。"

王与秋拎起筐龙眼，拉着邬招娣走："你们娘儿俩让人清静会儿。"随后看王宝鳌："我们先过去，你换了衣服再过来。"

王宝鳌剥了颗牛乳糖，看着离开的姑嫂俩，一屁股坐在沙发上，正不想去呢！她拿着遥控器换了一圈台，除了央视春晚就是省台春晚，没劲儿。

她看了眼餐桌上的牛肉，寻袋子装起来，拎着出了家门。她用手机照着到了王西平家，整个院里黑咕隆咚，黑贝叫着蹿了过来。它见是熟识的人，又了无兴致地卧回屋檐下。

王宝鳌推开堂屋门，凑到火炉边取暖，挑开火炉盖儿看了眼，拿着火钳子夹了块煤球压上。黑贝摇着尾巴进来，半蹲在门口盯着她。

王宝鳌捏了块酱牛肉喂它，它鼻子嗅嗅，咬住，嚼两口，吐到王宝鳌脚边。王宝鳌瞪着它："没坏能轮到你吃！"

黑贝不理她，趴在火炉边卧下。

王宝鳌在屋里晃了圈，随手抽了本书，半倚在陈旧的实木沙发里。看了不大会儿，手里的书掉地上，屋里响起轻鼾声。

甘瓦尔蹑手蹑脚地进屋，看见沙发上的人，虚惊一场。王西平捡起地上的书，拿了张毯子替她盖上。

甘瓦尔问："她怎么在我们家？"

王西平摇摇头，轻声道："去洗漱。"

甘瓦尔犹犹豫豫道："我又不瞌睡了，我想守岁。"

王宝鳌翻身动作大，察觉身子失重的时候，人已经摔到了地上。她爬起来看了眼，甘瓦尔坐在火炉边泡脚，王西平含着牙刷站在门口。

王宝鳌迷迷糊糊地问："几点了？"甘瓦尔指着墙上的钟，已经凌晨一点了。

王宝鳌睡眼惺忪地坐好，精神头还没缓过来，浑身没劲儿。甘瓦尔泡着脚看她，水声哗哗作响，像下溪村的夏天。王宝鳌突然怀念起了夏天。

"你怎么了？"甘瓦尔看她愣神。

"你们刚回来？"王宝鳌又躺下问。

"十二点就回来了。"

王西平端了牛肉进来，黑贝吃了两块，趴在那儿没精打采地闭着眼。王宝鳌道："我喂它它不吃。"

"牛肉有点坏了，我刚处理了下。"王西平看她。

"它都吃新鲜的？"

"是。"

王宝鳌不再说话，狗比人都讲究。

甘瓦尔端着洗脚盆出去，换了个脸盆回来，双脚浸泡在热水里。王西平蹲在黑贝身边，掰开它牙齿，挤了支滴剂进去。他抬头无意间跟王宝鳌对视，擦着手问："你是跟着兔子发现的蛇窝？"

王宝鳌愣了下，盘腿坐好道："我以为那是兔子或黄鼠狼洞。"

王西平看她："是蛇窝，我刚去看了。"

"夜里能看清？"

"有手电筒。"

"你打算怎么处理？"

王西平沉默不语，片刻后道："赶出来填平。"

王宝鳌没接话，突然又问他："西琳是不是怕蛇？我们俩曾坐过同桌，有同学拿了条冻僵的蛇吓我们，西琳好像还生病了？"

"嗯，她发烧了。"

"哦，那是要赶出来填平。"想了片刻，她又道，"那兔子也很玄乎，脚印到坟堆就消失了，然后我就看见了一个洞口。"

王西平看着她。王宝鳌越分析越玄乎："按理说雪应该覆盖了洞，但当时的洞口很明显，周围都是积雪。"

"冬天蛇都冬眠了。"甘瓦尔插话。

"对！"王宝鳌回应。

"你怎么看这件事儿？"王西平问她。

王宝鳌想了半天，斟酌道："我理智上不信这种事儿，但情感上有保留。最好是把蛇引出来，丢到远远的陉山后头。赶出来不是上策，万一它再返回来，或在咱家别的坟头打洞呢？"

"怎么引出来？"王西平问。

"找个人去坟头看看。总之不宜打死。"王宝鳌说得慎重。

王西平听着，也没作声。

"这事儿可以找我爷爷，他路子广，哪号人都吃。"王宝鳌又说。

"好。"王西平点头。

甘瓦尔笨拙地涂着手，王宝鳌说："我帮你涂。"

甘瓦尔拿着冻疮膏坐过来，王宝鳌涂着他的手问："怎么冻的？"

"我冬天爱凿冰，慢慢手就冻了。"

"凿冰干啥？"

"捕鱼吃。"

王宝鳌想起什么，抬头问王西平："羊沟村你去过没？"

王西平铺着宣纸道："没。"

"下溪村的溪水就是从羊沟村过来的。那村不比下溪村差，只是要翻山绕得远。当初镇里规划要打通路带动羊沟村的'轻旅游'，耗资太大也就不了了之了。"

甘瓦尔问："你怎么知道？"

"我哥同学是羊沟村的，我跟着去过两回。那边有个小河堤，堤两边是成片的杨树林。夏天在那儿露营、烧烤、游泳，有蝉鸣鸟叫，有杨树叶声。"

"比下溪村还美？"甘瓦尔看她。

"下溪村是装扮出来的美，羊沟村更原始一些。"她看向王西平，"里面有条河，估计这会儿可以凿冰捕鱼。"

王西平抄写着经书道："鱼多刺，狗不吃。"

"不让狗吃。我会做水煮鱼、酸菜鱼、红烧鱼、松鼠鱼。"

王西平看看她："好。"

王宝鳌看他抄写的小楷问："能静下心？"

王西平没接话。

"树欲静而风不止。"王宝鳌轻飘飘地丢下一句。

甘瓦尔坐在沙发上，脑袋往下一栽一栽地打瞌睡。王宝鳌让他回屋睡，他说要守岁。王宝鳌朝王西平问："你也要守岁？"

"我不困。"王西平看她，"我送你回去？"

"都这个点了，我妈肯定锁大门了。我也不困。"

王西平犹豫了下，指着里屋道："里面有床。"

王宝鳌在里屋转了圈，一张双人铁架子床，一排老衣柜。铁架子局部生了锈，衣柜上镶的穿衣镜裂了条缝儿。屋顶吊了盏曾经时兴的灯，墙脚有大片的石膏脱落。

她关了灯出来，朝王西平问："这是主卧？"

"嗯，我跟西琳住外面东西屋。"

"这房子需要简单修缮。"王宝鳌指着发霉的墙脚道，"以后会渗水更严重。"

王西平放下毛笔，看了圈道："开春后会简单修理下。"

"院里路面铺青石板吗？"

"不铺，栽的有果树。"

"中间可以铺条鹅卵石路，下雨天好走。"

"我考虑下。"

"你要修的话，我可以给你出张图。我大学念的建筑，我会在原有的建筑结构上，给你设计出简约的日式风。你家庭院深，能发挥的空间大，凉亭利用起来栽几株葡萄，另一边可栽花树或辟成小菜园……不用，院里不需要菜园，你家门口大片空地，花树那边可设计成半封闭式阳光房，冬晒太阳夏乘凉。"王宝鳌侃侃而谈，一股脑儿规划完。老半天，不见王西平接话。

王宝鳌很自信："我拿过最佳设计奖。"

王西平看她："我没钱。"

甘瓦尔趴在沙发上睡着了，王西平抱他回里屋，出来关上门问："你饿不饿？"

"你家有吃的？"

"你要吃的话，还有只野鸡。"

"可以烤？"

王西平走到院里，在屋檐下抽出几根柴，抓了把燃料，蹲下生火。

王宝鳌问："有酒吗？喝点暖和。"

王西平指指东屋，示意她去找。

屋里堆的东西杂七杂八，一架老式缝纫机上头放了箱酒，酒箱上落了灰尘。王宝鳌拎了一瓶出来："还能喝吗？"

"不知道，一年多了。"

"那问题不大。"她搬了个小马扎坐火边。等火生好，王西平架上野鸡，递给她一个小酒盅。

王宝鳌问："你不喝？"

"我不喝酒。"

"好习惯。"王宝鳌抿了一口，"我偶尔喝一点。"

王西平拿棍子往外轻拨着火苗。

"火不应该旺点？"

"火要压着，太旺会外焦里生。"

王宝鳌点点头，小口地抿酒，两人没再说话。过了大半晌，王西平往野鸡上刷油，露出手腕上的红绳。王宝鳌指着问："平安绳？"

"差不多。"王西平道。

"未婚妻送的？"

王西平手捻着红绳，点点头。

王宝鳖问："她是什么性格？"

王西平想了会儿，说："温婉安静，善解人意。"

"还温柔体贴？"王宝鳖问。

"对。"王西平轻声道。

"果然，男人是不是都待见这种性格？"

"什么性格？"王西平看她。

"嗯……就是传统的，性格绵软温顺的。"

"她很现代很独立。"王西平翻烤着野鸡，拧着眉，想结束话题。

王宝鳖也察觉话题不妥，拿着棍子轻击着地面。王西平往野鸡上撒了盐，王宝鳖没忍住问："你对心理学感兴趣？"

"有一点。"

"那你分析分析我。"

王西平翻烤着野鸡，不接话。

王宝鳖说："你放心，我不会生气。我有位同学就在修心理学。"

"你很焦灼烦躁，失眠多梦。"王西平看她。

"我没有焦灼，只是有点躁。"王宝鳖本能否认。

王西平不再说了。

王宝鳖拿着棍子乱拨火苗，火灰扬得哪儿都是。王西平吹掉落在烤鸡上的灰，安静地继续烤。王宝鳖把火苗又往一堆拢拢，将手里的棍子丢进去，望着火堆默不作声。

鸡烤好，王西平撕给王宝鳖个鸡腿，她接过："我被公司裁员了，我再也不想回去上班了！"她嚼着鸡肉道："可我更不愿待在家里。"

王西平撕着鸡肉，没接话。

"我每天早上六点半起，七点半出门，九点前到公司。晚上频繁加班，能十点到家都是福气。这种生活我过了四五年。起初是为了生存，后来是为了所谓的品质生活，想要专柜里的衣服和高档包。可现在一切都索然无味。"她抿了口酒道，"我这半年都失眠，头发大把大把掉。我像是被什么束缚住了，不懂自己在干吗。"

"你这情绪正常，换个环境调整一段时间。"王西平看她。

"我想在家调整，可在家里的压力更大。我妈会不停地念叨，镇里人会说闲话。"她看向王西平，"你能理解我在说啥吧？"

王西平点点头："可以出门旅行一段时间，也可以住你姑姑家调整。"

"对呀！我可以躲到姑姑家！"

"这不是躲。你住上一段时间就会感觉无聊，等无聊感来的时候，再好好审视自己要什么。"

"我要是一直都不觉得无聊呢？"她问，"你无聊吗？"

王西平捻着红绳，摇摇头。

"你知道自己要什么？"

王西平摇头："不知道。"

"你大学读的心理学？"

"没有，我业余琢磨的。"

大年初六，都快到阿玥家门口了，邬招娣来电话，说李琛来了。

王宝鬈骑着电瓶车回来，老远就看见李琛的车，一股烦闷与自我厌恶感袭来。

她在门口站了会儿才进屋，王与祯正跟李琛聊天，邬招娣在厨房张罗午饭，时不时插上一句话。李琛看见三宝鬈要起身，王宝鬈看着他道："你跟我爸聊会儿，我去给你煮饭。"

到了厨房，邬招娣埋怨地用手指点她的额头，解下围裙塞给她。

王宝鬈打开冰箱，挑了几样李琛爱吃的，放在案台上切。客厅里，邬招娣热情地聊天，跟新女婿上了门一样，像是完全不知道他们分手了。

李琛频频望向王宝鬈，从进门两人都还没聊上一句。邬招娣热情地给他夹菜，他有口难言。

王宝鬈放了筷子说："我带你去转转？"

两人转去大槐树下，看下溪村里的蜡梅。李琛点上烟，闷头抽了支，看着她说："我承认我这半年太忙了，可你知道的，我这一切都是为了我们的将来。上头有意提拔我为区域经理，我这时候不竞争……"

"我知道，是我的问题。"王宝鬈轻声说。

"我不是为自己辩解，我这些天好好反省了，我确实太忽略你了，你有好几次想跟我聊天，我都在忙工作。可是宝鬈你要体谅我，我所做的这一切不是为了我自己——"

"是我的原因，那种感觉又回来了。"王宝甃打断他。

李琛愣住，半天才问："不是已经克服了？我们这两年不都好好的？"

"我也不知道，自从两个月前你提结婚，这感觉时不时就来。"

"上个月有一个礼拜没理我，就是这原因？"李琛明白过来。

"嗯。"王宝甃点头。

李琛妥协道："那不提结婚了，我们以后好好的。"

"感觉已经产生了，我这两个月一直都在压制……"王宝甃想快刀斩乱麻。

"我明白了，我这次来是不是惹你厌恶了？"李琛看她没说话，转身离开，道，"那我先回了。"

王宝甃张张嘴，哑口无言。

李琛又停步，回头看她："以后有事儿就言声儿，我能帮尽量帮。"

王宝甃回了老院，王国勋在拌鸡食儿，多了句嘴问她："李琛回去了？"见她一副想找事儿的样儿，也不搭理她，只顾往鸡圈里倒食儿。

王宝甃在院里干转，泄愤似的朝墙上踢了个皮球，皮球反弹到鸡圈里，里头唯一的母鸡惊得飞了出来。

王国勋骂她，她追着母鸡满院子跑。母鸡跑出院朝街里去，她就跟在后头追，追了几条街，没追见。等她气喘吁吁地空着手回来，老远看见王国勋，扭头就拐弯，绕了好大一圈才回家。

家里，邬招娣抱着衣服在院里晾，王宝甃趁她不注意，蹑手蹑脚地回屋，一溜烟儿上了楼。她在床上翻了半晌，朝着墙上狠狠撞了下额头，撞得眼冒金星，泪花都涌了出来，趴床上又恍惚了会儿，才渐渐睡去。

再睁眼是被冻醒的，她坐床边愣怔了会儿，窗外天色已晚。

她悄悄下楼，伸着头朝客厅看，邬招娣正坐在餐桌边埋怨："我就弄不明白，李琛在市里有房有车年薪几十万，长得又一表人才，有里有面的，哪里辱没她了？这丫头打小就是个犟头！都是给惯的，我看她将来要嫁哪样的。昨儿咱大嫂还说，说这丫头是个大本事，我一听就话里有话。"

"你让我清静会儿，别没完没了叨叨。你给阿玥家打电话了？幺儿在她家？"王与祯问。

"不在阿玥家能在哪儿？她是理亏没脸回来。"邬招娣用筷子敲着盘儿道，"给她留点，万一回来饿了往哪儿戈食儿。"说着端着盘煎饺进了厨房。

王宝甃猫着腰下来，朝王与祯轻嘘一声，小跑了出去。正要去老院晃，看王国勋拎着烟袋从大伯家出来，见着她就问："我的母鸡哪儿去了？它正下蛋呢。"

王宝甃顺着小道想去姑姑家，但看下溪村黑咕隆咚的，自己也没带手机，徘徊了会儿，掉头往王西平家去。

甘瓦尔围着火炉烤馒头片。刷了油，撒了盐、孜然粉、麻辣粉，烤好拿起来咬了一口，走到厨房递给炒菜的王西平。

王西平就着他的手咬了一口，指着锅示意盛汤。甘瓦尔端着汤进屋，屋里站着王宝甃。

甘瓦尔瞪着铜铃眼看她，王宝甃问："几天没见不认识了？"

"你额头……"甘瓦尔拿了面小镜子给她。

王宝甃揉揉额头瘀青，不当回事儿。

王西平端着盘菜进来，看见沙发上的王宝甃，目光在她额头上停了两秒，坐下问："吃了——"话还没说完，王宝甃脚钩了个小马扎，坐过来说："没吃。"看着桌上的一盘青椒土豆丝、一盘白菜豆腐、几个热馒头，指着汤锅问："有多余的汤吗？"

甘瓦尔给她盛了一碗米汤，递给她烤好的馒头片。

"你吃。"王宝甃拿过桌上的热馒头，就着土豆丝吃了口，朝王西平问，"那人怎么说？"

"他说蛇冬眠不宜打扰，得要清明节前后。"王西平说。

王宝甃站在书架前浏览，抽出一本悬疑推理的书，翻了没几页合上，静不下心看。

王西平坐在马扎上看书，甘瓦尔抓了把花生放在火炉上，又切了几片红薯烤。王宝甃剥着花生，看他手里的超市宣传彩页，扎眼的一圈红字：鸡蛋3元一斤，5L调和油32元一桶。

甘瓦尔翻过另一面，看着游乐场的海报，抬头道："这超市骗人，镇上根本就没过山车。"

"这游乐场在市里，下面有写具体地址。"王宝甃指给他看。

"过山车真有几十米高？"甘瓦尔问她。

"有，但限身高。一般都是成年人坐。"

"我就是问问。"甘瓦尔解释道。

王宝鳌拿过彩页看了会儿，递给他"过年有活动，一位成人可携带一个小孩。"又朝王西平道："我明天去市里退租，你们要不要一起？"

"游乐场位置在哪儿？"王西平合上书问。

"你不是在看书？"

王西平没接话，王宝鳌无端开心了下，原来都静不下心，只是有人装得好。王宝鳌弯着嘴角看他，王西平不理她。

"明早八点走，我直接把你们送到游乐场。我收拾完东西泡个澡，估计你们也玩得差不多了。"

王西平点头："好。"

甘瓦尔隐隐兴奋，看着王宝鳌道："我们会很快的！"

"不着急，游乐设施很全，过年人多估计得一天。我傍晚过去接你们。"

甘瓦尔犹豫着问："要一天啊？"又看了看王西平道："那我们玩半天就好了。"

"半天不划算，票价都两百呢。"她看了眼地上的黑贝，朝王西平道，"侄儿，商量个事儿呗。"

王西平看她。

"你替我养一阵儿虎子呗？这天冷，我妈不让它去屋里，它蜷缩在角落里也不行。我们家虎子好养活，它馊饭烂食都吃，你们看着别让它吃屎就行……"王宝鳌想了想说，"回头我让养鸡场送点死鸡喂。"

"我怕它们打架。"王西平犹豫。

"我们家虎子识时务，它在别人门里不会挑事儿。你们最多替我养两个月，回来我就接回去。主要是虎子掉毛，我妈——"

"好。"王西平应下。

"那我们说好了？后天我牵过来？"王宝鳌确认。

"好。"

"你要去哪儿？"甘瓦尔问。

"去外面散散心。回头给你带礼物。"

"你什么时候回来？"

"五月份吧。"

甘瓦尔看她："桃花跟油菜花要开了，五月就没了。"

"没就没吧。回头我带你去羊沟村玩儿。"王宝甃看一圈屋子，"你们家没电视？"

"电视受潮不能看了。"

王宝甃点点头，问王西平："你是要修仙？"

隔天。父子俩背着包站在电线杆旁，一辆黑色奥迪停靠过来，王宝甃降下车窗问："吃过早饭没？"

甘瓦尔上了后座，王西平坐上副驾驶座："吃了。"

"那我们调头直接走。"王宝甃示意甘瓦尔，"你旁边袋子里是零食，等会儿背上。"

甘瓦尔说："我们都准备了……"

"准备的啥？"

甘瓦尔打开自己的包："有面包、牛奶，有火腿、鸡蛋。"

"不错不错，我以为会是馒头、咸菜。"

王西平看了她一眼，不想理她。

王宝甃想起什么问："身份证带了吧？"

王西平说："带了。"

王宝甃问："你会开车吧？"

"我没带驾驶证。我可以回去拿。"

"不用。"王宝甃递给他手机，"按照上面的提示操作，身份证号输进去，网上买票更省事儿。"

王西平琢磨了会儿，慎重道："身份证号不能乱填，容易泄漏。"

"没事儿，人家都卖出几十万张票了。"

"现场买吧。"王西平坚持。

"你火车票在哪儿买？"王宝甃问。

"火车站售票窗。"

王宝甃靠边停车，看他："我爷爷、我爸、我大伯他们去哪儿出差都网购票！有些票都不用取，直接刷身份证进站。"

王西平不为所动。

"不是我非得网上买，是人家没售票窗口。"王宝甃示意手机界面，"这是游乐场官网，付款直接刷身份证进园。没票可卖，无票可取。"

王西平只得掏出身份证，按照上面的提示操作。显示付款时，王宝甃输入指纹，购票成功。随后问他："你知道我为啥要用手指？"

王西平不理她，扭头看窗外。

"我们平常买东西也是用二维码付款的。"甘瓦尔道。

王宝甃夸他："厉害！"她指着袋子道："里头有平板，你拿来学习或看影视剧，不可以下载游戏。"

甘瓦尔摇头："我们家没 Wi-Fi。"

"连你们学校的 Wi-Fi，下载出来回家看。"王宝甃说，"你们英语作业不是需要扫码？你平常怎么学习？"

"我有自己的微信，平常用来学习的。"

王宝甃点头："这平板内存小，我平常用不上。你要是需要就拿去用。"

甘瓦尔犹犹豫豫，看看王西平。

王西平回头说："你需要的话就用。"甘瓦尔拿出来放进了自己包里。

到了游乐场，王西平放车里两百块："门票钱。"

王宝甃点头："我四点过来？"

"好。"王宝甃打着转向灯离开。

父子俩找着游乐场入口，顺利入园。

甘瓦尔看向闸机口说："我们还能取票吗？我想留一张做纪念。"

王西平捡了张地上的掸掉灰给他。甘瓦尔嫌弃："我不要，这不是我的票。"

王西平走去验票口问，对方说进来就不能再出票了。王西平说："以后再带你来。"

甘瓦尔点头："也行。"

半空传来尖叫声，父子俩仰头看，一列过山车倒挂半空，忽地急速下降，转了一大圈又突然停在半空，再骤然直降。

甘瓦尔测了身高，超一米五了，无须家长陪同就可乘坐。他跟着工作人员到位置坐下，手紧抓着安全压杆，眼睛看着站在护栏外的王西平。王西平犹豫了下，走到入口跟工作人员解释，对方开门让他进来。

王西平睁着眼，腮帮紧绷，脸色青白。甘瓦尔闭着眼，浑身轻颤，手指甲紧抠在王西平手背上。过山车倒挂在半空，车上人喊得声嘶力竭，唯有这对父子看似淡定。王西平转头看甘瓦尔，抬手放到他嘴边，过山车急速下降。

待停稳下来，王西平越过人流，直奔卫生间方向，趴在便池上呕吐，撑在门上的手，从牙印里渗出鲜血。

甘瓦尔头重脚轻地出来，看不清人，听不见声，也辨不明方向。他被人流往前拥了几步，本能地弯腰呕吐，呕吐物溅到游客身上，对方骂了几句。有人问他家长在哪儿，甘瓦尔直起腰，眼神惊慌地四下找。待缓过神，他手紧紧地拽着羽绒服，涨红着脸看着呕吐物，不敢离开，更不肯抬头看周围的人。呆站了一会儿，他脱下身上的羽绒服直接清理地面的呕吐物。工作人员阻止不及，反应过来要处理，甘瓦尔已经把羽绒服丢到垃圾桶，扭头跑了。

王西平洗了把脸，出来找甘瓦尔。他围着过山车转了圈，附近也找遍了，看到清洁工从垃圾箱里拿出来的羽绒服，走过去看了眼，跑到广播室播音找人。

甘瓦尔游荡了十几分钟，嘴唇冻得发紫，跟着人流进了小剧场，缩在角落暖和了会儿。剧目表演结束，大家起身依次离场，甘瓦尔跟在队尾慢腾腾地出去。有位年轻妈妈看见他，问他是不是跟家人走散了，甘瓦尔警惕地看看她，扭头就跑。

园区广播播到第八遍，甘瓦尔才跟着导向牌指示，往游客服务中心去。走到服务中心，他躲在一栋建筑后，抿着唇看着焦急的王西平。

王西平把自己的外套交给服务中心，只身着一件黑毛衣，骑着园区的电瓶车来回找。他第三次回到服务中心，瞥见躲在建筑后的人。甘瓦尔扭头就跑，王西平追过去，拽住他的毛衣领，压着脸把他拽到服务中心，拿过外套给他裹严实。

甘瓦尔梗着脖子看他，憋着股气往前走。王西平跟在他身后，在旁边的亭子里买了杯热饮，追上去递给他。甘瓦尔喘着粗气，握着拳头大喊："不要我算了！"

王宝鳌开车过来，甘瓦尔穿着王西平的外套坐在马路牙上，五米开外站着只穿毛衣的王西平。

两人上了车，甘瓦尔脸朝里躺在后座，王西平系上安全带，沉默地靠着椅背。

王宝鳌看他一眼，调高了车内温度，打着转向灯掉头回镇里。车里响起了鼾声，甘瓦尔抱着靠枕睡着了。

“怎么回事儿？”王宝鳌问。

王西平揉着肿胀发紫的手，平静道：“我把他弄丢了。他以为我故意的。”

“手是怎么回事儿？”

“他坐过山车害怕。”

“我们去医院……”

“不用，我家里有药箱。”

王宝鳌没再接话，放了首轻音乐，没片刻，王西平垂着头睡着了。

王宝鳌打量他，他眉头皱成团，眼角不时跳一下，放在膝盖上的手滑下去，人瞬间惊得睁开了眼，回头看一下后座的甘瓦尔，调整了坐姿，合上眼继续睡去。

车到家停稳，王西平睁了眼，看看熟悉的环境，拉开门下车。王宝鳌跟他商量：“我有点东西想放你们家。”

“好。”王西平俯身抱起熟睡的甘瓦尔。

王宝鳌拎着箱东西，跟在王西平身后进了家。她踢开放杂物的房间的门，把箱子放在废弃的缝纫机上面，拍拍手，关上门出来。

王西平把甘瓦尔放床上，摸了摸额头，打了盆温水。王宝鳌接过他手里的温毛巾，叠成方块敷在甘瓦尔额头，回头叮嘱他：“你手别感染了。”

王西平拿了消炎药跟纱布，坐在沙发上包扎。王宝鳌坐在马扎上看他，片刻后挪过去，接过他手里的纱布说：“最好备点药，以防他半夜高烧。”

王西平点点头。

王宝鳌问：“他的羽绒服呢？”

“拿来清理呕吐物了。”

王宝鳌难以置信地看王西平，他说：“我当时没在他身边。”

王宝鳌没再问，倒了杯热水，冲了包感冒颗粒给他。

“我曾经带樱子去图书馆，借完书都上了地铁，才发现把她忘在了儿童区。”王宝鳌看着他的手道，“我去熬点粥，等会儿让他醒了喝。”

王宝鳌在厨房转了圈，出来问：“你家只有俩鸡蛋？两片生菜、俩青椒？”

“我去买。”王西平起身。

王宝鳌抬手：“你坐着吧，黑咕隆咚的都关门了。”

“院里埋的有萝卜。”

"用不上。"王宝嫠转身进了厨房，盯着碗里的俩鸡蛋，挖了瓢面粉到盆里，搅拌着和成面团。拿个青椒切成圈，用调料汁腌着，鸡蛋打到碗里备用。

王西平掀开门帘过来，王宝嫠淘了把小米倒锅里，问他："有红枣没？"王西平从门后拿出截山药，王宝嫠接过削皮切段，扔进小米锅里熬。

"平底锅在哪儿？"

王西平从坏了半拉门的橱柜里，拿出一个平底锅。王宝嫠洗刷半天放火上，转身在灶台上擀面，道："往锅里倒点油。"

王西平倒了一点。

王宝嫠回头看："再倒点。"

"倒多少？"

"你平常炒菜倒多少？"

"就锅里这些。"王西平道。

王宝嫠看着还不够沾锅底的油，接过油壶往里倒了一些。待油七分热，她挑着擀好的面饼放锅里。过大半分钟，挑起饼翻面，把蛋液浇在上面。

王宝嫠把鸡蛋饼挑出锅，往里头夹了生菜叶和腌制的辣椒圈，卷好递给王西平。他咬了口，打开饼，又夹了两筷子辣椒圈。

王宝嫠说他："你有伤口……"

王西平摇头："没事儿。"

"你说没事就没事吧，又不是我疼。"王宝嫠擀了个饼又放到锅里。

王西平嚼着鸡蛋饼，一面翻锅里的饼，一面看王宝嫠擀面饼，试图偷师。王宝嫠看他一眼，敲着擀面杖道："擀饼容易，腌青椒圈难。"

王西平翻着锅里的饼，不接她话。

王宝嫠看着他的侧脸，此情此景与他如发小似老友，好像熟识了半辈子似的。王西平扭头看王宝嫠，王宝嫠说："我是你姑，以后我罩着你。"

"这墙得贴瓷砖，油烟机跟橱柜得换，门口皮帘子没用，取下来该扔扔该洗洗。"想到他穷，又改口，"着要刷，太黑了。油烟机跟橱柜门要修。"

王西平看一圈，点头道："开春就收拾。"

"你要想工作的话，我爷爷可以跟药厂或电器厂打招呼。"王宝嫠说。

王西平没接话，王宝嫠点点头："你啥时间想工作了，跟我爷爷说就行。"

"好。"王西平点头。

"安于清贫就是消极，这生活态度不利于孩子。"王宝鋆点到为止，不愿多说。她不是爱管闲事的人，更不会干涉别人的生活。只是邬招娣跟王与祯唠叨过几回，让她有机会多开导王西平。

她不觉得王西平需要开导，她也不具备开导人的能力。

大半晌，王西平点头道："以后我会调整的。"

王宝鋆心生怜悯，不知能说什么，盛了碗小米粥给他："其实我最没资格评价别人，我自己都一塌糊涂。"说完指着他脱线的毛衣领："我能帮你补，我初中就会织手套了，家人的手套都是我织的。"

王西平回屋脱下毛衣，从抽屉里拿出几根毛衣针。王宝鋆道："针有点变形了。"

王西平道："我可以弄直。"

"也不影响。不是还有件袖口脱线的？"王宝鋆问。

王西平回里屋拿出来，王宝鋆说："其实没补的必要，都洗塌了，穿着也不暖和。"

"这是我妈织的。"王西平指着另一件道，"那是西琳织的。"

"织的时候很早了吧？这毛线刚时兴的时候，我好像才读初中。"

"有十几年了。"

"那你身材没怎么变。"王宝鋆打量他。

"是毛衣变形了。"王西平摸着脱线的袖口说，"这毛线不好，穿身上隔着秋衣都扎。"

"这毛线就图好看，我给王宝猷织了条围巾，他戴了半天脖子就过敏了。"王宝鋆道，"他皮肤娇气。"

"洗几回就不扎了。"

"洗塌了当然不扎了，这毛线的优点就是结实。"

王西平帮王宝鋆抻着袖口，王宝鋆把袖口的线抽下来一圈道："手工织的毛衣都袖长，反正是套外套穿，袖子短点不碍事。"毛衣针灵活地钩了两圈，线头朝里打个结。

王西平准备脱外套试，王宝鋆阻止他："别脱了，你鼻音都变了。"王西平把毛衣折好，拿回里屋，关上门出来。

"甘瓦尔怎么样了？"王宝鋆问。

"睡得正熟，还有点低烧。"

"那问题不大，能睡就好。"

王西平往火炉里压了块煤球，王宝瞥抬眼看了下挂钟，不过刚八点。她打了个哈欠，眨了眨泛出来的泪花，盯着八仙桌发呆。

王西平忙活完，坐在马扎上，看着半躺在沙发上的人。

王宝瞥同他对视，百无聊赖地问："甘瓦尔的父亲和奶奶都……我妈替他入你户口时说的。"

王西平点点头。

王宝瞥踌躇片刻，坐直了问："网上说寨里的遇难人数远不止那些。"

王西平愣了会儿，捻着手腕上的红绳道："寨里只有老人跟孩子，青壮年都在外打工，他父亲是那晚刚回来。"

"新闻说那晚暴雨前，上头安排了人下去疏散……"想到什么，戛然而止。也不敢看他的表情，随手拿了本书乱翻。

屋里静默了半晌，王西平道："那天凌晨毫无预兆，我们赶过去的时候路断了，整个山体塌了下来，我们就站在上面，看着寨子被掩埋，里面寂静无声，只有鸟飞出来的叫声。接着直升机来了，太阳也出来了。"

王宝瞥没接话。

王西平继续道："那天是晌午，我们连着三十几个小时没休息了，中午接到通知去领面包和水，原地休息半小时。当我们瘫坐在一边喝水，我余光扫到旁边一排待确认的尸体，她露出了一片满是泥巴的裙摆，上面是一截红色的漆皮细腰带——"王宝瞥无措地摆手打断他，要起身回家。

王西平看着她，语气平和道："我是第一次跟人说。你不想听？"

"对不起，我不是有心冒犯……"

"我明白，是我有心要说的。"王西平眼神平静。

王宝瞥明白了他的意思，搬个马扎坐他对面问："你现在感觉怎么样？"

"没事儿，完全能承受。"

"那你说吧。"王宝瞥道。

王西平想了会儿道："他们那天下午就离开了。我猜他们是着急往回赶，才会走这条近道。当时一定是出了什么状况，他们不得已才住进了寨子。三天后我给手机充电，那天凌晨有三个未接，一个我爸，一个霜霜，一个西琳。"

好一会儿，王宝辔难过地说："抱歉，我不会安慰人……"

"没事儿。"王西平摇摇头，"我不需要安慰。"

王宝辔盯着他轻颤的指尖，起身道："你等我。"她出了院子往车边走，拿了盒烟回来。

王宝辔在炉子里燃着烟，吸了口，递给他："我也是刚学的，抽两口很带劲儿。"

王西平接过抽了口，呛得直咳。

"你抽太猛了，先轻轻吸一口，张开嘴往里吸气，要是想咳再缓缓吐出来，反复几回就好了。"

王西平试了几次，咳得受不住，王宝辔道："算了，你不是这块料。"接过抽了几口，示意里屋问："甘瓦尔做心理疏导了吗？"

"做了一年。"

"你呢？"王宝辔问。

"有做。"

"有效果没？"

"因人而异。"

王宝辔点头，看他道："我从中学至今，喜欢的男生得有七八个。可他们一旦回应我，喜欢的感觉立刻幻灭，严重的话会厌恶。他们越是对我爱理不理，我就越感兴趣，可一旦我追到手，立马就兴味索然。这些年无一例外。刚结束的这段感情谈了两年，可自从他提出结婚，那种厌恶感就又来了。其实正儿八经的，这段才算是我的初恋，之前有好感的好几个，他们只要回应我，我转头就消失了。"

"这是一种感情障碍，你需要看医生。"王西平看她。

"我看了，没用。"王宝辔道，"我有时候情绪上很焦躁，很煎熬！这样也不行那样也不是，我也闹不明白自己要干什么。我觉得自己就是只刺猬。"

"这不是你的错，你不要有负疚感。"

"那是谁的错？"王宝辔问他，"不是我的错，不是对方的错，那是谁的错？天灾我怪天，人祸我骂人，总会有一方疏解我的情绪。但这种情况我找不到出口，医生说我这种障碍有家庭的原因，隐晦地说我缺爱。我认为他在胡扯淡，我从不缺爱。"

第3章

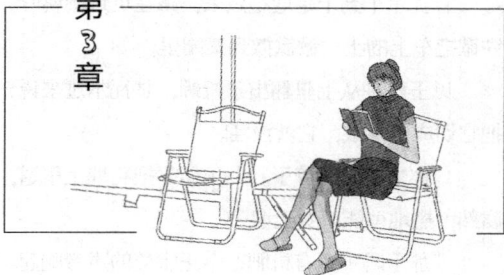

临近中午，太阳才慢悠悠地出来。地上的雪已了无踪迹，偶有角落和阴凉处，才有零星点点白。

甘瓦尔坐在门口的马扎上，病恹恹地晒着太阳。王西平铲了车土，拉到门口开垦过的菜园里，拎起锄头走到角落，刨出捂了一个冬天的枯叶。

甘瓦尔咳嗽了声，王西平放了锄头过来，摸摸他的额头，给他戴上帽子："没事儿，烧已经退了。"又回屋端了杯水，递给他一包药。

甘瓦尔摇头："我都好了，我不想吃药。"

"等你彻底好了，我们去市里。"

"去市里干吗？"甘瓦尔问。

"买书包文具，买鱼竿，买滑板。"

甘瓦尔接过药喝掉，小声说："不用买滑板也行，反正我也不会。"

"买了我教你滑。"

"镇里也有，我们班同学家卖的。"甘瓦尔问他，"你这是补偿昨天把我丢了的事？"

王西平弹他脑门："想得还挺多。你要帮我撒肥料，种了菜籽，我才带你买。"

甘瓦尔起身道："这难不倒我！"

王西平递给他双手套，指着角落："先把里头的腐叶刨出来。"

甘瓦尔干劲十足地跑过去，蹲在坑边刨腐叶。王西平看了看头顶的太阳，拎起铁锨把车上的土一锨锨撒到菜园里。

见王西平从土里翻出条蚯蚓，甘瓦尔过来说："老师说它能断几截都不死，我把它切成十几截，它就没活。"

"你是把它切碎了。"王西平把它埋土里道，"它能松土。枯叶埋土里能自然腐熟，撒地里能改变土壤……"

"那干吗不买有机肥？"王宝毶的声音响起。

王西平回头看，王宝毶牵着虎子道："我跟同学交代过了，他每隔三天送一次鸡。他算我的便宜，你别给钱。"说着摸摸甘瓦尔的额头，取下肩上的背包："里面有水果零食。"

"你昨天给的还没吃。"

"零食又放不坏。"王宝毶围着王西平家转了圈，走到门前的梧桐树下，伸胳膊抱着树干问，"这梧桐有二十年没？我都抱不住。"

"有，我十二岁那年栽下的。"王西平道。

"这两棵都是你栽的？这宅基地也是你家的？"王宝毶问。

"是我家的。"

"那两处是谁家的？"王宝毶指着旁边的宅基地。

王西平想了想说："是宝源跟西安的。"

王宝毶笃定道："他们两家不会盖房，这边除了你家还住人，基本算荒了。"

"宝源说要盖来养老，年初一他在饭桌上提过。"

"早着呢。"王宝毶说，"你可以先利用起来种点东西。宝源哥没问题，我跟他招呼声就行。"

王西平指着刚开垦的菜园道："这儿打算种几垄青菜，架点番茄、黄瓜。"

"那边就种早玉米、茄子、豆角、辣椒，反正种一些家常菜。"

王西平考虑了下可行性，点头："好，我先跟宝源说声。"

王宝毶看着他家院子："你家比我想象中好，每次都是晚上来，还没见过房屋全貌呢。你先别急着整，我回头给你出张图再说。"她往屋后走了一段，看了眼坳里的村庄，回来道："你家位置真好，前后通风，左右没遮挡，冬晒太阳夏乘凉。"

"夏天很热，根本就没阴凉处。"甘瓦尔接话。

王宝毶拍拍梧桐树："夏天这风溜溜的。"

王西平抬头看梧桐，朝甘瓦尔道："我给你编张吊床，夏天躺这儿午休。"

王宝鳌指着院里的一株树："这树歪歪扭扭的不好看，可以架上葡萄，观赏性强又能吃。"

"那是株樱桃。"

"真的？"王宝鳌走过去，看见小花蕾冒出了尖儿，问他，"这花开是啥样儿？"

"白色的，类似樱花。"王西平道，"这两天就要开了。"

"樱桃几月成熟？"王宝鳌问。

"五月中旬吧。"

王宝鳌笑眯了眼："我最喜欢吃樱桃……"手机在兜里响，她掏出来看了一眼："我两点的高铁，得走了。"她指着靠边的单车，朝甘瓦尔道："送给你上学骑。"

甘瓦尔问："你今天就要走？"

"回来给你带礼物。"王宝鳌示意手机，"有事打我电话。"又看向王西平："照顾好自己，回来也给你带礼物。"

王西平点点头。

"你什么时候回来？"甘瓦尔追问。

"梧桐花开前，樱桃成熟时。"她往前走了段，又折回来喊，"王西平，你帮我种点草莓！"

"好。"王西平点头。

王宝鳌挥挥手，朝停在路边的车走去。虎子要追过去，王西平牵着它走到暖阳下，让它卧在黑贝旁边。

甘瓦尔仰头看梧桐，问王西平："梧桐花是几月开？"

王西平道："五月中下旬。"

"她为什么要去别的地方？下溪村就很美啊，桃花都要开了。"甘瓦尔不懂。

王西平揉揉他的头，拎起锄头道："你以后也会出去的。"

"我不出去。我们这儿安静，跟我们寨子里一样。"甘瓦尔道。

"外面人多，热闹……"

"热闹我也不去，他们的眼神不好。"甘瓦尔爱不释手地摸着单车问，"这是放什么的？"

王西平看了眼说："水杯架，放水杯的。"

甘瓦尔去屋里拿个水杯，半跪在地上往里塞，老半晌道："这个设计不好，杯子都塞不进去。”

“杯子大了，回头给你买个小的。”王西平道。

“回头是什么时间？”甘瓦尔看他。

王西平想了想：“明天吧。”望着单车问：“你会不会骑？”

“这有什么难的。”甘瓦尔推起单车往前走，抬腿刚骑上，人就摔了下来。他扶起单车又试了两回，依然是摔倒。

甘瓦尔有些急躁：“这单车不好，车把是直的，我同学的都是弯的。”

王西平丢了锄头过去，扶起单车说：“这是山地车，可以调节变速，你同学的是普通的。”

“可以骑山路？”甘瓦尔问。

“车技娴熟就能。”王西平抓稳后座，“骑上来。”

“这种车很贵吧？”甘瓦尔骑上问。

“这辆估计要两千五左右。”王西平打量。

“这么贵！”甘瓦尔吃惊，“她家很有钱？”

“她自己有赚钱能力。”

“她一个月能赚多少钱？”

“三五万吧。”

“你骗人，才不会有人赚那么多！”

“她这一行拔尖能拿到十万。”

“一个月？”甘瓦尔瞪着眼。

“对。”

“我才不信你说的，我爸力气很大很大，一年才赚五万！”甘瓦尔梗着脖子。

“你爸是在县城，如果也是在北京就会拿多些。”王西平道。

甘瓦尔没作声，大半晌后问：“为什么有人能赚到十万？”

“一方面是高材生，一方面是能力出众。”王西平看他。

“她也是高材生？”甘瓦尔问。

“算是。”

“我也会一个月赚十万的，赚很多很多！”甘瓦尔信誓旦旦地说，“我会给你买新家具，建最豪华的楼房，比她家房子都豪华，还会给你买小汽车！”

“好，我相信你。”王西平点头。

"王老师经常夸我聪明！"他往前骑了一段，喊道，"你松手，我自己能骑。"

王西平松手，单车不稳，甘瓦尔摔倒在地。甘瓦尔拍拍身上的土，扶起单车继续道："我自己能学会！"

王西平折回菜园翻土，拿着木棍插在四周，拉了张渔网围在木棍上。防鸡防鸭防狗刨。

甘瓦尔骑着单车，兴高采烈地朝他过来。没能及时刹车，一下冲到菜园里，他回头笑道："我会骑了！"

"你想吃什么？我带你去街上吃。"王西平问。

"麻辣烫！"甘瓦尔道。

"麻辣烫太辣，你发烧刚好。"

"那就饺子吧，我想吃饺子。"

"好，洗洗手我带尔去吃饺子。"

"我不坐摩托，我要骑单车。"

"单车不行，等你熟练了才能上街。"王西平朝院里走，"先收拾换洗衣服，吃完了我们去澡堂。"

王阿玥吃着麻辣烫说："你真讨厌，我们说好暑假一块儿的。"

"暑假我们去贵州。"王宝鳌喝着酸奶说。

"可我就想去云南啊。"

"云南暑假是雨季，不好玩儿。"

"暑假哪儿不是雨季？"王阿玥夹着莲藕问，"要不你来我们学校教书？"

"我适合教啥？"王宝鳌伸着舌头问。

"你快别吃了，嘴都要肿了。不能吃辣还非要吃。"王阿玥推开她面前的碗，"等上车闹肚子就不好了。"

王宝鳌擤了下鼻涕，看看时间，又拆了一瓶酸奶问："你妈不知道吧？"

"放心吧，我不会说的。"王阿玥喝着汤汁道，"我觉得你妈能理解的，你是被公司裁员又不是主动离职……"

"那更可怕！我妈会说：全公司那么多人，凭什么裁你！还不是你能力不行！"

"那你就说主动离职。"

"我妈会说：家里不养吃白食的！供我读了二十几年书……"王宝鳌看了眼

时间，抽纸巾擦嘴道，"我去付账。"

两人出来上车，王阿玥说："我觉得你妈挺好的，你跟她好好沟通就行了。咱上小学四年级的时候，你偷了你妈五十块钱带我们买零食，小卖部的人跟你妈说，你妈说那是她给的。我对这事印象特深刻！"

"你怎么老记着这事？"王宝鳌心不在焉地应着，看见了前头眼熟的摩托。

"哼，我打算等你结婚那天再说一遍，最好能录下来。"王阿玥笑道。

"我妈只是一方面，主要我心里憋得慌，好像所有事都赶一块儿了。"

"那就好好散散心，这事回来再说，船到桥头自然直。"王阿玥安慰道。

王宝鳌指着前头的摩托，"阿玥，跟他并行。"随后降下车窗喊，"王西平，你们去哪儿？"

王西平回头，看着她道："我们去吃饺……"话没落，连人带车栽到了路边沟里。

王阿玥立马靠边停车，王宝鳌下来问："摔到没？"

王西平拉起甘瓦尔问："摔到哪儿了？"

甘瓦尔拍拍衣服，"一点都不疼。"然后看王宝鳌，"你不是走了？"

"我正要去高铁站。"王宝鳌捡起地上的浴篮问，"你们去洗澡？"

"我们来吃饺子！"甘瓦尔目露欢喜。

"等我回来了给你包饺子。"王宝鳌笑他，"你笑起来真帅，比王西平好看。"

王西平问："你不是赶时间？"

王宝鳌转身回车上，朝他比了个打电话的手势。王阿玥向车外喊："甘瓦尔，新年好呀！"

"王老师好。"

王阿玥应声："这两天有空去你们家。"说完升起车窗开走了。

甘瓦尔指着远处的建筑问："那就是高铁站？"

"对，那就是高铁站。"王西平修着摩托道。

甘瓦尔望着高铁站说："我也坐过火车，是那种绿色壳的火车。我第一个玩具就是火车。"

王西平终于打着火，回头看他："明天我们坐高铁去市里。"

甘瓦尔坐上来问："不坐城际公交吗？"

"我们这回坐高铁。"

第二天早早的，父子俩骑着摩托就去了高铁站，换乘了地铁到达市区，还不到八点。

王西平带他闲逛了圈，问他要不要去天安门，甘瓦尔摇头，升旗仪式早过了。待银行开门先办理了业务，两人才往百货公司走。

甘瓦尔攥紧他衣摆，打量着光怪陆离的商场默不作声。因正值春节假期，商场的喜庆气氛很是浓烈。王西平带他直奔六楼，跟着导向牌指引，找到家滑板专卖店。

王西平拿了副滑板，来回滑动了下轮子，问他："想要什么颜色？"

甘瓦尔看了眼导购，小声道："都行。"又扯扯他袖子，趴他耳朵边说了句话。

王西平说："没事儿，你想要什么颜色？"

甘瓦尔犹豫半天，围着滑板展示架转了圈，眼神在一副蓝色的滑板上停留了会儿。导购介绍道："这是今年最新款，高端竹板加玻璃纤维，进口 bear 支架，轮子采用……"

"这个吧。"甘瓦尔指着副黄色卡通板。板底有张发旧的价格签——特价138元。

王西平拿起来看，手指关节弹了弹单板，又拿起那副蓝色的看，来回对比了一会儿，指着蓝色的道："就这副吧。"

甘瓦尔脱口而出："很贵……"看见王西平风轻云淡的脸，他挺直腰杆儿道："也行。"

付了款出来，甘瓦尔把滑板紧紧搂在怀里，看着他道："一千多呢！"

"你喜欢吗？"王西平问。

"喜欢，就是太贵了。"

"喜欢就值了。这是送你的新年礼物。"

"我会好好爱惜的！"甘瓦尔郑重道。

"好。"

"我书包跟文具不用买了，旧的洗洗还能用。"甘瓦尔心满意足地说，"衣服、鞋子也不用，校服就够了。"

王西平想了想："买两双运动鞋吧，去年的小了不能穿。"

"那我们去外面买。"甘瓦尔说。

除了大商场，王西平也不清楚该去哪儿买。他打电话给王宝鳌，王宝鳌指了家商场，让他去买折扣店的。他给甘瓦尔挑了两双鞋，不过也才三百块。又进了家内衣店，甘瓦尔说里面穿的看不见，不用换新的，于是王西平给他挑了内裤、袜子。

甘瓦尔搂着滑板，拎着鞋子说："你也买点衣服吧。"

"我不用，等天暖和了再说。"王西平问他，"你饿不饿？"

"不饿，我们还买鱼竿吗？"甘瓦尔问。

"买，过两天我们去钓鱼。"

"其实我还有好几百呢，今年收的红包。"甘瓦尔说着就要掏出来。

"你留着买文具吧。"王西平看他，"我们有钱，我不缺衣服所以才没买。"

"那我们还欠别人钱吗？他们还会打电话吗？"

"我们不欠别人钱，是他们欠我们钱。"王西平看着不远处的麦当劳，"想不想吃汉堡？"

甘瓦尔摇头："我不饿，我们回家再吃。"

"家里没麦当劳。吃完我们买了鱼竿就回去。"

王西平给他点了份套餐，坐在他对面在手机上查渔具店。甘瓦尔嚼着汉堡，把鸡翅推给他。王西平摇头："你吃，我不喜欢吃油炸的。"

甘瓦尔问："我们是要存钱装修屋子？"

"差不多。"王西平环视了一圈，"我上二楼洗手间，你在这儿等着我。"

王西平洗了把脸，出来下台阶，门口站着搂着滑板、拎着鞋子的甘瓦尔。

王西平吃惊："你吃好了？"

甘瓦尔迅速下楼，朝着准备收餐的工作人员喊："我都没吃完！"

"《正月十五夜》，唐，苏味道。火树银花合，星桥铁锁开。暗尘随马去，明月逐人来。游伎皆秾李，行歌尽落梅……"

"金吾不禁夜，玉漏莫相催。"王阿玥接道。

甘瓦尔抬头，喊了声："王老师。"

王阿玥蹲过来，看他写在地上的诗，夸道："不错，没错别字。寒假作业写完了吗？"

"写完了。"甘瓦尔道。

"不错，那明天上午九点可以来学校帮我打扫教室吗？"王阿玥道，"班里换了新桌椅，就是地面和墙太脏了。"

"可以！"甘瓦尔应声。

"你爸呢？"王阿玥笑道。

"他去买草莓跟黄瓜苗了。"甘瓦尔指着处开垦过的地基,"那边要种草莓。"

王阿玥走过去,抓了把土壤:"你爸真厉害!"又指着渔网围着的绿苗问:"这是什么?"

"生菜。"甘瓦尔跨进去,一一介绍,"这是上海青,这是番茄,还有韭菜、香菜、小葱……不过只有生菜发了芽。"

"都是你爸种的?"

"是我们俩一块儿撒的种子。"

"你可真厉害!我养棵仙人掌都能养死,我都没养活过东西。这些菜成熟了我可以吃吗?"王阿玥笑问。

"当然可以!"甘瓦尔笑道。

王阿玥嗅了嗅,扭头看向篱笆院,指着樱桃树问:"那是樱花……"说着,王西平推了个车斗回来,身后跟着背着手的王国勋。

王阿玥喊了声:"太爷爷。"

"是阿玥啊,你蹲这儿干啥?"王国勋问。

"甘瓦尔是我学生,算是家访吧。"王阿玥笑道。

"这孩子怎么样?机灵吧。"王国勋问。

"机灵得很!"王阿玥调皮道。

"还是你性子喜洽,圆圆润润的有个小姑娘样儿。宝鳌就是个野土匪,前阵儿在我院里撒气,把我喂了好几个月的母鸡弄跑了。"

"哎呀太爷爷,你不可以说我圆润了,我最近正在减肥呢。"

"减啥肥呢?非瘦得跟宝鳌一样?秃着条杆儿有啥好看?她要能跟你一样胖乎乎的,绝对更好看!"

"宝鳌高啊!我再胖就成西瓜了。"

王国勋走到篱笆墙边,踢了踢耷脚的花根,扯起根耷在篱笆上的茎,掐了一下:"还有救。"

王西平道:"去年就开了几朵花,我不会修枝牵引。"

"无妨,我帮你修枝牵引,这枝儿都长荒了,营养也散了。"王国勋惋惜道,"去屋里拿把剪刀出来,我先把这零星的叶儿给修了。"

王阿玥看着半死不活的枯条问:"太爷爷,这是什么花呀?"

"藤本月季,开花可好看了。"

"噢，我妈也养了几盆。"王阿玥说。

"你家那是盆栽，这种养好是可以爬藤的。"王国勋指着篱笆墙，"牵引得好，能爬大半个墙头。"随后折断枝儿，琢磨了一会儿，"西平，这是啥品种？"

"我也不清楚，是很大朵的红色花。"王西平剪着叶儿道。

"难道是红龙？"王国勋嘀咕。他回头准备朝甘瓦尔说话，舌头打了个结，这名字太绕嘴。

王西平道："叫他小甘就行。"

王国勋道："小甘，你帮老太爷跑一趟，我堂屋的桌子底下有个工具箱，你帮我拎过来。这枝儿粗，得用专业的剪刀。"说完问王阿玥："宝嫳去哪儿了？"

王阿玥摇头："不是在城里工作？"

王国勋说她："你们就扯吧。"

王阿玥装傻，走去王西平身边道："甘瓦尔很聪明，但他学习上只有三年级的水平，特别是语文阅读理解这块。你看他期末成绩了吗？我曾问过他一些问题，我初步怀疑，他之前念的学校教材都是自编的。"

"他那寨里只有十几个孩子，是寨里的长者教学。"王西平道。

"哦，那我懂了。以后学习这块你要费点心，他目前在班里是倒数。班里就他最认真积极，也特别聪明，我怕时间久了他会着急，会自暴自弃。"

"我明白，我以后会辅导他。"

"我就是这意思，他主要是基础差。我课外也经常辅导他，他有不懂也会问，但我带了两个班精力有限，他问频繁了自己也觉得难为情……"王阿玥正说着，甘瓦尔拎了工具箱回来。

王国勋拿出剪刀，"咔咔"剪枝，甘瓦尔俯身在他身边看。王阿玥骑上电动车道："太爷爷，我先走了！"

王西平正卸车斗里的草莓苗，兜里手机响了，拿出来是微信视频，想要挂断按错了键，那头的王宝嫳喊："我寄了些菌类回去，还有几包花籽儿，你留意手机……"

王国勋脸贴近屏幕，问她："你啥时候回来？"

"爷爷，你怎么在这儿？"王宝嫳吓一跳，"我给你寄了茶饼、鲜花饼，等王西平收到……"

"我不吃啥饼，你可以出去野，但你得说个地儿让家里放心。"王国勋道。

"我刚到雨崩村。"

"啥村？你跑村里干啥？"

"我徒步……"王宝鳌正说着，信号不好断掉了。

"咱们这儿啥村没有？能赏花能徒步，真是近臭远香。"王国勋问，"她说的啥村？贾雨村？"

"好像是雨崩村？"甘瓦尔道。

"雨崩村在哪儿？"

"在德钦县。"王西平栽着草莓道。

"德钦？她跑云南去了？"

王国勋朝着甘瓦尔道："去拿把小铲子过来，这土得松松。"他修着老枝儿："明儿弄点牛粪来，这花营养亏得多，得慢慢养。"说着，遂直起了身子扶着腰。

王西平搬了把椅子过来，有位姑娘跑过来喊："西平哥，西平哥！"

王西平看着她："怎么了？"

王国勋抬头看："这不是你大伯家丫头？慌慌张张出啥事儿了？"

王西夏稳了情绪，叫了声"太爷爷"："还是我妈的病，我爸让我喊西平哥过去。"

王国勋催道："这是要紧事儿，你们赶紧过去。"

"好，让甘瓦尔在这儿陪您……"

"陪啥陪，我又不是小孩，我修完枝就回去了。"王国勋摆摆手。

王西夏拽着袖子，眼神焦急，王西平问："怎么回事儿？"

王西夏咬着牙闷头走，待走过大槐树，克制着语气说："王西周被人给堵床上了。"

"什么意思？"王西平看她。

"能是什么意思，偷人家媳妇了呗！两人被抓奸在床！让人家丈夫给绑了拧过来！"她咬牙切齿道，"这事儿处理完我再也不回来了！"

王西夏家大门紧闭，门口停了两辆面包车。王西平拍门，里头一陌生男人开门，张口就问："你是来说事儿的？"

王西平推开他进去，地上捆着只穿了秋衣的王西周，屋檐下蹲着老实巴交的大伯，夹竹桃旁站着扛了肚子的大婶。四五个陌生男人坐在凳子上，跷着二郎腿。

王西夏搀着孕妇道："嫂子我们回屋，不站这儿恶心自己。"

王西平道："西夏，先拿张被子出来。"

"事儿都没解决拿啥拿？先冻着吧。"一个陌生男人道，"谁能管事儿谁出来，咱都别废话！"

王西平去屋里扯了张被子，盖在牙齿打战的王西周身上。一个男人过来就是一脚，踹着王西周道："装啥孙子呢，偷人都偷上门了！"旁边几个男人凑过来，骂骂咧咧地你一脚我一脚。

王西周弓着身子，护住头闷声不吭。

王西平没说话，王西夏不作声。

大伯哆哆嗦嗦地说："西平、西夏……你们跟他们好好说说，他再浑也是你们的大哥……"王西夏扭头瞪他，他吓得再不敢出声。

那几个人打完，院里静了下来，他们相互看了一眼，朝王西平道："这事儿怎么解决，你们给个话！"

王西平看他："你要怎么解决？"

"要不犯法我想剁了他。"那人没好气道，"这事可公可私，公了我就扒光了他，拖着在你们镇里转一圈，然后卸他条腿，这事我咽了！私了咱就用钱解决，十万块压下我心头恨。你们自个儿商量吧。"

王西夏冲到门口，拉开大门："随便扒，你们拖到市里转都行！"

院里人愣住，没见过这么泼辣的妹子。那男人烦她："娘们儿家别瞎掺和，这儿没你说话的份儿，这事得听老子点头。"

"私了两万，公了报警。"王西平言简意赅道。

"啥玩意儿？打发要饭的呢？我媳妇白被人睡了？"

"十万没有，有两万。"王西平语气平淡。

"两万也没有！"王西夏骂，"你们拖着王西周滚出我家！看谁更丢人！"

那男人伸手就要打，王西平拎起凳子砸过去。旁边几个人围过来打。

王西平练过，姑且能招架得住。王西夏拿着棍子乱抡，下手毫不留情，院里打作一团，那些人拎东西就砸，抄东西就打。

兄妹俩逐渐吃了亏，王西平头上挨了下，血流到眼睛上，他胡乱抹了一把，拎起角落的锄头，不要命地抡。王西夏踹开厨房门，拿起灶台上的刀出来，气势太彪悍，几个男人吓得车也不敢开，跑没了影儿。

王西夏反身回家，一脚踹上大门，蓬头散发地走到王西周身边，咬牙切齿地踹他："我每次都被你逼成了泼妇！全家都跟着你丢人！"

王西周蜷缩成团，闷声不吭。

王西平剃了发，头上缝了两针。王西夏载着他回家。甘瓦尔正趴在凳子上练字，抬头看他们。王西平问："草莓是你种的？"

"是老太爷种的，他刚走。"甘瓦尔问，"你头怎么了？"

"没事儿。"王西平有点眩晕，犯恶心。王西夏端了水，递了药给他。

王西平仰头喝药，还没咽尽，连水带药地喷了出来，整个人咳到发抖。

王西夏吓得说不出话，甘瓦尔赶紧顺他背，王西平推开他，捶着胸口来回走。

王西夏哽咽着喊："西平哥。"

王西平摆摆手，表示没事。甘瓦尔回屋，拿起一包药，默不作声地擀碎。好一阵儿，王西平才缓过来："没事儿，呛着了。"甘瓦尔把药粉倒水里，溶开了递给他。

王西平喝了口说："他们要是再来，我转两万……"

"不给。横的怕不要命的，我看他们敢不敢来！"王西夏恨道，"这事儿你别管，一分钱都不掏，有本事让王西周给。我知道你担心啥，我根本不怕！二叔活着的时候一直帮我们家擦屁股，不能他没了，你也跟着擦屁股！我爸窝囊了一辈子，这十几年来没钱就问二叔借、没钱就问二叔借。"王西夏咬咬牙，抹泪道："我妈也活该，一直把二叔当摇钱树，撺掇他们父子俩借钱。现在生病躺床上了，才念起二叔的好。"

王西平没作声。

王西夏看了一圈破院子，笃定道："你放心，这钱我会一点点还的。"

"不用，这是我爸给大伯的。"

"我爸每回都是借，一回没还过，我知道二叔没指望他还。我工作七八年攒了百把万，我想终于能抬起头还了，我哥捅个大窟窿我替他还了几十万。然后我妈又查出乳腺癌。"王西夏红着眼窝道，"西平哥你放心，年底我一定先还你一部分。"

"不用。"王西平摇头。

"不要就是看不起我！你筹钱替二叔还账我们家没出一分，虽说那时候我妈也正需要钱，可我心里愧疚……"王西夏难掩哽咽，没再说了。

"工作上顺利吗？"王西平转移话题。

"我一直都是销售骨干！"王西夏道。

"情感上呢？"

“我是我们公司出了名的‘虎姐’，男人见了我都望风而逃。”她从包里掏出根烟，“说我没意思，说你，镇里有人说你是鳏夫。”

　　“说什么都行。我没打算结婚。”王西平不在意。

　　“我也是不婚主义。”王西夏嘻笑道，“咱们这支邪了，一共仨，俩不婚一个烂渣。”

　　甘瓦尔拆开快递，从里头拿出十几包牦牛肉干、两把小藏刀、一把干松茸、几盒藏香。还有一袋散装的牛肉干，上头写着给虎子、黑贝。

　　他拿了几包牛肉干和干松茸，送到王国勋的老院。随后一路跑回来把玩着藏刀，拆开牛肉干喂了黑贝跟虎子，俩狗来回嚼，又吐出来。

　　甘瓦尔捂着半边脸，好吃是好吃，就是嚼得腮帮子疼。他拿出手机跟王宝鳌语音聊天，告诉她桃花开得正盛，下溪村的游客络绎不绝，他每天被花香呛得都快得鼻炎了。王宝鳌问他最近玩什么，他说周一至周五王西平每天辅导他功课，只有周末才会玩滑板，骑单车。

　　王宝鳌问家里修整了没，甘瓦尔说王西平头上的伤口裂开，又发了好几天烧，这会儿刚躺回床上歇息。王宝鳌把语音转成视频电话，让他看王西平睡了没。甘瓦尔去里屋，王西平靠在床头看书，甘瓦尔把手机递给他，王宝鳌打量着他问：“最近身体不好？”

　　“没事儿。”王西平问，“你到哪儿了？”

　　王宝鳌把手机转一圈，笑道：“猜猜，桃花节刚结束。”

　　“我们这里也是桃花节！比你那里更好看！”甘瓦尔看着视频里的景色，口是心非道。

　　王宝鳌捋捋头发问：“家里暖和了吗？”

　　“很大的太阳，上体育课都热！”甘瓦尔说。

　　王西平看她：“你胖了。”

　　“胖了十斤，我昨天称的一百零六斤。”王宝鳌捏捏脸道，“春节前是九十六斤。你睡眠很差？看着瘦了。”

　　“你胖了好看，以前脸有点凹，现在鼓出来了。”王西平说。

　　“我以前丑？”王宝鳌问。

　　“是更好看。”王西平改口。

　　“不还是丑？”王宝鳌道。

王西平笑笑，不再接话。

"我发了三个墨脱石锅回去，你家一个小的，我家跟姑姑家是大的。你这两天注意查收，确认完好无损再签收。"

"是皂石？"王西平问。

"当然。我不乱买东西！"她想起什么，"我发的牦牛肉干跟松茸收到没？"

"收到了，还有藏刀和香。"甘瓦尔摇头道，"黑贝跟虎子不吃牦牛肉干。"

"黑贝把虎子带坏了，虎子以前啥都吃。"王宝嫠皱皱鼻子道。

"牦牛肉干太有嚼劲了，它们俩老了嚼不……"正说着，外头传来孩子的喊声，甘瓦尔跑了出去。

"不错，都混上朋友了。"三宝嫠对着镜头涂唇膏。

"你嘴唇裂了。"王西平道。

"风号的。"王宝嫠问他，"失眠很厉害？"

"还行。"王西平道。

"我这段时间状态不错，吃得饱睡得好。"王宝嫠说。

"看出来了。"

"你把那香燃上，有镇定安神的功效，味儿很淡，有股夏天雨后的土腥气。"

"好。"

两人看了会儿，没话聊，但谁也没提挂视频。王宝嫠把手机转到风口，问他："能听到风声吗？"

"风很柔，也很香。有菌菇香、腐树香、苔藓香，还有刚下过雨的泥土香。"她鼻子嗅嗅道，"还有股奇怪的味儿。"又低头看四周，皱鼻子骂："我踩到马粪了，还是稀的！"

王西平笑她："你身后有棵半倒的腐树，鞋底在上面蹭蹭。"

树干太潮湿，长了层苔藓，马粪蹭下去了些,可白色的运动鞋网面上尽是绿苔藓。

"这白鞋头一回穿，我是实在没鞋穿了。"她踮着脚走到河边，在水里沾沾鞋底，踩在鹅卵石上蹭，越弄越恶心。

"你别蹭了，回去用鞋刷……"

"活该扔了，我才不刷！"王宝嫠指着鹅卵石道，"我昨儿差点装一包发回去，你铺一条路在院里，后来想想不划算。我又想起一则警告，说出门旅行不宜捡石头回家，不吉利。"

"这是什么河？"王西平问。

"尼洋河。"王宝鳌鼻子嗅嗅，"我闻到炖鸡的味儿了。"说着朝村里走："回去给你们炖石锅鸡。"

"院里养了群鸡崽鸭崽。"王西平弯唇道，"是太爷爷给的。别人送了他几十只，他给了我二十二只，昨天它们钻进菜地把菜芽啄了啄。"

"正好，长成就能做石锅鸡了。"她看了眼时间问，"你不烧晚饭？"

王西平掀开被子下床，外面天色擦黑，他走到屋檐下开灯，俯身在临时搭建的鸡圈旁，让王宝鳌看鸡崽鸭崽。

"黄黄的，毛茸茸的，眼睛骨碌碌转着可爱死了！"王宝鳌道。

王西平撒了把小米进去，鸡崽们埋头啄食："我想做鸡蛋饼，辣椒圈怎么腌？"

"晚会儿发给你。"

"好。"

"头上伤口好了吗？"

"已经结痂了。"

"照顾好自己。"

"嗯。"

"要是睡不着，可以找我聊天。"

"没事儿。"

"你像我奶奶养的老猫，整天啥也不干，就卧在被子上昏昏欲睡。"王宝鳌看他，"你头发剃了好，板寸更精神。"

王西平摸摸头。

王西平做了鸡蛋饼，腌了辣椒圈，勉强吃了一个。这小半个月断断续续低烧，整个人还有点蔫儿。他自小病少，严重了就扎一针，第二天就生龙活虎。这是生病最拖沓的一次，缠缠绵绵，心力交瘁。

甘瓦尔洗了碗，收拾了厨房出来，拿出一包药用擀面杖擀成粉，冲进杯子里递给他："明天去挂点滴吧？医生说炎症太大。"

王西平喝了药，随手拿过观察日记翻看，上面记录了蔬菜的生长状态。从萌芽到成熟期，每日一记。甘瓦尔指着一处道："生菜跟胡萝卜芽都被啄了，院里的大蒜该浇水了，叶尾都发黄了。"

"出蒜薹了？"王西平问。

"长出了条小尾巴。"甘瓦尔说，"上周老师布置的作业是观察春天。大家写的有桃花、杏花，溪里的鱼，发芽的树，花朵上的蝴蝶，只有我记录的是农作物。老师还让我上台讲了呢。"说着翻出书包里的笔记本："老师奖励我的呢！"

"不错。"王西平夸他，"明天你给大蒜浇水，等蒜薹出来了给你炒肉片。"

甘瓦尔道："今天我跟王宇去溪里玩，溪水没有我们上次钓鱼的时候冻脚了。我还看见了老太爷，他在桃园里说桃树该追肥、浇水、除虫了。"

"桃花谢了？"

"谢了很多。咱们家的桃树枝上都流脓了，我也不知道是不是脓……就是透明的黏胶。"甘瓦尔努力形容。

"估计是桃流胶病，得等花射了才能治。"王西平道。

甘瓦尔打了盆水，拿着毛巾擦拭滑板，连轮子也擦得锃亮。王西平问："明天不玩了？"

"让它休息一周，明天骑单车。"

王西平推开堂屋门，站院里活动活动筋骨。安神香确实不错，一觉到天亮。他先进厨房熬上粥，去菜园薅了把小葱，和上面，烙了张葱油饼。

甘瓦尔洗漱毕，看着桌上碎碜的葱油饼，端起碗猛喝粥。王西平在菜园给黄瓜苗搭架子，甘瓦尔背着书包出来，把水杯塞进单车杯架，骑上就往学校赶。

王西平洗洗手回屋，桌上的两张饼丝毫未动。他盛了碗粥坐下，拿起饼咬了口，半生不熟还硌牙。他想半天，拿出手机拍照给王宝鳌，问她葱油饼为什么会里生外煳。

王宝鳌打了个视频电话过来。她半趴在枕头上，张着嘴打哈欠，泪花激激道："你烙的不是饼，是盾。美国队长手里的盾都比你的饼看起来有食欲。"

王西平嚼着饼不接话。

"别吃了，剁碎了喂鸡吧。"王宝鳌靠坐起来道，"你面和得太硬，饼烙得太厚，火太大。"

"我怕里面葱花出来，就搋了一个拳头大的面团。"王西平斟酌道。

"你吃过鸭蛋没？"王宝鳌比画道，"面团鸭蛋大小就行，你把它擀开擀匀，抹上适量的调和油，撒盐跟葱花，一点点卷起来，团成团，按一按，擀成饼就行。"

"我忘记朝饼上抹油了。"王西平恍然大悟。

"你的意思是，你烙的饼跟街上卖的饼，只差一道油？"王宝鳌问。

"我没这意思。"王西平摇头。

"你语气就是这意思。"

王西平不接话。

"你这饼从和面到出锅，每一个步骤都……"一番打击的话到嘴边，她改口道，"晚点儿给你发和面的步骤。"

"你在哪儿？"王西平问。

"阿里。"

"行程受得了？"

"我跟车上一人闹翻了，那男人想占我便宜，我使计让他出了洋相，然后我就被撂这儿了。"

王西平拧着眉头看她。

"没事儿，我昨儿连夜换了青旅。我先在这儿休息几天，前台有合作的户外团队，我想走随时都能。"

"不要独自出门。"王西平看她。

"好。你最近睡眠怎么样？"王宝鳌问。

"不错，藏香好闻。"

"你真识货。"

"很贵？"

"你等会儿要干吗？"王宝鳌问。

"去桃园除虫，下午补房顶的过来。"

"行，你去吧。"王宝鳌又问，"甘瓦尔说你在打躺椅？"

"镇里怕杨絮乱飞，统一砍伐了杨树，我就拉了几截回来。不知道打出来怎么样。"

"他们让随便拉？"王宝鳌好奇。

王西平沉默了几秒，说："杨树伐得满街都是，我正好经过就拉了。"

"银行开得满街都是，你每天经过不也没抢？"

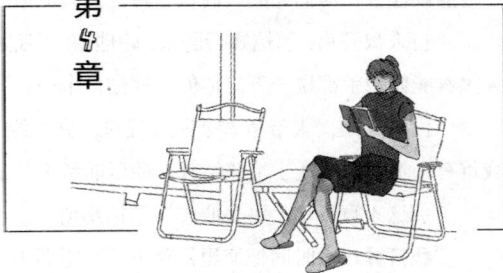

第4章

　　王西平背着打药机回来，门前站了一行人，有拍照的，有讨论的。邬招娣领着人出了院儿，看见王西平，迎上来道："这些都是扶贫办的同志，他们刚从羊沟村回来，顺道来你家看看。"

　　有位同志指着菜园问："这都是自己种的？"

　　"这是自家的宅基地，种点不是能省点？"邬招娣夸道，"刚刚两位同志也跟我去屋里看了，屋顶渗漏墙脱皮，连个像样儿的家具都没有。沙发、八仙桌都是二十年前的，电视机是个摆件儿，最值钱的恐怕就是那架子书。生活上都已经这么困难了，还在不断学习！"

　　众人点头称道。

　　邬招娣又指着篱笆墙说："院墙还是篱笆围的，那群鸡崽鸭崽是我公公送的，你们看看这破墙漏院的。"又走到摩托车旁："这就是出行工具，少说有十五年了！"

　　王西平傻站在那儿，不明状况。

　　"我这孙子以前是武警，立功有级别的那种。他自己生活都难以为继了，还收养了个十一岁的男孩，现在读五年级。"

　　几个人相互诧异地看看，出声质疑："那他这是？一般退役正常都有安置……"

　　"不是，他情况比较特殊，转业费都用来还他父亲的账了！"邬招娣忙解释。

　　王西平也不管他们，扯条水管到菜地浇水。大半晌后，几个人过来同他握手，让他静候佳音。他们先回去商议了再说，看他情况符不符合扶贫政策。

一行人离开后，邬招娣折回来，朝他道："我回去让你太爷爷召集族里开个会。大家看能伸把手都拉一下，你们家就你自个……"

"没事二娘，太爷爷春节跟我提过，我拒绝了。我爸的账去年已经还清了，我爸有个生意伙伴还了笔钱给我，他以前私下借了我爸的钱。"

"那这人真不错，讲良心！"邬招娣道。

"我打算这段时间把家里修整下。"王西平说。

"好好好……早该收拾了！"邬招娣爽快道，"缺钱了吱声，大钱没有小钱有！你二爷跟你爸关系铁，我跟你妈也说得来话。"她正说着，王西周走了过来。

王西周耷着脑袋，跟没骨头似的道："西平，你大伯身体不舒服，他让你帮忙给我们家桃树打打药。"

"你在家干啥？"邬招娣没忍住问。

王西周肉着劲儿，也不接她话茬儿，说完垂着头往回走。

"你看他这一摊儿，烂泥扶不上墙！"邬招娣恨铁不成钢道，"得亏有个亲妹子，西夏那么要强的性子……这要是搁王宝鳌身上，她不得把家给掀了！"又轻骂道："这死丫头都去市里上班一个多月了，坐高铁就十几分钟……也不知道回来看看！"

天色近黄昏，一群半大不小的鸡鸭钻去草丛里啄食。王西平给月季浇了水，根部倒了营养液，铲了鸡粪进去。月季已爬上小半片墙，叶子长得咋咋呼呼，就是花骨朵不多。他扯了水管到菜园，给番茄、黄瓜浇水，番茄结出了圣女果大小，黄瓜藤攀到了一人高。

甘瓦尔骑着单车回来，啄食的鸡鸭一哄而散。

"抽点蒜薹出来，等会儿给你炒肉片。"王西平道。

甘瓦尔不说话，把单车靠在梧桐树上，拉过水管往上浇，又撒了层洗衣粉蹲下清洗。王西平俯身过来，掰甘瓦尔头看，甘瓦尔倔得很，拎着单车挪了位置。

"跟人打架了？"王西平蹙眉。

校服领被扯得松松垮垮，背上是青草渍，屁股上是泥土印，单车梁有大片擦痕。甘瓦尔低头不吭声，拿着抹布使劲擦单车。

王西平蹲下看他，脸上没明显的伤，也就不再问。他看了眼落没的太阳，起身把鸡鸭往窝里赶，又抽了把蒜薹，切了几片肉在锅里翻炒。

饭盛上桌，甘瓦尔合上作业本过来，拿起馒头就菜吃。两盘菜，一盘青椒土豆丝，一盘蒜薹炒肉。王西平吃土豆丝，甘瓦尔夹蒜薹，蒜薹吃尽只剩肉，甘瓦尔把盘子推给他。

王西平摇头："你吃，我吃素。"

"肉怎么了？"甘瓦尔不解。

"我斋戒。"王西平把盘子又推给他。

甘瓦尔吃着肉问："你以后都吃素？"

"差不多。"王西平问，"单车被同学骑着摔了？"

"那人抢我的车骑，还故意碾着石头骑！"甘瓦尔气愤道。

"你们班的？"

"我不认识他，看着像六年级的。"他嚼着肉补充，"反正我不吃亏，我打赢了他！"

王西平没接话，甘瓦尔高声道："是他先欺负我！不是我的错！"

"我没说你有错。我小时候也经常打架。"

"你经常打输还是打赢？"甘瓦尔追问。

"谈不上输赢。"王西平说，"我曾经把人鼻梁打断过，我爸带他去看医生，我妈在医院里伺候他，我在全校师生面前读检讨。因为收作业时我们推搡了两下，他脸磕在了讲台台阶上。"

"你又不是故意的！"甘瓦尔为他辩解。

"有些事不问对错，只是要承担后果。如果当时是我断鼻梁，就是他读检讨，他爸妈带我看医生。"他收拾着碗筷问，"作业写完了？"

"有道附加题不会。"

"你先去洗澡，我洗了碗教你。"

第二天天一早，王西平穿着短袖，身后跟着两条狗，沿着麦子已经抽穗儿的麦田跑。跑了没一会儿，黑贝卧在麦田里死活不再动。虎子看它不跑，伸着舌头看王西平，王西平摆摆手，示意它们卧在这儿等。

他有一段时间没锻炼了。早上不是腾东屋里的杂物就是打木块。他要给甘瓦尔腾出间卧室，也想在立夏前巴躺椅打好。不过刚跑上大半个钟，他就有些气喘吁吁，原地掉了头叉着腰往回走。

手机在腰包里振动，王宝鏊发了几张照片和一段视频，背景是丹霞地貌群。王西平随手给她拍了迎风摇曳的麦子，躲在田埂下的蒲公英，一只徘徊在小野花上的蜜蜂。

王宝鏊打视频电话过来，他想拒绝，犹豫着还是接了。镜头画面很乱，传来的声音很嘈杂，她把被风吹乱的头发胡乱一拨，啃着手里的面包问："家里都穿短袖了？"

"没有，我刚跑完步。"

"我看见照片里有荠菜。"

"荠菜？"

"贴着蒲公英，趴在地上的那棵野菜，绿色的齿状叶。"

王西平蹲下，用手机摄像头照着问："是这个？"

"对，包饺子很好吃。"王宝鏊喝着牛奶说。

"没吃早饭？"

"这不是早饭？"王宝鏊一副"你傻"的表情。

王西平不接话。

"你是不是很冷？"王宝鏊问。

"不冷。"王西平很倔强。

"你脖子上冻了层鸡皮疙瘩。"王宝鏊唬他。

王西平打了个喷嚏，不接她话。

"你想显摆身材？路上有美女？"王宝鏊问。

王西平把摄像头照着麦田，不看她。

"算了，不想说我挂了。"

"短袖舒服。"王西平戳了下屏幕。

"最近睡眠怎么样？"

"还行。"王西平点头。

"感觉你状态比月初好。"王宝鏊看他。

"那段时间总是易醒，昏昏沉沉间老听见西琳哭。"王西平说得很轻，像是被风吹过来一样。

王宝鏊愣了下，问他："现在呢？"

"现在好了。"

"是不是因为清明节填坟的事？"

"估计有点。自从填坟后睡得还行。"王西平想了会儿，又补充，"也许是香的原因。"

"是你心静了，跟香没关系。"王宝嫠说，"你心里一直惦记这事儿，蛇引出来自然就心静了。"

"也许是。"

"睡不着可以找我聊。"王宝嫠说得真诚。

"没事儿。"王西平戳了下手机屏幕，问她，"预计什么时候回来？"

"不好说。你们五一有安排没？"王宝嫠对着手机屏幕，撕嘴上的干皮。

王西平想想，说："应该会去钓鱼。"

"阿玥说清明节的时候镇里交通瘫痪了？烧烤场、露营区游客爆满。还说学校都出动，组织学生去下溪村捡垃圾了。"

"嗯，开学第一天都去捡垃圾了。"王西平道，"假期那三天甘瓦尔也在捡垃圾，不过只捡有用的，好像卖了百十块。"

"你们去羊沟村钓，那儿鱼肥。"王宝嫠说。

"嗯。"王西平点头。

"你寸头好看，就是有点胡子拉碴。"王宝嫠看他。

"该刮胡子了。"王西平摸摸刚冒出来的胡茬儿。

"胡子难道不是天天刮？"

"我有时候忙，一个礼拜刮两回。"

"你忙啥？"

王西平说："腾屋子，打躺椅，给桃树打药……"说着那头信号不好视频断了。紧接着他的提醒短信就来了，流量超时，因是老客户可透支五十元话费，现已欠费二十一块八。

王西平咨询了流量，升级了套餐，一个月流量可达10G。

到家换了鞋子和水泥，他要砌一方花池养睡莲。王宝嫠给他画了张图，说他家院子大，怂恿他砌方花池。院里还设计了条小路，屋檐下堆放着十几包鹅卵石。

终于在凌晨三点前，小花池砌好了。王西平扶着腰，看着王宝嫠发给他的图，完全一模一样。他拿着衣服去先浴间洗澡，出来关上院里的灯，沾床就睡。

五一假期开始了，休三天。

放假第一天早上，父子俩撅着屁股睡到七点。甘瓦尔被尿憋醒，撒完尿回来准备躺下继续睡，王西平扔给他衣服，要他跟着去跑步。

甘瓦尔盯着驶入镇里的车辆，心不在焉地跑了十分钟。王西平跑了一个钟头，回头，人早没影儿了。

因有清明节的前车之鉴，这次镇里安排了十几个交通疏导员，确保进来的车辆不会造成长时间拥堵；邬招娣提前一天就领了帮志愿者，在下溪村各个角落放置了垃圾桶；烧烤区、露营区都有临时扩张，王与秋家的民宿早已客满，连屋顶阳台的帐篷都租了出去。

下溪村开发的这七年来，先半死不活熬了四年，后找人规划重整，人气一年比一年旺。自去年秋天通了高铁，游客量达到了近年顶峰。高铁站离南坪镇不过五公里，打一辆有牌照的摩的也就十块钱的事。

王西平找好躺椅，把院里的木屑收拾完，打算铺条鹅卵石路。他先用铁锹把路面铲平整，水泥拉到外面准备和，看了看正当头的太阳，擦擦脸上的汗，进菜园薅了把青菜去屋里煮面。

今儿热，下溪村的柳荫下铺着几十张野餐垫，老人们带着牙牙学语的孩子在上面耍；不远处的溪水里站着年轻爸妈，个个挽着裤腿，弯着腰摸水里的鱼；左边的油菜花海里是一群拍照的爱美姑娘；右边的草坡上是一群扑蝴蝶、追逐嬉闹放风筝的孩子。

甘瓦尔身上挂了两个尼龙袋，手里拖了两根绳，绳的一端绑在张自制的木板上。木板下面是不堪重负的轮子，上面是个大白桶，桶里泡着各种矿泉水、饮料。陆续有满头大汗的人围过来，问了价格，爽快地扫码付款。

王西平找过来的时候，甘瓦尔涨红着小脸，生意做得喜气洋洋。

甘瓦尔递给他一个袋子，只要有人买水就赠一把扇子，交代了饮料价格，扭头就跑开了。王西平看看廉价的塑料扇，扇面上是一家房地产公司的广告。

甘瓦尔身上挎着尼龙袋，往孩子堆里凑，高举泡泡棒大声叫卖："十五块两支！十五块两支！彩色泡泡棒！彩色泡泡棒……"手里还拖了个大尿素袋，不时弯腰捡空瓶子。

泡泡棒卖完，甘瓦尔扯着袋子专心捡瓶子。路过一个野餐垫，一位年轻妈妈递给他俩空瓶，咨询他哪儿有尿片卖，甘瓦尔指指上头，镇中心才有得卖，随后灵机一动道："我有山地车，我可以替你跑腿，不过要收跑腿费！"

年轻妈妈笑了，问他："费用怎么算？"

甘瓦尔盘算道："五块钱跑一趟，你买什么都行！我买完东西给你小票！不过我需要半个小时。"

"可以，那你帮我买包尿片，再买瓶花露水吧。"

甘瓦尔挥着胳膊朝人群大喊，订单纷至沓来，烧烤蘸料、汉堡炸鸡、爽身粉、烟、酒、凉拖，总之都是些零碎物。他用手机备忘录记好，踩着单车往坡上爬。

桶里的饮料卖完了，王西平把桶拉到溪边，把里面的水倒进去。溪里游客抓了条鱼，周围人喝彩不已。镇里在溪里撒了鱼苗，可钓、可抓、可叉，唯独不能用网。溪里大把的鱼，能抓住的寥寥。

王西平静守在溪边，盯着处水草，忽地伸手一抓，甩了条鱼上来。甘瓦尔一路奔过来，不等王西平反应，抓着鱼就往烧烤区跑，问人要不要，十块钱一条，可帮忙处理。

甘瓦尔又麻利地跑回来，兴奋道："我接了七条鱼的单！"

"我是抓给你晚上炖的。"王西平说。

"我不吃。"甘瓦尔折了根树枝，从挎包里取出小藏刀，小脸上流淌着汗水，削着树枝道，"我八九岁就会叉鱼，十次里总会叉住两次！"

"作业都写完了？"

"昨天就写完了！"甘瓦尔胡乱抹下脸上的汗，看着他道，"我语文考了78分，在班上排26名。上学期我才考了54分，排四十几名。"

王西平斟酌着，没接话。

"我不偷不抢，我是凭自己劳动赚的钱！"甘瓦尔梗着脖子道，"书上说了，劳动人民最光荣！"

没一个钟头，王西平叉了七八条鱼，游客陆续围过来预订。王西平看了眼要落山的太阳，朝蹲在地上处理鱼鳞，顺带接单的甘瓦尔说："最多还能抓三四条。"

天擦黑，王西平从溪里出来，活动着冻僵的小腿。甘瓦尔跑过来，朝他道："我接了两个烧烤的单，两个小时三十块。"

王西平管一个炉子，甘瓦尔管一个炉子，休闲区坐了几桌人，猜枚划拳行酒令。隔壁也坐了几桌人，"哗哗"的麻将声响起，一群飞虫缭绕在他们头顶的灯泡上。白天野餐垫的位置，这会儿都支起了各色帐篷。

星星点点，夜色催更。

有了第一天的经验，第二天，父子俩推出烧烤套餐，有四人的"288"，六人的"368"，包鱼包肉包菜包虾，游客只需要吃，无须自备食材。套餐一经推出生意火爆，从傍晚五点烤到深夜十二点。甘瓦尔趁机围着露营区叫卖蚊香跟薄荷叶。

假期第三天，游客要返回，甘瓦尔竭尽所能地卖荠菜、苋菜、蒲公英、马齿苋，但凡野地里能挖的，城里人稀罕的，无所不卖。

晚上，甘瓦尔算账，三天下来，赚了小四千，院里还扔了三大包没卖的饮料瓶。他把钱转给王西平，底气十足地问："能不能装个宽带？"

没几天，王西平名气略大，被称为"佛性哥"。有游客写了篇下溪村的游记，配了张王西平叉鱼的照片，这本是一个血性的动作，但王西平表情温和，气质如佛。

随着又流出一组照片，背景是搓麻将和行酒令的人。王西平侧站在烧烤炉前，头顶一盏昏黄的灯，灯下几只小蛾。他扭头看着拍照的人，气质沉静，目光深邃。

第 5 章

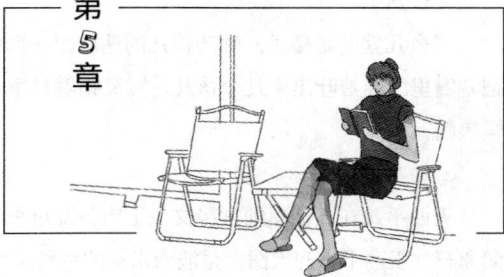

这天傍晚，王国勋过来，侧面点了王西平两句，说镇里人有意见了。溪里的鱼苗是镇里投的，可以抓来吃，但不能又来卖。

王国勋委婉道："我知道他们是眼红，但咱们确实也不占理。要是都各凭本事跟着下去又来卖，以后的矛盾大着呢。你说是不是？"

王西平点点头。

"人嘛，就这样，要明着穷偷着富。"王国勋敲了敲烟袋杆道，"就坳里那果园，到现在都是打不清的官司。当年好赖话说尽，没一个人愿意伸头承包。去年镇里与果汁厂合作，桃子有销路了，现在陈家闹着要换批承包人。陈家人坏着呢，说坳里的果树都是咱王家承包。我才不稀罕搭理他。合同上白纸黑字写着十年，咱王家熬了五六年，就去年有了点起色。我最瞧不上这种人，眼皮子浅。"

"上个月有人来调查，他们看了我的承包合同。"王西平道。

"怕他？我身正不怕影儿斜！我这回绝不让步。我当初说服咱王家人承包，熬了几年刚出头，他陈家就在这儿作妖？"

王西平搬了打好的躺椅过来，王国勋笑道："就打好了！"

"前两天就打好了，一直没送过去。"

王国勋躺上去，椅子前后慢摇，他摸着扶手道："不错，比幺儿在网上买的舒坦。"又瞅着樱桃树问："这两天该熟了吧？"

"快熟了。"

"幺儿就爱吃樱桃，她吐核儿的速度跟一挺机关枪似的……噗噗噗噗，抓一把塞嘴里，连着吐出十几个核儿。"又指着月季道："花骨朵儿不多，叶子长得怪热闹。"

王西平站在八仙桌前抄经文，王宝鳘发过来几张图，让他照着图片的造型铺鹅卵石。王西平点开大图，是波西米亚的色彩，太阳花的造型。

光看看，就觉得工程浩大。

首先要把鹅卵石按颜色归类，按大小归类，然后蹲下跟着色彩搭配，一块块地摆。王西平表示心领了，只是鹅卵石已铺好。他开了院里的灯，手机摄像头照过去，王宝鳘拍打着脸问："啥时候铺好的？"

"前天吧。"

"铺的啥造型？"王宝鳘拧着化妆水瓶盖。

王西平把摄像头转到地面，一条一米宽，十余米长的路面上，镶嵌着各色交杂的鹅卵石。

铺得迂回，实在。

王宝鳘老半晌没说话。她以为花池砌得就够丑了，没想到鹅卵石铺得更令人发指。王西平看着她，也没说话，好一会儿才道："你发给我的图过期了，太爷爷说要这么铺，还能赤脚走在上面按摩。"

"我不理解，为什么要铺成蛇形？"王宝鳘实在好奇。

"鹅卵石买多了，要铺得迂回点才能用完。"

"当时考虑到要镶花池，所以才让你买多点。"王宝鳘无语了，"交代你要各色分开，你倒好，一股脑儿把它们搅在一块儿。"

王西平走到院门口，指着拼的一块八卦图："我会简单的，太复杂不行。"

"看出来了。"好一会儿，王宝鳘调侃了句，"佛哥哥。"

王西平蹲在鹅卵石上，轻声道："瞎起哄。"

那边镜头照着天花板，窸窸窣窣半天，才露出王宝鳘的脸："你上镜，给你拍照的准是个姑娘。"

"你在干什么？"王西平问。

"脱衣服睡觉。"王宝鳘说，"这趟旅行累死了，坐车五小时拍照三分钟。

昨儿进了家按摩店，给我按摩的大姐得有两百斤。里头有个帅哥，没好意思让人按。"

"……"

"什么声音？"王宝甃问。

"虫子叫声。"

"你在干吗？"

"我在听虫子叫。"

"你在骂我？"王宝甃透过屏幕看他。

王西平把手机贴近月季藤，让她听里面的虫鸣。王宝甃道："像蛐蛐声。"

"蛐蛐声要到七月。"

王宝甃看着视频里的叶子道："爬山虎招蛇。"

"这是爬藤月季。"王西平打量她，"你胖了。"

王宝甃捏捏脸上的肉，苦恼道："我一路是石锅鸡、大盘鸡、羊羔肉、手抓羊肉、烤全羊……"

"我每天都吃素。"

"我的天，穷的？"王宝甃脱口而出。

王西平不接她话。

"甘瓦尔吃啥？"

"我给他单独烧肉。"

"你以后都吃素？"

"嗯。"王西平点头。

两人都没再说话。静默半天，王西平问："你困不困？"

"我不困。"王宝甃道，"你要不想聊了咱们就休息？"

王西平没做反应。没说想聊，也没挂断。

王宝甃看他："听阿玥说，你们父子俩在溪里叉鱼卖？"

王西平点点头。

"可以呀王西平！你路宽。可烧烤可卖饮料可捡破烂儿！"

王西平笑笑，不接话。

"咱偌大一个镇，没个收破烂儿的。"王宝甃分析，"下溪村每逢周末、节假日，垃圾量就是平时的几倍。咱镇里人都要脸，不好意思去捡，大部分都让环卫工跟别村的捡了。你可以周一到周五捡破烂儿，周末给人烧烤，两不耽搁！对咱镇上来说，这是个非常有潜力的行业。你可捡可上门收，然后转到市里挣差价。"

王西平不接她话。

"我以前筹划过，没成。"王宝甓很是遗憾。

"现在也不晚。"王西平不太想理她。

"不行，我要脸。"王宝甓看他，"我好歹是高材生。我爷爷是前镇委书记，大伯是镇长，父亲是镇小学教务处主任，母亲是妇女主任，姑姑是前音乐教师。说出去难听！"

王西平再不接她话。

"我的脸代表着镇委书记和镇长，我得为大局考虑。"王宝甓很愁，"你的脸就是你的脸，要不要都行，完全能自主。"

五月的第二个星期天，王阿玥开车到高铁站接王宝甓。见到她直惊呼，问她现在多少斤。

王宝甓吸着凸出来的肚腩："五十八公斤。"

"天哪，你是猪吗？三四个月胖了八公斤！"王阿玥羡慕道，"怎么你胖了像杨贵妃，我胖了是叮当猫？"

"品种的事。"王宝甓看看后座的康乃馨，"送我的？"

"送我妈的。"

"今儿母亲节？"王宝甓回过神问。

"是啊。"王阿玥说，"我先给你打个预防针，你妈好像知道你出门旅行了。不是我说的！"

"没事儿，早晚会知道。"王宝甓问她，"你家中午做啥饭？"

"我三姨来了，中午好像包饺子吧。"

"行吧。"王宝甓指着路边，"经过花店停下，我买束花。"又从包里掏出一对银手镯，自己戴上一个，给王阿玥戴上一个。

车停在老院门口，王宝甓拉着箱子踢开门，院里没人。

王国勋从邻居家出来，拿烟袋杆轻敲她头："整天就会拉着腿跑……哟呵！吃肿变俏了。这出去得值，花多少钱都值！"

王宝骜先见王国勋，意在搬救兵，跟在他身后回了家。邬招娣正好从外头回来，看见王宝骜，一时没反应过来，再一看，积攒了两个来月的气……拎起笤帚就想打。

王国勋咳了声问："与祯还没回来？"

邬招娣顾忌着王国勋，暂且压下心头气，狠狠瞪了她一眼。王宝骜递了捧花过去，邬招娣没好气道："干啥？"

"路边捡的。"

"你就是找抽。"邬招娣接过康乃馨，打量她的精神头，撇嘴道，"我是你后妈？没工作我还能吃了你，俩月不朝家打个电话……"

"先上楼去洗洗，回头让你妈做点好吃的。"王国勋沏着茶道。

王宝骜拎着箱子上楼，邬招娣喊道："身上这裙子怪好看的，以后多买点这种穿，别老裤子裤子的。"

"听你妈的，姑娘家就要多穿花裙子。"王国勋点头道。

"你腿粗屁股大，穿裙子能遮住，穿裤子就显两条树干腿。"邬招娣说着出了门，骑上电瓶车去街上买菜。她想起什么拐个弯，在王西平家的菜园里割了几把韭菜，回来和面包素水饺。

王宝骜整理妥当下楼，邬招娣已经拌好馅，麻利地在擀皮了。她回头看了眼王宝骜，包着饺子道："这裙子不好看，没刚才那条颜色好。"

"行，我换回裤子。"她说着就要上楼。

"说话还是死犟。"邬招娣拿擀面杖敲她，看着她手里的盒子问，"那是啥？"

"银手镯。"王宝骜拿给她。

邬招娣擦擦手，接过道："这银子咋不发亮？别不是被人诓了吧，这有点太宽了吧？花纹也老气，宝韵买给你伯母的就好看。"

"你手腕粗，戴细的小气。"

"这得多少钱？"

"千把块。"王宝骜斟酌道。

"那还不如在商场买，我还能自己挑。"邬招娣撇嘴。

"这花纹工艺很复杂。是人工雕的，商场没得卖。"

"宽的也好，显富态！"邬招娣把手镯往胳膊上头捋，继续擀饺子皮。

王宝骜要擀，邬招娣道："使不上你。趁这会儿去你大伯家转一圈，宝韵跟宝源都回来了。"

"不想去。"

邬招娣推她："赶紧去，怎么整天懒出窝。"指着她脚上的拖鞋："换双高跟鞋。"说着忙回卧室，从首饰盒里拿出一对樱桃红耳坠，递给她："上次你落沙发上的。"

"妈我有点累……"

"你出去玩不累？回来就喊累？"

眼见邬招娣要生气了，王宝甃脑仁疼，换了鞋子就出门。她确实累，中间倒几回车都没睡好。路口遇到骑着单车的甘瓦尔，喊了他，甘瓦尔停下看她。王宝甃问："不认识了？"

甘瓦尔挠挠脸："你变胖了。"

王宝甃打量他："你也胖了，还高了。"

甘瓦尔没接话，一时不知该说什么。

堂屋的墙根垫了圈报纸，书柜和八仙桌都挪到了正中间。王西平穿着长袖，戴着口罩，拿着刮刀在打磨墙面补腻子。眼见蹲在门口逗狗的人，摘下口罩看她："什么时候回来的？"

"昨儿上午。"王宝甃问，"刮第几遍了？"

"第二遍。"

"都是你自己刮的？"

"反正我也没事。"

"你不是不刷墙？"

"长霉点了，不刷不好看。"

王宝甃摸摸墙面，还略显硌手，问他："这是你清理过的？"

"不平整？"王西平摸摸墙面，没觉得不平整。

"你那双手，摸癞蛤蟆都光。"

他的一双手，手背是疤，手心是茧。

王西平不理她，继续清理墙面，腻子渣落进了眼里，垂头猛眨着眼睛。王宝甃凑过来，拨开他眼皮吹。

"出来没？"

王西平摇头，不舒服地眨着眼。

"别揉，我给你弄出来。"

她拿纸巾捻成一个尖儿，把躲在眼皮里的东西往外拨。

王西平拿着纸巾擦泪，王宝鬈接过他手里的刮刀："我清理墙，你刮腻子。"

"没事儿，我自己就行。"

"别耽搁事儿，我干过这活儿。"

王西平看着王宝鬈一身连衣裙，王宝鬈道："给我找件衬衣，有短裤最好。"

王西平踌躇了会儿，找给她自己的卫衣和运动短裤。王宝鬈挽着袖子出来，王西平给她个口罩，找了条纱巾帮她裹头发。她拿着刮刀，站在凳子上，大刀阔斧地清理墙面。王西平兑好腻子，跟在她身后刮。

两人从上午九点，忙到下午两点。王宝鬈累瘫在地上，环视着四面白墙，成就感爆棚。王西平看她："想吃什么？我给你做。"

"周记麻辣烫。"

"我去打包回来？"

"打包不好吃，我们去店里。"她伸着手道，"拉我一把。"

王西平把王宝鬈拉起来，王宝鬈问："你家能洗澡吧？"

"能，有太阳能。"他回里屋找了条新毛巾给她，"干净的。"

王宝鬈随便冲了下出来，走到花池前转了一圈，又看看铺好的鹅卵石路，脱掉鞋子踩上去。

——硌死个脚了。

王西平也麻利冲了澡，擦着头发出来："踩习惯就好了。"又从屋里拿了个筐子和一把剪刀，摘了些樱桃，泡在凉水里给她。

王宝鬈抓了把樱桃，指着月季花道："花朵好看，怪喜庆。"说着将一把樱桃塞嘴里，朝月季藤"噗噗噗噗"地吐核儿，随后问他："咱们咋去？"

王西平推了摩托车出院儿，王宝鬈抬腿坐上后座："回来樱桃我摘点走。"

"好。都是你的。"王西平说。

"乳胶漆买了没？"

王西平打着火，回头看她："没买。"

"你没打算刷乳胶漆？"

"刷，只是还没买。"王西平斟酌了下才说。

"拉倒吧，我看你是压根儿就没想刷。"

"……"

"没买是对的，阿玥的堂哥在卖油漆，吃完饭我们去看看。"

"行吧。"王西平应声。

"你看起来很为难？"

"没有。"王西平摇头。

"墙不刷乳胶漆容易掉灰。"王宝鬏问，"你买的腻子不会是捡最便宜——"

"最好的！"王西平强调，"环保的！"

王宝鬏撇嘴，"环保"她信，"最好"就另当别论。

到了麻辣烫店，王宝鬏拿着菜单问："你吃啥？"

"我不吃。"

"啥意思？"

"我斋戒，过午不食。"

"算了，我回家吃。"王宝鬏扫了兴致。

"没事儿，我在这儿等你吃。"王西平递给她菜单。

"我吃得不痛快。"王宝鬏看他，"我有压力。"

"那你在这儿吃，我去街上转一圈？"王西平商量道。

"算了，我打包吧。"她挑了几样爱吃的菜，递给里面煮。

王西平扫码付款，一共十六块。

"这种刮大白的技术活儿，一平方米没十块谁跟你干？你屋里一面墙四十平方米，四面墙一百六十平方米，你自个儿算算多少钱？"王宝鬏看他，"装修贵在人工。"

最终，王宝鬏拎着麻辣烫、鸭翅、鸭脖、柠檬茶，坐在摩托车后座回了王西平家。梧桐树下绑了张吊床，她搬了一张方凳过来，把麻辣烫放在上面，一屁股坐在吊床上，趴在凳子上吃。

王西平洗了樱桃给她，拎了两个洗衣盆放门口，扯过来条水管，回屋拿衣服蹲下洗。

清风徐来，花香扑鼻，门前的狗，戏水的鸭，"哗哗"的漂洗声。

王西平端着漂衣服的水，去浇了月季根。王宝鬏啃着鸭脖道："里头有皂碱，会把根烧死。"

"没事儿，漂了三遍，里头没泡沫。"

"当然没事儿，烂根的又不是你。"

"……"

"这天可真好。'王宝鳌躺在吊床上，手半掩着太阳。梧桐树刚开出紫白色的花，零星发了几片叶芽，要等盛夏，才能长出巴掌大的叶子。

"今儿二十八度，比五一天好。"王西平道，"后天要升温，三十二度。"

"该升温了，都入夏了。"她眼睛透过手指缝儿看梧桐花，"你说，等叶儿出来了，要是正躺着打盹儿，突然掉一脸毛毛虫……"

"梧桐树是大青旦，榆树生毛毛虫。"

"对对对！我以前爬榆树，被上头的毛毛虫吓得摔下来过。一层层的……瘆死个人。"她说着抓了把樱桃填嘴里，朝着洗衣盆的水洼处，有节奏地吐着核儿。

王西平收拾了凳面，把她吐的骨头渣倒给鸡鸭，回屋端了杯水给她。王宝鳌趴在吊床上晃，比家里待遇好，她啃鸭脖早渴了，懒得回屋端水。

王西平拿了工具跟木板，蹲在梧桐树下打磨。旁边凳子上放了个迷你的蓝牙音响，播着《心经》。

王宝鳌沉心听了会儿，问他："你真打算一辈子独身？"

王西平平静地点点头。

"一个人挺好的。"她仰头望着天空，百无聊赖道，"我愿意一辈子不结婚，但我付出的代价会很大。我能想象到未来的几十年里，我爸妈、我爷爷、我大伯、我姑……他们会挨个儿地劝我结婚。除非我一辈子不回来，否则只要在家，我妈就不会给我好脸色。"说完看向王西平，"你推荐那医生还行，我约了后天过去。能克服掉最好，克服不掉再说。"她伸手捡了一块小石子，朝啄食的鸡鸭砸去。

"会克服的，你谈过两年的……"

"鬼知道，我怕这一切都是假象。万一婚后几年我突然厌恶了怎么办？要是再有小孩……"

王西平打断她："你上一段感情结束在求婚时，若下一段顺利结婚生子，说明你已经克服了。中间要出现什么问题，那是夫妻共同的原因。不要有压力，见了汪医生再说。这种情感障碍很常见，你只是比普通人严重。"

王宝鳌没接话，只是盯着他看。

王西平不再说话，继续打磨木块。

老半天，王宝鳌才说："王西平，不如咱俩做朋友吧，拜把子的那种。"也不待他反应，她起身回院去了堂屋，拿过自己的包，掏出一个手串给他。

王西平接过一看，是小叶紫檀的佛珠。

"这是信物。以后你不但是我侄儿，也是我兄弟！"她指着白墙道，"晾一个礼拜，回头帮你刷漆。"然后挎上包回了。

王宝鬃推开大门进家，邬招娣就截住她，说一块儿去街上买东西。

她不去。

邬招娣拽住她的包："快一点，我拎不动。"

"你都买啥？"

"啥都买，看见啥买啥。"邬招娣道，"晚上吃羊蝎子火锅。"

"我不吃，我想减肥。"

"减啥减？嘴上涂点口红，把那耳坠子戴上。别磨蹭，回来还要炖羊蝎子呢。"邬招娣催她。

王宝鬃迫于形势，涂了口红，戴上耳坠，拿着电瓶车钥匙出来。邬招娣不让骑，说电瓶车没电。

"这显示满格电。"王宝鬃指着上面的电源显示灯。

"那是虚电，电瓶该换了，骑不了几米就没了。"邬招娣睁着眼睛说瞎话。

邬招娣拉着王宝鬃，专挑人多的地儿往街上走，嘴里不时叮嘱挺直背，步伐迈得小点；那人是你嫂子，冲人笑笑，打个招呼；那人是你侄媳妇，冲人笑笑，问声好；别拉着个脸；别皮笑肉不笑。

街口文化广场上，坐了群带孙子的大妈。几个人围上来，眼睛打量着王宝鬃，嘴里朝邬招娣夸道："这才几年没见都快不认识了。出落得这么水灵也不带出来瞧，细高挑，高鼻子大眼，一脸的福气相，以后你就跟着享福……"

"这些年都在市里读书工作，回来得少。这次还是被我拉出来买菜，往常都不出门。"邬招娣笑道。

"现在多大了？谈对象了吗？"

"哎呀这事不急，才二十七。"邬招娣眼神示意工业区道，"头两年有好几家跟她爷爷提，她爷爷不愿意，老嚷着年龄小。"

"二十七都不小了，这年龄都该抱娃了！"

"这都是咱的老观念了，现在二十七都算小的。念完大学有几个出了校门就

060

结婚的？别人登门一提，她爷爷就生气，说读了这么些书，就该为国家效力几年才能谈个人情感，否则就是人才浪费。"

众人称赞："还是咱王书记觉悟高……那你姑娘是为国家哪个部门效力？"

邬招娣装没听见，把话给绕回来："她爷爷老说幺儿懂事，工作的第一份工资就给他买了个按摩的洗脚盆。"又用手指捻着脖子上的粗项链道："还给我买了条项链，给她爸买了块表。我说让她攒着点，这丫头还跟我着急……"

"啧啧啧，太孝顺了。那一个月工资高吧？"

"还行，就三五万那样儿，刨掉日常开销，不过落个两三万。"邬招娣说得随意。

"五万还一般？我家那个说是有五六万，但工作十几年了，也就刚顾住日常开销跟房贷、车贷。"

王宝鳌全程不接舌，她怕一张嘴就把邬招娣的台全给拆了。她自然也明白，邬招娣的目的达到了。用不了两天，全镇都会知道王家有个高颜值、高学历、高收入，还孝顺懂事，会过日子的待嫁女儿，就等媒人踩破门槛。

事与愿违，一个礼拜过去了，没一个媒人上门。邬招娣总结了原因，大概媒人觉得王宝鳌太优秀，一般的男人配不上，优质的男人还在筛选。

王宝鳌认为她总结得很对，除了最后一句。

邬招娣气定神闲，不着急。她认为亲不能轻易相，相多了掉价。

王宝鳌完全同意。巴不得。

邬招娣没什么大文化，但是有想法，毕竟当了两年妇女主任，不同一般的乡镇妇女。也时常跟着领导开会，经常调解邻里的家长里短，深知女人嫁不好还不如不嫁，所以她不着急，有花自然香，何必东风扬。

王与秋不认同，她不知邬招娣哪儿来的底气。南坪镇就巴掌大，优质的男丁寥寥，要是按她的标准找女婿，搞不好就砸手里。

王宝鳌事不关己地吃早饭，不参与她们姑嫂的话题。王国勋听不过道："秋儿，你嫂子说得没错。幺儿刚读大学就有人朝我打听，咱镇里再没有比幺儿更好看……"

"爸，我以前也是镇花——"王与秋话没落，被邬招娣打断："爸，其实我早有人选了。"

一桌人看她，连王宝鳌也停了筷子。邬招娣打着如意算盘道："电器厂那俩儿子，大的三十，小的二十六，哪个都行。"

王与祯愣住："你可真敢想……"

"是何家，上鸿电器。"

"吓一跳，我以为是昌宇。"

"昌宇家儿子不行，就一败家子。"邬招娣道，"何家大儿子跟宝猷关系好，以前常来咱家玩儿，家教各个方面都不错。我前阵儿跟宝猷通了电话，何辞还没女朋友，说八月底会跟宝猷一块儿回国。"

餐桌上静默了片刻，王国勋拍板："我看有谱。"

"何家孩子还行。"王与秋点头道。

"他能看上幺儿？"王与祯问。

"这好说，让宝猷私下问问他，有意思就见个面，没意思就问他弟弟……"

"妈，您说的何辞，是那个初中剪我刘海儿——"

"就剪了一撮，他不是成心的。"邬招娣打断她。

王宝鳌懒得辩，是不是成心的她知道。初三那年跟风，她剪了当时时兴的齐刘海儿。何辞来找王宝猷玩儿，看她趴在书桌上睡，拿了把手工剪，把她的齐刘海儿剪了一半。那阵儿她在学校出尽洋相，只要风一吹，她的刘海儿就跟孔雀开屏的屁股似的朝天翘。

王国勋道："这事儿不着急，等他们回国再说。"

王与秋问："嫂子，西周他媳妇是不是快生了？"

邬招娣撇嘴道："早生了，是个早产儿，听说王西周喝了点马尿，回来两人推搡了下。"

"他们家事儿咱不管，出门少说闲话。"王国勋道。

"我也就跟与秋说两句，出门肯定不提。"邬招娣问，"后天摆满月酒，咱们家随多少？"

"在家摆满月酒？"王与秋问。

"家里不是省钱！听说这次在医院花了两三万……"邬招娣看了眼王国勋，转移话题道，"王宝鳌，你打算啥时候找工作？"

"我民宿里阿姨突然不干了，我想让宝鳌偶尔帮我照看一下。平日里还好，周末忙不过来。"王与秋斟酌着说。

"你们商量好的吧？"邬招娣看向王宝鳌，"你就是不愿上班！"

"王西平家里刷墙，我过去一趟。"王宝鳌擦擦嘴，快步出了屋子。

王西平举着滚筒刷屋顶，王宝毲拎着滚筒刷墙面。甘瓦尔想帮忙，王宝毲问："你不上学？"

"星期天。"甘瓦尔道。

王宝毲指着一个毛刷，让他蹲下刷墙脚。甘瓦尔刷了会儿，抬头说："羊沟村开了好多野花。"

"嗯，好看吧？"王宝毲道。

"好看。"甘瓦尔道，"杨树都长叶子了，溪水也不凉……"

"王西平，你干啥？"王宝毲指着滴在肩膀上的漆。

"我不是有意的。"王西平一脸诚恳。他确实不是故意的。

"你下来你下来……会不会刷？地上都是你滴的漆。"

王西平从八仙桌上下来，拿着滚筒刷墙面，不时扭头看看刷顶儿的王宝毲，心想，你不也滴？王宝毲刷着屋顶道："我刷的比你刷的平整。"

"我不认为。"

"甘瓦尔，我跟王西平谁刷得好？"王宝毲看他。

甘瓦尔看了会儿，审时度势道："你刷得好。"

"羊沟村的杨树长叶儿了？"王宝毲问，"野餐的时候能遮住太阳……"

"能！"甘瓦尔急忙道。

"好，咱们明天云野餐。"王宝毲好心情道。

"那都准备什么？"甘瓦尔问。

"我准备食材，你拿着吊床……"

"我大伯家摆满月酒，我明天要去帮忙。"王西平扫兴道。

"下周吧，明天有点仓促。"王宝毲改口。

"下周我给你烤肉串。"王西平看她。

"不稀罕，我没吃过肉串？"

"你吃什么，我给你烤什么。"

"回头再说。"

王西平看了她一眼，举着滚筒刷墙。没一会儿，他身上落了滴漆，抬头看王宝毲。

"它自己要滴的。"王宝毲耸肩。

王西平没接话，挪了挪地儿。没一会儿，他身上又落了滴漆，抬头看，王宝毣正专注地刷顶儿。

王西平回头继续刷，算了时间，猛地抬头，王宝毣举着滚筒在他头顶，一滴漆半落不落。

"……"

王西平接了个电话，对方跟他确认时间，看什么时候方便安装电视。

"你买电视了？"王宝毣问。

"买了。下个月有世界杯。"

"你还看世界杯？"王宝毣讶异。

王西平不想理她。

"我也看世界杯。"王宝毣问，"你喜欢谁？"

"梅西。你喜欢谁？"

"勒夫。德国队主教练。"王宝毣道。

"你喜欢足球？"王西平很意外。

"我喜欢看球。"王宝毣从八仙桌上下来，"上届世界杯，我看了全赛程。"

墙刷到一半，王西平被他大伯喊走，要他开车去市里买东西。王西周的驾照被吊销了，不能开车。

王宝毣看不上他大伯家，不仅她看不上，王国勋和王与祯都看不上。他大伯并不恶，只是无能，无能过头了就是恶。

他大伯家不管大小事都爱攀族里人。王西平他妈刚查出乳腺癌，王西周父子就找上王国勋，想让族里人搭把手。王国勋不想管，但身为族长不得不管。

门里远近百十户，一共拿了一万九。门近的拿千把块，门远的拿一百。王国勋嫌不好看，自己又垫了一千，凑个两万整。就这，王西周父子还不承情，当下脸色就变得难看。因王西平家的事儿，族里拿了将近三十万。单王与祯和王与仕兄弟俩就拿了五万。

王国勋没落好，还里外不是人，跟他从中贪了似的。他二话没说，甩了一沓子单据出来。

王西平家在外经商十几年，那时镇里远没现在繁荣。王西平父亲赚了钱，逢年过节的回镇里，王家族人不管门里门外，有点难处的都朝他借钱。王西平父亲能帮则帮，多少都会借，但还钱的寥寥。那时候人确实穷，不是不还，是没钱还。

镇里承包下溪村的桃林，是王西平父亲带头，还给王西周父亲安置了一块。因王家前后出了俩镇长，镇里有啥事，王西平父亲很维护，尽量能帮则帮。也因此王西平父亲的名望仅次于王国勋，脾气好话又少——人称"老好人"。

王西平父亲下葬时，族里人集体缄默，只有王宝鳘的堂叔气不过闹了番，只因他儿子在外遇难没能入祖坟。王家宗族第一条，在外遇难的入不得祖坟。

葬礼后，族里人找到王国勋，自发性地给王西平募款，起步就是一千。王西周家募款，最高才一千，还是王与祯兄弟俩拿的。

王西周家口碑不好，有事找族里，无事缩头龟。王西周嗜赌，被讨债的五花大绑，王西周母亲找上王国勋一哭二闹。王国勋无法，只得召集族里，族人没一个人搭理。

王西周父子不当家，也不管事儿，大小事都是王西周母亲出面，包括族里开会。族里只要有事儿出钱，她就摆摆手，说这事儿归西周他爹管。久而久之，王西周家基本被孤立了。

家里女人太过强势，男人也就无能。也兴许是男人太无能，女人才要强势。年初，族里人开会，王西夏代她家出面，末了，她起身跟族里人道歉，这些年她家太不像话。此后，族里不再说西周家，直接喊西夏家。

王国勋评价，王家那一支，只剩王西平跟王西夏了。

一直刷到下午两点，王宝鳘才觉得饿。她在厨房里转了一圈，走到菜地边站了一会儿，看着啄食的鸡鸭，回屋问甘瓦尔："想不想吃炖鸡？"

两人围堵拦截，捉了只不足两斤的鸡。她回厨房泡上松茸，跟甘瓦尔交代，处理完鸡把石锅洗了，然后回堂屋继续刷漆。

王西平天黑才进家，院里香气浓郁，两人围着石锅，一人端了一个碗，"哧溜溜"地吃。折叠桌上摆了几盘菜、饮料、啤酒。

王西平看见鹅卵石上的血渍，站在鸡窝前数鸡。

王宝鳘往锅里下着菜，问他："我们俩忙一天了，不能吃你只鸡？"

甘瓦尔点头表示同意。

"鸡太小……"

"你吃鸽子、鹌鹑不嫌小？"

"这鸡有两斤，鸽子才一斤。"甘瓦尔补充。

王西平张张嘴，没话说。他往堂屋里转了一圈，四面墙刷得平整光滑，出来院里正要说话，王宝錾撂了碗，朝门口走道："我去捉只鸡赔你……"

王西平拉住她："全部给你吃。吃多少都行。"

"不吃了，鸡太小。"

王西平看着她，半晌憋出句："我给你摘草莓。"说着拎了一个小筐出去。他摘了草莓回来，俯身在盆里洗，端过去放到桌子上。

王宝錾喝着鸡汤道："知道你吃素，没给你留。"

甘瓦尔称赞："真好吃，鸡汤很鲜，松茸也好吃。"

王西平看了眼石锅，里面的汤菜"咕嘟咕嘟"往上翻腾，往厨房里转一圈，出来捏了颗草莓吃。

"你大伯没管你饭？"王宝錾问。

"管了，我不想吃。"

王宝錾喝着鸡汤，没接话。

"他们家炖了肉。我吃素。"他说着去菜园摘了把菜，回来煮面。

第二天天一早，王宝錾往下溪村去，脖子酸、肩膀疼，浑身不舒坦。身后一声狗叫，回头，见王西平领着两条狗在跑步。

王宝錾扭头走，不搭理这"白眼狗"，自从她回来，虎子看见她就躲，生怕接它回家。王西平慢跑过来，脸上淌着汗问："你去哪儿？"

"我姑姑家。"

"没睡好？脸色有点差。"

"我脖子僵，肩膀酸，浑身疼！"

王西平停下步，看她："昨天累着了。"

王宝錾拽了根狗尾巴草甩着往前走，懒得理他。她早上穿衣服，胳膊都酸得抬不起。王西平拉了下她胳膊，她难受得叫出声。王西平捏着她肩膀说："肌肉劳损了。"

"轻点轻点……"王宝錾避之不及。

王西平缓了手劲，轻按她脖子。王宝錾道："昨儿没事，今儿个睁开眼浑身疼，散架了似的。"

"劳累过度了，晚上回来给你捏捏。"

"上礼拜刮墙都难受了几天。"

王西平捏她脖颈，王宝鬏垂着头道："对对对，就这块很僵。"

"睡前泡个热水澡。"王西平道。

王宝鬏抬头，看一圈道："要是有人看见，可能觉得咱俩有病。"

王西平笑了笑，揉着她胳膊道："你颈椎不好。"

"落下的职业病。"王宝鬏问，"你会按摩？"

"不会，瞎琢磨的。"

"琢磨这干啥？"

"部队里拉练累，我们会柜互按。"

王西平穿的背心，露出两个大膀子，手给她按摩时，肩膀上的肌肉绷得鼓起。王宝鬏伸指头戳了下，果然，硬邦邦的。

王西平问："你干吗？"

"摸一下嘛，你又不吃亏。"

王西平不理她，继续跑步。

"你是害羞？"王宝鬏追在他身后问。

"你不去姑姑家？"

"不急。"

王宝鬏瞅了眼分岔路，看看他不容侵犯的脸，伸手袭了下他的胸，"哇"一声跑走了。王西平呆愣在原地，捂住胸口看她。王宝鬏回头朝他笑，手在空中抓了抓，表示不错，手感佳。

王西平跑完回来，冲个凉，往大伯家去。明儿就是满月酒，今儿个家里要宰牲口，王西夏喊了一圈，族里没人愿过来帮忙，还是邬招娣出面，才来了几个婶子、大娘。

王西夏站在门口，指着街道问："二娘，摆这儿会不会影响交通？"

邬招娣不在意道："影响啥？车辆绕行就好了，谁家没个喜事？"

王西夏笑道："我不太懂，没操持过这种事。"

"有不懂就问我！"邬招娣看了眼院里忙活的人，回头问，"午饭都安置了吧？"

"都安置好了，一早就跟掌勺的交代了。"

"那就行。我怕你年轻不大懂。大家都忙活了半天，要是不管顿饭，后头家里再有事就没人愿意伸手。"

"我明白，这次多亏了二娘。"王西夏诚恳道。

"也难为你了。"邬招娣拍拍她手，不再说话。人经历得多了，自然就成熟。

王西平拉了一车的桌椅回来，在太阳底下一张张地往下卸。王西周端着碗饭，蹲在阴凉处不紧不慢地吃。王西夏要气死了，碍于人前不好发作，走到车前帮王西平卸。

王西平让她回院里，这儿使不上她。王西夏绷着脸不说话，把气都撒到卸桌子上。王国勋骑着单车经过，朝着吃饭的王西周道："西周，筷子拨急点，西夏忙得一身汗。"

王西周放下碗筷，慢吞吞地过去，双手抱着一张桌子，有气无力地搬。王国勋叹口气，没话说，蹬着单车走了。

王西平让西夏回院里，她瞪着王西周问："你没劲儿是吧？"

王西周跟没睡醒似的，打个哈欠道："昨晚孩子闹了一夜。"

王西夏忍住不再说。朝王西平道："哥，你先回院里吃饭，晚会儿再卸。"

"先卸吧，这三轮车别人急用。"王西平一次搬三张桌面，卸完，浑身湿透，喝完一瓶水，发动着三轮车给人送去。

王与秋经营的是半民宿半农家院，逢周末、节假日，基本上客满。她特意围了个圈养鸡鸭，食客可以自己进去捉。一般进去捉的，都是半大小孩。

比如现在，王宝嫈站在太阳下，看着满头大汗的孩子，明明已经抓住了鸡，故意放走了再继续捉。他爹明显已经烦躁，擦着头上的汗让他别玩，赶紧捉了给后厨炖。

王宝嫈拎着鸡回厨房给师傅，师傅要她去镇里买醋，这家人要吃醋焖鸡。王宝嫈骑上摩托，一路轰到镇里，买了醋回来，全程不过五分钟。

五张餐桌已经坐满，还有家刚钓了鱼回来让厨房给炖的。王宝嫈转一圈，好像使不上她，出来民宿往前走了百十米，停在了一家待转让的民宿前。

王与秋刚提到这家民宿，原是一对外来夫妻在经营，差不多有三年。妻子上个月跟一游客私奔，游客的媳妇来这儿一通闹，老板自然也经营不下去，前几天贴了转让广告。

王宝骜透过门缝儿往里看，只闻潺潺流水声，看不见景。她往后退了几步看房子全貌，三层小楼，整栋房子爬满了爬山虎。门前是两排纯蓝色的绣球，一看就知主人下足了功夫。

王与秋说这家民宿最别致，妻子是位园艺师，丈夫是搞音乐的，经常能听到他家热闹的打鼓声，住宿率最高，也最受年轻人喜爱。

王宝骜左右看两眼，往上一踮，双手攀着矮瓦檐爬上了院墙。她朝院里扫了眼，一见倾心，非接下不可，正要往院里跳，被王与秋及时喊住。

"姑姑，我想接这家民宿。"王宝骜说。

"你妈同意？"王与秋问。

"关我妈什么事？"

"你自己有钱？"

"有，转让费多少？"

"五十万，一次性付清。这家单装修就花了五十万。"王与秋伸出一个巴掌。

"不贵。"

"这民宿只有五年合约了。"王与秋道，"合约到期后，每年有三万的地皮使用权。"

王宝骜心里盘算着，没接话。

"你要是愿意回来，这民宿确实合适。就怕你受不了这枯燥的生活，经营没俩月就嚷着回京……"

"不回。"王宝骜坚定地道，"我已经在城里混不下去了。"

"那你认真考虑，这不是件小事。"王与秋说，"我但凡有点精力我就盘下了。有几家都有意向接，这男老板不在国内，你掂量清楚了告诉我，我帮你压价。"

"好。"王宝骜点头。

"你有五十万？"王与秋质疑。

"我会拉资金。"

"拉谁？你妈肯定拉不动，你爷爷没钱，我也没钱，你爸爱莫能助。"

王宝骜皱皱鼻子："我不问你们借！"她扭头上二楼收拾客房，大半晌后，抱着堆床单下来："你开我多少工资？我不会给你白干。"

"打扫卫生一个月三千五。"王与秋道，"按理，你在我这儿学经验，理应给我掏钱，不过我不跟你计较。这民宿要是谈成了，我要抽取两万的中介费。"

"算了，我不要工资了，谈钱伤亲情。"王宝鳌识时务，拎着扫把、簸箕上楼。

"小样儿。"王与秋笑着嘀咕。

王宝鳌拖完客房出来，倚在三楼栏杆上眺望。溪里有一群游泳的人，树干上绑了几张吊床，草坡上稀稀拉拉立着几顶帐篷。一个身穿绿色背心的男孩，拖着一个大袋子，穿梭在游客中间捡饮料瓶。

她百无聊赖地拎着拖把下楼，王与秋坐在前台算账。她凑过去八卦："姑，你真不打算再婚了？"

"神经病。"王与秋骂她。

"爷爷都嘀咕几次了，我妈一直在替你物色。"

"起开起开，没事边上玩儿去。"王与秋看她，"管好你自个儿吧，你妈把你吹嘘得……"

"不是吹嘘，是实际情况。"

"你脸不臊？什么月薪三五万，落个两三万，给你爸买手表，给你妈买项链？你要真在这儿开民宿，你妈这台阶都下不了。"

"又不是我说的。"王宝鳌琢磨半天问，"你说，我妈是不是在变相地问我要金项链？替我爸要手表？"

"觉悟高，你妈就这意思。"

"等我开民宿赚了钱，这些都是小事！"她大手一挥，继续问王与秋，"你真不打算再婚了？"

"信不信我打你？"王与秋拿起计算器。

"咱王家俩镇花，上任是你，现任是我。上任镇花这么孤独，我感觉我下场不会好。据说女人越美命越不好。"

"别在这儿胡扯八道了。"王与秋捏她肚子上的肉，"节制吧，一圈肚腩！现任镇花是陈家姊妹，怎么也轮不上你。"

"怎么可能？陈家人脸上不是坑坑洼洼就是一脸痘。"王宝鳌不服。

"那是曾经。你十八岁勉强算镇花，现在不行了，长江后浪推前浪。"

王宝鳌不喜吃酒席，特别是镇里的。邬招娣才不管她喜不喜，大清早就拉着她起床，从柜子里挑了条裙子给她。王宝鳌托病，说浑身酸疼，邬招娣不假颜色。

王宝鬈打扮妥当，跟着邬招娣去吃满月酒。

王国勋问王与秋怎么没来，邬招娣说她人不来，只把份子钱捎来了。王宝鬈求助王国勋，王国勋摆摆手："跟你妈去吧，镇里都不知道我还有个幺孙女。"

娘儿俩在路上碰到王阿玥母女，王宝鬈跟王阿玥对视一眼，心领神会。

阿玥妈摸摸她身二的裙子，夸道："真好看，桂枝穿这颜色显嫩。"又捏捏她的脸："跟朵花似的，是不是谈对象了？"

"不急，宝鬈小着呢。"邬招娣接话。

"咋不急，桂枝跟阿玥同岁吧？都过二十七了！"阿玥妈大着嗓门。

"宝鬈还没过二十七呢，我们老早就改名了，别桂枝桂枝的，外人还以为你在喊我。"邬招娣有丝不满。

"过二十七了吧？你是不是记岔了，明明跟阿玥同岁。"阿玥妈道，"咋还不让喊桂枝了？喊半辈子都顺口了。"

王宝鬈同王阿玥越过她俩，往前走。眼见都快到西夏家门口了，先是传来阿玥妈爽朗的笑，紧接着又喊："桂芰，你这裙子可有点透，都能看见里头的红裤头。"

"那是内衬！"邬招娣服了。

门口站着王西夏和王西周兄妹。邬招娣交代要把红包给西夏。王宝鬈走过去，王西夏笑道："怎么会在家？"

"休假了。"王宝鬈说得含糊。

王西夏没再深问，招呼道："你们直接上楼坐，里头开着空调呢。"

"你嫂子呢？"王宝鬈问。

"身子不舒服，在屋里歇着呢。"王西夏也说得含糊。

王宝鬈也没深问，递给她红包道："这是我姑的，她今儿有事绊住了。"

"行，你们先上楼吧，这会儿正热。"王西夏接过道。

楼房是旧式的，楼梯在屋外。王宝鬈带着阿玥上楼，屋里摆了三桌，两人找了桌没人的，坐在那儿嘀嘀咕咕。别桌都在嗑瓜子吃糖，她们这桌啥都没。两人闲极无聊，站在楼道上朝院里看。

王阿玥指着掌勺的大厨道："他做的席好吃，特别是杏仁豆腐。年前我姥爷过寿摆席，就是请他掌的勺。"

院里角落的大蒸锅起笼，里面摆了十几尾鱼，掌勺的拿出来，又摆了十几碗米进去。他合上笼喊道："过来个人添柴，火要旺点！"

王西平正挨桌摆饮料，迅速放完过去添柴。

烈日正当头，他拿着几支粗柴弯腰往火里放，背心被汗溻湿在背上，脸上的汗顺着往下淌。

王宝甃下来，进堂屋转了一圈，打开冰箱拿了瓶水拧开给他。

王西平接过仰头喝尽，王宝甃撇嘴道："看你这邋遢样儿，跟自己当爹了一样。"顺手抽了几张纸给他。

"你在哪儿坐？"王西平问。

王宝甃指指楼上，王西平仰头，王阿玥冲他挥挥手。王西平道："想吃什么跟我说，我给你们留。"

王宝甃拎了兜瓜子糖果上来，王阿玥小声道："甘瓦尔他爸就是太实诚，周围的人都在阴凉处打晃，只有他在日头底下烧火……"

"这是他亲堂哥的事儿。他不干谁干？"

"好吧。"王阿玥剥着糖道。

都已经十二点了，还没开席。邬招娣坐过来道："娘家人还没来呢！"

"故意作王西周呗。"阿玥妈意有所指道。

邬招娣扯扯她，示意小点声。阿玥妈道："怕啥？镇里早传开了，是王西周推了他媳妇……"王阿玥赶紧捂她妈的嘴。

说话间，外头停过来几辆车，娘家人来了。一群人面无喜色地下车，直奔主屋。

阿玥妈道："咋都是男人？像是来寻事儿的？"说着楼下喊了开席，菜被陆续端上桌。

王宝甃才吃三分饱，就想起身离席。王阿玥拉住她，非要一块儿等杏仁豆腐。王宝甃只好坐下，忍着阿玥妈的聒噪。打她坐下起，跟这个婶子扯扯，跟那个大娘拉拉，话题永远围绕着桂枝，围绕着王阿玥，围绕着她俩的年龄，不时还发出豪爽的笑。邬招娣把话头给扯开，她就有本事给拉回来。

王宝甃等不了了，正要离席，杏仁豆腐上来了。她拿着勺子刚要盛，一碗白嫩的杏仁豆腐瞬间被挖得七零八碎，上面还漂了零星油渍。王宝甃放下勺子，胃口倒尽。哪有咸勺子直接舀甜食的？王阿玥干瞪着眼，也一勺没舀。

两人结伴下楼，王宝甃喊住王西平，王西平问她："吃好了？"

"没，我想吃杏仁豆腐。"

"好，你等着。"他转身回堂屋，从冰箱里端了一碗给她。

王宝鬓端给王阿玥，两人站在角落偷吃。王阿玥感慨："甘瓦尔他爸对你真好！"

"何出此言？"

"他给你留了杏仁豆腐。"

"我就值一碗杏仁豆腐？"王宝鬓无奈。

屋里响起一道摔碗声，两人惊了下，王宝鬓伸头出去看，一个壮男人拽着王西周的衣领，王西夏在旁边劝。王阿玥小声道："娘家人真聪明，吃饱了才找事儿。"

刚出月子的媳妇被娘家人搀着要带走，西平的大伯抱着孩子追出来，周围一圈人看笑话，没人愿上前。

娘家哥气势汹汹，说："妹妹嫁到你们家没享一天福，临盆前还遭一顿打。"王西周低声解释，娘家人直接揪揉动手，把宴席都掀了掀，屋里砸了砸。王西平过去制止，让他们有话坐下说，那边骂了几句难听话。

邬招娣在里头劝架，劝两句出来撺王宝鬓回家，不让她们围在这儿看热闹。

待闹剧结束，邬招娣到家感慨万千，说双方都动了手，娘家人还误伤了王西平，往他身上抢了勺热锅里的甜汤。她又朝王宝鬓道："看看吧，这就是女人嫁不好的下场。"

王宝鬓抱了堆衣服在院里洗，懒得接话。

没一会儿，一位门里嫂子过来，朝邬招娣打听王西平。王宝鬓竖起耳朵听，这嫂子有个刚离婚的外甥女，比王西平大三岁，身边带了个十岁的女儿，她有意给他们撮合撮合。

邬招娣嫌不合适，这嫂子拿出手机给她看照片，说看起来只有三十出头，有车有房有买卖……她外甥女啥都不图，就图男方人品好。

王宝鬓晾好衣服，收拾了杂物间，从里头拎了几桶油漆出来。邬招娣送走本家嫂子，问她拎那玩意儿干啥。王宝鬓问："哪儿来的油漆？"

"你爸买的，不知道他捣鼓啥，反正没用上。"

"那我拎到王西平家。"

"你别给我找事儿。这不是刷里屋用的，这是刷外墙的廉价漆。"

"我不刷里屋。"王宝鬓说着拎到门口石墩上。

邬招娣取窗帘下来洗，王宝鬓八卦："她外甥女怎么样？"

"长得倒是福气相。"邬招娣世故道，"咱家西平好歹堂堂正正一表人才，人品德性没话说，再怎么着也是头婚吧？"

王宝嫠啃着苹果，表示认同。

"要是结婚一两年离了，我还能帮忙张罗张罗。这孩子都十岁了，西平总不能养一个两个都不是亲生的吧？"邬招娣回头撇撇嘴，"主要你这嫂子不会说话。说一方面看中西平的人才，一方面西平家里没老人，事儿少，怪方便。"

"对了，陈家那谁……那陈森是不是你同学？"邬招娣又问。

"中学同班。"

"说是十月份要结婚来着，春上分手了。回头你问问她，要是有意，我给西平撮合撮合。这丫头以前还来过咱家，怪有家教的。"

"除了我是土匪，别人家闺女都是闺秀。"王宝嫠皱皱鼻子。

"这事儿你搁心里啊，有时间问问。"邬招娣抱着窗帘丢去洗衣机里。

"回头再说。"王宝嫠敷衍道，见邬招娣骑着电瓶车要出去，她忙拦下，"我先出去一趟，五分钟！"

她骑着电瓶车到诊所，买了消炎药，买了支京万红。

王西平没在家。王宝嫠拎着油漆到花池边，找了几块板过来，蹲下调色。

甘瓦尔放学回来，蹲在她面前看。王宝嫠在水泥花池上画了幅抽象的画。甘瓦尔问她画的是什么，她说好看就行，甭管画的什么，随后把毛刷递给他："你试试。"

甘瓦尔指着东屋："我想画我屋里的墙。"

"屋里不行，这油漆不好。"

"我不怕！"

"你不怕我怕，这漆里有毒。"王宝嫠吓唬他，"闻多了会死。"

甘瓦尔拿着刷子问："我该怎么画？"

"随便，想怎么画就怎么画。"说完她起身去参观东屋。屋里有张新书桌，有张蓝色的床。墙上贴了几张海报，一张火箭发射图，一张战斗机图，一张直升机图。她关上屋门出来，踩着单车转了圈，打量道："怪爱惜的。"

"这儿掉漆了，还凹了一块。"甘瓦尔指着车梁。

"我给你补补。"她蹲下调颜色道，"这单车是我哥的，他都没怎么骑。"她朝车梁凹处画了个蜘蛛侠问："好看不？"

"好看！"

"你喜欢什么颜色？"

"不知道，什么色都行。"

"回头帮你屋里刷漆，刷成蓝天色！"王宝耄正说着，王西平推门回来。

王宝耄打量他："处理完了？"

王西平点点头，看着花池道："好看。"

"哪儿好看？"王宝耄问。

"画的画好看。"

"我画的啥？"

"……"

王西平拿着换洗衣服，掀开简易浴帘去冲凉。王宝耄问："背上不是烫到了？"

"没事儿。"

淋浴间传来淅沥沥的水声，王宝耄拿着画笔，根据甘瓦尔的要求，在车尾梁上画着蜘蛛侠。她掀了下眼皮，看见淋浴间门帘下露出来的小腿，喊道："我给你买了药！"

"什么？"王西平关了水。

"我说，你腿毛真重。"

"……"

王西平往里挪了挪，开了淋浴头继续洗。没两分钟，抬起一条腿，放下来的时候小腿上全是泡沫。再抬起另一条，再放下的时候双腿都是泡沫。淋浴间静了会儿，随后又响起流水声，大量的泡沫顺着小腿流。

"你在洗头？"王宝耄推测。

"什么？"王西平关了水。

"我说，你洗澡的步骤不对。应该先洗身子再洗头，不能头跟身子一块儿洗。"

"……"王西平擦着头发出来，看了她一眼。

"洗发水只能洗头发，不能用洗头的泡沫洗身子。"她示意里头的灯泡道，"开着灯呢，你洗澡的影子都映在了门帘上。"她吹吹画好的蜘蛛侠，起身活动着麻掉的腿。

王西平憋了半晌，愣是没说出一个字。他回头看了眼简陋的淋浴间，往绳子上晾着毛巾道："我明天换个淋浴间。"

"要换的，男人洗澡被看了就看了。女人不行。"王宝鳌道，"算了，换不换都行，反正你们家没女人。"

王西平要说话，王宝鳌道："我是你拜把子兄弟，是土匪。"一句话把他堵了回去。

王西平太累，随便吃了点泡面将就着当晚饭。王宝鳌见他吃完，说："背心脱了，我给你涂药。"

"不用。"

"药都买了，不涂浪费。"

王西平脱了背心，烫伤确实不算重，那锅甜汤是早做好的，没那么滚烫。

"趴上去，我给你涂层烫伤膏。"王宝鳌指着沙发。

王西平趴在沙发上，王宝鳌拿棉棒浸了碘伏，拿书扇着晾干道："睡眠怎么样？"

"还好。"王西平闭着眼，有点昏昏欲睡。

王宝鳌涂着烫伤膏道："有人看中你了，想把她外甥女说给你。不过我妈拒绝了，那女人长得还行，经济也可以，就是年龄大，婚龄长。"

"婚龄？"

"她有段十年的婚姻。"王宝鳌道，"我妈说就算你娶个二婚，婚龄最好是一年半载的，年龄控制在三十岁以下。"

"我不能娶个未婚的？"王西平好奇。

"不好娶。"

王西平看她一眼，不接话。

"我知道，但你要面对现实。不傻不残的姑娘一般不会看上你。"她顿了一下，又分析道，"兴许那姑娘能看上你，但她家里肯定看不上你。"

"你是认真的？"王西平看她。

"我像在开玩笑？"王宝鳌反问。

"我一辈子独身。"

"嗯，这是维护尊严的最好方式了。"

王西平没理她，捻着手腕上的红绳。

王宝鳌想了一会儿，说："不是你人不好，是当下择偶观就这样，父母都想子女找个人品、家世相当的，你穷得叮当响……"她止了话，改口道："我有个同学还不错，你要是有意向，我帮你问问？"

"我一辈子独身。"

"她是未婚。"王宝鼗认真地说，"我不给你介绍二婚的。"

王西平没接话。

王宝鼗推推他："哎，你不会生气了吧？"

"没。"王西平摇头。

王宝鼗活动着肩膀，看他小腿上浓密的汗毛，伸手摸着道："软软的，不扎手。"

王西平痒得坐起来，不让她摸。王宝鼗直视他胸肌，好想摸，但又不好放肆，指着他胸口问："为什么有腿毛没胸毛？"

王西平套上背心，起身道："我帮你捏捏肩膀？"

王宝鼗趴沙发上，王西平捏着她颈椎问："力度怎么样？"

"舒服。"

王西平捏了会儿，发现人睡着了，去里屋给她拿毯子。还没盖上，人就睁开了眼，伸出条胳膊给他。王西平继续捏着她胳膊，她又舒坦地睡着了。

夜已深，王西平站在院里，手拨动着佛珠，嘴里念念有词。他回屋看了眼时间，已凌晨一点，沙发上的人正酣睡。十点，他接了个电话，是王与祯打的，他知道宝鼗在这儿，也就没再打。

王西平俯身抱起她，放到里屋的床上。

第 6 章

　　周末野餐，王西平在烤架前燃火，甘瓦尔在溪里叉鱼，王宝鳌与王阿玥半躺在野餐垫上聊天。两人聊到民宿，王阿玥让她考虑清楚，最好跟邬招娣提前打声招呼。

　　王宝鳌踌躇着，问她要不要合伙经营，王阿玥立即拒绝。不是她不情愿，是她真没钱。王宝鳌看着摇摆的杨树叶，不言语。

　　"合伙我没实力，但你要是用钱，我能借给你三五万。"王阿玥道。

　　"再说吧。"王宝鳌摇头。

　　"缺得多？"

　　"我姑姑说得四十七万，我只有二十万。"

　　"我们镇银行能贷款啊，大学生创业贷款，你大伯是镇长……这不是一句话的事儿？"王阿玥道。

　　"我问过了，我的情况只能贷几万。我大伯就算了，这点事犯不上。我能借来钱，只是不想借。我还是想找个合伙人。"她捡了片杨树叶，遮住一只眼道，"要是跟人合伙的话，我能自由点。"

　　"可合伙生意隐患也大呀！"

　　王宝鳌捏她肚子上的肉，王阿玥起身跑开。王宝鳌走到王西平身边，催他："还没熟？"

“快了。”

王宝甃拧开了瓶水给王西平，王西平喝了口，她指着肉道：“多撒点孜然粉。”

“好。”

王西平递给王宝甃烤好的肉串，王宝甃吹着咬了块，肉在嘴里翻滚。王西平问：“熟了没？”

王宝甃取下一块，喂他道：“你自己尝。”

王西平嚼着道：“差不多了。”两条狗围着他们打转，王宝甃各喂了它们一块。

王西平又递给她一串，她取下来用生菜裹着填嘴里嚼，又用生菜裹了一块，喂到他嘴里。

王宝甃朝溪里的两人喊了声，冲他们示意烤串，回头拉开罐啤酒。王西平道：“可以把酒放溪里。”

“天才！”王宝甃拎了两罐啤酒丢去溪里冰镇着。

树上有蝉鸣，王宝甃看了一眼，朝甘瓦尔道：“叽鸟皮二百二一公斤，活叽鸟九十一斤。”

“什么是鸡鸟？”甘瓦尔问。

“蝉。”

“懒爬子这么值钱？”甘瓦尔瞪着眼。

“什么是懒爬子？”王阿玥问。

“爬猴。”

“什么是爬猴？”

“捉了卖给谁？”甘瓦尔问重点。

“活蝉卖给我姑姑，蝉壳卖给药店。”

“我跟宝甃念大学时活蝉五十一斤，我们一晚上能捉四斤。”王阿玥笑道。

“蝉不值钱，知了值钱。”王西平纠正她们。

“蝉跟知了不是一个玩意儿？”王宝甃看他。

“蝉的幼虫是知了。”王西平再次纠正。

“蝉的幼虫是叽鸟。”王宝甃道。

“蝉会叫，知了不会。”王西平坚持。

“池塘边的榕树上，知了在声声叫着夏天……”王宝甃唱给他听。

王西平不再言语。

王宝嫠到溪里拿啤酒，找了一圈问："王西平，我的啤酒呢？"

……

最后在十几米远的一个石头缝里找到了她的啤酒。她打开递给王西平，王西平摇头，她喝了一口，嚼着肉串，感觉哪儿不对，取下一块肉喂给王西平，他张嘴自然地吃掉。

王宝嫠意味深长地看着他，就是不说话。王西平懒得理她。王宝嫠凑上前，贱兮兮地问："肉香不香？"

王西平反应过来，不作声。

"你破戒了。"王宝嫠幸灾乐祸。

隔天。两人约好晨跑。

王西平站在槐树底下热身，王宝嫠穿了身运动服，拧了个丸子头，朝他走过来，手摸着胳膊上的鸡皮疙瘩问："会不会太早了？有点凉。"

"你约的六点。"王西平说。

"我又不懂。"王宝嫠打着哈欠道，"听说太早跑步不好，伤阳气。"

"你说太晚怕晒伤……"

"跑吧，太阳要出来了。"王宝嫠催他。

"先热身。"王西平教她拉伸。

T恤有点紧，肚腩凸了出来，王宝嫠努力吸着肚腩，想要维持体面。

"放松，不要吸腹。"王西平道。

王宝嫠索性把肚腩放了出来，低头看了看，手捏着一圈赘肉，不言语。王西平看了一眼，别开脸，无意跟她对视，大半晌憋了句："可以吸肚腩，没事儿。"

"你啥意思？"王宝嫠脸微红。

王西平不接话，抬脚跑步。

"我妈把衣服洗缩水了！"王宝嫠冲他喊。

王西平忍住笑，加快了脚步跑。

王宝嫠往前追，王西平加速跑。王宝嫠站在原地，叉着腰看他，扭头往另一条道跑。王西平回头，止住嘴角的笑，折回去跟她一道跑。

王宝嫠没跑一会儿，喘得不行。王西平道："循序渐进地跑……"话没落，她又较了劲跑。

王西平跟在她身后道:"你不胖,肚腩肉肉的挺好。"

"要你说!我标准身材。"

"对。"王西平点头。

王宝鳌拽了根狗尾巴草,看了眼金黄的麦田,朝他道:"你跑吧,我跑不动了。"

"我们跑到下溪村口?"王西平指着不远处。

"行吧。"王宝鳌勉强道。

王西平跟着她的节奏跑,不时告诉她些跑步技巧。王宝鳌面色涨红,汗顺着脖子淌,跑到村口叉着腰直喘气:"我不行了。"说着蹲了下来。

"很棒。"王西平夸道。

"你怎么不喘?都不出汗?"

"我跑习惯了,要大半个钟头才出汗。"

"那你去跑吧,我在这儿等尔。"王宝鳌指着野地道,"我拔些马齿苋。"

王西平跑走,王宝鳌蹲下拔野菜,没一会儿几个庄稼人过来,身后跟了两辆收割机。麦子成熟了。这片麦田是隔壁村的,南坪镇自己的田被工业区征收建成了厂房。

王西平跑回来,王宝鳌坐在田埂上编狗尾巴草,身边是一堆马齿苋。王西平的背心溻湿在胸口,随着喘气的节奏,胸前一鼓一鼓。王宝鳌仰头看他,想跟他打个商量,想想作罢。

王西平坐在她身边,望着麦田里的收割机。胸口有点发痒,低头看,一根狗尾巴草在作怪。

王宝鳌看他:"商量件事呗。"

"说。"王西平拨开她的狗尾巴草。

王宝鳌伸出两根手指,学小人走路状,在他胳膊上游走,停在肩膀上徘徊,"嗖"地急转朝下,戳了戳他紧实的胸肌。

王西平看着她不作声。

王宝鳌捏捏他肩膀,夸道:"实在!"

王西平别开脸,笑了笑。

王宝鳌趁机摸了下他的胸肌:"哇哦。"

王西平捂着胸口要起身,王宝鳌拽他胳膊,指指地上的马齿苋。王西平两个大掌抓住菜往回走。

王宝鳌跟在他身后偷袭，得逞后哈哈大笑。王西平两手抓着菜，拿她没法儿，只能抬腿跑。王宝鳌边追边笑，因他两手抓着菜胳膊没法儿来回摆动，跑起来的姿势特可爱。

王宝鳌约王阿玥去吃老周记，王阿玥不去，说正在减肥。王宝鳌强行把她拉出学校，说少吃一顿瘦不了。

王阿玥找桌子坐下，拿着纸巾擦桌面。王宝鳌点了份麻辣烫，穿了根烤肠给她，王阿玥摇头："我真不吃。"

"不吃拉倒。"

"我瘦七斤了。"王阿玥伸手指道，"两个月。"

"我跟着王西平跑了两天，一两没瘦。"

"两天你还想瘦？"

"重在参与，减肥不是目的。"王宝鳌道，"我习惯了早起，闲着也闲着。"

"王西平跟你们家离得远吧？"王阿玥问。

"什么离得远？"

"门里的关系啊。"

"我也弄不清。"王宝鳌想了会儿，"我爷爷说，他父亲跟他爷爷的爷爷是亲堂兄。"

……

"你曾祖父跟他高祖是堂兄弟？"王阿玥捋半天。

"高祖是谁？"

"爸爸的爸爸的爸爸，即为曾祖。爸爸的爸爸的爸爸的爸爸，为高祖。"王阿玥解释。

"我要吃饭。"王宝鳌脑袋里一团乱麻。

"你们两家关系够远的，都快出五服了。"王阿玥随口道，"结婚都合法了。"

"说什么呢？"王宝鳌看她。

王阿玥左右看两眼，小声道："年前有人跟我说媒，王西平。"

"王西平？"王宝鳌诧异。

"对啊，是西夏托人问，我妈嫌王西平有养子，找个理由给拒了。"王阿玥道。

"什么理由？"

"没出五服。"王阿玥道，"我跟王西平同辈。按理，我应该是西字辈，但我爷爷早年跟族里闹了矛盾，我们家这支就单过了。"

"还有这事儿？"

"据说我妈怀我的时候，我爷爷跟族里闹得很僵，反正……就脱离组织了。"

"为啥？"王宝鏊好奇。

"反正就是他们老一辈的事儿，咱也不懂。我记得小时候去你家玩，我爷爷就不大高兴。"王阿玥道。

王宝鏊消化了会儿，喝口冷饮转回正题："如果王西平没养子，你就嫁给他了？"

"你什么理解力？西夏托人找我妈提过，我妈嫌他有养子拒绝了。但这事儿我跟王西平都不知情，上次西夏家摆满月酒我妈才跟我顺嘴提了。"

"不一个意思？要是没甘瓦尔，你跟王西平就成了？"

"那也得我跟王西平同意呀！"王阿玥鼓着眼看她。

王宝鏊想了想，问她："打个比方，就我们两家的关系而言，王宝猷能不能娶你？"

"你这是什么比方？"王阿玥不解，"能。只要我家没意见，你家没意见。"

"明白了！"王宝鏊夸道，"语文老师就是语文老师，你这么一捋，我全懂了。"

"懂什么？"

"你总说我压你一头。现在有一个方法能让你出口恶气。"

"什么方法？"王阿玥洗耳恭听。

"你嫁给我哥，你永远压我一头！"

王阿玥难为情地直跺脚："哎呀！你怎么是个烦人……"话未落，人立刻端庄了起来。

门口进来一个男人，一手拎着头盔一手接着电话，扭头跟王宝鏊对视，朝她点了下头。王宝鏊回头看王阿玥，她紧张得手脚都不知放哪儿。

男人挂了电话，朝她们招呼了声，扫了码付款："毛毛虫，钱付过了。"

"陈正东，谁让你付的，我侄女请我吃饭呢。"王宝鏊不乐意。

"真对不住，借花献佛请你们了！"陈正东痞笑道。

"少转成语，借花献佛是这么用的？"她朝王阿玥道，"语文老师，你给他纠正纠正。"

王阿玥闷头喝汤。

陈正东拎上饭道："我先走一步了。"

等他骑上摩托离开，王阿玥才抬头，伸手掐了王宝耄一下。王宝耄轻飘飘道："没出息样儿，你脸比碗里的蟹柳都红。喜欢就表白，都快十年了。"

"他有女朋友了。"王阿玥道。

"打中学他就没单身过。"王宝耄拿出手机，把陈正东的微信推给她，"你跟他表白，要么在一起，要么断了念头，有点咱北方姑娘的爽快劲儿……"

"你不懂……"

"陈正东就不是个好鸟，他早就知道你喜欢他，他既不追你，又不拒绝你……"

"他怎么知道？"王阿玥打断。

"你这呆瓜样儿一看就明白。"王宝耄说得心虚。

"你跟他说了？"王阿玥看她。

"快两点了，你该回学校了。"王宝耄催她。

"你怎么是个烦人精！"王阿玥气呼呼地出去。

王宝耄追过去，拐着她胳膊道："喝杯奶茶吧。"

王阿玥红着眼窝问："你什么时候说的？"

"高考结束。"

王阿玥愣住，大半晌后才问："你怎么说的？"

"我截住他，问他喜不喜欢你。"

"他怎么说？"王阿玥看她。

"都十年了……我忘了。"

"你怎么能忘呢？"

王宝耄想了会儿道："他好像说有喜欢的人了。"

王阿玥没作声，跟着她一起买奶茶。王宝耄递给她一杯，王阿玥问："你都没跟我说过。"

"本来是想找你邀功，没想到会搞砸。"

"不是你搞砸，是他不喜欢我。"王阿玥喝着奶茶道，"算了，我也不喜欢他了。"说着别过脸，挥挥手朝学校去。

王宝耄看着她的背影，拿出手机，把陈正东拉黑。永世拉黑。

她骑上电瓶车要回家，想了下，先拐去超市，拎了一兜啤酒和零食，又买了盒小龙虾。欲使人堕落，断其工作。

　　家里，王西平站在八仙桌前，搜索频道，死活搜不到 CCTV5。

　　他买电视机就为了看世界杯，正跟遥控器较劲，王宝鳌拎着袋子进来了。她看了一眼遥控器，把啤酒、小龙虾放进冰箱，站他身边，看他调台。

　　五分钟过去，王西平在手心磕磕遥控器，把电池抠出来重新安装，捣鼓了好一阵儿，还是不行。

　　王宝鳌指着墙上的钟："不急，这才五点，世界杯是八点。"

　　"遥控器坏了。"王西平下结论。

　　"坏是没坏，昨儿个都用了。"

　　王西平不接话，拉开抽屉翻找东西。王宝鳌问："你找什么？"

　　王西平不言语。

　　王宝鳌鼻子哼了声，撕开包薯片嚼着，问他："今晚是乌拉圭？有苏亚雷斯吗？"

　　王西平找出售后卡，给对方打电话，说刚买的电视机遥控器坏了。那边不知说了什么，王西平拿起遥控器，按照售后的提示操作，大半晌无果。售后得出的结论是电视机坏了，建议他把电视机封箱发回，公司重新给他派台新的。王西平问需要多久，售后说这型号缺货，大概一个礼拜才能派送。

　　王西平沉默了会儿，把遥控器装进盒子，看王宝鳌道："今晚是乌拉圭，有苏亚雷斯。"

　　"你要把电视机发回去？"王宝鳌问。

　　"售后说出了问题。"

　　"你太温和了，应该发脾气。"

　　"发脾气能解决？"王西平看她。

　　"能，至少心里舒坦。"

　　"我没不舒坦。"

　　"你有，你不能看世界杯了。"

　　王西平不接话，倒杯水问："你喝不喝？"王宝鳌伸手，王西平递给她一杯，自己端了一杯站在电风扇旁。

　　王宝鳌看他一眼，拿过书架上的机顶盒遥控器，站在八仙桌前，对着机顶盒，调到 CCTV5。她回头问他："我能炖只小公鸡吗？"

王西平痛快地宰了只小公鸡，王宝鏊烧了个醋焖鸡，满院子飘酸。

鸡已焖好，王宝鏊不让吃，要等到八点整。她从篱笆墙上剪了把月季，装进浅口瓶，摆到饭桌上。

世界杯开场，三人开饭。

甘瓦尔嚼了块鸡肉，酸得皱脸，扒口饭道："太酸了。"

"冰箱里有小龙虾，你给我留一半。"王宝鏊道。

甘瓦尔端着小龙虾进厨房，王西平嚼着鸡肉，眼睛不离电视屏。自从上次野餐吃过烤肉，他就没再忌荤了。

"你不能吃了一次肉就破罐子破摔，我有罪恶感。"

王西平看她，王宝鏊道："我无意喂了你一块肉，你就不再斋戒？跟我坏了你修行似的。"

"没事儿，斋戒日过了。"

"你不吃素了？"

"除了斋戒日，以后饮食正常。"王西平道。

"你心就不诚……"话没落，鸡块掉到桌上，她用纸包起来丢进垃圾桶，"你家要换张餐桌，这桌面脱漆严重，掉下去的食物都不能吃。"

"好。"王西平眼睛不离屏幕。

晚饭后，甘瓦尔刷了锅碗，回房间复习功课。王宝鏊对世界杯兴致不高，纯属凑热闹，在甘瓦尔房间转了圈，辅导了他两道题，回堂屋转呼啦圈。王西平坐在沙发上看赛事，听到动静，回头看了一眼。

摇了十几分钟，头发汗腰发热，王宝鏊站在风扇前吹。

"没效果。"王西平好心道。

"怎样才有效果？"

"管住嘴。"

"……"

王宝鏊半躺在沙发上，拿着手机跟王与秋聊微信。两人聊了会儿，王宝鏊看一眼坐姿端正的王西平，抬手把他的一条腿放到沙发上。王西平看她，王宝鏊道："自个儿家里不必拘束。"说着把胳膊肘撑在他腿上。

王与秋说民宿老板要九月初才回国。王宝鳌拧着眉头，还要再瞎晃俩月？邬招娣看她的眼神明显已经不耐烦了。手指缠上东西不自觉地绕，王西平拍她手，她愣了一下，看了眼手里的数根腿毛，安抚性地揉揉他小腿。

"你不是喜欢世界杯？"王西平问。

"我喜欢有帅哥的世界杯。"她小指掏着耳朵问，"有挖耳勺没？"

王西平递给她串钥匙，她擦擦挖耳勺，侧头掏耳朵道："我无聊了。"

"你不是接了间民宿？"

"你怎么知道？"

王西平没接她话。

"老板不在国内，说是九月初才回。我怕这俩月有变动。"王宝鳌问，"你说，我要不要给他转一笔订金？"

王西平斟酌道："钥匙也不在国内？可以先租了，等他回来再正式签合同。"

"我也是这意思，他说民宿里还有私人物品，不方便给钥匙。"

"你怕他有什么变动？"王西平问。

"陈家人也在跟他联系。我姑姑之前谈到了四十七万，现在没有五十万不行。"她擦擦挖耳勺道，"我帮你掏耳朵。"

"不用。"王西平摇头。

"你必须要掏，长时间不清理会侵入脑子影响智商。"王宝鳌循循善诱。

王西平坚决不掏。

"你不掏我把你家信号弄没，让你一个台都搜不到。"王宝鳌直接威胁。

王宝鳌示意腿上的靠枕，王西平侧趴过来，还没掏，他就想往后躲。

"别紧张，看球赛。"

"你轻点。"王西平叮嘱。

"放心！阿玥跟樱子的耳朵都是我掏的。"王宝鳌稀奇道，"哎，你耳垂会动。"

王西平直起身子，不掏了。

"我不提了，趴下趴下。"王宝鳌急道。挖耳勺刚探进去，王西平鬓角的青筋凸起。王宝鳌道："放松。"

王西平"哦"了声，状态依然紧绷。

王宝鳌换根棉签，在外耳道转圈问："不疼吧？"

"不疼。"

"掏耳朵很舒服。"王宝鳌说着，把棉签一点点探入内耳，轻轻摩擦着道，"你鬓角有痣，爱招烂桃花，婚后易出轨。"

"我记得你叫桂枝。"王西平说。

"你记错了。"

"我没记错。你哥老是在饭点找你，站在电线杆旁喊王桂枝。"

"我高中就叫宝鳌了。"王宝鳌指着他身上的 T 恤问，"怎么不穿背心？"

"背心洗了。"

王宝鳌拿出啤酒、小龙虾，皱皱鼻子："谁稀罕摸你。"

王西平看她："我给你加热。"

"不用。"她话刚落，王西平端着小龙虾进了厨房。

王宝鳌解下发圈，捋了把头发，十几根断发耷在手上。她走到院里伸个懒腰，朝厨房道："我回了。"

"热好了。"王西平出来。

王宝鳌又不太想吃了，看看端着小龙虾的王西平，如果说不吃，显得太作，揉揉肚子折回堂屋。

"你吃不吃？"王宝鳌问。

王西平看她一眼，点点头。

王宝鳌拉开罐啤酒推过去，王西平摇头："我不喝。"

"看世界杯，就要啤酒配小龙虾。"她说着戴上一次性手套，看着屏幕问，"下一场是谁？"

"摩洛哥对伊朗。"

"德国队是啥时候？"

"后天，德国对墨西哥。"

王宝鳌点点头，低头剥着小龙虾。两人边吃边看赛事，有一搭没一搭地闲聊。聊了南坪镇的一景一物，聊了街里的老周记。也好似老友般，聊了各自的状态和不如意的生活。

王西平滴酒未沾，王宝鳌喝了六罐。

王西平看看时间，凌晨三点了，问她："困不困？"

"你困了？"王宝鳌反问。

"不困。"王西平摇头，"你要是用钱，我这边有三十万。"

"哪儿来的？"王宝鳌震惊。

"我爸借出去的，年初收了回来。"

"你留着应急。你目前没工作……"她忽然顿住，盯着他问，"咱俩一起经营民宿吧！"

"我算了笔账，就目前的形势而言，两年内绝对回本。一共五十万，咱俩各拿一半！"

"好。"王西平点头。

"这么快？你都不考虑？"王宝鳌吃惊。

"没什么要考虑的。"

"爽快！我就喜欢你这种人！"王宝鳌拍胸脯道，"我这人没毛病，就是有点情绪化，犯病了你别理我就行，我自己会消化。"

王西平笑了笑，没作声。

两人静默了会儿，各自陷入沉思。王宝鳌被蚊子咬了下，缓过神一巴掌拍死。她回头看看王西平，托着下巴认真地打量他。

王西平有感应般抬头，王宝鳌问："我能问件私事吗？"她组织了一会儿语言，问不出来，半天旁敲侧击道："镇里的水会去过吗？"

"去过。"王西平点头。

"啥时候去的？"

"年前。"

"够久了，这几天我请你。"王宝鳌很大气。

"不用，家里能洗。"

王宝鳌碰他一下，挤眉弄眼道："明人不说暗话。"

"……"

"老鳏夫嘛，我理解。"

王西平不想理她，收拾着桌面道："我冬天是去洗桑拿。"

"哎呀……我知道。"王宝鳌说得意味深长。

王西平张张嘴，再不搭理她。

王宝鳌站院里伸了个大懒腰，王西平拎着空啤酒罐出来，装袋子里说："你回里屋睡会儿。"

"王西平，咱们去下溪村……"她回头找不见人，王西平已经折回沙发上睡了。

王宝嶷碰碰他："哎，天快亮了，我带你翻墙去看民宿……"

"不去。"王西平摇头。

"回来再睡。"王宝嶷拽他。

"不去。"王西平翻个身。

王宝嶷也躺上去，使劲挤他。

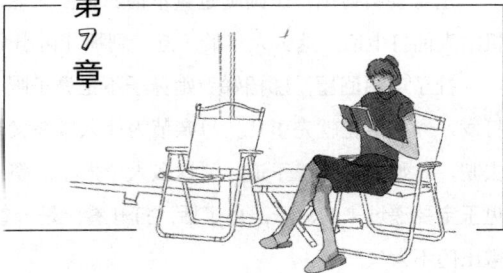

第7章

今年的端午跟父亲节撞上了。王宝骜老早就准备了礼物，一块手表，一个烟袋锅子。

一早，王国勋就过来了，说是要跟着大儿子一家去西安。王宝骜看看王与祯，王与祯没动作。王国勋要走，王宝骜喊住他："爷爷，今儿是父亲节，你儿子送了你礼物。"

屋里静默片刻，王国勋不自在道："过啥子节，崇洋媚外，今儿就是正正经经的端午节。"

王与祯也闹得不自在，拿了个盒子放桌上，端起杯子道："我去大哥家看看。"

王宝骜拿过盒子给王国勋："你儿子买给你的烟袋锅子，祝你父亲节快乐。"

"我看就是你整的花胡哨。"他接过盒子敲了她头，打开看了一眼，"花这钱干啥？也不知道还能抽几天。"

邬招娣拎了兜粽子来，说让王国勋捎路上吃。王国勋接过道："宝源两口子要去西安，你大哥说端午放假，索性都一块儿去。"朝王宝骜道，"你也跟上？两台车呢。"

"宝源哥跟我说了，我才去过，你们去吧。"王宝骜道。

"这天热，哪有自个儿屋里舒坦？你大伯不依，非要我跟着一块儿去。"王国勋一言难尽道。

王宝鬈看得出，王国勋是真不情愿去，天热人挤，跟去也是遭罪。她拿出手机给大伯打电话，这么大年龄，万一到那儿再出个事儿。

挂了电话回屋，邬招娣看她鼻子不是鼻子眼不是眼，歪嘴道："合着就我好打发？一束破花就完事儿。母亲节为什么排在父亲节前头？孰轻孰重自个儿掂量去吧。"她装了兜粽子道："这么大个人了，整天就会在家吃闲饭……"说着看见王宝鬈递过来的盒子，止了话，打开看，是一条金项链，又撇嘴道："这么细，戴出门不大气。"

"你说你喜欢精致的。"王宝鬈无奈。

"这也太精致了，戴上去都显不着……"

王宝鬈接过，帮她戴脖子上："你那条你嫌戴上去像暴发户，这条正好，还是限量版，没人跟你重样儿。低调奢华，尽显贵妇范儿。"

邬招娣照着镜子看，还不错，回头问："多少钱？"

王宝鬈几番斟酌，谨慎道："一万五。"

"你别不是上当……"

"不可能！商场专柜买的。"

"现在黄金不是落价了？"邬招娣问。

"这不按克卖，这是工艺品。"王宝鬈胡诌道，"限量款跟大众款是有区别的。"

邬招娣摸摸项链："别以为一条项链就能安抚我，整天不着家，赖在王西平家算咋回事儿？"

"我回来你都睡了。"

"我懒得搭理你，都跟你攒着呢。"邬招娣指着桌上的两兜粽子，"红绳的给你姑，蓝绳的给西平。"

邬招娣准备出门，交代她："在家待着别乱跑，我去队里一趟。我再看见你跟个二流子一样，趿拉着人字拖在街里晃，回来我就把你拖鞋都烧了。只要出这个家门，你就要给我打扮得衣帽整齐。"

"穿拖鞋咋了？"王宝鬈问。

"你学学阿玥，我每回在街上看见她，人家都是高跟鞋、连衣裙，脸上还化着得体的妆。你瞅瞅你，整天跟只灰老鼠一样。"邬招娣指着她头发道，"明儿去染个色，你看人家慧兰染的多洋气。"

王宝嫠正在午休，被王阿玥一通电话吵醒，约她去下溪村。

她套了件 T 恤，穿了条牛仔短裤，踩了双趿拉板儿。她刚出家门，碰上推着电瓶车回来的邬招娣。

邬招娣斜王宝嫠一眼，王宝嫠道："我去溪里抓鱼。"

"先给我切块西瓜，热死了！"

王宝嫠给邬招娣切了块凉西瓜，邬招娣吐着籽儿问："你打算顶着头茅草窝出门？"

王宝嫠扒拉下头发，扎了一个丸子头。

"溪边的蚊子毒，咬你一腿疙瘩包。"邬招娣扫视她的腿。

"我不怕蚊子。"王宝嫠涂着口红，"吧嗒"了两下嘴道。

"嘴犟吧。"邬招娣看见桌上的粽子问，"你怎么还没送？这天热，不经放。"

"正要送。"王宝嫠说着拎起就要走。

"等会儿。"邬招娣从抽屉里扒了盒清凉油，塞她屁股兜里道，"让你姑明儿过来一趟，你爷爷昨儿还念叨你奶奶生忌。"

"啥时候？"王宝嫠问。

"你是不是傻，都说了明儿。"邬招娣有怨言，"长辈安排的事，你听就行了，别老想着指手画脚！"

"我咋了？"王宝嫠皱皱鼻子。

"你咋了你咋了？"邬招娣拧她胳膊，"你给你大伯打电话干啥？整天管得怪宽！"

王宝嫠拎了粽子出门，经过大槐树，正要往王西平家拐，王阿玥喊住了她。王宝嫠回头，见她滚着一个旧轮胎，站在斜坡上。

"先去一趟王西平家。"

"他家没人，他们父子俩都在坳里。"王阿玥指着坳里的小路。甘瓦尔踩着单车，使着牛劲儿往坡上冲，骑上来拐去了镇中心。

王宝嫠看看她身后的小孩，问："合着你是约我陪你带孩子？"

"假期嘛，我侄子没玩伴，我带他出来玩会儿……哎哎，你回去干吗？"

"我回去午休，我困。"

"滑下去一趟你就不困了。"王阿玥踢踢轮胎。

"我不滑，我嫌丢人。"

"坳里都是游客，没人认识你。"王阿玥把她摁坐在轮胎里，"你坐稳了！"也不管王宝媭如何，双手用力一推，连轮胎带人地送了下去。

坡体都是青草，轮胎顺着往下滑，视线里出现一个小孩，王宝媭两腿蹬着地，想要增加阻力，没控制住……人侧翻了出来，从半坡滚到坡底。

王宝媭半晌没爬起来，王阿玥在坡上大喊："宝媭宝媭，你没事儿吧！"

王西平在烧烤区给人炒粉，听到声音回过头。王宝媭从地上爬起来，拍拍衣服，接过游客捡回来的粽子，微瘸着腿朝树荫底下去。

王宝媭扶着树坐下，王西平穿个背心，脖子上搭条毛巾，满头汗地过来问："摔着哪儿了？"说着蹲下捏她流血的膝盖。

王宝媭疼得直颤，王西平抬头道："骨头没事儿，擦破点皮。"他转身快步到烧烤区，拿了纸跟水，拧开往她膝盖上冲洗。

后面游客喊王西平炒面，他回头说不炒了。甘瓦尔踩着单车过来，王西平拿着纸巾摁住她的伤口，让他去买消炎药水，随后看看坡体，看看轮胎，再看看她，一句话没说。

王阿玥跑过来："宝媭你没事儿吧？"说完打量了番，见没什么大碍，拉过不远处的野餐垫，铺在树荫下道："坐上来躺会儿。"

王宝媭朝王西平道："你去炒面吧。"

"没事儿，不急。"

王阿玥转身去找侄子，王宝媭指着王西平的脖子问："长痱子了？"

"没事儿。"王西平挠了下。

"老板，拿两瓶饮料！"身后游客喊。

王西平过去，从桶里拿了杯奶茶，插上管递给王宝媭："假期人多，甘瓦尔弄了桶饮料。"他指着烧烤区的煤气灶道："饮料也是卖，顺便炒几碗面。"

"你怎么不叉鱼卖了？"

"……"

王宝媭把凉奶茶贴上王西平脖子，王西平道："没事儿。"

"我长过痱子，刺刺扎扎的。"王宝媭道。

"晚上烧烤，有想吃的没？"王西平问。

"晚上不看世界杯？"

"看转播就行。甘瓦尔接了几单烧烤。"

王宝螯拿过粽子问："有蜜枣跟鸡肉馅，吃哪个？"

"蜜枣。"

王西平垂头剥粽子，一滴汗滚到鼻尖，要落不落。王宝螯伸指甲接住，"嗖"地弹掉。甘瓦尔买了药回来，王西平给她膝盖消了炎，回到烧烤区炒面。

王宝螯四下找，在坡上找到了穿着裙子坐在轮胎里，跷着腿，一副野蛮老师模样的王阿玥。

没一会儿，王阿玥的脸晒得通红，拿了瓶水贴着脸过来，喘着气道："好热好热呀！"

"你侄子呢？"

"跟游客的小孩玩呢。"王阿玥问，"你跟王西平聊什么？"

王宝螯侧躺下道："闲聊。"

"你们确定合伙了？"

"这有什么不确定的？"

"嗯，王西平性格好……"

"我性格不好？"王宝螯反问。

"他是持续性好，你是间歇性好。"王阿玥看着她脸色道，"你最近状态不错。"

"一般吧。"

"还老睡不好？"王阿玥问。

"还行，比年前好。"

"医生怎么说？"

"鼓励我呗，说一切都在往好的方向发展。"

"但自从你旅行回来，状态明显变好了呀！"王阿玥说。

"是好了点，但心里没……"王宝螯看着她道，"上礼拜李琛约我出去，聊了一会儿还行，吃饭也没问题，直到他说要去看电影，我就开始烦躁……"她摇摇头，懒得再说。

王阿玥趴过来问："那王西平算怎么回事？"

"什么怎么回事？"

"你不排斥他！"

这话忽然把王宝螯给问住了。王阿玥道："上次羊沟村野餐，你喂他吃肉！"

"你没看他腾不出手？人家帮我们烤肉，我喂他一块咋了？我们还彻夜喝酒聊天，我还老留宿他家呢！"王宝骜说得坦荡。

王阿玥不懂："你为啥老去他家？"

"我家有我妈，你家有你妈，只有他家清静。"王宝骜说得合乎情理。

"不是这个问题。"王阿玥坐起来道，"你有没有想过，你为什么不排斥他？"

王宝骜也坐起来："我认真想过，我得出的结论是，我跟他在一起没压力。我们的关系是纯粹的，我不图他什么，他也不图我什么，我们相处起来很自在。我知道他的伤口，他晓得我的秘密，我们都能相互理解和心照不宣。"想了一会儿，又道："我上次喊你一块儿野餐，就是想让你们认识，你是我姐们儿，王西平是我哥们儿。我跟李琛不能在一起，是我知道他喜欢我，他看我的眼神让我有压力，我不能回报他同等的情感，我怕辜负他。"

"王西平不会？"王阿玥反问。

"不会。王西平不会向我索取什么，我也不会向他索取什么。"王宝骜说得笃定。

"那是因为你们不是情侣呀！"

"对呀！"王宝骜道，"就因为我们不是情侣，我才没心理负担。"

"我还是感觉有点奇怪。"王阿玥道。

"哪儿奇怪？"

"我也说不清。"王阿玥斟酌道，"我不相信异性间有纯友谊。"

"我以前也这么想，现在觉得真正的知己不分性别，是纯精神上的吸引。如果有灵魂伴侣，就会有灵魂知己。"王宝骜认真道。

"我不信。"王阿玥摇头，"这种关系很短暂，只存在双方结婚前。"

王宝骜不置一词。

"如果将来结婚，我老公要是有个红颜知己，我肯定不能接受她的存在。说我心胸狭隘也行，我就是接受不了！"王阿玥认真道，"你们彻夜喝酒聊天留宿，照你的意思，你们是灵魂知己，那我算什么？"

好半晌，王宝骜才道："王西平说他不结婚。"

"也许他确实是这么想，但很多事儿此一时彼一时，感情这种事儿最说不清。"王阿玥道，"他不结婚，你肯定是要结婚的呀！你老公绝对接受不了你有个蓝颜知己，总之，你们的关系不会长久。"

"你这话是什么意思？"王宝甃有点生气。

"我没意思呀。"王阿玥诚恳道，"你说你们是灵魂知己，我是在理性分析……"

"我不这么认为。"王宝甃拽了一把草。她不认同阿玥说的，但阿玥说得又没错，她一时也找不出反驳点。

王阿玥看看她，捏捏她脸："看你愁的，这种关系也非常难得，能维持几年是几年吧。"

"我没愁。"王宝甃说。

"我当着你老公面亲你，你老公大不了就笑笑，王西平要是亲你，可能就引发血案……"

"神经病。"王宝甃骂她。

王阿玥拉了轮胎过来，喊她："坐上来，我拉你玩！"

"我不坐。"王宝甃扭过脸。

"那你拉我？"王阿玥问。

"我拉不动。"

王阿玥把她拖过来，她道：'我膝盖，膝盖疼！"

两人疯到傍晚，都涨红着脸满头大汗，T恤跟裙子上染了草汁。

王阿玥牵着侄子要回去，甘瓦尔递给她侄子一个烤鸡腿，王阿玥开玩笑道："下学期你就是班长。"

甘瓦尔憋了半天，跟受侮辱似的，指着鸡腿说不是为了班长。王阿玥大笑，揉揉他脑袋道："最近学习很棒，数学老师老夸你，说想让你做课代表。"

甘瓦尔红着脸跑开了。

"甘瓦尔脑子很灵活，各个方面都不错，就是爱打架。"王阿玥道。

"爱打架？他不像惹事的人。"王宝甃道。

王阿玥摇摇头，牵着侄子道："有机会再说，我先回去了，你看他腿上被蚊虫咬的。"

王宝甃往烧烤区走，王西平烤着肉串，撒了孜然粉，回头问她："饿不饿？"

"有点。"

王西平指指盆里的鱼："等会儿给你烤。"

王宝甃点点头，站在烤架旁，盯着他的侧脸认真地看。王西平把烤串放盘里，端到食客桌上，拿了瓶水拧开道："过来洗手。"

王宝嫯冲了胳膊，洗洗手，抬头问他："王西平，你不会结婚吧？"

王西平没理她，准备烤串，王宝嫯拽住他。王西平看着她道："不会。"

甘瓦尔捞了一兜河虾回来，有游客想吃。王西平说河虾不卖，用锡纸裹着放烤架上。王宝嫯摇着蒲扇，不时伸过去扇扇，蚊虫太多了。她回头看看王西平，人家稳如泰山，丝毫不受蚊虫干扰。

甘瓦尔拎个筐，围着露营区兜售花露水和蚊香。王宝嫯摇着蒲扇四下转，王西平看她："要不你先回，这蚊子……"

"我偏不回。"王宝嫯堵他一句。

"……"

王西平端着烤好的河虾给她，喊甘瓦尔过来吃。王宝嫯吃了个，夸道："鲜，好吃！"随手剥了一个，递到王西平嘴边，他摇摇头，嫌腥。

"你就适合吃粽子。"王宝嫯剥了个粽子给他，八个蜜枣粽，他吃了五个。

"这是什么馅儿？"王西平咬了口问。

"鸡肉馅儿。"王宝嫯问，"怎么样？"

"还行。"王西平有点一言难尽，又吃了一口，闻了闻，"好像不新鲜了。"

"不吃就算了，还找事儿。"

王西平递她嘴边，她闻了下，咬了一丁点，品品道："也许是我们吃不惯。"

王西平继续吃粽子，没接话。

"回去让黑贝吃。"王宝嫯接过他手里的鸡肉粽，又剥了个蜜枣粽给他。王西平三两口地吃完。

王宝嫯看看那几个鸡肉粽，好歹是邬招娣花了心思的，喂狗不太好，朝王西平道："吃烧烤送鸡肉粽，买一送一。"

"好。"王西平点头，往烤鱼上刷了层蚝油，来回翻烤了一会儿，装盘递给她，她端给食客。

王宝嫯挠着腿回来，涂了点清凉油，摇着蒲扇问："你真不怕咬？"

"差不多。"王西平烤着茄子道。

王宝嫯没接话，盯着他胳膊上的俩蚊子，待时机成熟，一巴掌拍过去，两兜子血。她伸手掌给他看："都是你的血。"

"……"

王西平挠挠鼓起的包，王宝嫠给他涂着清凉油问："不是不怕咬？"

"我不怕咬，我怕痒。"王西平又挠挠小腿。

"不一样？"王宝嫠手指转了圈清凉油，蹲下涂他小腿上的包。

"没事儿。"王西平道。

王宝嫠抓抓他腿毛，他笑着避开。王宝嫠问："我不抓怎么找到包？"

"我不涂了。"

"你不涂不行。"王宝嫠捋着他腿毛，"我有脱毛膏，我给你……"

王西平避开她，往前挪，王宝嫠拽住他："我有脱毛膏，有刮眉刀，你选一种？"

"我不选。"

王宝嫠轻捋他腿毛，他痒得不行，抖着腿笑道："王宝嫠，我生气了。"

"我好怕哟。"

"王宝嫠，你是不是有怪癖？"王西平拉她起来。

话落，有食客催茄子。王西平笑道："你快点起来，我要烤茄子。"

王宝嫠起身剥着虾："我不管，我就要刮。"

王西平点点头，敷衍她道："回头再说。"

王宝嫠闲着没事，用蒲扇拍拍他肩膀，戳戳他胸肌。王西平回头看她，她就替他打扇子，完全一副无赖样儿。

王西平看了她一会儿，缓缓道："我有一位姑奶，叫王桂花。"

王宝嫠不解。

"王桂枝好听，能喊到八十岁，一点不违和。"

"然后呢？"王宝嫠问。

"……"王西平憋了半晌，没收到预期的效果，挠挠痱子道，"没了。"

王宝嫠剥了只虾到嘴里，伸手抓下他胸肌，扭头晃着走了。

"王桂枝，我要生气了。"王西平拍拍胸口的油渍，又蹲下闻了闻小腿，一股孜然味。

凌晨一点，三个人清理完垃圾，甘瓦尔骑着单车回，王西平跟王宝嫠拖着三大袋饮料瓶回。

王宝嫠踢踢饮料瓶："这要搁白天，扔了我都不拎。"

"这三袋能卖多少钱？"

"三四十吧。"王西平估下。

"啥?"王宝嫛问,"一包能卖三四十?"

"三包一共。"王西平道,"平均一毛钱一个……"

他话没落,"哗啦"一声,王宝嫛把袋子给扔了,拿出手机道:"这包我买了,转给你十五块。"

"……"王西平把袋子捡起来,把散落的瓶子装回去,一个人推了三包往前走。

王宝嫛跟在他身后笑,拿出手机录了视频,追上去让他看:"你穿着黑背心,弓着腰推包,像不像一种动物?"

"什么动物?"

"铁甲将军。"

"什么东西?"

"屎壳郎……哈哈哈哈。"王宝嫛蹲下大笑。

王西平不理她,换了个姿势,拖着袋子继续走。王宝嫛笑得更凶了,王西平停下看看她,过来拉她:"走了,回家睡觉了。"

王宝嫛擦了擦眼角,攀着他胳膊起身,抱怨道:"腿好酸。"

"明天给你炖只小公鸡。"

"好。"王宝嫛捏捏他胳膊,拖着一个袋子与他并肩同行。

晨跑回来,王宝嫛回屋先上秤,一两没轻。她洗了澡下楼,王与秋进门道:"跑个步都不老实,歪歪扭扭地撞人干啥?"

"我撞谁了?"

"我从坳里出来,老远就看见你跟西平跑步,跑着跑着你把人挤沟里。"

"谁挤他了?"

王与秋不跟她抬杠,指着桌上的豆浆:"趁热喝,快凉了。"又去厨房看了一圈,问:"你妈呢?"

"可能去集市了。"王宝嫛烫着中药。

"你怎么了?"王与秋问。

"内调养颜。"

王与秋捏捏她水灵灵的脸:"我还以为你逆生长,原来是喝了……"

"你让麻子姑喝喝?看她能不能水灵灵?"王宝嫛皱皱鼻子。

王与秋不接她话茬儿，撰话题道："那老板回我信了，他说现在付全款四十七万，等他回来就五十万，你自个儿琢磨琢磨。"

"他急用钱？"王宝骜反问，"你觉得呢？"

"有能力就现在付，省三万呢。"

"万一他出什么状况呢？"王宝骜有顾虑。

"现在都有转账记录。在咱们的地盘，他不敢乱来。"王与秋道。

"行。"王宝骜拍板。

"你要差个五万八万，我能暂时周转给你……"

"我不差钱。"

"哟呵，口气不小，抱上你妈的大腿了？"王与秋笑道。

"小看人！"王宝骜翻开手机上的银行短信，账户余额——五十三万。

王与秋问："你借了一屁股债？"

"哼哼……哼哼……"王宝骜鼻孔朝天不接话。

"好好说话。"王与秋捏她胳膊。

"我拉了投资人，姓王名西平。"

"王西平有钱？"王与秋诧异。

"就兴你有钱？"王宝骜撇嘴。

"他爸破产，他不是欠了一屁股债？"

"他早还完了。"王宝骜问，"你就说他行不行吧？我们俩合伙。"

王与秋犹豫半天，点她脑门道："生意好做伙计难处，本身都还是亲戚，万一闹翻就难看了。"

王宝骜不接话。

王与秋斟酌道："你别倔，你妈跟你爷爷知道了也不会赞成。我也不瞒你，我最早考虑过咱俩合伙，但我怕时间久了事儿多。以后你就明白了。"

"我跟爷爷说了。"王宝骜道。

"你爷爷怎么说？"

"他让我自个儿拿主意。"

王与秋愣了下，拍她道："怪不得鼻孔朝天，原来是有靠山。"想了一会儿，又说："我没跟西平接触过，只听说他性格好，似他父亲。"

"对，他没脾气。"王宝骜点头。

"傻子，哪有人会没脾气？"王与秋道，"你爷爷要是让你拿主意，八成是看好这件事。跟西平合伙也行，以你的性格吃不了亏……"

"合伙干啥？"邬招娣进屋问。

王宝甃捧着碗喝豆浆。王与秋笑道："这两年民宿生意还行，我那周末跟节假日都满房，这快七月底了，我算了利润，经营好的话，一年三五十万不成问题。自己当老板比给人打工——"

邬招娣当即拉了脸："啥意思？我供她读了二十年书，就为了憋在这旮旯角开旅馆？那她高中就该辍学——"

"照你这意思，我读了二十年书就该去当总理？带领人民奔小康呗？"王宝甃堵她。

邬招娣要过来打她，王与秋拦着道："有话跟你妈好好说。"

"说不着。"

"正好，我也跟你说不着，要知道养了头白眼狼，我早该把你掐死。"

"现在也不晚。"

"行。"邬招娣指着她道："你一共读了十六年书，咱平均每年算一万，你立刻马上转给我十六万！"

"我不转！"王宝甃拍着桌子道，"我让你生我了？你既然生了我就该对我负责，就该让我受教育，这是你们为人父母应尽的义务……"

邬招娣拿抱枕砸她："你跟谁拍桌子瞪眼呢？"

"我没瞪眼，别动不动就'供你读了二十年书'，谁没读二十年书？"王宝甃道，"我爸读了，我姑也读了，不都照样窝在这旮旯角？凭什么你们能窝，我就不能？"

"你这没出息的东西！"邬招娣骂。

"对，我就是没出息！"王宝甃直愣愣地看她。

"你少说两句！"王与秋瞪王宝甃，又拉着邬招娣的胳膊，安抚她坐下道，"嫂子，这事儿怨我没办好，我应该提前跟你说。我看那家民宿贴了转让，就想着这也不比在市里赚得少。宝猷回来肯定要往市里发展，宝猷出去闯，幺儿愿意留在咱们身边，这不是更好？"

邬招娣心下思量，不接话。

王宝甃看看邬招娣的脸色，憋屈道："姑，你算是说到我妈心坎里了，我留家里伺候你们，王宝猷在外无后顾之忧，这简直——"

"你这死丫头就是欠，从小说嘴说我偏心，手心手背都是肉，我偏谁？我告诉你王桂枝，我问心无愧，我一碗水端得平，我对你跟王宝猷一样。"

"行，你借我二十万。"王宝鳌伸手道，"我打欠条，一年内连本带息还清。"

邬招娣愣住，大半晌后道："不行，你哥房子要装修……"又改口道："回头问问你大伯——"

"咱们家有钱，我凭什么找大伯借！"王宝鳌打断她。

"你说得理直气壮，有钱是你赚的？你哥马上要结婚了，婚房还不该装修？"

"宝猷谈女朋友了？"王与秋诧异。

"这不是分分钟的事儿？有好几家提，就等他回国相亲了。"邬招娣说得胸有成竹。

王宝鳌撇撇嘴，不接话。

"你撇啥嘴？我大不了给你昔不就行了？"邬招娣道，"别老想跟你哥攀地位，咱文化传统就这样，给你哥买房是理所当然。你哥娶媳妇我们家花钱，你出嫁自该男方花钱，这样社会才平衡……"

"我问你要房了？"王宝鳌瞪着眼。

"那你冲我摆什么脸？"邬招娣理直气壮道，"我跟你爸结婚的时候，自行车、手表、缝纫机三大件一样没少！你姥姥就给我陪嫁了两床被子。你姑姑也什么陪嫁都没——"

"嫂子，年代早不同了。"王与秋听不过去，"幺儿压根儿就没提房——"

"我妈男尊女卑的思想根深蒂固。"

"你再说这话我撕烂你的嘴，我少你吃还是短你穿了？我供你读大学就是让你有本事了回头埋汰我？你去工厂流水线上看看，别整天身在福中不知福。"邬招娣指着她道，"你再瞪眼看我试试？"

"嫂子，这眼大也是错了？幺儿的眼睛本来就圆溜溜的。"王与秋笑道，暗地里朝王宝鳌使眼色，让她赶紧离开。王宝鳌不离开，手掌用力地拍了下桌子。

邬招娣看她："你再拍一下试试？"

王宝鳌又愤怒地拍了下，邬招娣要过来打她，王与秋伸手拦着。王宝鳌道："我就没指望能借出一分钱，你那一通子谬论，不就想把自己那点心思合理化？别自个儿瞎琢磨了，没人惦记你那点臭钱。"

"我啥心思？"邬招娣问。

"重男轻女的心思！"

"别笑掉大牙了，我犯得着？我从来都心安理得。有本事一个子儿别问我借！"

"放心！我绝不问你借，我往大街上乞讨都不问你借！"

"吃过天饭别说过天话，你人生路长着呢。"邬招娣瞥她一眼，"接一家民宿多少钱？你有？"

"一共四十七万，幺儿自个儿有二十万，她跟西平两人合伙。"王与秋道。

"啥？"邬招娣骂道，"王宝甏你是不是蠢？你把王西平推了，你那一半我跟你合伙。不行算宝献的。"

"我刚问你借，你说装修没钱，一说合伙你就有钱了？"王宝甏气死了。

"这不是正经事儿？"邬招娣觉得稀松平常。

"你要是插手我的事儿，我把民宿的事儿搅黄，让陈家人接了！"王宝甏拿出手机，"我现在就把王宝献拉黑，我跟他老死不相往来。我拿你没办法，我拿王宝献出气！"

"你是不是欠打？"邬招娣骂她。

"嫂子嫂子，这事儿咱不好掺和，咱爸让他们合伙的。"王与秋搬王国勋出来。

邬招娣愣了下，指着王宝甏，恨铁不成钢道："脑子就是有坑，一共就差三十万，你不跟自家人开口，出去找人合伙……"

"我故意的，我偏不跟你合伙，我死都不跟王宝献合伙！"王宝甏气她。

邬招娣拿着茶叶盒砸她："让你死轴！别最后跟王西平翻脸，让全家跟着你丢人……"话没落，王宝甏捂着眼睛蹲下，王与秋忙过来，吓得拉着她的手问："怎么了怎么了？砸到眼了？"

晌午，王西平才从桃园回来，他担心这两天有暴雨，一早就在桃园挖了排涝沟。他家桃园不比别家，正处于低洼区。

他放下工具，脱掉汗透的衣服，拉过门口的水管往身上浇。水流顺着脖子往下冲，正痛快，忽地回头看，王宝甏躺在梧桐树下的吊床上，正翻身转过去。

王西平回院，收拾妥当出来，看着吊床上的人，一时无话。他拨拉了下头发，索性先去做午饭。他拿着铲子去菜园，人愣在那儿，豆角架被东倒西歪地折断，两株辣椒和一株紫茄子被连根拔起，一排小葱也被拔了。

毋庸置疑，这是王宝惷干的。被摧残的这些都是她不爱吃的。番茄、黄瓜、草莓，她爱吃的都安然无恙。

他从院角拿了几根细竹竿，把豆角架重新搭好，把辣椒、茄子都栽回去。他摘了一把生菜回厨房，半途折回来，看她："你糟蹋菜园干什么？"

王宝惷趴在吊床里，看不见脸，也不出声。王西平荡了下吊床，王宝惷拿出手机，二话不说，转给他一千，转身回院里，反脚踢上了里屋的门。

王西平碰了一鼻子灰，端了盆正要洗菜，王国勋背着手找来："西平，幺儿在不在这儿？"

"在里屋。"王西平点头。

王国勋叹口气，敲敲里屋的门："幺儿，你妈她知道错了，她还给你煮了鸡蛋，你快拿上敷敷。"

"我训斥过她了，你爸也不依她，她本来要当面跟你道歉，我怕你见了生气……"

"我不生气，你让她来。"王宝惷拉开门。

"这是我喂的母鸡，下的蛋都不舍得吃，特意煮了给你敷。"王国勋剥着鸡蛋壳道。

"我不敷，你留给王宝献吧。"

"好好的怎么扯上你哥了？"王国勋做和事佬，"我替你妈给你道歉，你看行不行？"

"她亲儿子要回来了，这鸡蛋给他留着，别给我糟践了。"王宝惷道，"那群鸡你好好喂，等你亲孙子回来一天炖给他十只。"说着上了床，盖上被子睡觉。

"你看看你看看，这说的什么傻话？让西平听了笑话。"王国勋笑道，"你哥是我亲孙子，你不是我亲孙女？"

"他是王家人，我是盆要泼出去的水。"

"你妈说话就是没水平，她是有口无心，得罪完一圈人都不知道是怎么得罪的。"王国勋道，"你想睡就睡会儿，这事我替你做主，你回头去你姑姑那儿住一阵儿，你看行不行？"

王宝惷睡到傍晚，迷迷糊糊间感觉眼皮痒，睁开眼，看到王西平坐在床头，拿着鸡蛋给她敷眼角。

王宝嫯翻身过去，王西平拉过她："还没消气？"他剥掉蛋白，吃着蛋黄道，"太爷爷宰了只小公鸡，在灶火上炖呢。"

"我像猪？给点吃的就能哄好？"王宝嫯没好气。

王西平看着她道："再深一点眼就……"

"瞎了才好。"

"你爸妈都过来了，看你在睡觉就回去了。你妈的眼睛肿了。"王西平伸手比画，"肿得跟核桃一样。"

"编吧。"王宝嫯一听就假。

"真的。"

"我妈从不在人前失态，她眼睛要真肿了，绝不会出门。"王宝嫯拆穿他。

"……"

王西平端了炖锅出来，甘瓦尔也写完了作业，三个人坐在院里吃晚饭。王宝嫯不大有胃口，喝了碗鸡汤就饱了。甘瓦尔吃着饭，不时盯着她眼角看。

"看什么？"王宝嫯问。

甘瓦尔扒着饭，不出声。

"太爷爷提了民宿的事。"王西平道。

"提什么了？"

"让我多包容你。"

"包容我啥？"

"人倔脾气差。"王西平言简意赅道。

王宝嫯不接话，明显不服。

饭后，王西平在堂屋看世界杯，王宝嫯在院里闲转。甘瓦尔找了个袋子，拿着手电筒要出门，王宝嫯截住他："去哪儿？"

"去摸懒爬子。"甘瓦尔道。

"我领你去。"王宝嫯示意屋里，"你喊上王西平。"

"他才不会去，他要看世界杯。"

两人一路嘀咕到大槐树下，又折回来。王宝嫯回堂屋喝水，甘瓦尔在院里喊王西平。完事儿，王宝嫯出来，喊上甘瓦尔离开，两人前脚出门，后脚王西平追上来问："电视怎么蓝屏了？"

"你啥意思？"王宝嫯看他。

"刚才还好好的,我出来一下就变蓝屏了。"

"你意思是我捣鬼呗?我让变蓝屏的?"

"我没这意思。"

"那你啥意思?"王宝鳌问甘瓦尔,"王西平是啥意思?"

"他怀疑你。"甘瓦尔说。

"十一岁小孩都听出来了。"王宝鳌看他。

"你回屋帮我看看。"王西平商量道。

"我又不卖电视,也不管信号,我看能有什么用?一个叽鸟一块五,我们等着去捡呢。"半天,她才勉为其难道,"我去看看。"回堂屋捣鼓了一会儿,指着蓝屏道:"没信号。"又拿出手机给他看:"Wi-Fi都断了,是信号的事儿。"

"什么时候有信号?"王西平问。

"依我的经验,估摸得明儿早了。"她朝甘瓦尔道,"走吧。"两人走出大槐树不远,王西平拿了个袋子跟上来。

"你去哪儿?"王宝鳌回头问。

"摸叽鸟。"

王宝鳌点点头,没接话。

甘瓦尔道:"我上周一共摸了六十个。"

王宝鳌问:"你每天都摸?"

"就周五周六摸。"甘瓦尔道,"我们那儿人都不吃懒爬子,说它屁股是一兜屎。"

"我也不吃。有时候站在树荫下,就会有蝉的尿淋下来。"王宝鳌认同。

"蝉不好吃,壳硬,口感差,蛋白低。叽鸟的蛋白跟营养价值都高。"王西平科普道。

"你吃过蝉?"甘瓦尔问。

"没有。"王西平摇头。

"那你怎么知道壳硬、口感差?"王宝鳌反问。

"肯定的。"

"你都没吃过,哪儿来的肯定?"王宝鳌抬杠。

王西平不接她话。

"今晚留几个等它脱壳,明儿个炸给你吃。"王宝鳌道,"你吃过了再科普,更具说服力。"

王西平站定不走了，忽然趴别人家墙上道："有信号了，这家在播世界杯。"

"他家有信号，你家不一定有，不是一条线。"王宝鏊道，"不信你回家看。"

王西平跨踌了会儿，觉得有理，跟着他们继续走。

"你在部队里待久了，生活常识不太懂，同样是宽带，有移动、有联通、有电信、有天翼，各个信号也不同……"

"我懂。"王西平打断她。

"那就好。"王宝鏊问，"你管部队的炊事班？我看你菜种得不赖，饭煮得也行。"

"……"

王宝鏊举着手机往树上照，看见只叽鸟摸下来，扔进袋子里。甘瓦尔道："这比学校后面的树林里多。"

"下雨天更多。"王宝鏊经验丰富，"拿着铁锹直接铲地面，一个窟窿挨一个窟窿。"

有些叽鸟爬得高，王西平伸个胳膊就能够着，王宝鏊和甘瓦尔还要举着竹竿把它给拨下来。

王宝鏊看看王西平的袋子，他捉的远比他俩多。甘瓦尔指着一只爬老高的，求助王西平。王宝鏊替王西平拎袋子，示意他可以爬树，甘瓦尔说不用，递给王西平一根竹竿。

王西平拨下来，从王宝鏊手里接回自己的袋子，感觉变得异常轻，抻开袋口往里看，左右不过十只。他印象里，自己捉了得有二十只。他看看王宝鏊略显沉的袋子，走到她身边，伸手够下树上的叽鸟。

"这是我先找到的。"王宝鏊看他。

"我先够着的。"王西平也不理她，继续往树上找。

一只叽鸟而已，不跟他计较。王宝鏊继续捉自己的，连着两只，她拿着竹竿正要拨，都被王西平伸手截下。

"你什么意思？"王宝鏊看他。

王西平看看自己的袋子，看看她的袋子，意思不言而喻。他用手电筒照着树，继续捉叽鸟。

"我偷你叽鸟？"王宝鏊问。

"我没说。"王西平摇头。

王宝赘不理他，拿着竹竿继续捉。看到一只，正准备拨，一只大手伸过来，王宝赘朝他手上就是一下。不待他反应，夺过他手里的袋子，把叽鸟一股脑儿地倒进自个儿袋子里，看着他道："你侮辱人，这是代价。"

"……"

三个人回了家，甘瓦尔洗漱完回屋睡了。王西平找了件T恤，一条大裤衩，递给王宝赘道："我睡沙发，你睡里屋。"

"我睡沙发。"王宝赘接过衣服进了淋浴间。

王西平摆弄了一阵儿，电视还是没信号，走到院里站了一会儿，看见排水沟里的泡沫，听着"哗哗"水声，无意间扫到淋浴间的布帘，扭头回了屋。他站书架前挑了一本《大藏经》，坐在沙发上静下心看。

王宝赘擦着头发进来，看到他手里的经书问："它能度你？"

"能。"王西平看着经书，头也不抬道。

"那就好。"王宝赘不再说什么，也随意抽了一本，不过一分钟就合上，静不下心看。她扭头看王西平，他看得入神，像一个虔诚的信徒。

她放回书，偷摁了下机顶盒，拿了包零食跟啤酒，朝王西平道："你回里屋看，我怕影响你。"说着开了电视，半躺在沙发上看世界杯。

"你怎么一肚子坏水？"王西平看她。

"我怎么了？"

"我都看见了，是你把信号关了。"

"是信号自个儿跳了，我是重启。"王宝赘死不认账。

"鸠占鹊巢。"王西平嘟囔了一句。

"啥？"王宝赘推他，"王西平你说啥？"

王西平低头看经书。

王宝赘调大了音量，正好法国队一个后卫脚一踢，以一道诡异的弧线将球踢进阿根廷的球门。王宝赘叫出了声，王西平手里的书掉了。

王西平捡起书，放回书架，专心看赛事。王宝赘递给他酒"梅西已经三十一了，阿根廷要止步于此了。"

王西平不接她话。

看了会儿，王宝赘不吐不快："阿根廷今年踢的是狗屎。"

过了会儿："梅西老了。"

又过了会儿："梅西不行了。"

再过了会儿："梅西太累了。"

"你好吵。"王西平捂上耳朵。

王宝鳌看眼时间，皱皱鼻子道："阿根廷铁定出局。"

王西平起身出去，王宝鳌跟出去道："不看好，太残忍了。"

王西平看看夜空，回头透过窗户看赛事，王宝鳌道："别看了，伤感情。"

"你好烦啊。"王西平嘟囔着出了院子。

"你乱撒气没用，梅西不行了。"她反手把他关到门外，"我替你探探。"她跑回堂屋看了会儿，朝他喊："气数已尽，扳不回局面了！"

"你开门，我要回屋。"王西平推门。

王宝鳌忽地尖叫一声，捂着胸口出来："4：3，梅西淘汰了。"

"……"

"梅西尽力了。"王宝鳌安慰他。

王西平不作声。

"我懂你。"王宝鳌拍拍他的肩，"德国队0：2被韩国队淘汰，我以为我眼瞎了。"

王西平忽地笑出了声，克制住表情，望着她笑。

"换个角度想，咱们亚洲雄起了，上届世界杯冠军竟被韩国队淘汰。"王宝鳌自我安慰完，骂了句脏话，万万没想到。

王西平克制不住，大笑了起来。王宝鳌不理他，王西平用胳膊碰碰她"没事儿，德国队还……"想了半晌，实在找不出安慰的话，索性不再说。

"梅西是虽败犹荣，德国队是耻辱……"王宝鳌自己都说不下去了，扭头看王西平，他捂住脸，蹲在梧桐树下笑。自认识以来，这是他状态最自然放松的一次，平日被佛光普照惯了，自律得很。

王西平挥掉胳膊上的蚊子，起身问："我们回屋睡觉？"

"我们回屋睡觉？"王宝鳌道，"你这话很有歧义。"

"你困不困？"王西平换个方式问。

"不困。"

"要不要去散步？"王西平问。

"行，反正睡不着。"

两人闲步在田头，有一搭没一搭地聊。田里的玉米苗过了腰，王宝嫯问："玉米几月能吃？"

"九月初？"王西平道，"九月下旬就该掰了。"

"你说，我们弄一串玉米挂民宿墙上，怎么样？"王宝嫯问。

"挂一串干辣椒。"王西平补充道，"再挂串蒜头。"

"什么啊。"王宝嫯道，"一股陕北民俗味儿。"

王西平笑笑，双手揣兜，悠闲地拐进一处田，止住脚步道:"这儿有三只蛐蛐。"

"这是蟋蟀。"

"蟋蟀就是蛐蛐。"

"蟋蟀是蟋蟀，蛐蛐是蛐蛐。"王宝嫯科普道，"蟋蟀是黑褐色，属蟋蟀科。蛐蛐是绿色，属蝗科。"

王西平想了一会儿，反驳道："你说的是蝈蝈，蝈蝈是绿色的，属螽斯科。"

"蝈蝈就是蛐蛐，一个科，蟋蟀是蟋蟀。我跟王宝猷从小斗蟋蟀。"王宝嫯指着不远处的坟堆，"那儿的蟋蟀最凶。"

"你弄错了，蟋蟀就是蛐蛐，蝈蝈是蛞蛞……"

"错不了。"王宝嫯看他。

王西平张张嘴，憋了一句："行。"

"你不服？"王宝嫯学他的语气，"你弄错了，蟋蟀就是蛐蛐，蝈蝈是蛞蛞。"

王西平不跟她杠，指着处土坡问："要不要歇会儿？"

"行，你先坐。"王宝嫯拿出手机查，想要证死他。她看了一眼百度，悄悄关上手机屏，再不提。

王西平坐下，听着蛐蛐的叫声，拽了根狗尾巴草玩。王宝嫯提了下大裤衩，用橡皮筋扎住，谨防它掉下，随后扶着王西平的肩坐下："我妈要是看见我这身打扮，非气死不可。"

"是不能穿出门。"王西平看她。

"你是说不得体，我妈是嫌丢人。"王宝嫯道，"我现在是待价而沽的闺秀，我妈看中了何家，她在等何家儿子回国。"

王西平看着狗尾巴草，没接话。

"这儿会看到日出吗？"王宝甃问。

"会。"

"你怎么不穿大裤衩了？"王宝甃看着他的裤子，好像自打端午，他就再没穿过裤衩。

"裤衩太随意，显得我不讲究。"王西平斟酌道。

"背心裤衩确实不讲究。"王宝甃的胳膊肘撑在他的膝头，看着他问，"但我觉得你是在防我？"

"你想多了。"王西平摇摇头，拿着狗尾巴草痒她脸。他看了看时间，凌晨三点。

"这儿的风柔，把人吹乏了。"王宝甃道，"我想看日出。"

"这儿看不到日出全景。"

"无所谓。"

王西平坐下道："等会儿天色转亮，会有鸡啼鸟叫，会有晨风花香。"

"你常来这儿？"

"我醒得早，没事儿就来看日出。"

"醒得多早？"

"五点半。高中早读养成的习惯。"

"我生物钟是六点，这几年上班养成的。"王宝甃问，"你看完日出直接跑步？"

"先回家煮早饭，甘瓦尔上学了再跑。"王西平补充道，"现在是先煮饭，煮完了领你一块儿跑。"

"不是领，是咱俩结伴跑。"王宝甃纠正他，拍拍他膝盖，头枕在上面，指着颈椎道，"帮我捏捏。"

王西平捏着她颈椎，两人没再说话。

过了会儿，王宝甃手抱着他膝盖问："你跟你女朋友是怎么认识的？"

"连长介绍的。"

"你们连长还管这事儿？"王宝甃惊讶。

"霈霈是连长的亲妹妹。"

"你们有时间约会？"王宝甃问。

"我有休假，她也会来探视。"

"那挺苦的，一年见几次面？"

"平均每月都见，只是时间长短。"王西平道，"我们离得近，百十公里吧。"

"怪不得。"王宝甃问，"你们一般去哪儿约会？"

王西平想了一会儿："电影院、公园、她家里跟医院。"

"医院？"

"需需是医生，我经常在医院陪她值班。"

王宝甃点点头："她自己住？"

王西平"嗯"了声。

"你们认识了多久？"

"六年七个月。"

王宝甃点点头，大半晌才道："你记得怪清。"拽了根野草问："她是你初恋？"

"对。"王西平点头。

"你大学里没谈过？"

"我大学分数不好，好像一直在补考修学分，没精力谈恋爱。"

"看出来了。"

"看出什么？"王西平问。

王宝甃点点额头："这块，有点欠缺。"

"……"

"谈了六七年，怎么不结婚？"王宝甃没忍住又问。

王西平没接话，好一会儿才道："计划九月六号去领证，那天她生日。"

王宝甃点点头，看他："她性格怎么样？"

"很好。"王西平道，"她性格开朗爱笑，说话轻轻柔柔的，很会照顾人。母亲节跟父亲节会往我家打电话，跟我妈一聊就是一个钟头。"又补充道："她跟西琳处得也好。"

王宝甃点点头："那挺好的。"随后坐直了身子，看着鱼肚白的天空，拽了片玉米叶在手里撕着玩。过了会儿，她起身道："我先回，等会儿天亮了不好回。"

王西平看她的一身打扮，点点头。

王宝甃往前走了一截，回头看他："你不看日出了？"

王西平摇摇头。

两人一前一后地往回走，进了院子，王宝甃单手叉腰道："我妈今儿来跟我道歉的话我就回家，不打扰你了。"

王西平没接话。

王宝鳌看着他手腕上的红绳，又改口道："我妈不来就算了，我回我姑家，不打扰你了。"

王西平看着她："我没说你打扰我。"

王宝鳌拽着裤衩边："我觉得打扰了。我占着你家，影响你修行，你也没时间抄经文。"

王西平没说话，抬步回了堂屋。

王宝鳌取下晾衣绳上的衣服，回里屋换了出来，朝沙发上的人道："你回里屋，我睡沙发。"

"你回里屋睡。"王西平看她。

王宝鳌没接话，大半晌后道："那我回家了。"说完扭头就往院里走。

王西平拉住她："你睡沙发。"王宝鳌折回来，躺沙发上睡。

王西平辗转难眠，待天亮，轻声下床，抱起沙发里的人回了里屋。王宝鳌虽闭了眼，但没睡着。等王西平出去跑步，才恍恍惚惚入了梦。

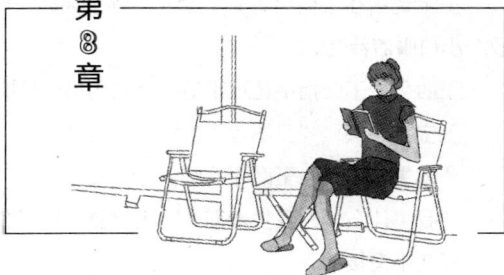

第8章

临近中午，王宝鬈醒来，王西平出去了，甘瓦尔在看电视。王宝鬈问："怎么不放声音？"

"我怕吵到你。"

"没事儿。"王宝鬈问，"有人来找我没？"

甘瓦尔摇摇头。

"我家人也没？"

"早上太姑奶来了。"甘瓦尔指指桌上的包。王宝鬈打开，里面是牙刷和洗护品，换洗衣服。

王宝鬈打给王与秋，王与秋说去了内蒙古，让她去民宿住，民宿有老张照看着——且叮嘱她，这次邹招娣不表态度，先不要轻易回家。王宝鬈照照镜子，眼角的肿消了，但仍有一块瘀青。她拿出手机拍张照，给王宝献发去，顺带把他拉黑。

王宝鬈吃了豆浆、油条，跟两条狗玩了一会儿，王西平骑着摩托回来了，问她："吃饭了吗？"

"吃了。"王宝鬈点头。

甘瓦尔看看时间，插话道："午饭吃什么？"

"番茄鸡蛋面。"王西平道。

甘瓦尔"哦"了声。

王宝嫈站在樱桃树下看了会儿，到菜园转一圈，摘了个番茄，往身上擦擦，咬个小口吸着汁儿。

王西平拎了兜指甲花过来道："姑奶给你摘的。"

王宝嫈摇头："我不包了。"

"你生气了。"王西平看她。

"我生什么气？我生理期。"王宝嫈本能反驳。

王西平没接话。

"我不包指甲是嫌麻烦，没麻叶跟明矾。"

"有。我刚摘了麻叶，也有明矾。"

"好吧。"王宝嫈勉强道。

王西平看着王宝嫈，她垂头吃番茄。王西平捏了朵粉色的指甲花问："粉色的包出来是粉色？"

王宝嫈啃了一口番茄，过去挑着花道："我只要大红跟紫的。"

"好。"王西平把粉花挑出来，挑完望着她，王宝嫈点点头，一时无话。

王西平捏着花道："我大部分时间都在部队，不太懂跟女孩相处，我要是哪儿不对，你就跟我说。"

"我没说你不对。"王宝嫈反驳。

"我感觉你生气了。"王西平看她。

"你感觉出错了。"王宝嫈有理有据道，"女性来大姨妈前，受激素分泌的影响情绪都不太稳。严重的会暴躁易怒，崩溃大哭，这不是人能控制的。"

王西平点点头，表示理解。

王宝嫈一手叉腰，一手遮住额头："我性情本来就这样，喜怒无常，绝没生你气。"

王西平"嗯"了声，看她道："你性情还行。"

"我打小就这样，说话刺人，绰号毛毛虫。"王宝嫈道，"我跟西琳同班过，性格没她好，也没你女朋友好。反正我就这样，不是个好相与的人。"

"差不多。"王西平道。

"差不多是啥意思？"

"还行。"王西平道，"我没觉得你性格不好。"

王宝嫈点点头："我这人讲理，不会没事儿找事儿。我们接触大半年了，我性情你也知道，我是有话直说的人。"

"我知道。"王西平点头。

"其实我很喜欢待在你家，很自在很舒适。我从没刻意掩盖过自身的缺点，我就是这样一个人。所以跟你合伙我没顾虑，我觉得，我们应该会走得很远。"王宝鬏道，"我不知道这是我单方面的感觉还是怎样，咱们俩的合伙是我的一厢情愿还是怎样。如果你对民宿没兴趣，千万不要委屈自己跟我合伙，我不喜欢这样——"

"我跟你一样。"王西平打断她。

"什么一样？"

"你没有单方面，没有一厢情愿。"王西平看着她道，"我不委屈自己。"

"哦。"王宝鬏点头道，"其实，我家人对我们合伙有顾虑，怕咱们最后闹崩，以后大家见面难堪。"

"你怎么想？"王西平问她。

"我认为不会发生。"

"我也这么认为。"王西平看她，"我这人性格闷，因为不会讲话，也就不常讲。经常惹了西琳生气还不自知。我要是让你不开心，你就跟我讲，我接触女孩经验少……"

"你惹西琳生气了怎么办？"

"给她买礼物，给她零花钱，西琳很好哄。"

"你性格还行，没不会讲话。"王宝鬏点头道。

大晌午日头正烈，两人站在黄瓜架前，你一句，我一句，开诚布公地聊。王宝鬏摘了根黄瓜，用手擦了擦准备吃，王西平接过道："我给你洗。"

"没事儿，又没打药。"

王西平洗了递给她，王宝鬏咬了一口，两人对视片刻，又不约而同笑了出来。王宝鬏眯着眼睛道："咱俩真傻，也不嫌晒。"

王西平捏掉她肩上的七星瓢虫，问："午饭吃什么？"

"茴香饺子？"

"好，我去剁肉。"王西平顶着满身汗进了厨房。王宝鬏折回菜园，割了把茴香。

午饭后，王西平回里屋补觉，王宝鬏躺在梧桐树下的吊床上，半玩手机半辅导甘瓦尔做作业。

到饭点，王与祯形式化地来了一趟，蹭了碗饺子，劝了她两句，拍拍屁股找人下棋去了。王宝鳌与邬招娣之间的冲突，在王家见怪不怪，不管是语言还是肢体方面。

王宝鳌说话刺，但占理，说一句是一句。邬招娣说话急，且水平有限，常常词不达意，擅长武力镇压。总之，母女俩的冲突，始于语言，终于武力。邬招娣屡占上风。

自王宝鳌外出读大学后，母女间的冲突就少了，不是没矛盾，是一学期见不上一回面。这回的爆发是必然，她在邬招娣的眼皮底下晃了快半年，唇枪舌剑免不了的。

天气异常闷，王宝鳌昏睡了半个钟头，愣是被热醒。她起身回堂屋在沙发上趴了一会儿，还是躁．推开里屋的门，跟王西平并躺在床上。家里唯一的空调就安装在里屋。

太阳落山，甘瓦尔拎了兜蝉壳，拿着根长竹竿，光着膀子挥着T恤从外头回来。进家第一件事先找秤．称了下蝉壳，足有六两，按现在市价能卖百十块，远远比捡饮料瓶赚得多。

王西平被堂屋的动静吵醒，翻了个身睁开眼。

王宝鳌半坐起来，手按着脖子道："我好像落枕了。"她尝试着活动了一下脖子，发现没落枕，伸了个懒腰，趿拉着拖鞋出去了，看看院里低飞的蜻蜓问："是不是要下雨了？"

"预报是有雨。"

"下吧下吧，闷死了。"她走到院门口，看着菜园里成群的蜻蜓，举起一个大扫把进去扑。

王西平拿了把园艺剪，拎起个筐进来。王宝鳌凑热闹，非要接过剪刀剪，王西平指挥着她，摘了十几个番茄，十几条黄瓜、茄子，几把长豆角。

王宝鳌拿着裂开的番茄："卖相不佳。"

"番茄微裂没事，好吃就行。"王西平问，"你要不要拌糖吃？"

"要，我喜欢拌糖。"

王西平装了两兜蔬菜，递给她道："拿给你家。"

"我不去。"王宝鳌扭头。

"去吧。"王西平碰碰她。

"你在赶我？"她说着回堂屋，拎起包就要走。王西平拉住她，憋了半晌道："我没赶你。"接过她的包放下，拎起两兜菜自己去。

晚上九点，外头淅淅沥沥下起了雨，王宝鬏修好指甲，捏了点捣碎的指甲花，覆盖在指甲盖上，用麻叶裹好，嘴里咬根线头，手里扯根线头，笨拙地缠绕着。

王西平冲了凉回屋，坐过来帮她包。王宝鬏随口问："我家有人？"

"有，你爸、你妈、你爷爷都在家。你妈在厨房里炖肉，餐桌上摆了几样菜，像是要煮火锅。你爸要我留下吃，我没好意思。"

"你应该留下吃。"王宝鬏皱皱鼻子。

"我也想，但我怕有些人拎包走。"王西平笑她。

"不更好？没人打扰你修行了。"

"你没打扰我。"王西平重申道。

"你要斋戒，要静心，要过午不食。鸡蛋不吃蚊子放生，我感觉这家快装不下你了。"

"……"

"说真的，你会出家当比丘吗？"

"不会。"王西平摇头，"我远不到那境界。"

"境界到了你就出家？你真能清心，戒五欲？"王宝鬏问。

"不能。"王西平道，"我只是偶尔翻翻经书，让自己静下来而已。"

"哦。"王宝鬏问，"你要玉制什么？"

王西平帮她包着指甲，没接话。

"它能让你静下来？"

"能。"

"我不行，我静不下心。"王宝鬏说。

"不必强求。"

王宝鬏抚摸他的脸，王西平抬头看王宝鬏，王宝鬏抱住他，轻拍着他背道："不是你的错。"

王西平僵了一下，任她抱住没说话。王宝鬏道："我也好累，喘口气都觉得累。"

"你家里没人，我把菜放厨房就回来了。"王西平道，"冷锅冷灶的，看着很……"他斟酌了下措辞道，"很凄凉。"

王宝甃趴在他肩上直笑，泪花都笑出来了："很凄凉？王西平你真的……我又不是死了。"她擦擦泪花看他："我太了解我妈了，我在她眼里就是孙悟空，怎么也翻不出她的五指山。她知道我撑不了几天就会回去，她会像个没事儿人一样，当什么也没发生。我要真跟她较劲，我不会活到现在。我以前倔，大雪天半夜站院里，恨不能冻死，好让她愧疚一辈子。后来再不较劲了，因为最终吃亏的都是我。我们都在等着对方服软，我们也心知肚明。"

"没必要。"王西平道。

"我也觉得傻。"王宝甃感觉鼻头酸，"我妈最大的错，就是她觉得自己没错。我妈明天要不来，我打算后天就回去。"

王西平笑笑，捏捏她的脸。

"我总是抱有一丝期待。"王宝甃扯了下嘴角，趴在抱枕上道，"王西平，你很善良。"

王西平抬头看王宝甃，她又说："你有感同身受的能力，会设身处地地为别人着想。不会让人难堪。你推荐给我的医生说的。"

"我没有。"王西平摇头。

"你有。"王宝甃说得笃定。

"你也有。"王西平说。

"我没有。"王宝甃摇摇头道，"我不具备这能力，我只有恻隐之心，通俗讲就是同情心。"

"你有。"王西平强调。

"第一次有人夸我有同理心。"王宝甃笑道，"我自己都不信。"

"你有。"王西平很坚定。

雨下了一宿，前半夜是中雨，后半夜转暴雨。王宝甃昏昏沉沉间，听到有拍门声，有摸摸索索声，有雨浇在窗户上的雨搭的声音。

凌晨暴雨，王西平被他大伯的拍门声叫醒，去桃园挖排涝沟，鸡打鸣时才回。屋檐下扔着双裹着泥巴的雨鞋和能拧出水的背心、大裤衩，他随便洗了下，就累瘫在沙发上。

王宝甃摸摸他的额头，让他回里屋睡。她喂了他一杯感冒冲剂，拿着消炎水涂他胳膊、肩膀和小腿上的桃枝划伤。

王西平闭着眼嘟囔了句："没事儿。"

"怎么不穿长袖长裤？"

"来不及换。"

王宝鳌涂着他脖子上的划伤，让他睡觉，没再说。王西平迷糊着问："几点了？"

"八点。已经放暑假了，甘瓦尔去领通知书了。"

王西平"嗯"了声，手拽搜枕头，安心地睡过去。王宝鳌调高了室温，关上门轻声出去。

雨并没停，只是没了气焰，"滴滴答答"地下着。两条狗老实地卧在屋檐下，鸡窝也异常安静。篱笆墙上的月季花不是被雨打落，就是软塌塌地歪在藤上。

王宝鳌撑了伞出去，门前一洼水，足够淹没脚踝。菜园提前挖了排水沟，还算好，只有两根豆角架被风吹倒。生菜、芫荽、韭菜，倒一片碧绿。

王宝鳌踩进去扶豆角架，脚下的人字拖陷进了淤泥里，索性也不穿了，光脚回院里拿了铁锹排门前那一滩水，忙完去厨房煮午饭。

甘瓦尔拿着通知书回来，趴在门口问："王西平呢？"

"你是他爸？"王宝鳌问。

甘瓦尔别扭了一会儿，问："耶谁呢？"

"谁？"王宝鳌明知故问。

甘瓦尔手抠着门框，不说话。

"考了多少分？"

"数学94，英语92，语文85。"甘瓦尔抻开奖状——进步之星。

"不错。"王宝鳌道，"回头领你吃麦当劳。"

"回头是什么时间？"

"下礼拜吧。"王宝鳌看他，'鼻梁怎么了？跟人打架了？"

"没事儿。"甘瓦尔摇头。

王宝鳌也不追问，用棉棒蘸着碘伏替他消炎："我直呼其名，是我辈分比王西平高。你可以喊'三叔'，他在西字辈里排老三。"

饭后，王宝鳌骑着单车在镇里转，工业区半瘫了。厂门口是排积水的人，电线杆上是抢修电路的人。一群鸭子，"嘎嘎嘎"地在浑水里扑腾。王宝鳌穿过工业区，要去养鸡场买鸡喂狗，一股鸡屎臭味儿扑面而来，整条路面都是污水、鸡毛，索性掉头回去。

她刚回院子，见王西平端着饭从厨房出来。王宝鳌看他脸色问："退烧了？"

王西平扒着饭，点点头。

"饿死你算了。"王宝鳌道。

"甘瓦尔呢？"王西平哑着嗓子问。

"抠叽鸟去了。"

王西平看着晾衣绳上的衣服，欲言又止。王宝鳌大方道："我洗的。"

王西平点点头，憋了句："谢谢。"

"我本来只打算洗背心、裤衩，但把内裤单独撇下显得我这人不磊落大方，干脆一块儿洗了。"

"没事儿。"王西平词穷。

"能有什么事儿？"王宝鳌皱皱鼻子，说着扯了条水管到门口，打算刷单车，车轱辘被层泥巴糊住了。她正刷着，突然丢下水管跑回屋道："我妈来了，我妈来了！"然后抽了本书坐在沙发上看。

等了一会儿，没声，王西平端着碗出去，片刻回来道："你妈去王宁家了。"

"王宁家在哪儿？"

"前边，歪脖子树那家。"王西平指道。

"爱管闲事儿。"王宝鳌没好气回他句，又撸起裤管，扯了水管继续在院门口刷单车。

王西平端着碗出来，王宝鳌看看他道："吃饭就好好吃，端着碗来回瞎晃啥？"

王西平端着碗回院子，王宝鳌压着水管口，滋他一身水花。王西平回头，王宝鳌道："对不住，我没拿好……"

"王宝鳌，你是不是欠！"邬招娣突然出现，拍拍她道，"你欺负西平干啥？"

"我欺负他了？"王宝鳌看他。

王西平摇摇头。

"这么大个人了，赖在西平家干啥？收拾了跟我回去。"邬招娣扭头朝王西平道，"这死妮子倔，不让人说句话，屁大点事儿闹得离家。"说着，点王宝鳌的头："不明理的还以为咱娘儿俩不对付，家里人嚷两句嘴不正常？谁家没个磕磕绊绊的？"

王宝娆没接话，好赖话都被她说尽了。

"这丫头说跟你接了间民宿，我跟她爷爷再放心不过了，她爸也高兴。"邬招娣朝王西平道，"咱都是自家人，她这脾气你也看见了，整天爱跟她哥死磕。你们一块儿经营民宿，我不担心她，我怕你受不了她的脾气。"

"宝娆性格很好的。"王西平道。

"你是好孩子，脾气秉性没话说。你们也合得来，换个人我都不同意。以后她驴脾气要上来，直接给我打电话，疗程短见效快！"

王西平笑笑，没接话。

"这丫头得顺毛捋，她爷爷她哥整天都捋着，我就不爱捋，捋舒坦了她得上天。"邬招娣说完扭头看王宝娆，"钱够不够？"

"够。"王宝娆皱皱鼻子道。

"合伙生意考验人，亲兄弟说翻脸就翻脸……"邬招娣正说着，王国勋拿着烟袋过来，瞅瞅藤本月季，惋惜道，"这花落得可惜。"

邬招娣道："爸，你跟他们说两句。"

"说啥？"王国勋问。

"民宿的事呗，您是咱家长辈，你说的话你孙女当话，我说的话她老不服。"

王国勋想了一会儿："我没别的话，多改正自身的缺点，多看对方的优点，万事勤沟通。"随后朝王西平道："拿把剪刀出来，我给月季修修枝儿。"

王西平回屋，王宝娆收拾着包道："我回去了，不打扰你了。"

王西平对她会心一笑："回去吧。"

"我妈第一次给我台阶，要不然我得灰溜溜地回。"

"都大姑娘了，你妈不会让你难堪的。"

"有理。"

"回去吧。"王西平捏捏她的脸。

"还没退热？"王宝娆摸摸他的额头。

"没事儿，再睡一觉就好了。"

"好，我明天来看你。"

邬招娣割了把韭菜和生菜，带着王宝娆离开。王国勋修剪着月季跟王西平聊天，修剪完离开。

王西平蹲在厕所呕吐。他这两年体质差，感冒吃点药能过，一旦发烧，就要缠缠绵绵一个礼拜。

两年前的体质好，大冬天光膀子拉练都没事。自家人遇难后，要依赖大量的药物才能入睡，经常整宿整宿熬，身子慢慢就亏了。一年前强行戒了药，尽管身体有恢复，但到底是伤了根本。

王宝毊刚进客厅，邬招娣手指就搠上她头："丢不丢人？我要不去你还不回来了？有志气怎么不回市里？"

"我让你去了？"

"我丢不起人！你一未婚姑娘住男人家里算什么？传出去我还出不出门了？"邬招娣恨铁不成钢道，"避讳点吧你。"

"不懂。"王宝毊道，"我爷爷让我们走近点……"

"你还犟嘴？那是让你们相互照应，不是住人家里。你给我注意点，以后不许住他家，像什么话！还有，你这副鬼样子骑着单车跑啥？老早就看见你在工业区瞎晃！"

"我咋了？"

邬招娣指指她眼角："瘀青没好不许出门。"

王国勋推门进来，邬招娣道："爸，你孙女拿你的话压我，她说是你让她住西平家——"

"我没说。"王宝毊打断她。

"是不妥。"王国勋坐下抽口烟道。

"我们身正不怕影子歪，我拿他当王宝猷，他拿我当王西琳，我们是纯洁的友谊……"

邬招娣说不过她，择着菜道："你说啥都行，反正别让我听见闲话。你爷爷说不妥，就是不妥！"

"你们合得来我是乐得见，人前该避讳还是要避讳。"王国勋道。

"爷爷说得是，我人前一定避讳。"

"西平心眼实，以后是有福人。"王国勋泡着茶道。

"爸，心眼实就是憨傻，净受欺负不落好。"邬招娣从厨房出来，"王楠跟王琦家谁去看西平了？"

"话不是这么说。"王国勋装着烟丝道。

"王楠、王琦家怎么了？"王宝鳌问。

"半夜顶着暴雨，王西平给他大伯家的桃园挖排水沟，他大伯家的挨着王琦、王楠家的。这时候各顾各家，谁也不会说闲话，西平挖完他大伯家的，跑去给王琦、王楠家挖，你说他是不是傻得不透气？"邬招娣撇嘴，"西平自个儿在给他大伯家挖，王楠问王西周怎么不来，西平说他在城里。今儿一早王西周就骑着摩托，穿得人模狗样在街上买早饭。"

王国勋咳了一声，拎着烟袋出去。王宝鳌拎起包抬步上楼。

她洗了澡回卧室，王阿玥躲在门后吓她："放暑假了！"

王宝鳌道："低龄。"

王阿玥扑到床上："陈淼有那方面意思，她嫂子说在街上见过你们几次，你跟王西平在吃麻辣烫。"

"陈淼看上王西平了，托她嫂子通过你找我说合。"王宝鳌总结。

"但她只是要王西平的微信，没提让你从中说合。"王阿玥道。

"陈淼她嫂子那花花肠子，一句话藏几个意思。"王宝鳌撇嘴道，"她知道我跟王西平关系好，也猜准了这事儿我会跟王西平提，她让你问我要微信，你品品几个意思？"

"她想通过你探王西平口风？"王阿玥坐起来道，"她是要你捎信给王西平，让王西平主动去陈家提媒！"又补充道："我妈不让我跟她嫂子接触，说她心眼比马蜂窝都多。"

"她嫂子曾设计王宝猷，想害我嫂子。"

"天哪，怎么设计？"王阿玥一脸八卦。

"具体不细说。我第一个识破她，吃了个哑巴亏，我妈上来就把她灭了。她到现在都不敢直视我妈。"

"她跟你哥一届？"

"坐过同桌，她初二就给我哥写情书。"

"天哪，她十四岁就写情书？"王阿玥问，"那她怎么会嫁给陈淼她哥？你哥不喜欢她？"

"王宝猷心里有人。"王宝鳌道。

"你哥心里有谁？"王阿玥好奇。

"秘密。他喜欢了十年。"

"天哪，在一起了吗？"王阿玥捧心。

"他是单方面暗恋，那肥猫不知情。"王宝鳌看她。

"天哪，你哥真酷！"王阿玥想到了自己，静了一会儿道，"十年呢，我跟你哥同病相怜。"

王宝鳌往脸上涂了护肤品，跟她并排趴在床上："阿玥，你有没想过，陈正东也许是你的假想体？你只是喜欢识别度高、有个性的男人。"

"没想过。可我就是喜欢他呀。"王阿玥道。

"你也许不喜欢陈正东，你只是喜欢他的个性——"

话没完，王阿玥打断她："这有区别？"

"打个比方，如果王西平很有个性，你就会喜欢王西平，你本质上追求的是个性。你太乖了，你喜欢个性跟你截然相反的人。"王宝鳌道，"你喜欢的人，无论男女，无一例外都是你认为的有个性。我们高中毕业喝酒飙车，我跟我妈吵架离家，这些你都没参与，但你认为非常酷。王宝猷是公认的好学生，王西平也是，但你认为他们平庸无趣，没个性。"

王阿玥没出声，想了一会儿："有一点吧。"

"阿玥，你要是了解了王宝猷和王西平，你会觉得他们更酷，我们是虚张声势酷在外表，他们是酷在骨子里。"王宝鳌认真道。

"说真的，我好像没跟你哥正经对视过。"王阿玥道，"感觉很难为情，你明白吗？就是闺密家的哥哥。"

"不明白。"王宝鳌摇头。

"你不懂，我要是有个哥，你整天来找我，你就会有压力。"

"不懂。"王宝鳌继续摇头。

"小时候没感觉，但长大进入了青春期就很奇怪，不能很坦然大方地打招呼。"王阿玥解释。

"你喜欢我哥？"王宝鳌问。

"哎呀，不是喜欢，好像突然间就腼腆了，总之词不达意，我也跟你说不明白。"王阿玥趴过来问，"你认为什么是爱情？"

王宝鳌想也没想地回："不生厌。"

"不生厌？这是什么标准？"

"对他有欲望，愿意亲他。我是要有顺序的。我要心理上接受，精神上接受，生理上才能接受。这一切如果水到渠成没生厌，我就算接纳他了。"王宝鳌道。

"你要求不算高呀！这都是最基础的。"王阿玥道。

"对啊，但这些基础的对我都是障碍。我后来反思了，我跟李琛的基础没打牢，我心理上接受了他，生理上也算接受，但精神上是缺失的。"王宝鳌看着她道，"我工作忙，李琛更忙，我们各自跟同事交流的都比跟对方……"没说完，王宝鳌转了话题："我就这样了，克服不了了，说你吧。"

"我？"王阿玥道，"我没认真想过，我觉得爱情里的默契很重要，你说的精神契合也很重要。"想了想又说"我理解得也很简单，一个白煮蛋，我喜欢蛋白，他恰好喜欢蛋黄。我偶尔也能吃蛋黄，他也能吃蛋白，相互都很自在，绝不勉强。"

"陈正东不适合你。"王宝鳌道，"初二秋游那次打架，老师分给我们一个咸鸡蛋，我要吃蛋白，他非跟我抢，我就一巴掌打了他。"

"……"

"最终结果是，我抢了蛋白，他把蛋黄扔了都不吃。那是在回程的大巴上，同学们都饿得要死。"王宝鳌分析道，"有个性的人为什么有个性？他过于自我，习惯我行我素，不懂得将就，不会妥协。你想要的爱情，陈正东没有。"

"我们在聊陈淼跟王西平的事儿。"王阿玥避开话题。

"王西平不结婚。"王宝鳌言简意赅道，"就算会结，陈淼配不上。"

"你哪儿来的底气？王西平人品、长相没得说，但经济上也太——"

"陈家人给的底气，他们看上王西平了，就这么简单。"王宝鳌打断她。

"也是，咱王家代代俊男美女，陈家辈辈歪瓜裂枣。"王阿玥点头道。

"咱镇里有何家、黄家、苏家……人家宗族小但名声好，干吗非跟陈家搅和？"王宝鳌撇嘴道，"我看不上陈淼她嫂子，更看不上她哥，我不跟他们一窝做亲戚。"

第五天头上，王西平才算退了烧。王宝鳌一早开车去汪医生那儿，顺带"拐上"这父子俩，带他们出去放放风。

王宝鳌吃着炸糕，朝上车的王西平道："磨蹭死了。"

"你说在街东，这是街西。"

"不都一条街？我就往前开了两米买块炸糕。"王宝鳌道。

王西平不跟她抬杠，系着安全带不接话。

157

"这不止两米，都有五百米了。"甘瓦尔道。

"不都一条街？"王宝甏看他。

甘瓦尔不接话了。王宝甏打量着王西平："侄儿，你气色比昨儿好。前几天比月季都蔫儿。"

"……"

到了地下停车场，王宝甏拎包下车，父子俩坐车里纹丝不动。王宝甏拉开车门："你们不下车？"

"我们在车里等。"

"等两个钟头？"王宝甏问。

父子俩点点头。

王宝甏重新启动车，准备把车停到露天停车场："跟我上楼还是坐车里暴晒两个钟头，你们自己选？"

"我上楼。"甘瓦尔识时务。王西平解开安全带，开门跟着下车。

两人跟着王宝甏上楼，汪医生从办公室迎出来，打量王西平："不错，气色比去年好。"抬手捶他一下，搂着他道："臭小子，离这么近都不来看看我？"又摸摸甘瓦尔的脑袋，拉着他俩去办公室叙旧。

汪医生跟王西平算旧识，几年前认识于部队。他的大哥是军医，当年负责王西平他们区。王西平从部队转回来，就领着甘瓦尔找他做心理疏导。王宝甏自然也是王西平介绍的。上个月王宝甏同汪医生聊到王西平，汪医生就托她带王西平过来，意不在叙旧，只是作为朋友，单纯想了解这对父子的状态。

中午，一行人到餐厅，汪医生点了刺身和清酒，同王西平话家常。两人聊了汪医生的哥哥，他哥哥年前因食管癌去世了。他们又聊了部队里共同熟识的人，谁转业了，谁提干了，谁犯错误了。

汪医生摘下眼镜擦眼角，感慨年龄大了，听不得伤心事。王宝甏全程当背景，埋头吃刺身，努力给他们创造聊天空间。

王西平很少开口，大部分都在听汪医生讲，恰当的时候，给他斟一杯酒，递一张纸巾。汪医生察觉自己有些失仪，调整了情绪道："我准备今年提前退，我已经不是一个合格的心理咨询师了。"

"也行。"王西平点头道。

王宝甏夹了片赤贝，刚到唇边，筷头一转放到了碟里，示意甘瓦尔别夹，太腥，他吃不惯。王西平夹走她碟里的赤贝，垂头吃掉，转了下刺身拼盘，把她爱吃的朝向她。

汪医生观察了一会儿王西平，再看看王宝鳌，抽了张纸巾擦嘴笑。初时还能克制，后来一边喝茶一边笑。一桌人看他，他摇头不说，笑而不语。

回家的路上，王宝鳌绕到肯德基买了全家桶，上个礼拜答应甘瓦尔的。回来的车上，她看了眼在后座睡着的甘瓦尔，打开全家桶，捏了只鸡翅问："老汪怎么不结婚？"

王西平示意系安全带，王宝鳌举起手道："你帮我系，我手油。"王西平替她系好，发动着车走。

王宝鳌啃着鸡翅又问："老汪怎么不结婚？"

"不清楚。"

"你真不清楚还是假不清楚？"王宝鳌皱皱鼻子道，"你没把我当哥们儿。"

王西平踌躇着道："老汪有位谈了十六年的女朋友，两人一直分分合合，前年才彻底分手。"

"都谈了十六年为什么不结婚？"王宝鳌八卦。

"老汪一方面恐婚，一方面爱玩，他女朋友好像一直在等他浪子回头，等不上就分了。"

"分手后老汪什么反应？有没有捶胸顿足……追悔莫及？"

"我没在现场，不清楚。"

"侄儿，你想要的爱情是什么样？"王宝鳌忽然问。

"没想过。"

"给你机会立刻想。"

王西平努力想了会儿道："不会觉得我乏味，不会觉得我无趣就好。"

"你女朋友嫌你无趣？"王宝鳌抓重点。

王西平摇摇头，表情复杂道："我试过让自己变得有趣，但那感觉很滑稽，像顶着小丑的红鼻子走在大街上。"

"性格是多种因素自然而然形成的，有趣的人骨子里就有趣，让无趣的人装有趣，这很难。你不无趣，也不乏味。你身上有股特殊的魅力。"王宝鳌认真地说。

王西平笑笑，打着转向灯上了高速路。

"你耳朵动什么？"王宝鬏好奇道，"我发现了好几回，难不成你练过动耳神功？"

"动耳神功是什么？"

"大耳朵图图！"王宝鬏道，"胡图图有项特异技能，就是耳朵会动。"说着示范给他看。

"不要影响我开车。"王西平扭头笑。

王宝鬏摸上他的小臂，再到肩膀，手指戳戳他的肌肉。王西平笑道："别闹。"

王宝鬏抓了一下他的胸肌，王西平大笑道："王桂枝，我要生气了。"

"果然，我一摸，你耳朵就会动。"王宝鬏又抓了一下。

"王桂枝，我真生气了。"

"我好怕哟。"王宝鬏看看后座的甘瓦尔，担心把他吵醒，拧开水问，"喝不喝？"

"没事儿。"

"'没事儿''差不多'，这些含糊的口头语你要改。'没事儿'是喝还是不喝……"

"喝。"王西平打断她。王宝鬏递给他水，压低声音道"老汪让多留意甘瓦尔。"

"我明白。"王西平点头。

王宝鬏接回他手里的水，喝了口道："你作息要调整。晚上十点前睡，早上六点后起。"

"太早了，我睡不着。"王西平摇头。

"刚开始我先监督你睡，等你养成习惯就好了。"王宝鬏认真道，"老汪说你身体不能再熬了，亏得厉害。八点前结束晚饭，饭后散步一个钟头，回来洗漱上床，酝酿睡意。"

"我又不是小婴儿。"王西平嘟囔了一句。

"我刚出校门工作就住在宝源哥家，那时樱子才两岁。宝源哥跟嫂子晚上忙的时候我就要哄樱子睡，睡前故事读不完她就睡了。"王宝鬏打了个响指，"哄人睡觉我有经验。"

"宝源不是在科室？晚上忙什么？"

"忙该忙的。"王宝鬏看他，"一对年轻小夫妻，晚上躺床上，你说忙什么？"

"……"

"没礼貌，王宝源是你小叔，提名道姓的不好。"

王西平再不接她话。

民宿里，王与秋坐在前台，一脸甜蜜地发微信。王宝鳌从楼上晃下来："好着急。"

王与秋放下手机，看着她道："着急也没用。床铺好了？"

"铺好了。"她举着苍蝇拍，满屋子拍苍蝇。王与秋不让她拍，苍蝇血印在墙上很难看。王宝鳌拍得过瘾，死活不听。

王与秋夺过苍蝇拍，拍拍她的头道："上班不如意，闲又闲不住，你到底想干啥？"

"我想拿到钥匙工作。"

"你在我这儿不是二作？"

"不是。"王宝鳌振振有词，"我在你这儿是替你赚钱，我想给自己赚钱。"

"你在我这儿是学经验。"王与秋点她脑门。

"我不学。打扫卫生、收拾房间有阿姨，我会经营就行。"

"你这姿态就不对，要哪天忙不过来，你连个卫生都不会搞？"王与秋道，"我经常在节假日整理房间。别小看这些活儿。"

"我让王西平学，他会就行。"

"你别老欺负人，时间久了西平会累的。"王与秋道，"这合伙生意跟谈恋爱一样，刚开始大家都有所保留，想要呈现最好的一面。一旦新鲜劲过了，各自的毛病都出来了，这时候最考验人。"

"脾气再好的人都有脾气。王西平他爸脾气好吧？他在我们学校直接拎钢管砸人，把人往死里打。"

"他为什么砸人？"王宝鳌一脸八卦。王与秋搪塞她，走去院里收床单。

王宝鳌跟出来，她最讨厌话说一半留一半的人。王与秋别不过她，敷衍道："不提亡人的事儿。"

"提都提了，还怕把话说完？"王宝鳌瞎蒙道，"跟何弥她妈有关？"

"你怎么嘴欠呢？"王与秋睨她一眼。

"流言是真的？王西平他爸跟何弥——"话没完，被王与秋打断道："别听街上人胡扯，王西平他爸跟张影一点事儿都没有。"

"西平他爸比我们大几届，他跟张影是在乒乓球比赛中认识的。花季少男少女因志趣相投，不自觉地就会走近。"王与秋道，"我们那年代跟你们不同，女生要是单独跟男生说句话，同学间就会乱起哄。张影跟西平他爸打乒乓球，都要拉两个伴跟着。有一次乒乓球掉了，两个人同时去捡，手碰到了一块，同学间就开始起哄……突然有一天正上课，张影她爸来班里当着同学的面打了张影一巴掌，自那以后张影就退学了，没几天听说割腕了。王西平他爸就拎着钢管到我们班，往死里打当初制造流言的那个同学。"

"后来呢？"王宝螯问。

"西平他爸被学校开除，张影被迫嫁了人。"王与秋道，"那时候小不懂，西平他爸下葬那天晚上我做了一个梦，梦到了我们的学生时代，我懂了西平他爸的眼神。西平他爸绝对喜欢张影，张影也喜欢西平他爸。"她叠着床单："几年前张影家遭大难，西平他爸转了五十万给我，要我以我的名义给张影。我拿去给她，她当下就懂了，怎么都不接这笔钱。"

"王西平他爸为什么会找你？"王宝螯不解。

"因为我跟张影是闺密。"王与秋道，"张影跟西平他爸从始至终，一点事儿都没有。两人就是手碰到一块儿捡了个乒乓球而已。"

王宝螯叠着床单没接话，大半晌后问："你跟张影是闺密？"

"这些年张影太封闭了，我们来往得少。"王与秋道，"其实自从她退学，我们基本就断了联系，同学聚会她也从不参加。"

"要我，我也不参加。"王宝螯不忿道。

"我就参加了一次同学聚会。席间提到张影，大家都沉默不语。张影家遭难，班里同学自发组织筹了笔钱，张影挨个儿退了回去。"

"人犯了错，不管年龄几何，不管你是否有意，你就要承担后果。年少无知把一个人毁了，等你成长了，幡然醒悟了，回头说声'对不起'就完了？这是最廉价的道歉。"王与秋看她，"我跟你讲这些，是要你谨言慎行，也是要你明白，越是没脾气的人爆发起来摧毁性越大。西平他爸唯一一次发脾气，就是在我们班里，如果不是体育老师把他打晕，绝对闹出人命。"

片刻后，王宝螯道："王西平不会的。"

"这事儿谁说得了？"王与秋抱着杳床单上楼，"人都有底线，一旦被触犯，什么都无所谓了。"

吃过晚饭，王西平往兜里装了把零食，带着两条狗往下溪村去。刚过露营区，就听到有人喊他。王西平抬头，王宝甏站在民宿的三楼冲他挥手。

两人达成了协议，王宝甏白天在王与秋的民宿学经验，王西平晚饭后来民宿接她，顾名思义——饭后散步。王宝甏朝他快步过来，王西平道："不着急。"

王宝甏拿过他的手机，看眼步数问："怎么才2000步？我爷爷都比你走得多。"

"我步大，一步是太爷爷的两步。"王西平道。

"有理。"王宝甏来回甩着手机问，"晚饭吃的啥？"

"小米山药粥，青椒土豆丝，凉拌黄瓜，马齿苋鸡蛋饼。"王西平摸摸肚子道，"喝了两碗粥，吃了张鸡蛋饼，好饱。"

"麻雀胃。"王宝甏揉揉肚子道，"我吃了三个烧饼，一碗手擀面。你摸摸，我肚子比你大。"

王西平摸了摸："比我大。"

王宝甏用力吸腹，娄起T恤道："扁平小蛮腰。"

"好神奇。我吸不吸腹都一样。"

"我们女性这种生物，肚皮弹性好，松弛下来像怀孕，收腹是小平腰。"王宝甏很得意，"一般公众场合，我都会自觉收腹，没人看见的地儿才会放松。"她拉着他的手贴到自己肚皮上，现场表演了一番。

两人闲步往回走，王宝甏甩着王西平的手机问："你喜欢吃土豆丝？"

"我不会炒别的菜。"

"我打算做吃播，明天你帮我录视频。"

"什么是吃播？"

"直播吃饭。"王宝甏道，"我考察了，市场大前景宽。"

"吃饭有什么好看的？"王西平不解。

"治愈，过瘾！"王宝甏看他裤兜，"鼓鼓囊囊，塞的啥？"

"瓜子仁，松子仁，坚果玉米片。"王西平掏出来。

"热量太高了！"她说着拆开一包，"在哪儿买的？"

"淘宝。甘瓦尔买的。"

"铁公鸡也会拔毛？"王宝甏摇着手机问。

"我账户的钱。"王西平问，"你摇手机干什么？"

"阿玥今儿走了5000步，我要超过她。"

"你摇错了，这是我的手机。"王西平道。

"……"

两人到家，王西平洗漱过，坐在沙发上看世界杯。王宝鬓看看时间，关上电视："世界杯太水，没看头。"示意让他去里屋休息。

"太早了，才九点。"

"不早，酝酿一会儿就睡了。"

"我想看世界杯。"

"你说，你看什么？"王宝鬓看他，"没梅西，没 C 罗，没内马尔，没勒夫，连西班牙都没有，你说，你看个啥？"

"……"

王西平拿了本书，靠在床头看。王宝鬓抱个手机，坐在床沿跟王宝猷发微信。大半晌后她回头看，王西平看得入神，没丝毫倦意。王宝鬓抽走他的书，他躺下瞪着眼。两人大眼瞪小眼。

王宝鬓拔了根头发，对折捻到一块儿，坐过去给他掏耳朵。起先王西平抗拒到不行，后来温顺到不行，像一只被撸舒坦的猫，缓缓闭了眼。

王宝鬓直起身子，活动着僵掉的脖子，王西平迷糊着睁开眼，指指耳朵，示意继续。

王宝鬓算服了，继续哼着曲，慢慢捻他耳朵。她脖子弯得实在累，索性像撸猫般对待他，手指梳理他头发，轻抚他头皮，捏捏他脖子，揉揉他肩。王西平的脑袋不自觉地靠过来，偶尔还发出轻哼声。

王宝鬓成就感爆棚。奶奶生前曾养过一只老猫，那猫野到不行，谁都驯服不了，只往王宝鬓怀里凑。王宝鬓捏捏它，揉揉它，它舒坦得直哼哼。一旦动作停下，那老猫闭着眼"喵"一声，命令式地提醒她继续。

王西平打起了轻鼾，王宝鬓才关了灯，蹑手蹑脚地出来。她看看墙上的钟，不过九点五十，心情甚是愉悦地回了家。

在王宝鬓的暗示下，王西平宰了只鸭。王国勋拿来了二十多只鸡崽鸭崽，成活下来十八只，在成年的道路上，被王宝鬓以各种理由吃了十只。公鸡全覆没，眼下只剩六只鸭、两只初下蛋的母鸡。

王西平烱完鸭毛，拎着鸭脖子找秤，称完不过才三斤。王宝辔系好围裙，接过鸭子在案板上剁道："你太抠了，应该宰两只。"

"它们还没成年。"

"四个月了，成年了。"

"家养的要五个月才算成年。"

"已经三斤了，再长肉质就老了。"王宝辔道，"烤鸭店的大师说，两三斤是鸭肉的最佳食用期，再长就影响口感，院里那几只抓紧时间宰了吃。"

王西平说不出话，站院里看着鸡鸭群，这些都是他精心喂养，陪了他四个月，养出了感情的。

"我跟你说，养家禽就是为了吃，你别舍不得。"王宝辔振振有词，"你把它们放生了，被人捉住也是吃。我爷爷去年养的母鸡就不知道被哪个王八蛋吃了。"

王西平没接话，大半晌后道："我跟你说，反正你不能吃母鸡，我要留着下蛋。"

"放心。"王宝辔道，"我不吃雌性动物。"

"……"

王宝辔端出盘爆炒鸭，盘边摆了一圈油炸馒头片。父子俩端着碗坐过来，王宝辔摆弄着手机道："起开起开，你们一会儿再吃。"

她调整好摄像头，对着手机清了声嗓子，指着爆炒鸭道："自个儿家养的鸭，纯天然无公害，不含激素没打水，裸鸭三斤！"夹起个馒头片，咬了口道："现炸的，嘎嘣嘎嘣脆。"说完手捏了块鸭肉，啃着道："肉质紧实口感好，倍儿香倍儿香的！"又吮着鸭汁喊："各位老铁们，别忘了双击点赞！双击双击啊！"

一个钟头过去了，父子俩端着碗坐在沙发上，生生看着她吃掉一盘鸭肉、十几个炸馒头片，喝掉三罐啤酒，一边吃，一边对着手机吆喝。

王宝辔朝摄像头举举空盘，拿着啤酒罐摇摇，示意自己吃得干干净净。然后关掉摄像头，打了个饱嗝儿，半瘫在椅子上。

甘瓦尔都快哭了，为了这顿爆炒鸭，他刻意空了肚子。王西平掏出五十块给他，让他吃什么上街随便买。甘瓦尔把手里的碗放回饭桌上，扭头回了自己房间。

王宝辔又打了个嗝儿，偷偷解开牛仔裤的扣，揉着肚子问："他怎么了？"

"……"

"我都说了，一只鸭不够，咱这么多人，三斤的鸭哪够？"王宝辔剔着牙，"你这人什么都好，就是抠，小里小气。"

"……"

王西平立刻宰了两只鸭，煺毛掏内脏，喊吊床上的王宝鳌炒。王宝鳌正饭后午休，惬意地躺吊床上晃，哪还搭理王西平。

王西平站王宝鳌跟前，王宝鳌问："狮子吃饱了还会捕猎？"她翻个身道："腿好酸。"

"晚会儿我给你按摩？"王西平商量。

"肚子有点难受。"

"吃那么多当然……"王西平改口道，"我给你揉肚子。"

"晚了，你已经把我得罪了。"王宝鳌皱皱鼻子道。王西平好话说尽，她都不为所动。他俯身一把抱起她，就往厨房走。王宝鳌皱眉头喊："我肚子难受……真的。"

王西平把王宝鳌放下来，王宝鳌道："你先把鸭剁成小块，葱姜蒜大料配好，我等会儿出来就炒。"

王西平一切准备妥当，王宝鳌还没从厕所出来。王西平站院里喊："王宝鳌？"

"在呢。"王宝鳌弱弱地回答。

"你没事吧？"

"有。"王宝鳌支支吾吾地说，"厕所没纸了。"

王宝鳌扶着墙出来，腿蹲麻了没知觉了。王西平见状扭头回屋，拿本书翻。王宝鳌红着老脸，站在堂屋门口看他："装。"

王西平看她一眼，举着书遮住脸。

王宝鳌抽掉王西平的书，王西平没控制住，笑躺在沙发上。王宝鳌更糗了，抄起抱枕打他："让你笑！"

王西平止住笑，问她："肚子还难受吗？"

"要你管！"她转身回了厨房。

王西平骑着摩托出去，王宝鳌系上围裙炒鸭，就算脸皮再厚，也禁不住这么丢脸。自记事起，这是她最出糗的一次。

鸭炒好，喊甘瓦尔出来吃。她觉得肚里隐隐作痛，伴有"咕咕噜噜"声，八成是坏了肚子。她解了围裙要回家，王西平骑了摩托回来，递给她药："喝点就好了。"

王宝鳌难为情，王西平捏捏她脸，搂着她肩回屋，倒了杯热水给她。甘瓦尔吐着鸭骨头问："老铁们、双击，是什么意思？"

王西平放下筷子，双手捂住脸。

王宝鳌揉着肚子，不搭理他们。

"你也太能吃了！不过我不明白，能吃不是会被人嘲笑？"甘瓦尔问，"你发到网上能赚钱？不然为什么要让全国人民都知道你能吃？本来就我们俩知道，现在全国都知道了。"

王西平仰头大笑。

一个下午，王宝鳌拉了三次肚子。她喝了药躺回吊床上休息，王西平一手拿着书，一手给她揉肚子。

王宝鳌自小就能吃，中午三碗手擀面不是问题，大概极限也就三碗。中学以后在食堂吃，人前有所顾忌，饭量就控制在了正常水准。她已经好些年没敞开了吃，胃也适应了正常饭量，最近刷吃播上瘾，想着自己也能试试。

王宝鳌揉揉眼，哑着嗓子问："几点了？"

"六点。"王西平问，"怎么样？不行去诊所。"

"不去，太丢人。"

"怕是急性肠胃炎。"他用手指按按她肚子，"这儿疼不疼？"

"有点。"

"这儿呢？"王西平换了位置按。

"不疼。"

"没事，再喝点药就好了。"他起身回屋拿药。

王宝鳌扣上牛仔裤扣，理了理T恤，看着将下山的太阳，手指抠着吊床网，来回地一荡一荡。

王西平出来，问她："要不我们去龙坪村诊所？"

"没事儿，我刚做了场梦。"

"什么梦？"王西平递药给她。

"我们关系算正常吗？会不会越界了？"王宝鳌忽然问。

王西平愣了一下："你感到不舒服了？"

"没有。"王宝鳌摇头，"就是脑子里突然闪了一下。"

"你要觉得不舒服，我们就注意……"

"没有。"王宝氄有点气恼，"算了。"

王西平转着保温杯，看她道："你认为界在哪儿？"

"我们躺一张床上，你帮我揉肚子，我们相互喂食。"王宝氄咬着唇看他，"这算不算越界？"

"如果我们有伴侣，是越界了。我们这情况另当别论，算不上越界吧？"

"我也觉得。我们又没影响别人。"王宝氄拿手指戳戳他，"对吧？"

"对。"王西平点头，"男女之间的界限，是为已婚人士跟有伴侣的人划的。"

"你要是有女朋友，我们就不能……"

"我不会有。"王西平摇头。

"我要是有结婚对象，我们就该保持距离了？"王宝氄问。

王西平默不作声地点点头。

"那我们要好好珍惜。"她手指缠着吊床网问，"我们并没有刻意亲近，都是自然而然就那啥了，对吧？"

"对。"王西平看她，"一切都没意识，很自然就发生了。"

王宝氄点点头，王西平也没说话。

两人看了一会儿落日，王宝氄手指抠着他裤缝，有点难为情："我刚才做的梦，嗯……有点难以启齿。"

王西平不接话，眼睛盯着落日看。

"咱俩在接吻。"王宝氄笑出了声。

王西平的耳朵动了动，回头看她。王宝氄止了笑，清了声嗓子，看着落日道："好美。"

"去个厕所。"王西平起身。

"智障白痴神经病。"王宝氄骂了自己一通。

王西平洗了脸回来，坐下问："你心理上排斥吗？比如我捏你脸，帮你按摩，关于肢体方面的接触？"

"没有。"王宝氄摇头。

"如果换个人呢？"

"换谁？"王宝氄问。

"你哥？宝源——"

"家人不会。"王宝氄打断他。

王西平想了一会儿：“前男友呢？”

“上个月约看电影，我有点烦躁。”

“你们一直有联系？”

“微信偶尔点赞。”王宝甃道，“感情上不会再有瓜葛。”

王西平引导她：“你想象一下，若有人提出跟你交往，你会不会排斥？”

“想象不到。”王宝甃摇头。

“你妈安排你相亲，你愿意去吗？”王西平换个问法。

“去呗，闲着有啥事儿？”王宝甃道，“有几个人跟我妈提亲，我妈不让我相。”

“……”

“我状态怎么样？”王宝甃反问。

“在往好的方向发展。”

“我耳朵都出茧子了，老汪每回见我都是这句。”

“你太急了。”

“这两句绝配。”王宝甃道，“老汪每回一起说。”

“没有敷衍你。”王西平喝口茶，“你做梦了，这是非常好的迹象。”

王宝甃看他的神情，笑出了声：“哎，你害羞了？”

王西平看着落日，不作声。

“哎，你猜谁主动的？”王宝甃碰碰他。

半天，王西平看她：“你什么反应，厌恶吗？”

“我想想。”王宝甃想了会儿道，“是你强行亲的我，我不让，你非亲。”王西平起身要回屋，王宝甃拽住他：“你耳根红什么？”

“王宝甃，你要正经配合我。”

“我绝对正经，无条件配合。”王宝甃道，“不会让你像梦里那样强行。”她拽住他：“哎，你别走，你有点职业精神，别患者说两句你就跑。”

王西平坐回来，继续看落日。

王宝甃坐好，清了声嗓子道：“没厌恶，时间太短，我还没品出滋味就醒了。”

王西平不理她。

“我掉河里了，你在做人工呼吸。”王宝甃故作回味道，“你嘴唇很柔，舌尖很……”

王西平扭头回了院子，王宝甃大笑：“王西平你回来，我还有很多细节没描述呢！"

王宝鬈确实做了梦，她落了水，濒临死亡那一刻，王西平把她救了上来，只是她隐瞒了一部分。她记得梦中的流水声，树叶的拍打声，晃眼的太阳，一朵像猫的云，扎身子的草地，以及两人克制的喘息。

王宝鬈从吊床上下来，脸红心跳地看了看院子，驱赶了下啄食的鸡鸭，拽了朵月季，没打招呼就走了。

想不明白，想不明白，想不明白。

王西平站在灶边炒菜，正跑神，甘瓦尔提醒道："菜煳了。"王西平四下找锅铲，甘瓦尔瞪着眼问："锅铲不在你手里？"

王宝鬈上秤称体重，一两没掉，扭头回到餐桌前，端着羊杂汤喝。

邬招娣道："吃了睡，睡了吃，要能瘦才怪。"

"我是看秤坏了没。该换电池了。"

"嘴就倔吧。"邬招娣道，"你不减肥，你早上跑啥？"

"晨跑有助提高免疫力，夜跑才是减肥。"

"你爱咋说咋说。"她上楼抱了床褥子搭在院里晒。

王宝鬈看着邬招娣的忙活劲儿，皱皱鼻子道："王宝猷至少要一个月才回，晒这么早也白搭。"

"多晒几次杀杀菌，铺着也舒服。"邬招娣喊她，"别看着，过来搭把手。"

"不搭。"王宝鬈道，"我也没见你帮我晒，大过年回来，床上那套还是铺了俩月的。"

"谁让你没赶上三伏天？冬天哪有太阳给你晒？"邬招娣道，"铺张电热毯不就行了，整天就你事儿多。"

"冬天的太阳死了？"王宝鬈撇嘴问，"电热毯不也是我铺的？"

"我喜欢。我爱给谁晒给谁晒，就是不给你晒。"邬招娣气她。

王宝鬈回屋找打火机："我把它点了。"

"我把你一头毛点了。"邬招娣骂她，"大上午就在这儿找事儿，你看看人家西夏，请了年假回来摘桃，早上六点就去了桃园。你撅着屁股睡到七点。谁娶了西夏才是大福气。"

"你昨个还说她个性太强。"王宝鬈摸摸鼻子。

"女人个性强能带好一家人，你跟阿玥都不是持家的料儿，你们太懒散。"邬招娣道。

"让你儿子娶回来当媳妇儿。"王宝螯堵她。

"我还真想过。我倒不是怕人说闲话，主要是西夏刚在五服头上，我怕后代吃亏。万一有潜在的遗传病，孩子不健康……"邬招娣止了话，没再说。

"三代内畸形率高，九代没什么事。"王宝螯给她科普。

"哼，这话张张嘴说多容易？要真搁自个身上，谁不会有顾虑？"邬招娣道，"这事儿跟中五百万一样，指不定就砸谁头上。总之咱犯不着，你哥不愁娶媳妇儿。最根本的原因是她家里不行，我一想到要跟这窝人做亲家，我就跟生吞了苍蝇似的。他们一窝要三天两头地捅窟窿，我儿子不得整天跟着擦屁股？我跟你爷爷提过，他也直摇头。他们家算是把西夏坑了。"

"人西夏还看不上王宝猷呢。"

"哼哼，就酸吧你。你哥从大学起就有人说媒，迄今为止没二十家也得有十八家。我都安排好你哥回来怎么相了，我得挑个各个方面都如意的。"邬招娣指着她道，"就你这种性格的，总统闺女我都不要。"

"就王宝猷那泥鳅样儿？我自戳双目都不嫁！"王宝螯恨恨道。

"就你这样儿？论斤称都不好嫁。"邬招娣回她。

"我还就不嫁！"王宝螯道，"我整天吃王宝猷的，喝王宝猷的，他去哪儿我就跟到哪儿，我祸害他一辈子，我搅得他不安宁，我把他吃穷喝崩……"

邬招娣拎起墙角的扫把要打她："我让你胡扯八道。"

王宝螯一脚踢翻屋檐下的花盆，伸手把晾衣绳上的褥子扯地上，扭头往门外跑道："王宝猷就是个葫芦，让他给你生一串葫芦娃！"

家里容不下她了，她要去姑姑家。一路上碰到几辆拉桃子的车。

桃子本不该摘，但天气预报说未来十天有雨，不提前摘桃子就要烂树上。三年前经历了一场半个月的雨，当时洼沟路不好，有几家桃子运不出来全都烂到了园里。事后镇里拨款众筹，铺了条可并排两辆车通行的水泥路。禁止游客私家车通行，只可运输车通行。一来路面过于窄陡，大量车通行易引发事故；二来村里没停车场，但凡空地都种了花花草草，若通车辆，花草会遭到大面积破坏。

王宝螯拐到一片杏园，树上还零星挂了几个，她拿了根棍子把它们戳下来，在手里来回摺着往前走。下溪村以桃树为主，李子树、杏树、梨树也都有，但面积非常小，只为开花点缀。因是镇里栽的，基本上没人料理，结出来的果子酸涩难食，除了游客没人会摘。

身后有摩托车喇叭声，王宝甃回头，陈正东冲她点下头，跟她并行："怎么把我删了？"

"删了？"王宝甃摇头，"也许是误删吧。"

"不像。"陈正东看她，"电话也把我拉黑了。"

"哦对，我最近在修心，清除了些无效社交。"王宝甃道，"别误会，我删了一百来号人呢。"

陈正东犹豫了一会儿："我有些事儿想问你，去年就想问，一直没找到机会。"

王宝甃看他的表情，心里"咯噔"一下，搪塞道："那QQ上问呗，这会儿正热，我急着去我姑家。"

"你QQ还在用？"

"当然。你留言就好了。"

"我也不急，后天下午约你……"

"后天不行，我有事儿。"王宝甃道，"这样，具体你在QQ上说。"两人正说着，后头有车过来，王西平开着农用三轮车，"突突"地走了。

王宝甃有两天没找王西平了，说不上来怎么回事。自从做了那梦，她心里就有点不得劲儿，有股说不清道不明的味儿。她在路上徘徊了一会儿，骂了句"小家子气"，大方地朝王西平家桃园去。离他家桃园越近，她心里就越慌，也不知慌什么。离桃园还有几步，她心想：算了，晚上再找他。这么一想，豁然轻松，扭头回王与秋家。

"宝甃？"身后有人喊她。

王宝甃回头，王西夏脖子上挂条毛巾，头上戴顶草帽，搬着一筐桃子出来。王西平搬着半筐桃子，从隔壁桃园出来。

"你来这儿干啥？"王西夏擦着汗问。

王西平也不看她，拧开水喝了口，反身回桃园。王宝甃来劲了，朝着王西平背影道："找我侄儿。"

"我听西平哥说了，你们俩合伙开了间民宿。这是好事，等忙完咱回头再聊。"王西夏转身回了桃园。

王宝鳌找到王西平，先发制人道："哎，你怎么不理我？"

"我忙。"

"你有多忙？"王宝鳌看他。

王西平摘着桃，不接她话。

王宝鳌踢他小腿："你忙得没空看我一眼？"

王西平回头看她一眼："好了吧。"

"你敷衍了事。"

王西平认真看她，两人对视了一会儿，王宝鳌绷不住道："原谅你了。"这两天心里那点不得劲儿，瞬间烟消云散。

王西平摘下头上的草帽，替她戴上道："你来这儿干吗？晒得慌。"

"我帮你摘桃。"

"用不上你，这是男人的活儿。"

"西夏怎么在摘？"王宝鳌道，"你看不起我。"

"我怕你热。"王西平说着脱掉身上的长袖，递给她道，"别划伤胳膊。"

王宝鳌穿着道："你不许不理我，装什么？跟咱俩不认识似的。"

王西平看她一眼："好。"

"我这两天没找你，是被我妈禁足了。"王宝鳌把污水泼给邬招娣。

"没事儿。"

"这两晚几点睡的？"

"十二点。"王西平道，"太早睡不着。"

"那前两天怎么十点就睡了？"

王西平摘着桃道："我也不知道。"

"昧良心。"王宝鳌轻骂他，"谁给你掏耳朵捏肩，跟个大丫鬟似的，把你伺候睡的？我奶奶的猫都比你懂感恩，我把它伺候舒坦了，它还冲我'喵'两声。"说着侧身撞他一下。

王西平笑笑，冲她"喵喵"了两声。

"好吧。今晚还给你掏耳朵，就当在撸一只大猫。"

王宝鳌异常欢喜，抑制不住。她一会儿捏捏他胳膊，一会袭袭他胸，老想逗逗他、摸摸他，想看他笑，想看他对自己无可奈何，想看他眼神里对自己的纵容，想要他跟自己互动。若是能逗他大笑，她比他还欢喜十倍。

两人打打闹闹摘到晌午，拉了一车桃到街口，当下称完重，装到果汁厂的运输车上。果汁厂派了车过来收购，只收三天。

　　摘果子跟打仗似的，家里能出动的都出动了。连王国勋都拎着烟袋，挨个儿桃园转悠，指挥着好说话的男丁，摘完自家的，帮一把桃园里的妇女。大部分都各摘自家的果，不愿去帮那些妇女。她们家不是没男人，而是男人都在镇里上班，为了全勤奖不愿请假回来摘桃。那些请假的男丁，自然更不愿帮她们摘。

　　王西夏的父亲在药厂，王西周在电器厂，两人一方面耍精，指望着王西平帮忙，一方面不愿请假扣工资。她嫂子带着俩孩子，家里还有病人，想帮忙也有心无力。

　　王西平拉完自家的桃，让王宝鳌先回家，说等他拉完西夏家的桃就带她去吃麻辣烫。王宝鳌回家冲了凉，换了衣服，拿着几瓶饮料，在邬招娣的骂声中跑了出来。

　　王西平刚进淋浴间，王宝鳌就喝着饮料进院，听着"哗哗"流水声，看看流出来的泡沫，想入非非。片刻，王西平只穿着内裤擦着头发就出来了，看见王宝鳌立马折了回去。

　　"帮我把绳子上的衣服递进来。"

　　"有啥看头？就那二两肉。"王宝鳌说完，觉得有歧义，解释道，"你身上那二两肉。"不对，继续解释："是你上半身的二两肉。"好像怎么都不对，索性道："我没意思，就你浑身上下那二两肉。"

　　王宝鳌这话确实是字面意思，递了衣服给他，问："甘瓦尔呢？"

　　"找叽鸟壳去了。"

　　"他是不是魔怔了？"

　　"没事儿，自力更生也好。"王西平道，"他想报一个科技班，我给他报，他不要。"

　　王宝鳌点点头："走吧，饿死了。"

　　王西平打着摩托，王宝鳌坐上去问："今天就能摘完吧？"

　　"不能。"王西平摇头，"你们家的桃园也给了我，明早摘你们家的。"

　　"我们家是不是对你很好？"王宝鳌捏他。

　　"好。"王西平回头笑。

　　王宝鳌揽住他的腰："小样儿。"

　　王西平骑上摩托走，王宝鳌道："我们家桃子年年烂树上一部分，被虫吃一部分，好的没几个。我爸妈就不是务农那主儿，我就没见过他们打虫施肥。好像去年，我爸心血来潮去打药，走错了园子，帮邻居家打了打。"

"谁摘桃？"

"我们家不摘桃。我同学来一帮，王宝猷同学来一帮，摘个几回就没了。前儿还有同学要来摘桃，我说桃园没了。"

饭后休息了一会儿，王西平要去桃园，王宝猷也要去。王西平让她睡一会儿，等四五点再去。

王西平到了桃园，王西夏七骑着电瓶车过来，王西平让她回家午休，晚点帮她摘。王西夏固执不回，穿着长袖进了园子。

王西平干脆先帮她摘，跟着进了桃园。王西夏看看他，欲言又止，麻利地摘着桃问："西平哥，你跟宝猷处得很好？"

"对。"王西平点头。

王西夏踌躇了会儿，索性敞开说道："你喜欢她？上午你们俩在那儿摘桃，我听见你们俩在打闹。你心里有了人，这是好事，我为你感到高兴，但我是你妹子，有些话我要说。宝猷读书时就大事没胆小事不断，性情刁蛮古怪。我跟她接触不多，但我认为她是个有底线的姑娘，也是个磨人的性子。太爷爷一向看重你，他为人和善，愿提携小辈。她爸性情好，她哥脾气好，但她妈不是个善荐儿。她亲大伯是镇长，堂哥、堂姐都有本事。你一定奇怪我为什么讲这些。"王西夏顿了一下，微哽咽道："他们家瞧不上我们家，骨子里就瞧不上。我不怨他们，因为我自己都瞧不上我们家。如果你跟宝猷顺利在一起，你基本就是个上门女婿。过日子难免磕磕绊绊，以后你会受宝猷的气，受她家人的气。如果你跟宝猷闹掰，没有对错，南坪镇你是再待不下。太爷爷再和善，他是宝猷的亲爷爷，人家是一脉血亲，他绝不可能站你这边。族里你混不下去，只能背井离乡。你跟宝猷合伙，我有一万个不情愿，可木已成舟，我没办法呀西平哥！小叔要是活着，我不会跟你讲这些，我根本不担心你受气。但他不在了，我们家只会是你的拖累，让你更被人瞧不起。你要想结婚，最好娶一个外姓姑娘，将来就算闹点啥，咱族里会为你出头。你要是娶了宝猷，你们俩闹点不愉快，你就被推到了对立面，族里不会有人替你说话。"王西夏一股脑儿说完，抱起筐往里头摘桃："该说的我都说了，路是你自己要走的，你要认真考量。"

王西平一句话没说，他知道西夏是为他好，且句句在理。他要跟宝猷在一起，基本是飞蛾扑火，百害无一利。

他闷头摘了几筐桃，抹把汗，喝了一壶水，走到西夏身边道："我明白。"

"哥，咱们是一家人，换个人我绝不说。"王西夏道，"你现在看不到危机，一旦你们热恋劲儿过了，进入感情倦怠期问题就出来了。宝鳌不是甘于平庸的人，她不会跟你窝在这儿一辈子。站在女性的角度，我们都倾向找一个比自己强悍的人。宝鳌之前在上市企业，她负责国际业务，她接触的男人都是精英。她前男友也算行业里拔尖的，我们两家公司有业务来往，我多少是了解的。哥，说句不中听的，咱们骨子里还是小镇青年，你会光膀子赤膊地务农，我会穿我妈的旧衣服务农，宝鳌家的桃烂树上，她都不会来摘。"

王西平不作声，大半晌后道："我们没恋爱。"

王西夏没再接话，有些事儿点到为止，多说无益。

"我明白，我会保持距离的。"王西平又道。

"王西平，王西平……"王宝鳌在隔壁桃园喊。王西平踌躇着想应声，王西夏接话道："在这儿呢。"说完伸手摘桃子。

王宝鳌弯着腰钻过来，拎着手里的绿豆水道："我刚熬的。"拧开盖子递给王西平。

"我不渴。"王西平也不看她，摘着桃道。

"这是解暑的。"她说着就要递他嘴边，看看摘桃的王西夏，捏捏他胳膊道，"给，快点喝。"

"我真不渴。"王西平只顾摘桃。

王宝鳌看着他，不说话。王西平伸手要接，王宝鳌道："先给西夏喝。"她转身递给了王西夏。

"我正渴呢。"王西夏接过喝了口。

"我煮得多。等会儿把你杯子给我，我回去给你们打！"

"不用，这就够了。"王西夏把水杯还给她。

王宝鳌递给王西平道："直接喝光，我回去给你们装。"

王宝鳌拎着两人的杯子，骑着摩托回去打绿豆水。王西夏摘着桃，一句话没说。王西平欲言又止，索性也摘桃不出声。直到王宝鳌回来，兄妹俩都各自摘着桃，没说一个字。

跟着王宝鳌回来的还有陈正东，两人在半道碰上。王西夏接过绿豆水，擦着汗道："西平哥，你先摘你园里的，我这儿没剩几棵了。"

王西平俯身回自己桃园，王宝鳌当然也跟过去，不忘回头叮嘱陈正东帮王西夏摘桃。

王西平问："那男人是谁？"

"陈家人，我老同学。"王宝鳌碰碰他，一脸苦恼道，"我跟阿玥的友情，遭到了巨大考验。阿玥喜欢陈正东，陈正东喜欢我。他为了追我帮西夏摘桃，好苦恼，我不知道该怎么拒绝。"

"……"

"王宝猷单恋阿玥十年，阿玥单恋陈正东十年，陈正东单恋我十年。"王宝鳌斟酌道，"我在不伤害他的情况下，该怎么拒绝？"

"越早拒绝越好。"王西平看她，"他跟你表白了？"

"差不多。"王宝鳌道，"他每次见我都欲言又止，看我的眼神涌动着爱意。我今儿上午才懂了，他一直在跟我建立信号……我都给一刀切了。我把他微信删了，电话拉黑了，现在想想真残忍。"

王西平摘着桃没接话。

"阿玥要知道陈正东喜欢我，她肯定会疏远我。"王宝鳌正色道，"这事绝不能被她知道。但一个男人默默喜欢了我十年，十年！就算我不喜欢他，我也不愿意伤害他。回头想想，他交往的那些个女朋友性格全像我，我要是拒绝不得当，他会不会有别的想法？"

"什么想法？"王西平问。

"他万一偏执想不开，闹着自杀呢？要是再极端恶劣点，会不会捅我？得不到我就毁了我？"王宝鳌一想觉得有点恐怖。

王西平慎重道："尽早拒绝他，别给他任何幻想……"

"晚了。"王宝鳌捂住嘴，"我把他拐来摘桃，他该不会以为我……"

"现在就去拒绝。"三西平扯住她道，"当着我的面。"

两人弯腰往西夏桃园云，忽然同时停住，陈正东正跟王西夏拉拉扯扯，两人低声争执着，陈正东突然吻住王西夏，王西夏攀着他脖子，反身把他压在桃树上更猛烈地回应。

两人悄悄折回来，王宝鳌手扇着风道："我该回家了，我一天没进家了。"

177

王西平倚着桃树，双手捂住脸，笑得快岔了气。

王宝鬏撇撇嘴，看着他不说话，手摘了一个桃子砸他，扭头就回家。王西平拉住她，半天憋了句："我不笑了。"

王宝鬏拧开绿豆水，"咕咚咕咚"喝个光，拎起竹筐就摘桃。王西平跟在她身后，俯身碰碰她道："我不笑了。"

王宝鬏猛地回头："关我啥……"嘴巴无意扫过他的唇，两人都别过脸，认真摘桃。

王宝鬏愣了一会儿，心虚个什么劲儿？这又不是故意的。

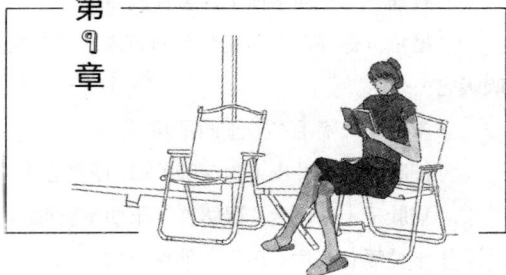

第9章

摘完桃子的第二天晌午，天暗得跟傍晚似的。两人躺在王西平家午休，王宝鳖活跃得像一尾鱼，在床上乱蹦。

先是一道闪电，紧接一阵"轰隆隆"的炸雷声。王宝鳖把自己卷在被筒里，等雷声过了，伸个脑袋出来："好怕怕，好怕怕。"说完在被筒里来回滚。

天气越是恶劣，她越是兴奋。她认为雷鸣电闪天就适合躲被子里瑟瑟发抖。

她不能一个人抖。她关上床头灯，夺掉王西平手里的书，蒙上厚被子，拉着他一起瑟瑟发抖。厚被子是她五分钟前从柜子里扒出来的，还有一股刺鼻的樟脑味儿，不过这些都不重要。

王西平强行探出头呼吸，又呛鼻又热。王宝鳖忙蒙上道："漏光了漏光了。"她掖被被角不让光源进来，抱着他问："是不是很棒，是不是很有安全感？"

她还觉得缺点东西，于是掀开被子下床，拿了一包薯片，找了一个手电筒，拉着他坐起来，蒙上被子打着手电筒吃薯片。王宝鳖递给王西平吃，他摇摇头，王宝鳖强行喂他一片，一道闷雷声响起，王宝鳖立刻抱紧他："好怕怕，好怕怕。"

王西平摸到一手的薯片渣，强行把她撑下去，清理了床上的碎渣，收起樟脑味儿的被子，找了一床没樟脑味儿的厚被子，两人蒙头上，坐被窝里打着手电筒吃薯片。

"你听过吸猫一族吗？"王宝鳖嚼着薯片问。

“戏猫？”王西平捏了片薯片放嘴里。

“撸猫，你懂吗？”王宝甃科普道，“跟伺候主子似的，揉揉它，挠挠它，吸吸它……”

“不会啃一嘴毛？”王西平问。

“把脸埋在猫肚皮上深深吸一口，啃啃它鼻头，嗅嗅它脖子，心里就特过瘾。”

“猫肚子上有什么，吸啥？”王西平震惊。

王宝甃嚼着薯片，再不跟他说一句。

王西平不耻下问：“吸猫有什么好？”

“让人身心舒坦，解压，爽！”

“你养猫了？”

“我没养，自从大宝死后我就戒了。”王宝甃道，“我这人专情，不是我的猫我不吸，三心二意的猫更不吸。”

“大宝是太奶奶的猫？”

“对。大宝可好吸了，它足有十五斤重，橘色的毛油亮油亮。”王宝甃比画道，“它脾气不好，对我爱理不理，心情好跟我耍一会儿，心情不好就不理我。我要把它伺候舒坦了，它才愿意跟我睡。它对我很专情，至死不渝。除了我能吸它，任何人都摸不得。我曾发过毒誓，绝不背叛它。我要为它守猫寡。”

“它怎么死的？”

“活了十二年老死的。我以前不懂，以为自己有猫癖，现在有人解释了我这种行为，网上称我们为吸猫一族，我有七年吸猫史，那我应该是族长。”王宝甃看着他道，“我猫瘾已经戒了，但这一段苏醒了。我每天伺候你睡觉，捏你脖子，揉你肩。你像我的大橘猫。”说着扑到他身上，嗅嗅他的脖子，拽拽他的头发，蹭蹭他的脸。

“王宝甃，你蹭了我一脸鼻涕。”王西平说着掀开被子，拿了纸巾给她擦鼻涕，又摸摸她额头，“感冒了？”

王宝甃又扑到他身上，一通乱蹭道：“这是我的福利，你要不让我吸，我再也不伺候你了。”

王西平笑着没接话。

“行不行？”王宝甃看他。

王西平坐起来道：“好热，这天真闷。”

"痛快点，你就说行还是不行！"王宝甃对他的态度感到不满。

王西平看着她，半晌没作声。

王宝甃趿拉上鞋要走，王西平道："我怕你弄我一身鼻涕……"

"哎呀烦人。"王宝甃扑回他身上，"我又不是故意的。"

"下次再弄上，你给舔干净……"

王西平话没落，王宝甃舔了他脸："专家说了，鼻涕营养更全面。"

王西平的耳朵动得厉害，起身出去道："小邋遢，我要远离邋遢鬼。"

没走出一步，王宝甃就蹿到他背上。两人又打闹了一会儿，王宝甃蒙上被子，跟八爪鱼似的抓住他，静听窗外的雷鸣电闪声。过了一会儿，王宝甃道："我很兴奋，有时会抑制不住自己。"

"那就不抑制。"王西平道。

"我小时候就喜欢打雷，一打雷，家人就不让我们出门，说龙会下来抓小孩，我就跟王宝猷躲在柜子里，打着手电筒吃零食。"她猛地抬头看他，"咱镇上有人被雷劈了。"

王西平惊得咬到了舌头，疼得说不出话。

王宝甃揉揉头，嘀咕："我好像撞到啥了？"又自顾自道："我读初一那年，咱镇上斗殴死了人，当时围了好多人，我们挤进去看，当晚王宝猷就发烧了，他特胆小。"

"你不怕？"

"我怕。但我表现得胆壮，我要比王宝猷厉害！"王宝甃咄声道，"输人不输阵，我是见过大场面的人！"又抿着嘴，语气不甘："反正我比王宝猷厉害！我就比他厉害！"

过了好一会儿，她又道："其实我连着三晚都不敢睡。我看到老师的白色粉笔线，就能想到街里画的人形线。晚上没同学敢走那条路，我偏要走，班里人都喊我王大胆。"

王西平捏捏她的脸。

"我从小样样都比王宝猷好，学习上比他好，胆子上比他壮，除了身高不如他，反正我样样比他强。"王宝甃话锋一转，"读了大学以后才觉得没劲，王宝猷压根儿就没跟我比，其实想想，我也挺对不起他。他从小的零花钱都被我截了，我也老栽赃陷害他，反正我们家好事全是我干的，坏事都是他干的。我打他、欺负他，他都没当回事儿。我还老仗他势在学校里横行霸道，要是踢到硬板，吃了亏就去找他，他会替我报仇。回头想想，那时候好幼稚，爱标榜自己，爱装腔作势，时刻要让自己与众不同。其实我本性很闹，那阶段觉得这性格太平庸，下决心要做一个酷女孩。阿玥觉得我很酷，成了我最忠心的姐妹。"她停顿了一会儿，茫然道："装着装着我也糊涂了，我分不清到底哪个才是真正的我。"

王宝嫯一鼓作气，说了很多很多，这些话是从不肯对人说的。

"这些都是真正的你。"王西平认真地看着她，认真地对她说。

"你读书时什么样儿？"王宝嫯反问。

王西平想了一会儿，道："打篮球会炫动作，体育课上会耍帅，会在喜欢的女生面前装酷，会故意经过她的班级……"

"你有喜欢的女生？"

"懵懂时期有。"王西平道，"没有表白过，好像情感没那么浓烈。我暗恋的女生跟我朋友在一起了，我当时就有点低落，没两天情绪就好了。大家学生时代都一样，一样装腔作势，一样不愿露怯。"

"有女生给你写情书吗？"王宝嫯碰碰他。

"有，二三十个吧。"

"咱都自己人，说点掏心窝子的话。"王宝嫯皱皱鼻子道，"我又不会笑你。"

"我没撒谎，真有二三十封。"王西平问她，"你呢？"

"我就一点点。"王宝嫯轻飘飘道，"应该四五十封吧？谁整天惦记这事？一点破情书都记心里头。"

"估计压根儿没人给你写。"王西平嘟囔一句。

王宝嫯把他蒙被子里捶他，一阵闷雷声响起，她掀开被子躲进去。王西平道："雷公都看不过……"话没落，王宝嫯咬他，紧接又一阵雷鸣，王西平搂住她道："没事儿。"说着嘴唇不自觉地贴着她的头。

王宝嫯喊了声："王西平。"

王西平"嗯"了声。

"我喜欢你抱我。"

王西平搂紧了她，王宝嫯心比蜜甜，蹭蹭他脖子道："我感觉我要融化了。"

"什么融化了？"

"像冰激凌一样，一点点地融化了。"王宝嫯摸到他身上的汗，手伸去他后背，来回抚着他脊背上的汗珠。

王西平要透气，王宝鬏制止。王西平微变声道："宝鬏，我背上黏。"

"我不嫌。"王宝鬏心跳如雷道，"我爷爷喊我幺儿，我奶奶喊我宝儿，你选一个。"

"幺儿。"王西平声音发颤。

"叫我宝儿吧，显得你与众不同，毕竟我们是拜把子交情，你喊一声听听。"

王西平没出声，大半晌才喊了一声："宝儿。"

"比我奶奶喊得好听。"她说着掀开棉被，几绺湿发贴在脸上，抹着汗道，"热死了。"

王西平要去淋浴间，王宝鬏作势也跟着去，王西平折回来坐沙发上，王宝鬏也坐他旁边。两人干坐了会儿，王宝鬏道"去冲凉吧，傻了吧唧的，分不清玩笑话。"说着抽了本书，示意自己要拿回家看。

王西平喊了声："宝鬏。"

王宝鬏当作没听见，书顶着头，穿过小雨跑回了家。

王西平在院里静了一会儿，回屋抽了一本经书坐在沙发上看。没几分钟，合上书，给王宝鬏打电话，表情从最初沉闷着脸，逐渐变得柔和，最后还笑出了声。

王宝鬏聊完电话，拿着衣服去浴室，脑门儿朝墙上狠撞，狠骂自己一通，什么"我喜欢你抱我""叫我宝儿吧"，想到自己的这些话，趴到马桶上狂呕。

呕完站在浴镜前扇自己的脸："王桂枝你长脑子了？你怎么什么都说？当一辈子知己多棒！你们想当一双怨偶！这感觉是假象！这感觉是假象！爱情是狗屎！爱情是狗屎！一辈子坦荡荡的兄弟！一辈子坦荡荡的兄弟！"自我心理建设完，看见门口的人，吓得捂住心口道："妈，你怎么不敲门！"

"你疯疯癫癫的干啥？"邬招娣摸摸她的脑门儿，"你脑子有病？"

"妈，我想谈恋爱了。你就让我相亲吧！"

"有点姑娘家的矜持样儿。"邬招娣道，"等何辞回来再说。"

"我对何辞没意思！"

晚饭后，王西平照常在大槐树下等王宝鬏散步。王宝鬏拖拖拉拉的，单手叉着腰看他，别扭道："路上太泥泞了，今儿别散了。"又看看天色道："指不定一会儿又打雷。"

"你不想散？"

"不是，是天不好。"王宝鬖甩锅给天。

"今晚没雷雨。"王西平看她，"我们走水泥路。"

王宝鬖抠抠鼻子："我好像感冒了。"

"身体不舒服就算了，要是因为下午的事儿不自在……"

"下午咋了？我是那种不爽快的人？"王宝鬖被踩到了尾巴，"我不像有些人扭扭捏捏。"

"那我们还散不散了？"王西平看她。

"散！高烧我也要散，我怕有人心眼窄以为我心虚！"

王西平点点头，从兜里掏出零食："我怕因为这点误会，你会跟我疏远……"

"以己度人。"王宝鬖皱皱鼻子道，"你这人不爽快。我们是无话不谈的知己，我们是肝胆相照的兄弟，那点玩笑算啥？"

两人边散步边聊，起初王宝鬖还懂克制，后来不时撞撞他，手脚并用地捏捏他，把浴镜前自省的话，全抛到了九霄山。王西平也彻底放了心，引着她往偏道上走，就算对面过来人，黑咕隆咚也认不出他们。

王阿玥旅行回来了，王宝鬖去高铁站接。王阿玥上车第一句话就是："宝鬖，我要跟陈正东表白。你帮我约他出来。"

王宝鬖看她一副破釜沉舟的气势，问道："有艳遇了？"

"没。"王阿玥摇头，"我要跟自己做个了断。"

"犯不着。他心里根本没你，何必自取其辱？"王宝鬖感觉话重了，索性道，"他喜欢王西夏。"

"王西夏？"王阿玥吃惊。

"他们已经私下交往三四年了。"王宝鬖道，"陈正东家人不同意。"

大半晌后，王阿玥道："那我也要去。"

"非去不可？"

"非去不可！我要跟过去告别，这是个仪式。"

"你考虑清楚。"王宝鬖犹豫道，"这层窗户纸要是不捅破，以后见面还是朋友，没人会当回事儿。一旦捅破，朋友没得做……"

"不是你一直怂恿我早表白早解脱？"王阿玥奇怪了。

"我怕你被拒绝了后悔……"

"万一成功了呢？他家人又不同意他跟西夏。"

王宝嫯不再说什么，拐去了药厂门口。王阿玥一直不停喝水，拉着她道："你陪我一起……"

"我不去。这事儿我跟着不合适。"王宝嫯拒绝。

王阿玥磨磨蹭蹭地下车，陈正东正从办公大楼出来，王阿玥又小跑回来："宝爷，好宝爷，你陪我一起吧？"

陈正东朝她们俩走来，先看一眼王阿玥，对王宝嫯道："怎么有空？夏夏说要约着一块儿吃饭。"

王阿玥到嘴边的话，吐不出来，咽不回去。

王宝嫯没好气道："我不跟你一块儿吃。"

陈正东一脸笑容道："由不得你，回头我跟夏夏结婚了，咱们就是亲戚。"

王宝嫯看一眼王阿玥，冲他道："谁跟你是亲戚？"扭头就往车上走，回头喊："王阿玥，你还站那儿干啥？"

到车上，王阿玥悄悄抹泪。王宝嫯恨铁不成钢道："舒坦了？不让你自取其辱，你非要来表白！你就往那儿一站，一个字没说，人家就明白咋回事儿了。他都拿女朋友堵你了，你还说说……"

王阿玥抽抽搭搭，王宝嫯听得心烦："当朋友不好？非捅破这层窗户纸？现在美了吧？看你以后怎么见他！"

王阿玥拉开门要下去，王宝嫯扯她道："走走走，我陪你去喝酒。喝到吐，把陈正东当污秽物一样地吐出来就好了，以后你就是新生的王阿玥。"

王阿玥后悔了，趴在王宝嫯肩上哭。她压根儿不该去表白，一想到陈正东不耐烦的眼神，决绝的背影，心里自厌透了。

王宝嫯一边喝酒，一边说风凉话："就知道你要后悔，你铁了心要去，我拉都拉不住！"她递给王阿玥一瓶酒："爱情是狗屎，自古以来歌颂友情的都比爱情多。李白说过，桃花潭水深千尺，不及汪伦送我情。"

"好，我再也不相信爱情了！"王阿玥道。

王宝嫯愣住，往回圆道："这么想太狭隘。爱情这事儿分人，不能一竿子打翻一船人。你看杨绛跟钱锺书，鲁迅跟许广平，梁思成跟林徽因……这些爱情有两个特征，你看出玄机了吗？"

王阿玥摇摇头。

"第一个特征，爱情是相濡以沫 第二个特征，男主秉性温和脾气好！不张扬，不桀骜，不叛逆。"王宝氅分析道。

"你说爱情是狗屎。"王阿玥反驳她。

"我有情感障碍，我爱情观不正确。"王宝氅循循善诱，"你是没遇上对的人。你要找一个能相互欣赏的，不能是陈正东这种，你一直以仰视的姿态看他的。听我的没错，长久的爱情是旗鼓相当，一旦有一方过于卑微，这爱情便活不了。西夏的性格跟你南辕北辙，陈正东追着她跑。我跟你说，从始至终我都不看好你跟陈正东。我替你捋一捋，撂俩男人作为参考。"她佯装想了半天："一个王西平，一个王宝猷，这种性情的男人适合你。"又想了想："王宝猷好像更适合你，他有幽默感，贴心，会逗人。王西平这人太闷了，一张面瘫脸，一股浓郁的乡村土腥气，整天背心、裤衩、人字拖，下雨天小腿肚上全是拖鞋甩上的泥点子……"王宝氅滔滔不绝。

王阿玥冲她使眼色："王西平性情很好啊，五官也比你哥耐看，身上有一股说不出来的气质，我妈说他很出挑……"

"你妈啥眼神？他比王宝猷长得好？你看上他了？"王宝氅拍桌子道，"我一句话的事儿，他立马能娶了你。"

"咳咳……这酒好呛。"王阿玥浮夸道。

"掏心窝的话，王宝猷是一匹骏马，王西平就是一头老黄牛。"王宝氅说着，清了声嗓子，学牛叫，"你用鞭子抽它，它替你耕耕田，你不理它，它就懒懒地卧在那儿，把胃里的食物返到口腔慢条斯理地咀嚼，像这种反刍动物……好！反刍动物高级！不像有些动物没出息，吃了就拉。我再也不吃牛肉了。"王宝氅用手撑着额头："我醉了。"然后拿出手机："给平平打个电话……"

话没落，王西平从她身后坐过来。王宝氅抱住他的胳膊："平平，平平。"

"别喝了，不是醉了？"王西平拿走酒。

"反正都是醉，多喝几瓶没事。"王宝氅朝服务员示意，再来十瓶。

王西平跟王阿玥围绕着甘瓦尔简单聊了几句。王宝氅推给王阿玥酒："别拘束，痛快饮，晚会儿让平平送我们。"

"差不多了。我妈不让我喝……"

"住我家。"王宝嫯拍桌子道，"爽快点，今晚主要陪你。"扭头朝王西平道："阿玥今天……生日，我要陪她痛快喝。"

"好。"王西平点头。

"晚上吃的什么？"王宝嫯看他。

"今天斋戒。"

"你学佛？"王阿玥问。

"略读一点经书。"王西平摇头。

"我奶奶也斋戒。"王阿玥看看灯红酒绿的酒吧问，"不能来这种场合吧？"

"他又没喝酒，这不算破戒。"王宝嫯碰碰他，"对吧？"

王西平没作声，三阿玥也不再说什么。

过了大半个钟头，王宝嫯的身体不自觉地倾在王西平身上。每说一句话，仰头看看他，下巴不时贴到他肩膀上。

王阿玥感到事态不对，用脚踢她："宝嫯，去卫生间吗？"

"不去。"王宝嫯摇头。

王西平去卫生间，王阿玥拉她拽坐在自己身边："你注意点，别喝了。"

"我没醉。"

"你还没醉？一副春心荡漾的样子。"王阿玥说着，王西平回来落座，王宝嫯要坐过去，王阿玥绊住她腿，"坐这儿一样。"

"我要跟我哥们儿坐一块儿。"

"我不是你姐们儿？"王阿玥把她生生扯坐下，朝王西平尴尬地笑道，"宝嫯喝醉了，她平时从不这样。"

"没事儿。"王西平在桌底捏捏王宝嫯的手，让她安静一会儿。王宝嫯反握住他的手，把玩着他的手指头。

王阿玥拿出手机偷录视频，准备让她明儿个酒醒后羞愧而死。

王宝嫯上洗手间，王阿玥趁机一屁股坐到王西平身边："宝嫯酒品不好，这儿都是熟人，我怕惹出闲话。"又解释道："我没别的意思。"

王西平点点头，没接话。

王宝嫯回来，看见两人坐一块儿，只得坐在他们对面。她伸手要倒酒，王阿玥阻止道："你醉了。"

"我没醉。"

"你平常喝十瓶都没事儿，今儿好像……"王阿玥拎起啤酒看看，"度数也不高呀，怎么才几瓶就晕了？"

"你看上王西平了？"王宝甃看她。

王阿玥拿走她的酒道："王桂枝，你再喝我跟你绝交！"

"那你跟他坐一块儿干啥？"王宝甃反问。

"你们能坐一块儿，我们坐不得……"

"我们是亲兄弟。"王宝甃说得理直气壮。

王阿玥看了一圈，小声道："我坐这儿是为你好。"

王宝甃不再说话，她一点没醉，脑袋清醒得很，只是状态有点飘。王西平看她，她别过脸，拿小叉戳着果盘里的水果吃。

王阿玥把果盘推给她："吃水果好。"又回头一脸严肃地跟王西平继续聊。

王宝甃盘腿坐那儿，怀里抱着果盘，吃一口水果喝一口酒，眼睛盯着他们俩聊天。酒吧太吵，完全听不清他们聊什么。王宝甃也明白他们没什么，但心里就是发酸。

散场后，王西平先送王阿玥回家，然后把车停到老院门口，扭头看王宝甃："先回我家醒醒酒？"

王宝甃也不接话，默不作声地跟在他身后。过了大槐树，王西平看她："有事儿没？"

"还好。"王宝甃道。

"我们去散会儿步？醒醒酒？"王西平问。

王宝甃点点头。

两人闲步到田间，玉米秆儿已长成，顶头钻出了花粉。王宝甃由着性子，歪歪扭扭地走。王西平搀着她胳膊问："是不是上头了？"

"嗯。"王宝甃含糊不清地点点头。

"我们回家喝点酸奶？"

"不想喝。"王宝甃摇摇头。

王西平拉着她手腕，以防她摔倒，两人都没再说话。漫无目的地转了一会儿，王宝甃道："阿玥找陈正东表白了。"

"陈正东拒绝了？"

"我不让她表白，她非要去，陈正东当下就翻脸了。要是不表白，还能若无其事当个朋友，估计这以后连同学都没得做了。"王宝鳌仰头看他，"对吧？"

王西平点点头，没接话。

"你都不知道陈正东有多恶劣，阿玥话都没讲完，他就一副生吞苍蝇的样儿，气死我了！阿玥明知他跟西夏在一起了，还要表白，就是为了给这十年做一个了断。陈正东何必再给她一顿羞辱？"王宝鳌说得义愤填膺。

"这方式过于野蛮。"王西平点头道。

"不过也活该。我都不让她表白了，她非要去。当一辈子的老同学一生的朋友不好吗？友情不比爱情长久？"王宝鳌碰碰他，"对吧？"

王西平没作声，手指在她的手腕上不自觉地摩挲。

王宝鳌看看他的手，仰头问："你说，咱们心里坦荡荡，牵个手不算啥吧？"

"不算。"王西平摇头。

"那你牵我手，拉手腕像遛狗。"

"……"

"你说，拜把子兄弟间，勾肩搭背也没啥吧？"她说完碰碰他，"对吧？"

王西平点头："不必拘泥于这些小节。"

"对，做人要坦荡大气！前些年我们家装修，我还跟王宝献挤一张床呢，这有啥？"她说完又碰碰他，"对吧？"

这回王西平被她撞到了玉米地，王宝鳌把他拉出来道："没事儿。"

两人又闲晃了一会儿，王宝鳌犹豫着说："其实今晚我心里有点低落。"

王西平看她，王宝鳌略显扭捏道："你跟阿玥坐一块儿，我心里有一点酸。我从小占有欲就强，大宝要是卧在别人腿上我就感觉它背叛我了，我在它心里不是独一无二的。王宝献有喜欢的人，我心里也酸，不过他喜欢阿玥，这酸劲儿能压压。我看你跟阿玥聊得热火朝天，我心里也有点酸，感觉我在你心里并不特别——"

"特别。"王西平打断她，"我们在聊甘瓦尔，他心思太敏感了，同学间开个玩笑他就会感觉受到了冒犯。"

王宝鳌点点头："没事儿，我就是存不住话，想跟你说说而已。我也一直在克服这个问题。"

189

"我也一样。"王西平道，"西琳第一次谈男朋友，跟那人去看电影，我也有点失落。我妈老催她结婚，我跟我爸就觉得无所谓。"

"噢。"王宝鬖荡着两人交握的手。

"这种感觉很正常，不管是动物还是人。"王西平道。

王宝鬖的情绪活跃了起来，扯着头发道："我想烫发，烫成《海洋奇缘》里莫亚娜的头发那样！"说着拿出手机，打开图片给他看："我再染个雾紫灰，是不是很不羁，很潇洒，很特立独行？"

"动漫人物？"王西平看看图片道，"会炸得满头毛吧？"

"我就是要炸！"

王宝鬖攀着他的胳膊，将下巴贴在他肩头，两人以每分钟五步的速度往回挪。谈到趣处，王西平别开脸笑，王宝鬖歪倒在他身上笑。

王宝鬖脚下踉跄，王西平揽住她："是不是难受？"

"嗯。"王宝鬖显出醉态，"吹了会风，酒上头了。"

"想不想吐？"

"不想。"王宝鬖看着他道，"平平，我想抱抱你。"然后花痴似的一脸傻笑。

王西平看着她的眼睛，把她抱在怀里。王宝鬖搂着他的脖子，鼻头来回地嗅。王西平低声问："嗅什么？"

"大喵，你身上有一股唐僧肉的味儿。"王宝鬖醉眼看他，"好想尝尝。"

王西平不看她的眼睛，侧头看月亮。王宝鬖摆正他的脸："怎么不看我？"

"你眼睛太美——"

话没落，王宝鬖打断："那你要不要亲？"

"……你醉了。"王西平别开脸。

"你看着我。"王宝鬖摆正他的脸，娇态十足地问，"你心跳得厉害，耳朵动得厉害。你说，你是不是喜欢我？"

王西平试图发声，好像得了失语症，一个字都说不了。王宝鬖望着他笑，王西平别开脸，王宝鬖又摆正他的脸："要不要亲我？"

"……宝儿，你喝醉了。"

王宝鬖趴在他肩上，手指捏捏他的耳垂，轻啃他的脖子。王西平打个冷战，紧搂住她，贴着她耳朵道："宝儿，你真的醉了。"

王宝鬖仰头看他，两人对视了一会儿，王西平的鼻尖蹭了蹭她的脸，额头抵着她的额头，又轻吻她的眼睛。王宝嫕哼出声，不自觉地闭上了眼，王西平吻她额头，吻她眼睛，又紧紧抱住她，嗅嗅她的脖子。

王宝嫕一时恍惚，分不清梦境和现实。王西平看着她，盯着她轻启的唇，眼见就要吻上，忽地别开脸搂紧她："我送你回去。"

第二天上午，王宝嫕趴在床上，一会儿呈死人状，一会儿裹着被子蜷缩成一团，咬着被角干号。

楼梯上传来轻快的脚步声，王阿玥推开卧室门，压制着一脸欢喜，一句话不说，打开手机直接播放视频。

"你酒品真不行。除了我能证明你们俩清白，任谁看了都像情人，你看你那小表情。"王阿玥道，"你好歹注意点，你跟个蜘蛛精似的缠在人家身上，我扒都扒不开。"

王宝嫕半跪在床上，狂甩枕头，紧接着又捶胸顿足。

"你怎么不拉我？！"

"我拉不住！"王阿玥道，"你太放飞了，你喊人家'平平'，还强行喂人家吃东西，人家在斋戒呢姐。我看形势不对，赶紧把你们隔开。前头还坐了一桌陈家人呢！"

"我跟王西平是拜把子。"王宝嫕嘴硬。

"那你这会儿羞愧什么？你们要是在城里就没事儿，知己嘛，模糊了界限搂搂抱抱也正常，但咱镇上……"

"我们这正常？"王宝嫕看她。

"你们要是有另一半的话，这举止出格了。"王阿玥想了想道，"好像这事儿到你身上我不会想歪。"

"什么意思？"

"其实我昨晚上有想歪，后来想想不可能。一方面你对喜欢你的男性本能排斥，一方面王西平算半个心理医生，他会琢磨你心思，你们精神上契合成为知己这我一点不奇怪。"王阿玥分析道，"我能感觉你们很有默契，情感上很纯粹，不像有奸情。我也了解你，你表达情感的方式很扭曲，你喜欢一个人会捏捏他、揉揉他，亲近他。"

王宝嫕盘腿坐起来，认真道"我老想嗅嗅他、蹭蹭他，严重点会啃他、咬他，但都克制了。”

“猫，你把他当大宝了！”王阿玥笃定道。

“你怎么知道他是半个心理医生？”王宝甃打断她。

“我上个学期去家访，他正在看一本书，就是关于性单恋方面的。”王阿玥坐到梳妆台前，拧开口红道，“他屋里书架上不摆着的吗？一半都是心理学。”她涂着口红问：“他是不是有出家的倾向？”

“没有吧？”王宝甃摇头。

“这个色号不适合我。”王阿玥拿棉棒擦嘴，又涂上一个色，“甘瓦尔可不省心，他有潜在的暴力倾向。班上同学悄悄说个话，他就认为是在说他，而且他喜欢用拳头解决问题。”

“班上有同学排挤他？”

“有两个男生会搞恶作剧，他们会故意聚一块儿交头接耳，去激怒甘瓦尔。”王阿玥转过头道，“我们老师很难有效解决这事儿，我总不能禁止学生课后聊天。上个礼拜甘瓦尔跟同学打架，甘瓦尔说他们骂他了，那同学说他只是在讨论游戏，根本没骂他。那学生很滑头，我明白他是故意激甘瓦尔，但我不能时时在场，也找不着证据。现在的学生又都是人精。”王阿玥道：“这事怎么着都是甘瓦尔吃亏。我只能找王西平，我们一块儿想办法解决。”

“这事儿我拿手，下回我给甘瓦尔支招儿。”王宝甃道。

王阿玥双手捧脸，噘着嘴问：“像不像十八岁？”

“这颜色不适合你。”王宝甃随手挑了个亮色的给她，“这个好。”

“对了，你哥还做代购吗？”王阿玥问，“你哥今儿一早给我发微信，问我要不要护肤品，他过一阵儿就回国。”

“哦……我想起来了，我哥前几天问我要带什么护肤品，我就让他问你要不要，要的话咱俩一块儿……”

话没完，王阿玥抱住她：“亲闺密，我不好意思让你哥带，当时就给回绝了，原来是你交代过的。”

“捎什么就跟他说，实在过意不去，回来请他吃碗麻辣烫。”王宝甃看她的状态，问，“那谁呢？陈正东……”

“陈正东是谁？”王阿玥问得正经。

“霸气！”王宝甃拍拍她道，“姐们儿是个人物，一条腿的蛤蟆难找，两条腿的男人大把。"

"很奇怪，感觉你变了。"王阿玥道，"好像整个人变得鲜活了。"随后朝她抛个飞吻道："我喜欢。"

"你不是不爱涂口红？"王宝鼕岔开了话题。

王阿玥扭头看她："我看中王西平了，你给我们俩撮合撮合？"

王宝鼕呆住，半天回她："他说他不结婚，他可能要修仙，你看他屋里那些经书……"

"王桂枝你别扭啥？"王阿玥笑她。

"神经。"王宝鼕不理她。

"王西平不适合我，他性情太水太佛了。感觉真不会结婚。"王阿玥道，"你看过徐克拍的《青蛇》没？王西平有一点像法海，你就是潜在的青蛇。"

王宝鼕抱着枕头没接话："我好像喜欢王西平。"

王阿玥瞪着眼："好像是什么意思？"

"这感觉太陌生了，我不确定……"

"说出来说出来，我替你分析分析！"王阿玥一脸激动道，"我都跟你掏心窝了，陈正东的事儿也跟你说了，你都不跟我……"

"我在他面前控制不住自己，老做一些让自己后悔的言行。我去找他时会骂自己，克制言行举止，可往往事与愿违，聊着聊着我就不自觉地过头了。"王宝鼕缓缓道。

王阿玥啃着手指，问："这就是喜欢吧？王西平呢？他啥反应？"

"他好像也喜欢我？"王宝鼕咬着嘴唇道，"我感觉他看我的眼神……"

"对对对，我就说哪儿不对，他看你的眼神特别——"

王宝鼕激动地坐起来："我感觉没错吧？我从没见过那样的眼神，好像能看穿我的灵魂。"她的身子不自觉地轻晃道："他一这么看我，我就像受到了鼓舞，我就飘了，然后讲一些话逗他。他越笑，我就越亢奋。"她又拿枕头狂甩自己。

"那他有跟你表白，或者流露出——"

"没有。"王宝鼕打断道，"除了眼神外，他没对我做出任何有遐想的举动，好像都是我单方面的。"

"可是他也没拒绝呀？他一直放纵你这种行为，这算是一种默认吧？"王阿玥分析。

"他亲我额头亲我脸，这算吗？"

"算，然后呢？"

"没有了。"王宝甃摇头。

"没了？"王阿玥像一个情感专家，"王桂枝你魅力不行！"

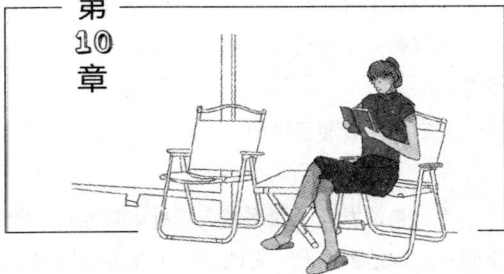

第二天，王宝鳌开车经过电线杆。果然，王西平就等在那儿。她开车越过他一段距离，又倒回来问："你站这儿干啥？"

"进城。"王西平看她。

王宝鳌点点头："你是在等高铁过来拉你？"

王西平拉开车门坐上来："你约我陪你做头发。"

"我怎么不记得？"

"你前天晚上约的我。"

"我忘了。"王宝鳌摇摇头，"我喝酒断片。"

"我昨天炖了只鸭，你电话不通，我以为你在躲我。"王西平说得心平气和。

"躲你干啥？"王宝鳌道，"我手机没电，睡了一天。"

王西平点点头，指指路边道："靠边停，我来开。"

"我想回家，我不想做头发了。"王宝鳌扭捏着靠边停车。

"紫色的爆炸头，很不羁，很潇洒，很特立独行。"王西平拉开驾驶座边的车门道。

"你懂什么？我说的是雾霾灰。"王宝鳌说着，下车坐到副驾驶位。

王西平扭头看她："不是喝断片了？"

"我想断片就断片，不想断片就不断片。"王宝鳌无赖道，"气死你！"

195

"我包里有礼物。"

王宝愍伸手拿过他的包，里面躺了一个紫茄子。王西平道："拿给染发师做参考。"

王宝愍拿着茄子打他，王西平笑笑，挂上挡离开。

王宝愍烫发，王西平坐在她身边陪她聊，聊着聊着，王宝愍的手在他胳膊上来回捏。待她去洗发，王西平出来直奔商场男装店。导购帮他搭配了一身，王西平看看她手里的灰T恤，没兴趣，扭头盯着件湖蓝色的，导购立马取下让他试。

别说，穿上还怪好看，王西平很满意。

导购又推荐给他一件藕粉色的，一件日落黄的，说他穿艳色好看。王西平依次试过，比较满意，就是对粉色稍有微词，但架不住导购直夸年轻，索性一次买了四件。

店铺折扣买一送一。

王西平穿不惯牛仔裤，嫌弹性不好，为了搭配T恤，买了两条。他顺便也给甘瓦尔买了两身，才拎着袋子回理发店。走至店门口，见王宝愍正在染发，王西平看看身上的新T恤，扭头去了洗手间，把一身新衣换下，全部叠好藏进了背包里。

王宝愍做完头发，边逛边抱怨："我都表达得那么清晰了，还烫成这狗样儿，迪克牛仔都比我好看。"

"可以。挺潇洒不羁。"王西平道。

"掏心窝的话，到底怎么样？"王宝愍扯扯头发问。

"符合你性格。"王西平问，"这不就是爆炸头？"

"爆你个头。"

王宝愍系好安全带，喝了口红茶，扭头看看发动车的王西平，继续低头喝茶。

王西平问："有水吗？"

"只有红茶。"王宝愍递过去问，"喝不喝？"

王西平点点头，就着吸管喝了口。

王宝愍对着倒车镜捋捋头发，勉强接受了这个发型。她回头拿过包道："我看看你给甘瓦——"

"就T恤而已，不好看。"王西平阻止她。

"好好开车。"王宝鳌拍掉他的手，"我偏要看。"说着拉开包，拿出一叠T恤道，"这些都是甘瓦尔的？"

王西平没接话。

王宝鳌抖开几件，难以置信道："平平，这粉粉蓝蓝的都是你的吧？"

王西平死不接话。

王宝鳌大笑，点他脑门儿："老鼠灰、屎壳郎黑、黄鼠狼棕、青蛙绿，这些颜色适合你……"她话没落，王西平靠边停车，把T恤一件件叠好装回去："又没让你穿。"

"你穿给谁看的？"王宝鳌笑着看他，"说嘛。"

"等开民宿了穿。"王西平一本正经道，"我要穿得体面……"王宝鳌一阵爆笑。

王西平认真开车，再不接她话。

王宝鳌擦擦眼角，拿起红茶喝了一口，咬着吸管看他，大半晌道："好看，我喜欢。"

王西平的耳朵动了动，王宝鳌道："老黄牛是夸你踏实呢，俯首甘为孺子牛。"她拉过他的手在掌心把玩。

王西平扭头看她："我渴了。"

王宝鳌把红茶递给他，王西平吸了一口，王宝鳌凑近他问："平平，我跟你关系铁，还是你战友跟你关系铁？"

王西平想了一会儿："你。"

"这还需要想？"王宝鳌撇嘴。

"你真喝断片了？"王西平问。

"当然。"王宝鳌撩撩根本不存在的刘海。

王西平点点头，认真开车。

"我感觉有人亲我了？又好像是在梦里……"王宝鳌说完就后悔了，揉揉额头，装疯卖傻地想混过去。

"我亲了。"王西平点点头。

"不是梦啊？"王宝鳌故作淡定。

"你当时醉了，我就亲了鼻子跟额头。"

"你还想亲哪儿？"王宝鳌脱口而出，"你为什么要亲？"

"你醉了，我怕冒犯不敢亲嘴。"王西平道，"……情不自禁就亲了。"

"啊，我醉了，我不记得了。"王宝鬏手撑着额头。

王西平看她："我要是冒犯……"

"没事儿。"王宝鬏大手一挥，"咱们是亲哥们儿，亲一下死不了人，我不是扭捏的人。"

"我怕你在我家不好，我就把你送了回去。"王西平问，"你妈骂你了？"

"还好，我不喝我妈也骂。"王宝鬏咬着吸管。

"有些事儿说开好些，我怕你不自在。"

王宝鬏压根儿没听清他说啥，心里反复咀嚼他的话，一股兴奋涌上心头，话已经从嘴里出来了："我也要亲你，你都亲我了，反正我不能吃亏！"

王西平把车靠边停下，王宝鬏凑过去，亲亲他额头，亲亲他脸，情难自已地趴他怀里嗅嗅。王西平仰头大笑说痒，王宝鬏看他："你还亲我眼了。"说着又亲亲他的眼。

"你不是断片了？"

"我想断就断，不想断就不断。"王宝鬏厚颜无耻道。

王西平捏捏她的脸，王宝鬏豪气道："这没什么大不了的，谁亲不是亲？咱们是肝胆相照的兄弟！"

这天王宝鬏晨跑回来，邬招娣举着高压枪在滋外墙，水滋在墙上，反弹下来的水花洒了她自己一身，她却没在意。

过路人问邬招娣为啥洗外墙，她笑得跟一尊弥勒佛似的："我儿子要回来了！"

墙上瓷片亮得晃眼，王宝鬏很不爽。她扭头看看地上的高压清洗机，怪不得王与祯一早就去了洗车行，合着是去借清洗机了。

王国勋出来，朝着王宝鬏喊："幺儿，你先替你妈洗，你哥来电话了。"

邬招娣回头，冲王宝鬏喊："不声不响杵那儿干啥？"说着把水枪塞给她："整天就知道吃吃混混一点活儿不干。"又交代她一遍怎么洗，扭头回院子道："冲干净，冲不干净腿给你拧断。"

王宝鬏举着水枪冲，朝路上来回看了眼，枪头照着大铜门往院里灌，邬招娣在院里干骂，出不来。王宝鬏丢下水枪，抓了两团泥巴往墙上掷。王国勋出来吼她，邬招娣指着她骂："逮着你我打死你，整天就会找事儿！"说着拿了扫把追她。

王宝鬏撒腿就跑。

王宝鏊要气死了，决意把王宝猷拉黑，他再伏低说好话，也绝不拉他回来。她整天跟个大丫鬟似的煮早饭、午饭，还经常洗衣服。昨天她丢在洗衣房的两条牛仔裤，邬招娣居然给丢了出来，说一桶装不下，让她等着下回洗。而院里绳上晾的却是王宝猷卧室的窗帘、桌布、靠枕巾等一些无关紧要的物件。连冬天的棉拖鞋，邬招娣都扒出来给他洗了。

王宝鏊去了一趟三阿玥家，没坐十分钟，阿玥妈拉着她一通抱怨，主题还是围绕着阿玥的婚事。王宝鏊不堪其扰，借故有事离开了。

王宝鏊又回王西平家，他蹲在菜园里种萝卜。王宝鏊站在菜园口，王西平抬头看她一眼，继续种菜。王宝鏊自觉无趣，转身要去王与秋家。

王西平喊她："怎么了？"

王宝鏊假装听不见，快步往前走。王西平越喊，她越来劲儿，抬脚就要跑，王西平追上她问："怎么了？"

"没事儿，你去种菜吧。"王宝鏊无端委屈。

王西平看看她，把她拉到菜园："等我半小时，我们去羊沟村……"

"我不去了。"王宝鏊扭捏。

"你不是想去？"王西平看着她道，"那回来再种，我们现在去……"

"我等你吧，种完了再去。"她说着蹲在菜园边，看着他种菜。

"屋里有你的衣服，要不要去冲个澡换——"

"不冲，脏死我好了。"

"行。"王西平点点头，"反正你也是个小邋遢。"

王宝鏊没接话，从土里刨出一根蚯蚓，用棍子把它戳烂。王西平撒着菜种问："跟你妈生气了？"

"犯得着吗？我不跟她一般见识。"她想了一会儿道，"我爸气死人了，暑假从没见他七点前醒过。今早上六点半，他去车行拉了个清洗机回来，他媳妇举着水枪，欢天喜地地在洗房子……我这辈子都没见过人洗房子。外墙瓷砖洗得锃亮锃亮，能把路人眼睛闪瞎。我刚跑步回去，饭都没吃，我爸他爹让我给他孙子洗房子，我爸他媳妇说洗不干净拧断我腿。这一家人过分透了，他爹就算把公鸡都宰给我吃，我也不稀罕！"王宝鏊忽然问："有百草枯没？"

"……"

"敌敌畏也行，我把他养的鸡鸭都毒死。"王宝鳌愤声道。

"有。杂屋角落里有。"

"你陪我一起。"王宝鳌看他。

"好。"王西平点头。

王宝鳌扭头抠喉咙，王西平问："你干吗？"

"我要把昨晚的鸡汤吐出来。"

"吐不出来，排出来一样的。"王西平建议她。

"也行。"王宝鳌道，"他们一家人真过分！前天我爸他媳妇跪在王宝猷房间用抹布擦地！跪在那儿！用抹布擦地！他媳妇每天都骂我，说我头发跟狗脱毛似的，逼我趴在地上捡。我想吃一只公鸡，我爸他爹心疼到不行，捡了只最小的给我，那些个儿大肉鲜的留给他孙子，我就配吃小的？"

"你会不会吃得太频繁了？"王西平斟酌道。

"养鸡不就是让吃的？我要一天一只，在王宝猷回来前吃光。"她说着，扭头跑走了。

王西平种完菜，趁着王宝鳌没回来，拿着衣服去了淋浴间。冲完凉出来，王宝鳌在厨房煎蛋，煎了四颗从王国勋那儿偷来的鸡蛋。王宝鳌吃了一个，王西平吃了一个，另外两个留给甘瓦尔。

随后两人一起去羊沟村，路上碰到一个中年男人，王宝鳌道："这人是中学校长，好像教过我爸跟我姑。"

"他教过我爸语文。"王西平道。

"对，他是教语文的。"王宝鳌道，"他快六十了没孩子，媳妇好像不能生。"

"不清楚。我爸很敬重他，说他很随和。"

"我爸也这么说。他是不是苏家庄的？"

"应该是。他姓苏叫什么和？"

"苏伟和吧？"王宝鳌道，"好像苏家庄修高铁，刚好冲到他家的田。"

"不清楚。"王西平摇头。

"他来这儿干什么？"王宝鳌纳闷。

"我们来这儿干什么？"

"我们来偷情。"王宝鳌说完哈哈大笑。王西平懒得理她。

王宝嫠挎着他的胳膊，一蹦三跳，一路"叽叽喳喳"地往羊沟村去。

两人躺在野餐垫上聊了半天，聊着聊着，王宝嫠睡着了。王西平拿出蒲扇替她打蚊子，听着溪里的流水声，杨树叶的拍打声，虫鸣蝉叫声，看着王宝嫠的睡颜，不自觉地笑了笑。

一只蚂蚁爬上她的大腿，王西平把它捏下来，给她搭上薄毯子，一手举着蒲扇替她遮阳，一手拿着本经书看。

有一段时间没看了，静不下心。

羊沟村很凉爽，周围有成片的杨树林，有两条溪。大溪景好，偶尔有人。这条小溪是他上个月发现的，溪小见底，除了有山羊会站在坡头徘徊，基本不会有人。王西平往她耳朵里塞了纸，自己耳朵里也塞了纸，躺平跟她一起睡。

睡了一个钟头，王西平有感应地睁开眼，王宝嫠正望着他。两人对视了一会儿，王宝嫠戳戳他的唇，王西平坐起来，顺手拿起经书看。

王宝嫠盯着杨树叶出神。大半晌，她坐起来看他："王西平，咱们玩个游戏。"

"不玩。"王西平眼睛不离书。

"你整天看书，心真能静？"

王西平看着书，不接她话。

"法海你听过吧，法海？你把我当小青，你要能过了我这关，我亲手给你缝袈裟。"王宝嫠看他。

"我不穿袈裟。"

王宝嫠凑近他，看着他的眼睛，王西平垂眼，王宝嫠捧住他的脸："你看着我。"说着一点点舔舐他眼睛，指着他摇动的耳朵，摇头道："不行，你境界不行，还得修炼。"说完转身去了溪里，蹚着溪水往深处走，唱道："小和尚下山去化斋，老和尚有交代……"正欢快地唱着，转了口音，故作深沉道："不是风动，不是幡动，是仁者心动。"然后伸着胳膊，神经质地仰天大笑——突然脚下一崴，一头栽到了溪里，扑腾了两下，没了动静。

王西平把她抱出来，喊她："宝儿，别装了。"王宝嫠没动静。王西平拍拍她的脸，听听她的心跳，心下着急，低头给她做人工呼吸。他正做着，忽地顿住，抬头离开。

王宝嫠坐起来，也不敢看他，叠好野餐垫装包里，收拾了东西背在肩上。王西平接过她肩上的背包，带着她往回走。

王宝嫯跟在他身后，手里甩着狗尾巴草，眼睛东张西望，走了一段，突然不想走了。王西平止步，回头看她，两人目光对上，又各自别开。王宝嫯丢下狗尾巴草，顺着小道飞奔去王与秋的民宿。

王西平看着比兔子跑还快的人，丢下背包，顺势坐在了路边。

王宝嫯猫着腰蹲在民宿的三楼栏杆后，透过缝隙看到王西平躺在路边，顺手抽了自己两耳光，拿出手机给王阿玥打电话。

你怎么这么蠢！为什么要试探？为什么要挑破？为什么要亲他？！

王宝嫯憋着股气，躺在床上生闷气。

王阿玥骑着电瓶车过来接她，两人聊了一会儿，王阿玥出主意，让她先当个王八，就当没这回事儿，看王西平怎么处理。

王阿玥载着她回家，老远就看见等在路口的王西平。王宝嫯心跳如雷，躲在王阿玥背后，拽着她衣服道："快绕道快绕道！"

"我没道可绕！"王阿玥急道，"你装睡，装睡！"

王宝嫯随即趴在她背上，鼾声如雷。

王西平拦住她们，王阿玥紧张得差点摔沟里。王宝嫯拧了王阿玥一下，王阿玥忍住疼跟王西平打招呼。

王西平看着后座装睡的人，王阿玥干笑："她睡得跟头猪一样。"

"这样睡觉很危险。"王西平道。

"没事儿没事儿。"王阿玥摇头道，"她老这么睡。"

王西平没说什么，扭头回家了。王宝嫯看着他的背影，心里堵得要死。

"王桂枝，我今儿个才算看透你，你就是个假把式。"王阿玥说。

"我是没想好对策。"王宝嫯狡辩，"我问你，我说能亲到他，我亲到了吧？你别管过程怎么样，我亲到了吧？"

"那你刚刚装啥？"王阿玥道，"你那鼾声一听就假。"

"我那是战术，明天看好吧！"王宝嫯死鸭子嘴硬。

"怎么样？你亲他反感吗？"王阿玥一脸八卦。

"我光顾紧张了，刚碰上他就跑了。"

王西平一夜无眠，早上晨跑没遇着人，回来摘了一兜青菜，给王宝嫯家送去。

邬招娣正要出门，把他迎回屋聊了两句。王国勋也进来，看见王西平，让他去老院帮忙搭鸡棚，好好的鸡棚莫名塌了。

王国勋顺嘴问了句幺儿，邬招娣没好气道："睡得憨傻，枕头被子踢一地。"说着去厨房拎起擀面杖上了楼。

回到老院，王国勋指着半塌的鸡棚："昨儿个还好好的，一顿早饭的工夫，回来棚就塌了一半。"他说着拿起铁锹铲屋檐下的鸡屎。

王西平把主梁打稳，又找了一根打在另一角。王国勋踢了踢："打得稳实，能扛八级风。这根梁八成是被幺儿给踢的，估摸那四个鸡蛋也是她拿的，她吃了不可惜，要是被黄鼠狼吃了……哎，她个不省心的小土匪就会来我这儿撒气。"

王西平没接话，拎过铁锹把院里的鸡屎清理干净。王国勋递给他一个袋子，让他把鸡屎装起来给月季施肥。

王国勋朝地上撒了把食儿，鸡扑扇着翅膀蜂拥而至，王国勋数了数道："我这儿还剩十三只，幺儿家宰了几只，她大伯家宰了几只。"朝王西平问："你院里怎么就剩几只了？"

"还剩两只母鸡，两只鸭。"

"跑丢？还是被人捉了？"王国勋问。

"没跑丢，宰吃了。"

王国勋琢磨了一会儿："怪不得那疯丫头今年不嚷着吃鸡，合着是把你家的吃了？这是搁到了好时候，这要是搁在三十年前，丫头家嘴馋是要被笑话死的，爷们儿打光棍也不娶。回头让你二娘给你说门亲，老爷们儿一个人不是个家，过着过着就没了。"

王西平看着对面一户人家，门头红瓷砖上贴着：家和万事兴。

王国勋燃上烟，抽了一口："别看幺儿跟她哥不对付，但那到底是血亲。她哥要是有点事，幺儿肯定第一个出头。兄弟姊妹之间就是这样，打打闹闹一辈子，打破头也是亲兄弟姊妹。"

"幺儿跟她姑一样，与秋在家当姑娘时也没少受气。儿子跟姑娘不太一样，儿子是娶媳妇为家添人口，姑娘是嫁出去给别人家添人口。幺儿她奶奶是偏心，家里好吃的都尽着与仕兄弟俩。但那时候家里全靠男丁出力，谁家儿子多谁说话就有底气，村里没人敢欺负。家里没儿子的都不敢吱声。农村的社会结构就是这样。"

"我好歹也当过村干部，大小会议也开了，文件也看了。只能说国家发展好了，生活水平提高了，大家才意识到男女不平等。年代不一样，我们那会儿连基本温饱都没解决，哪会有男女平等这种思想上的觉悟？"

"人活一辈子图个啥？就图后代红火，儿孙满堂膝间绕。我都活到这把岁数了，我啥也不盼，就盼春节。过年家里都团圆了，看着一茬茬的子孙我心里舒坦，要不然活个啥？你以后就懂了，你会明白过着过着人就没了的深意。要不是这些子孙绊住脚，我也早就没了。"

"怎么不回二爷家住？"王西平问。

"不去不去。"王国勋摇摇头，"人老了招人嫌，还不如自个儿住着舒坦。长期住一块儿哪会那么顺？上下牙齿还有磕碰的时候。总之，你要是瞅上谁家姑娘，我亲自上门去给你提。"

王西平在家转悠了一会儿，又进菜园摘了几根黄瓜，实在无菜可摘了，剪了一捧月季给王宝鳌家送去。

王宝鳌去美容院清理黑头了，邬招娣去大队开会了，只有王与祯在家。王西平坐在沙发上跟王与祯聊了一个钟头，正聊着，家里来客人了，王西平只得起身告辞。

王宝鳌骑着电瓶车回来，进屋就闻到一股花香，看看花瓶里的月季，问王与祯花哪儿来的，王与祯正在书房跟人聊天，不满地看她一眼，说了句"西平送来的"。

王宝鳌满意地关上书房门，抽了枝月季，扭着腰哼着曲上楼。她先坐在梳妆台前化了一会儿妆，后换上件颇用了心思的收腰连衣裙，站在镜子前转了一圈，手掌拍拍红通通的脸，"咚咚咚"地下了楼。

邬招娣看着王宝鳌的打扮，心里一股自豪感油然而生。她心里顺带生出一点复杂情绪，自己要是生到这年头，估计随便打扮一下也会跟朵花儿一样。邬招娣喊住她，拿出针线盒戴上老花镜，找出枚小按扣，缝在她深 V 领的内侧里。

王宝鳌不情愿，邬招娣拍她："你在城里穿我管不着，镇里就不兴这么穿，露出大半个胸像啥样子？你认真化化妆，好好地打扮一下还真耐看。"她扯扯裙摆问："会不会太短了？"

"哎呀，不会。"王宝鳌原地转了一圈，露出里面的安全裤。

"好看，出门吧。"邬招娣很满意。

王宝骜脚刚踩出门，邬招娣又喊住她："你去哪儿？你这身打扮是去哪儿？"

"我去阿玥家。"

"你去阿玥家穿成这样？"邬招娣不信，她是过来人，她才不好糊弄。

"何珏今晚过生日，她约了我跟阿玥——"

话没落，邬招娣打断她："何家的何珏？"

王宝骜敷衍地点点头。

邬招娣回屋拿了副玉手镯给她戴上："去哪儿跟人聊天都要落落大方，不要扭扭捏捏。女孩家扭捏显得没见过世面，小家子气！"

"妈，我只是去参加同学的生日会。"这话王宝骜的耳朵里都快听出茧子了。

"啰唆。你不是去何家？你注意点举止言行，去吧去吧。"邬招娣催她。

王宝骜偷偷拐到大槐树那边，一溜烟跑到了王西平家，在门口踌躇半天，朝院里喊："甘瓦尔，甘瓦尔？"

甘瓦尔闻声出来，王宝骜问："你喜欢啥颜色？我从网上给你选款书包。"她话落，王西平也跟出来，站在篱笆门边看她。

"现在书包都过时了。"甘瓦尔道，"我都装袋子里了，用不上书包。"

"我答应在开学前送你礼物的。"王宝骜尽量无视王西平，好显得神态轻松自然，"要不送你一个悬浮灯吧，很高科技的。"

"那得需要多少钱？"甘瓦尔被太阳晒眯了眼，"我们回屋说……"

"不用不用，我说两句就回了。"王宝骜红着脸道，"悬浮灯不贵。"

"好吧。"甘瓦尔点点头。

"悬浮灯会亮，可以当床头灯用。"王宝骜又说。甘瓦尔没见过，也不知该怎么接，只知道这会很热。

"你们啥时候开学？"王宝骜没话找话。

"九月一号，还得半个月。"

"我开学前送给你。"王宝骜额头冒出了汗，脸蛋也越来越红。

王西平拍拍甘瓦尔，示意他先回堂屋。

"我也走了。"王宝骜转身就回。

王西平截住她，眼神示意去梧桐树下。王宝骜挪过去，手捏着裙摆来回晃。王西平也不说话，一直看她。

王宝鳌换了个姿势，反手拉着胳膊往后拐，眼神四下游离，脸颊越发地烫。

两人无声对峙，王宝鳌喘不过气，单手叉着腰，仰头看梧桐叶问："会有毛毛虫吗？"

"你裙子很好看。"

王宝鳌瞬间被踩到了尾巴："我……我要回家了！"

"我找了你三次。"王西平轻声说。

"我亲你一下咋了？"王宝鳌被逼急了，脱口而出。她昨晚是想好了对策的，出门前还理了理思路，无奈看见他一紧张，全忘了。

王宝鳌说完那句话，浑身力量全回来了，先发制人道："我亲你一下咋了？只准你亲我？不准我亲你？我治疗了这么久，我想知道自身情况，我们是肝胆相照的兄弟，我不亲你，我去大街上拉一个人亲？你一个大老爷们儿，不要斤斤计较。今儿就把话说开了，老娘早就想亲你了，老娘忍你很久了！"王宝鳌跟串炮仗似的，一股脑儿地崩完。

"我怕你反感。"王西平的脸也发热，"我没不让你亲。"

王宝鳌愣了一会儿，红着脸道："……我没反感。"

"你排斥跟人接吻，你嫌唾液有细菌。"王西平心平气和道，"回来的路上你跑了，电话不接，微信不回，我担心你心里不舒服，我想跟你把事儿说开。"

王宝鳌没接话，脚尖点着地面，跟戳破的皮球似的，气势一点点地低了下来。王西平看了一眼四周，拉着她手问："心里排斥吗？"

王宝鳌摇摇头，难为情道："……没亲着。"

"你想亲就亲，想怎么样都行。"王西平看着她，眼神沉静如海。

王宝鳌点点头，克制不住要飘了，向他坦白道："其实我昨晚凌晨才睡着，我一直懊悔，一直骂自己蠢。"话落，又懊悔，只要王西平依着她，对她好，她就控制不住地掏心掏肺，什么该说不该说的都往外捅。她又暗骂了自己一顿，认为自己实在扭捏，站直了身子，故作爷们儿道："你说我想亲就亲？"

王西平大笑，王宝鳌不理他，甩着裙角进了院。

王西平把看电视的甘瓦尔支走，坐在沙发上跟她聊天。王宝鳌看着他的嘴唇，聊得心不在焉。

王西平指指里屋："我买了一套床品。"

王宝鳌跟进去看，点评道："还行，网上买的？"

王西平点点头，看着她裙子道："很适合跳舞。"

王宝鬐原地转了圈，看他："你会跳舞？"

"不会。"王西平摇头。

"我教你。"王宝鬐也不会跳双人舞，只会跟着节奏瞎晃，反正目的也不在跳舞。

两人晃得还不错，渐入佳境，完全踩到了拍子上。

王宝鬐趴在他肩上，明知故问："口水没细菌吗？"

"有，但以毒攻毒就没了。"王西平瞎蒙道，"会产生免疫系统。"

"我感觉你在瞎扯？"

"好吧，我也不知道。"王西平笑笑。

"为什么瞎扯？'王宝鬐看他。

王西平不作声，心跳得厉害。

王宝鬐进包间的时候，一屋子人吵得厉害。何珏过来勾着她脖子，非要罚她三杯酒，王宝鬐爽快地喝掉。何珏看看她的深V领，啧了几声，手突袭了一下扭头就跑。

王宝鬐骂了声"疯婆子"，找到王阿玥的位置，挤过去坐下。王阿玥问："怎么这么晚？吃饭了没？"

王宝鬐趴她耳边一阵挤眉弄眼，王阿玥捂住嘴尖叫，激动地问："感觉怎么样？"

"你激动个什么劲！"

"我当然激动呀，你亲上就代表我也亲上了。"王阿玥道。

王阿玥今年二十七，说出来羞耻，情感空白，初吻还在。她之前也谈了两段，因为不冷不热，久而久之也就没下文了。王阿玥稍胖，绰号叮当猫，有隐形自卑，有一颗向往爱情的心，但又认为它不会发生在自己身上。

在王宝鬐眼里阿玥很耐看，圆脸圆眼樱桃嘴，体态上的唯一缺点——含胸驼背，这是青春发育期养成的坏习惯。

王宝鬐用力拍王阿玥的背，王阿玥挺直了问："你这是真喜欢他？"

"我感觉像真喜欢。"王宝鬐趴她耳边道，"我老干一些蠢事，我居然问他未婚妻的事儿，我当时心里酸，没过脑子就问了。"

"不好吧。"王阿玥瞪着眼，"他未婚妻都已经……"

"所以我蠢啊！"王宝鬈捶沙发。

"没事儿，以后不问就好了。"王阿玥安慰道，"你有没想过一个问题，要是过几个月你这种喜欢消失了，你们该怎么相处？"

王宝鬈想了，可怎么也没想明白，索性红着脸道："反正目前这样挺好的，他愿意让我亲，说无条件配合我。"

"我感觉你很危险。"王阿玥也不好往深里说，只能点到为止，"我没谈过恋爱我不懂，感觉你心里还是要有个数，你们一来是亲戚，二来是合伙人，你妈眼光高，要是关系弄得复杂……"

"烦了，我都二十七了，我心里能没谱儿？"王宝鬈最烦这些话，"他一辈子不结婚，我一时半会儿也不结婚，又没碍着谁！"

王阿玥心里一"咯噔"，再不说话了。自打王宝鬈跟王西平深交，眼见她一点点变了很多，特别是这两个月，变得是自己又不像自己。王阿玥只能搂着她肩半开玩笑道："保持自我，这是你老念叨我的话。"

"哎呀，放心！"王宝鬈拍胸脯。

随后她连喝几口鸡尾酒，看看时间，快十点了，好想回家。

王阿玥羡慕道："我也好想谈恋爱呀！"

"好说，爷给你介绍。"王宝鬈大气道，"我把王宝猷介绍给你，怎么样？"

王阿玥捂她嘴："喝醉了喝醉了！"

"你看不上我哥？"王宝鬈一股要翻脸的气势。

"看得上看得上。"王阿玥敷衍她。

"不行，我得录下来。"王宝鬈说着掏出手机。

王阿玥难为到不行，红着脸搪塞了几句。

一众小姐妹过来敬酒，敬当初的宝爷。王宝鬈爽快，连干几杯。何珏点了首歌，把话筒递给她："宝爷，亮亮嗓子。"

王宝鬈站在沙发上，挥着话筒又唱又跳。王阿玥扯扯她，示意有电话。王宝鬈挂断，把歌唱完，连干三杯酒，拿出礼物递给何珏，告辞回家。

王阿玥不放心，跟着她一块儿出来。两人走到路边，王西平从车里出来，半扶着王宝鬈要上车。

王宝鬈一脚踢上后排车门，指指副驾驶位："平平，爷要跟你坐。"

王西平俯身替她系安全带，王宝鬈捧住他的脸，明目张胆地"吧唧"了一口。

王阿玥吓得半死，拍她道：“这是咱镇上，你注意点！”又朝王西平道：“她今晚喝多了，平时绝不这样！”

“皮皮虾跟我走，咱俩去泡男朋友，吃炸鸡喝啤酒……”王宝甃正自嗨，忽地扭头叮嘱王阿玥，‘我跟我妈说今晚睡你家。”

“好呀，没问题。”

待到了王阿玥家，王阿玥要下车，王宝甃稳坐副驾驶位，王阿玥拉开门：“你不是要睡我家？”

“我要睡平平家。”王宝甃摇头。

“不行，你醉了。”王阿玥拽她，“你赶紧给我下来！”

“没事儿，我能照顾好宝甃，她经常借宿在我家。”王西平看她。

“不好吧……她醉了。”王阿玥道，“我怕她吐你家……”

“放心，不会有事儿。”王西平向她保证。

王阿玥斟酌着道：“你们是姑侄儿，那你照顾好她。”说完俯身看王宝甃：“你真不睡我家？”

“下回吧。”王宝甃摇头。

王阿玥看出她根本没醉，也不好说什么，关上车门道：“照顾好自己。”王宝甃认为她大惊小怪，她经常留宿王西平家，她不认为这次会跟之前有什么不同。

王西平把车停到老院门口，王宝甃跟着他回家，刚拐到暗处，王宝甃就跳到他身上，勾着他脖子笑。

王西平犹豫着问：“你跟阿玥说了？”

“说了啊。”王宝甃点头。

“你怎么说的？”

“她不信我能亲你。”王宝甃道，“我兴奋嘛，我憋得慌，我想跟人分享！”

“没事儿。”王西平捏捏她的脸，“我怕传出去对你不好。”

“不会。阿玥是我姐妹儿，跟咱俩关系一样。”

王西平点点头，没说话。

“你不高兴了？”王宝甃歪头看他。

“没事儿。”王西平问她，“亢奋成这样，喝了多少？”

“……几十瓶吧。”王宝甃揉揉脑袋，假呕道，“我酒量不行，我醉了。”

王西平笑笑，看了眼黑黢黢的四周，俯身抱起她。王宝甃攀着他脖子道：“我不想回家，我要去玉米地醒酒。"

王西平抱着她到了玉米地。王宝鳌放飞自我："我喜欢玉米地，我每次看九儿跟余占鳌在玉米地……我就觉得好刺激！"

"他们是在高粱地，这是玉米地。"王西平纠正。

"上次醉酒，咱俩来这儿，我就想到了这一幕……"王宝鳌揉揉额头，厚颜无耻道，"头要炸了，我喝醉了。"也仗着喝醉了，继续没脸没皮地兴风作浪。

王西平看着王宝鳌，王宝鳌勾着他脖子："我没亲过瘾……"

话没落，王西平吻住她，两人亲了几分钟，王宝鳌腿软站不稳，王西平托住她问："反感吗？"

"你老扫兴……"王宝鳌抱怨着，王西平又吻住她。

王西平背着她回家，甘瓦尔已经睡了。王宝鳌兴致正高，不知是被吻醉了，还是被风吹醉了，整个人晕晕乎乎的，又接着耍酒疯。

王西平找了衣服让王宝鳌去洗，王宝鳌转着身上的裙子，趔趄了一下问："好看吗？"

"好看。"

"这样更好看。"王宝鳌解开深 V 领的按扣，"我妈非给我缝上一个按扣，烦人！"

"有按扣好看。"王西平别开脸。

王宝鳌达到目的，拿着衣服歪歪扭扭地去淋浴间。

她在里间冲凉，王西平站在堂屋门口，竖着耳朵，怕她摔了。王宝鳌唱着洗澡歌，王西平垂头笑笑，也不自觉地跟着哼。

王宝鳌说对这种感觉是陌生的，王西平更是如此。

他毕业就进了部队，没怎么接触女生，跟他未婚妻的相识相恋也是按部就班地来。他喜静，两个人约会就很寻常，一起在家看电影、看书，出门看展，一起逛公园。他未婚妻个性温和，偶尔也会讲个情调，给他制造个小惊喜。王西平觉得那种生活很安逸，他很喜欢，如果不出意外，估计他都当父亲了。

第二天，王宝鳌醒来，看看绳上晾的床单，模糊地想起昨晚上吐了，吐了还不止一回，这让她处于极度羞愧中。她想趁着王西平在菜园偷偷溜走，没走成，被他喊住，说火上有煲的粥。

人要脸，树要皮，昨晚的一幕幕电影似的在脑海回放。王宝嫠压制着羞臊，指着菜园的一片碧绿，没话找话道："这是啥菜？长得还怪浓密的。"

"这是花生，前天你还吃了。"

"我昨晚喝醉了，这会儿还不太清醒。"王宝嫠揉揉额头。

王西平看着她的窘态，仰头大笑。

王宝嫠恼羞成怒，推了他一把，扭头就跑。

王宝嫠蹑手蹑脚地进家，客厅的气氛凝重。王国勋坐在主位上捻烟丝，王与祯垂头喝茶，王与仕板着脸看王与秋，王与秋面无表情地坐在餐桌前，手里择着四季豆。

邬招娣从厨房看见她，骂道："家里是客栈？再夜不归宿腿给你拧断。"她颠颠竹筐里的四季豆："看见你跟个游仙一样就烦，拿回屋炒去。"

王宝嫠识时务，一句话不犟，端着四季豆回厨房炒。片刻，王与仕起身道："爸，那我先回了，晚会儿镇里还有会呢。"

王国勋摆摆手，让他离开。

邬招娣道："大哥，在这儿吃了饭——"

"不了，你嫂子也做好了。"王与仕看看王与秋，王与秋不跟他照脸。

"这烟丝受潮了。"王国勋咳嗽了一声，"有霉味儿。"

"交代你几回了，让你拿出去晾。"王与祯埋怨邬招娣。

"我让幺儿拿出去晾，她直接摊开……"

邬招娣话没落，王宝嫠应声："我晾了，下午去收的时候被风刮没了。"

王与祯道："摊锅里焙焙，咱爸本身肺就不好，发霉的烟——"

王宝嫠插话："那应该戒了。"

王国勋没理他们，拎起烟袋出了屋。

王与祯眉头紧锁，闷头喝茶。王与秋一副木木的神情，静坐在那儿。邬招娣腾着餐桌道："吃饭吃饭，一顿早饭能吃到晌午。"

"我不饿，你们吃吧。"王与祯去了书房。

"哪能不吃早饭……"邬招娣正说着，王与秋一声不吭地离开了。

邬招娣催王宝嫠："快去辇上你姑，你这几天先住她那儿。"

"咋了？"王宝鏊问。

"姑娘家别乱打听事儿。"邬招娣拧她道，"敢发现你乱跑，腿给你拧断。"

王宝鏊巴不得不住家里，胡乱收拾了一通准备去追王与秋。邬招娣警告她："你给我小心点，敢让我听到你闲话腿给你拧断！别有事儿没事儿往西平家晃，他是你亲哥？阿玥家也少去，就她妈那张破锣嘴。"

"那我去谁家？"王宝鏊反问。

"咱家装不下你？"眼见邬招娣要恼了，王宝鏊点头敷衍，一溜烟地跑不见了。邬招娣又打电话骂她一通，说以后不许她跑，她跑起来跟只瘸腿鹅一样。

王宝鏊气喘吁吁地追上去，看着王与秋问："姑，你咋了？"

王与秋摇摇头。

王宝鏊也不追问，心事重重地跟着她回了民宿。住在王与秋家正好，她也打算静几天，关上门好好反省反省。

她讨厌现在的自己，一身臭毛病，特别在王西平面前，她很难控制得了局面。偶尔放纵一下自己还好，时间久了会失去自我。阿玥昨天的话她还是听进去了。

王与秋坐在前台发呆，王宝鏊收拾了客房床单，扔在洗衣房清洗消毒。床单被抻开晾在屋顶，一阵风刮过，一排排白床单迎风摇曳。

头顶是白云蓝天，脚下是碧草溪流，王宝鏊把脸埋在床单里，获得了久违的平静。

她站在屋顶喊甘瓦尔，他正骑着单车穿梭在下溪村。王宝鏊下楼，甘瓦尔浑身汗透，跟个脏猴似的骑在单车上，手里拎了根长竹竿，车把上挂了一兜蝉壳。

王宝鏊递给他一瓶汽水，掂掂车把上的蝉壳："今儿一天捡的？"

甘瓦尔一口气喝完汽水，擦着汗说："差不多。"

"跟你老子学的臭毛病，差不多是啥意思？"王宝鏊问，"脸上红痕怎么回事儿？"

"我钻玉米地里捡蝉壳，玉米叶划到了……"

"哪儿的玉米地？"

"苏家庄的玉米地。"甘瓦尔指指道，"那片挨着白桦林，里面有好多叽鸟。"

"你自己去捡的？你胆子真大，玉米地里最容易藏匿坏人，里头有专门拿麻袋套小孩的，会把内脏掏出来卖掉。还有眼镜蛇、大蟒蛇之类的。"王宝鏊一脸认真地看他，"真事儿，我奶奶告诉我的。"

"我不信。"甘瓦尔道,"那我让王……三叔陪我一块儿去捡。"

"行,让你老子念着经。"王宝鳖问,"你攒了多少钱?"

"一万一千八百五十。"甘瓦尔抹一把汗。

"全是捡叽鸟壳挣的?"王宝鳖震惊。

"端午节赚了五千,剩下是这两个月抓叽鸟和叽鸟壳赚的。"

"那也了不得!"王宝鳖夸他,"怎么不跟同学一块儿?"

"他们嫌热。"

"来屋里凉快会儿,这儿怪热的。"

"不了,我要回家了。"甘瓦尔踩上单车。

"等一会儿。"王宝鳖扭头回民宿,装了一兜零嘴拿了几罐汽水,在厨房收拾了一些鸡架,让他带回去喂狗。

王宝鳖看着他骑羊车的背影感叹,连小孩都比自己有志向。

王与秋蹲在后院剪花,王宝鳖晃过去,跟她并肩蹲下问:"姑姑,什么是真正的爱情?"

王与秋扭头问她:"有喜欢的人了?"

"我就是问问。"

"爱情哪有标准,能让你茶饭不思,让你辗转难眠,让你变成傻瓜……这些都是爱情。"王与秋淡淡道,"只是时间不同。有些爱情短到只够碰一下,有些能三十年,有些能一辈子。"

"还是要有个标准吧?"王宝鳖追问。

"你喜欢他,他喜欢你,这要什么标准?"

"不是……我的意思是……算了不说了。"王宝鳖词不达意道,"我也不知道要表达啥。"

"你是不是问好的爱情是什么?"王与秋问。

"对对对!"王宝鳖直点头,"差不多是这意思吧。"

"这也看每个人的理解吧。"王与秋恍了会儿神道,"可以让你欣赏自己。"她垂头剪着花,嘴里轻唱道:"忘记他,等于忘尽了一切,等于将方和向抛掉,遗失了自己。忘记他,等于忘尽了欢喜,等于将生命也锁住,同苦痛一起……"

王与秋唱着,两行泪滴在花叶上,她笑道:"我就因为邓丽君的这首《忘记他》被大家称为校花、镇花。也是因为这首歌,我当了音乐老师。"

213

王宝骜看着王与秋的笑，心里堵得慌，自己肯定捅到了她的伤心事。王与秋拍拍手，起身道："你是有喜欢的人了吧？你只要真心喜欢，不管是谁我都支持。要找一个让你不畏严寒，不惧风雨，能闻到花香听到鸟鸣，能感受到一切美好事物的人。"

王宝骜琢磨片刻，忙追去屋里道："姑姑，我有一个朋友遇到了情感问题，她老向我抱怨，我不知该怎么办。"她补充道："就是阿玥！"

王与秋看她一眼，收拾着前台抽屉道："说说看。"

"她喜欢一个男人，不见他就抓心挠肺地想他，一见他吧，就控制不住地放飞自己，老干一些糗事儿！她每天在极度兴奋跟极度懊悔中度过，感到很害怕。"王宝骜嫌语言不足以表达，跑去后院拽了一根狗尾巴草，轻轻碰王与秋的脖子："比这种感觉更强烈！"

王与秋嫌她神神道道，扯掉狗尾巴草问："阿玥害怕啥？"

"她害怕这样时间久了，惹那男人烦，她自己也会变得不像自己……"

话没落，王与秋问："阿玥为什么这样？她不是这种性格……"

"对呀！"王宝骜拍桌子道，"问题就出在这儿！她说她心里想这么做，她想取悦这男人，这男人对她很好，她想对这男人更好！"

王与秋没接话，大半晌后问："这男人对阿玥的这种行为是什么态度？提出过让她改吗？或表现出厌烦……"

"没有没有。"王宝骜狂摇头，"他是放纵的姿态，甚至是鼓励这种行为。阿玥跟我说，她就是看到这男人的态度，才更肆无忌惮地撒欢儿。"

"那就好，让她不必过于害怕，这是情人间表达爱意的方式，如果有一天这男人烦了，就说明他不爱了。"王与秋看她道，"阿玥要是觉得自己太放飞，可以适当调整一下。好的爱情能让双方获益，如果累大于悦，痛苦大于幸福，这段爱情就需要双方沟通调整，若沟通无果，果断放弃。"

大师就是大师！王宝骜点点头。

"替我转达阿玥，人生苦短，让她好好享受爱情，不要过于思虑，我为她感到高兴。"王与秋说得意味深长。

吃过晚饭，王宝骜踌躇半天，揉揉肚子道："我出去散步，听说饭后散步身体好。"

"去吧。"王与秋收拾碗筷。

"要不我来洗？"王宝鳌假客气。

"给你。"王与秋推给她。

王宝鳌出了民宿，也不看跨灯下的人，自顾自地拐进了一条偏道，王西平尾随其后。两人一前一后走了一截，待完全离开民宿的视线，王西平同她并肩。

"晚上吃的啥？"王宝鳌问。

"小米粥，尖椒土豆丝，拍黄瓜。"

"怎么又是这些，吃不腻？"王宝鳌问。

"饭怎么能吃腻？"

"行吧。"王宝鳌低头，看看他垂在一侧的手。

"你恐吓甘瓦尔二吗？"王西平牵住她的手问。

"没有恐吓，这都是我奶奶亲口告诉我的。"王宝鳌晃着他的手，心比蜜甜。

"炸毛犬。"王西平笑她。

"讨厌！"王宝鳌娇嗔地看他一眼，"我不烫，你非要我烫，我妈说我是一条花毛狗……"余音未落，嘴被王西平封住。

大半晌，王宝鳌缓过劲道："我这两天不打算见你的，我觉得自己太放飞了。"

"你什么样我都喜欢。"三西平拉着她坐在草坡上。

"真的吗？"王宝鳌歪着脑袋看他。

王西平笑笑，偏开了脸。

王宝鳌舔一下他耳朵，趴他怀里乱拱："我要是炸毛犬，你就是短毛犬。"

王西平大笑，王宝鳌啄他一下眼睛，喊一声"平平"，啄他一下眼睛，喊一声"平平"。

王西平紧紧搂住她，吻着她的发，指着天上的星星让她看。两人看一会儿，吻一会儿，吻一会儿，看一会儿。

王宝鳌趴在他肩头道："这几天我不能哄你睡了，我要留在这儿陪我姑。"

"好。"

"没我你能睡着？"

"能，跟你打电话就能。"

"哼，离开我看你怎么办！连觉都睡不好。"

王西平笑笑，手指绕着她头发。

"你必须睡够八个小时。科学数据表明，长期失眠的人寿命短，女性比男性平均寿命长，我不要等将来九十岁了，还要拄着拐杖翻山越岭地找你坟头。"

"好。我每天睡够八个小时。"

"中药也得喝，反正你得调理得比黄牛壮。"

"好，调理得比黄牛壮。"

"你闭眼干啥？"王宝嫯看他，"你敷衍我？"

"我在想你牙齿掉光，弯腰驼背，拄着拐杖颤颤巍巍……"王西平正说着，王宝嫯吻住他，咬了一下他的舌尖。

"是谁说唾液有细菌的？"王西平捧住她的脸问。

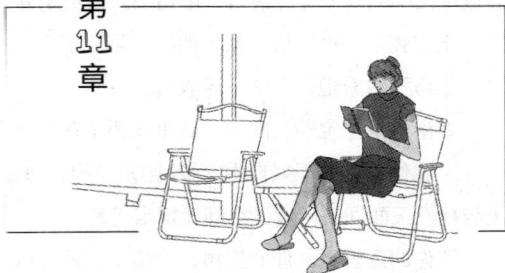

第11章

半夜三更，王宝氅抱着夏凉，被敲开王与秋的卧室门，要求跟她一块儿睡。

"你不是习惯自己睡？"王与秋闭着眼问。

王宝氅扯扯她："我朋友吧，就阿玥，她有一个问题想请教您。她喜欢的这个男人呢，很复杂。一来是她堂哥的拜把子兄弟，二来是她妈的远房亲戚，八竿子打不着的那种，阿玥还喊这男人一声小叔。"王宝氅道："阿玥现在有一个困扰，她怕将来不喜欢这男人了，这事儿就会很复杂很复杂。都一个镇里一个朋友圈，亲戚做不成了，朋友也做不——"

"阿玥她妈的娘家不是外庄人？亲戚怎么会在咱镇上？"王与秋问。

"……这男人在药厂工作，他也在居民楼买了房，未来打算定居在咱镇上。"王宝氅道，"这男人在这儿时间久了，一些亲戚也都在咱镇上。"

王与秋道："我给不了她意见，将来要是分开了，双方亲戚肯定跟着尴尬。"

"我知道！"王宝氅忙道，"我也是这么劝她的，但她说不行，她也想保持距离来着，但就是管不了自个儿的心！"

"我没建议。"王与秋扭头看她，"幺儿，有些建议是要负责任的，我担不起。"

"阿玥都二十六七了，有些大事要自己做主。将来她怨不着任何人。"王与秋缓缓道，"明面上的建议，就是快刀斩乱麻，但阿玥要是接受了你的建议，将来她后悔了，这事你百分之百跟着落埋怨。你要是支持了，等他们激情退去，没熬过生活中的鸡零狗碎最后一地鸡毛，你更是要落埋怨。"

王宝嫠半晌没接话，蚊子似的"哦"了声。

王与秋看看她，心中一声叹息。

老半天，王宝嫠又问："这事儿要是在你身上，你怎么选择？"

"我们那年代不兴自由恋爱。婚事全靠父母做主媒妁之言，我们没有话语权。"王与秋没正面回答，留了空间让她自己想。

"你的意思是，你心里再喜欢都不会跟父母争取？"王宝嫠追问。

"会吧，争取不到就算了。"王与秋闭上眼道，"我们没什么想法。"

"你的意思是，要是搁到这个时代，你就会跟爷爷奶奶据理力争？"王宝嫠又问。

王与秋拉拉被子，翻个身装作睡着了。

王与秋的婚事是王国勋拍板的，也是王国勋终身悔恨的一件事。王宝嫠记得中学时，奶奶老是抹泪埋怨爷爷，骂姑姑的婆家人不是个东西，明知自个儿儿子不会生育还来祸害姑姑。也由于姑父经常酗酒后打人，父亲跟大伯没少跟姑父动手。姑姑回来从不埋怨婆家，越是不埋怨，爷爷奶奶越是伤心。

后来姑父遭遇车祸去世，姑姑的婆婆不让姑姑回来，要让姑姑给他们家守活寡，大伯跟父亲带着族里人去她婆家一顿打砸，才领着姑姑净身出户。后来在下溪村置办了间民宿，算是给姑姑安了身。

第二天中午，王西平在菜园刨花生，王宝嫠蹑手蹑脚地过去准备吓他，不料王西平猛回头，反被他吓一跳。王宝嫠推他道："烦人！本来有好事告诉你，这会儿全吓没了。"

王西平把她扯蹲下："等会儿给你煮盐水花生。"

"才不稀罕。"

"真不稀罕？"王西平笑笑，凑过去亲她的唇。王宝嫠心欢喜，连薅了几把花生。

"刨太多了。"王西平阻止。

"多煮点，我爷爷爱吃。"王宝嫠稀奇道，"哎……有四胞胎吧。"当下剥开壳把仁儿填嘴里："一颗花生长四个仁儿的好，能生双胞胎！我们小时候都抢着吃。"

王宝鳌又挑了几颗四个仁儿的，剥开喂给他："吃四个仁儿的吉祥，出门交好运。"

王西平端着花生回屋，对她的无厘头表示无语，不过就是吃了一颗四仁儿花生。

王宝鳌说正事："民宿老板正在整理东西，他说下午交钥匙。"

"他回来了？"

"我早上正在门口抄电表，就看见他家民宿开了，他们夫妻俩在里头整理东西。"王宝鳌道，"我姑怕有变故，让我赶紧回街上打印合同，果不其然，我们把钱给了男老板，他媳妇就不愿意了，嫌价格太低，非要加十万。我姑到底是老江湖，她早就留了一手，结果就是合同完美地签了，以后这民宿就是咱们的了！"她说着从包里掏出合同，满脸欢喜地递给他。

王西平细看了合同，合上还给她。王宝鳌道："咱俩的合同正在整理，明儿个拿给你——"

"不用。"王西平摇头。

"不行，亲兄弟明算账，该走的程序一道不能落。"王宝鳌坚持。

王西平点点头："你看着办。"

"我煮午饭，你煮花生。"王宝鳌从冰箱里拿出肉，放案板上解冻道，"我大致看了一下，院墙需要重新翻修。客房跟休闲区不用动，吧台跟卧室要整理一下。对了，民宿只有一间主卧，到时候你挑一间客房当——"

"不用，晚上我回来住。"王西平道。

"太折腾了吧？"

"没事儿，骑摩托来回……"他没说完，又改口道，"好，随便改一间，你晚上一个人守民宿不行。"

"我想给主卧刷个色，也要把床换了。"

"好。"

"我想把院里的格局调整一下。"

"好。"

"我大致算了下，最快半个月，最慢一个月，反正国庆前一定能住客。"

"好。"

"你怎么这样啊，感觉很敷衍。"王宝鳌切着肉，不满道。

"我审美没你好，民宿你看着调整，我全都信任你。"王西平道。

"怪有自知之明。"王宝鳌很满意。

"我会养花做木工，回头打几张吧椅。"王西平往花生锅里丢了一把干辣椒。

"你会打简易吧台吗？到时候我设计个图给你。"

"好，只要有木材。"

"要不咱把门前那两棵梧桐伐了吧。"王宝鳌碰碰他，"回头你给我打张床。"

"不能伐。我爷爷留给我娶媳妇的。"

"不会有好姑娘要嫁给你，破墙烂院穷得叮当响。"

临傍晚，民宿老板才过来交钥匙，王宝鳌正在剥盐水花生吃，她随后迫不及待地跑到民宿，上上下下查看了一遍。

王与秋跟进来，在厨房转了一圈，在洗衣房转了一圈，在公共淋浴间转了一圈："冰箱、洗衣机要重新置办，厨房跟淋浴间太脏，得请个阿姨清理，这两口子看着怪体面，内里也邋里邋遢。"

"这两口子真和好了？"王宝鳌八卦道，"两人搂腰揽肩……"

"姑娘家少八卦，少打听事儿。"王与秋推开主卧门，梳妆镜粉碎，衣柜门坏了一半，"看来没少打架，床可以留下，其他都不要……"

"我要买新床。"

"毛病，床垫换了就是新床。"

"我不睡别人的床，心里不舒服。"王宝鳌皱皱鼻子道。

"你出门住酒店背一张床？"王与秋问。

"酒店我没办法，但自己的卧室我能……"

"随你便。"王与秋道，"你预算上有个底，全部捋一遍，先换掉那些紧要的，不必要的等赢利了慢慢换。"

王宝鳌发微信叫来王西平，两人浑身是劲，埋头苦干到夜里十一点。民宿庭院里该挪的挪了，该搬的搬了，趁着天好决定明儿个刷墙。

王宝鳌想把墙上个色，又拿不定主意，征求王西平的意见。王西平斟酌道："白墙吧？院里满是姹紫嫣红，颜色挑不好会冲撞。"

"浅灰呢？"王宝鳌道，"我嫌白色太突兀，不经雨，落了雨渍不好看。浅灰或许好一点，跟院里的花花草草不冲撞。"

"浅灰也好。"王西平认同。

王西平锁上民宿的门，把她送到王与秋家门口，看看时间道："十一点多了，回屋洗洗睡吧。"

王宝鳌看着他一步一步地退回院里。王西平四下看了眼，伸手把她拉出来，两人躲在大树后接吻。

王宝鳌到了民宿，后院还坐了一桌客人闲聊，王与秋在厨房给他们炒河虾，王宝鳌端着水杯进来，王与秋看她一眼："是不是谈恋爱了？"

"没呀。"王宝鳌摇头。

"我闻到一股味儿。"王与秋往盘里装着虾道，"一股酸臭味儿。"

"嗯？"王宝鳌闻闻身上，嗅嗅胳肢窝道，"院里太乱了，我跟王西平忙了大半天。"

王与秋示意她把河虾端出去，王宝鳌道："我要去洗澡。"说完"噔噔噔"地跑回了房间。

王与秋直摇头："傻得不透气了。"她把河虾端给食客，顺势坐下择毛豆。

"老板娘，我可以摘一片薄荷叶吗？我腿上被蚊子叮了包。"一位年轻姑娘问。

"随便摘。"王与秋笑笑。

一位小伙儿冲她比手势，大意是想摘一朵月季，王与秋点点头。小伙儿摘了一朵月季，变魔术似的送给姑娘，姑娘笑得比天上那月牙还好看。

最终王宝鳌没请阿姨，请了甘瓦尔帮她清理，一个钟头二十块。王宝鳌买了几副橡胶手套、钢丝球、油烟清洗剂、84 消毒液，教了他一套清洁标准，便回院里帮王西平和了石灰。

王宝鳌挥着扫把清理墙面，扭头问他："粗犷点怎么样？"

"有颗粒质感的那种？"王西平问。

"对，差不多。"

"院里摆件很精致，刻意粗犷会不会不协调？你认为呢？"王西平斟酌道。

王宝鳌百思不得其解："你也挺有想法的，可为啥你家花池垒得像鸡圈？"

"……"

王西平碰碰她，示意她肚脐："是不是又胖了？"

"你才胖了。"王宝嫯吸吸小肚腩，"我这是标准身材。"

"突破一百二十斤了没？"

"你还干不干了？"王宝嫯烦他，拿着铲刀铲墙脚。

王西平道："女孩家胖点好，肚子脂肪多点好。"

"有什么说法？"王宝嫯问。

"冬天暖和。"

王西平大笑，王宝嫯不理他，搬着盆花挪到屋檐下。王西平擦汗道："宝儿，我渴了。"

王宝嫯端了杯水给他，王西平要喝，王宝嫯挪挪，让他喝不着。这样反复了几次，王西平嘴唇发干道："我真渴了。"

王宝嫯递给王西平，王西平要喝，忽地啄她一口，就着她手喝完，然后看着她。王宝嫯吻他唇上的水渍，然后勾着他脖子吻下去。

午饭后，两人躺在地垫上午休，厨房传来甘瓦尔做事儿时刺耳的刮刀声。王宝嫯不让甘瓦尔干，他不依非要干，王西平帮甘瓦尔干，甘瓦尔不情愿，一个钟头二十块，他要自己赚。

王宝嫯被这声音刺得揪心，随手拽了一根头发，给王西平掏耳朵。王西平闭着眼枕在王宝嫯的腿上，王宝嫯捻着头发问："心里还很疼吗？"

"嗯。"王西平知道她在问什么。

"每天都疼？"王宝嫯问。

"想起来就会疼。现在疼的频率低了。"

"疼了怎么办？"

"习惯就好了。"王西平道，"以前疼，心里一阵阵绞痛，晚上疼得睡不着，现在好一些，不怎么疼了。"

"你回来是因为疼得受不了？"

"疼得麻木，感官就迟钝，反应慢半拍。我以前打靶百发百中，现在打不了了。反应能力和嗅觉能力都在退化，我待在部队也是个废……"

"我不要听这话。"王宝嫯捂他嘴。

"我最痛苦的时候会耳鸣，什么都听不见，听到的声音像是隔着一个时空，有回声和幻觉感。"王宝嫯道。

“现在呢？”

“大半年都没了。”

“我也是，最痛苦的时候会耳鸣，脑袋会‘嗡嗡嗡’响，像一只苍蝇来回飞，抓不住赶不走。”王西平平静道。

“现在呢？”

“这半年都没有耳鸣，没有苍蝇来回飞。晚上你掏掏耳朵就睡了，有好几回一觉到天亮。”

“最痛苦的时候睡不着怎么办？”王宝鳌问。

“看书抄经文。”王西平道，“这能让我全身心投入，然后就不想了。”

“他们是中午过来的，我们一块儿吃了午饭，我妈说已经订好了婚纱照，就等我的时间回去拍。我爸说开车累了，当天就不回了，我们一起去了招待所。我订了一家特色菜馆，说晚上一起去吃，下午三点临时接到任务，夜里出完任务回到招待所，前台说我爸在下午四点就退房了。”王西平说着，王宝鳌抱住了他。

“我说不结婚是认真的，我是一个自私的人，我不想有妻子，不想有孩子，不要在情感上有任何羁绊。这些关系会让我痛苦，会让我累。”王西平缓缓道。

“我跟你不一样，生活给我一分甜，我就会忘了那九分痛。我跟我妈吵了不下一百次，最高频率一天三次，最严重的时候我想跳楼，可如果世界上有魔法，让我可以在投胎的时候挑个妈，我应该还会选我妈。”

“我从小都穿新衣服，从不捡堂姐或表姐的。我妈会给我扎一头漂亮的羊角辫，脸上抹香喷喷的雪花膏，在同龄人面前我总是最干净体面的。”

“我唯一不如意的就是有一个哥。我妈无意识地偏心，只要王宝献在家，我们一家人的口味都依着他，我妈每次做饭只征求他的意见，我跟我爸都是捎带的。”

“他要出国读书了，我兴奋到不行，可把他送到机场，他朝我挥手再见，我难过得要命。如果有一个魔法，可以让王宝献换到别人家当哥哥，我是不愿意的。”

“王西平，如果给你一次机会，你知道三十年后会有这场灾难，你还会投胎到你家吗？”王宝鳌看他。

“会。”王西平毫不犹豫。

“你就是自私自利的胆小鬼。什么不想发生任何情感上的羁绊？不想要累不想要痛苦？你就只想拥有幸福，不愿承担任何痛苦。你站在太阳下，可以让自己没有影子吗？只要你想沐浴阳光，影子永远追随你。如果你在深山老林与世隔绝，兴许就能做到。"王宝鏊看着他道，"代价就是，做一个躲在老屋里发霉发臭发烂，没有痛苦、喜悦，没有情感的老怪物。"

"你不想有情感羁绊是你的事儿。我不一样，我还向往幸福美好的生活，我能跟你接吻，也会有第二个人让我愿意吻。我还要生小孩，生一群一群的小孩，制造很多很多的情感羁绊，将来我坟头乌泱泱满堂子孙哭。"王宝鏊道，"对，这就是我的人生理想！"

"咱俩是拜把子兄弟，我不会不管你的，我会让我孙子去山上看你，每天给你丢俩馒头放碗水。我就不去看你了，我怕山上的荆棘把我裙角刮花。"王宝鏊一股脑儿说完，回院里拎起滚筒，往墙上大刀阔斧地刷色。

王西平在她身后站了半天，憋了句："那是以前的想法，现在觉得有情感羁绊很好。我身边有宝儿，有甘瓦尔，有太爷爷，有大伯家……"

"我才不管你这些，你心里一片荒芜最好！"王宝鏊说完，没忍住回头看他，"这会儿心里疼吗？"

"嗯。"王西平点点头。

"你回屋里休息吧，这墙我刷……"

话没落，王西平拿过滚筒刷："你回屋歇会儿。"

"心里疼了就给我打电话，你不说话我就懂了。"王宝鏊别扭道，"救人一命，胜造七级浮屠。"

"任何时候？"王西平停下动作，同她对视。

"差不多。"王宝鏊用手遮住太阳，眯着眼道。

"你要是发脾气了呢？"

"一码归一码，我发脾气也不影响这事儿。"王宝鏊道，"我这人讲理，很少发脾气。"

王宝鏊回家拿乳胶漆，摩托还没扎稳就听到院里的笑声。

她刚跨进门，阿玥妈道："哎哟，桂枝染的头发怪好看，就是烫得不好，炸得满头羊羔毛，跟八九十年代的港星一样。"

王宝鏊在杂物间乱翻："妈，咱家用剩的漆呢？"

"喊啥喊！"邬招娣道，"这不是在院里墙根那儿？"接着朝阿玥妈道："回头我跟西平提提，看他愿不愿吧。"

"这是咱姊妹在这儿说，西平那条件也明摆着，陈家老爷子放话了，这个幺孙女陪嫁一辆车、一间门面房。"阿玥妈道，"有那门面房干点啥不好？也算给小两口找个事儿干。说句不中听的，凭西平现在这条件大闺女不好找，陈淼长得俊，身材好，嘴又甜，跟你闺女以前是同学，你还不放心？"

"有些姑娘说是没结婚，可跟男人住一块儿几年，又是打胎又是流产。"邬招娣撇嘴道，"陪嫁一辆车、一间门面房咋了？这就成大爷了？"

"那你还想咋样？娶一个黄花大闺女？"阿玥妈脸色不大好看。

"陈淼我倒是中意，配西平也没挑头。"邬招娣道，"西平长相、德行没话说，不然陈家人怎么会看上？幺儿跟西平两人接了间民宿，她姑姑说一年三五十万不是问题，西平也有份稳定的事儿，没陈家人说得那么……"

"我没贬低西平的意思。"阿玥妈忙解释。

"王西平不结婚。"王宝鳌插话。

"我早听陈淼的嫂子在那儿嘴碎，她怎么不上我门找我提？"邬招娣摇头道，"既然想成一家亲戚，嘴还那么碎。西平是没啥大钱，养家的能力绰绰有余吧？"

"咱俩是姊妹跑不了话，陈家那小媳妇儿我也瞧不上，但咱也不能因为陈淼的嫂子就……"阿玥妈道，"反正西平又不是跟她嫂子过，等小两口办了事，两人搬到居民楼过得红红火火，碍她嫂子屁事。"

"王西平不结婚。"王宝鳌又插话。

邬招娣瞪她一眼心想，大人说话插啥嘴？她朝阿玥妈道："我跟你说，咱王家办事永远比陈家人体面。陈家看上咱王家，都想攀亲戚了，还摆出一副高姿态？"

"谁说不是！"阿玥妈拍手道。

"那行，话都说到这份儿上了，咱们尽力撮合，能不能成一家人还要看他们的缘分。"邬招娣拍胸口道，"西平那儿我一句话的事儿，这孩子听我的，你看着安排吧。"

"那说好了，我回去问问陈家，让他们挑个日子见见。"两人把这事儿敲定，又聊了些别的，阿玥妈临走前拍拍王宝鳌撅着的屁股。

"妈，我可提醒你，王西平说一辈子不结婚。你拍着胸脯大包大揽，他要是把你话撂地上了，你可别嫌没面子。"王宝鳌道。

"他会不给我面子？"邬招娣不在意道，"你爸还说一辈子不结婚呢，现在他不比谁过得滋润？宝源也说一辈子不结婚，现在就他跟个媳妇儿迷似的。"

"行行。"王宝甃往摩托上装东西，"我是怕你被打脸。"

"瞎操心，我这脸没人打得着。我撮合他们相亲，后面成不成我还能管得着？"

"王西平就不会去相亲！"王宝甃笃定道，"你就不该应承这事儿，纯属瞎忙活。她嫂子问我要王西平的微信，我当时就回绝了。我看不上陈家人！"

"就你能耐？"邬招娣道，"我也看不上陈家人，但陈淼她爸这支还行。西平这条件……谁家闺女会平白当个便宜妈？陈淼能看上西平我都大吃一惊，这姑娘行！"

王宝甃皱皱鼻子，再不接话。

"你啥态度？"邬招娣道，"是你不想王西平找媳妇儿，还是他自己……"

"我巴不得他找媳妇儿，我是嫌你们眼窝凹！"王宝甃道，"你们一面看不上陈家，一面硬往他们门里凑。"

她话没落，邬招娣就回头找扫把。王宝甃忙打着摩托车，冲院里喊："妈，你好好琢磨琢磨，反正一笔写不出俩王……"她骑上摩托就跑，车上物件掉了也不敢捡。

刚骑到下溪村，坡头上俩孩子打架，王宝甃拐过去喊："甘瓦尔你干啥？"甘瓦尔手里拿着滑板，朝另一个男孩身上拍。

围观的小孩子跑过来，朝王宝甃道："黄浩南抢甘瓦尔滑板，还把滑板弄断了！"

王宝甃夺过甘瓦尔的滑板，怕他下手没个轻重。俩孩子赤手空拳地在草地上扭打，甘瓦尔明显占上风。王宝甃站旁边假劝，就不上前拉。

民宿院子里地砖不平，王西平蹲在那儿敲地砖。甘瓦尔推门回来，手里抱着滑板，满身草屑，满脸涨红。王宝甃拎着漆跟进来："大日头的你蹲那儿干吗？"

"地砖不平，雨天踩到会溅一身脏水。"王西平擦着满头汗。

"早上跟傍晚不能修？"王宝甃费解。

王西平也热得不行："那好……"他起身太猛，差点栽地上。

"晒得脑缺氧了。"王宝甃看他，"我有个同学的妈，她就是蹲太久起身栽了，摔了个偏瘫，这会儿还躺在床上呢。"

甘瓦尔坐在屋口台阶上，垂头摆弄着滑板。王西平坐过去，接过滑板看看，拿过工具箱帮他修。

王宝嫯拎了电风扇出来，照着父子俩背后吹，顺势坐在他们身边问："你们爷儿俩一间房，还是各一间？"

王西平看她。

"甘瓦尔要住在这儿，你们是一间……"

"我回家住。"甘瓦尔道。

"这就是家，王西平以后会住这儿。"王宝嫯看他。

"我们俩住一间。"王西平道。

"我还是想住那个家。"甘瓦尔小声道。

"两边都是家，你住哪儿都行。"王西平道，"你姑奶自己住这儿不安全，我要陪她一起守夜。"

"要不你回上头住？"王宝嫯想了会儿，道，"周末过来住这边，平常住上头，甘瓦尔上学也方便，这儿学习氛围不行。我姑都是一个人守夜，她说晚上不会有事儿。"

"行，看情况吧。"王西平点头。

"午饭吃什么？"王宝嫯问。

"西红柿鸡蛋面吧。"王西平道。

"怎么老是鸡蛋面？你不能换换口味？"

"鸡蛋面省事儿。"

"省事儿应该不吃饭。"

"……"

王宝嫯问甘瓦尔："午饭想吃啥？"

"我想吃肉。"

"行，炸酱面吧。'王宝嫯拍板，随后从王与秋家切了块羊肉回来，朝王西平意味深长道，"我说不吃牛肉，就不吃牛肉！"

王西平笑笑，埋头修滑板。

石榴树下卧着黑贝跟虎子，两条狗趴着打盹儿。王宝嫯端了煮好的鸡肉过去，它们抬起头嗅嗅，欠抽地咀嚼了几口，站起来抖抖一身毛，晃到王西平脚边卧下。

甘瓦尔踩着滑板在门口试，王西平转身回厨房，拿了根大葱站那儿剥。王宝嫯正在炒肉，回头问："修好了？"王西平点点头，洗了葱，拿刀把它切碎。

锅里煮着面条，王宝嫯拿着筷子拨，王西平接过筷子，站在那儿煮面。王宝毵往肉汤里勾芡，倒进腌制好的葱花。王西平盛了煮好的面给王宝毵，王宝毵淋着肉酱道："这是我跟甘瓦尔的午饭，等我吃饱了，回头给你做西红柿鸡蛋面。"

王西平老半天憋不出话，索性抽了双筷子，坐在屋檐下大口吃。王宝毵盛了碗坐过去，轻骂道："臭不要脸。"

午饭后，抽了地垫出来，三个人吹着风扇躺上头午休。王宝毵想到什么，拿过钱包数了两百块递给甘瓦尔，昨天他一共干了十个小时。

甘瓦尔忽然难为情起来，如何也不收。他认为自己吃饭了，帮忙干活儿是应该的。

王宝毵把钱塞给他："这份活儿原本是要请阿姨的，你既然替她干了，就该收着钱。像擦桌子、洗碗这些轻松的家务我就不给你钱，因为你是家里的一分子。厨房清理得很干净，今儿歇一歇，明天你再帮忙打扫卫生间，我还付你应得的报酬。"

"好。"甘瓦尔收下了钱。

"在不影响你学习的情况下，周末可以帮我们打小时工。整理客房、洗晒床品这些。"她碰碰王西平道，"可以吧？"

王西平闭着眼"嗯"了声。

"好！"甘瓦尔欢快地应声。

"一旦发现你成绩下滑，我就有权解雇你。"她碰碰王西平道，"对吧？"

王西平闭着眼答了声"对"。

"你以前一个月能拿多少钱？"甘瓦尔问了句。

"平均两三万吧。"王宝毵道。

"不是五六万？"甘瓦尔看她，"我听人说你月薪五六万。"

"……讹传。"王宝毵道，"不过我们这一行，月薪拿个五六万也不是问题。"

"那你跟拿五六万的差在哪儿？你不也是高校毕业吗？是因为你只能拿两三万，所以才被公司解雇的吗？"甘瓦尔不懂。

王西平大笑。

王宝毵一时词穷，看着他道："你睡不睡？不睡干活儿，小孩子瞎打听事。"接着纠正他："我不是被解雇，我是自己离职。"然后看王西平："八公。"

"八公是什么？"

"八婆的老公。"王宝毵没好气。

"……"

三个人静躺了一会儿，甘瓦尔问："我们是一家人吗？"

"对。"王西平应声。

"你们会结婚吗？"甘瓦尔问。

王宝螯装睡，不懂他何出此言。

"一家人可以没有血缘关系，也不需要有法律关系。"王西平斟酌道。

"你们亲嘴了，我都看见了，亲嘴不就要结婚？"甘瓦尔问。

王宝螯脸涨红，大气不敢喘。

"……不亲嘴也是一家人。"王西平说得牵强。

"你们为什么要亲嘴？"甘瓦尔好奇，"电视里只有谈恋爱和夫妻才会亲嘴。"

"……喜欢的人就会亲。"

"骗人，我又不是三岁小孩！你们不是夫妻，不谈恋爱又不结婚，那为什么要亲嘴睡觉？我们班一个男生亲了一个女生，同学们说他'臭流氓'，骂他不要脸，说他们谈恋爱。"甘瓦尔说完看王西平，他已经睡着了。

甘瓦尔自个儿琢磨了一会儿，怎么都想不通，听着风扇声缓缓入睡。

第12章

民宿整体收拾得差不多了。该修修，该丢丢，该调整调整。冰箱、电脑、主卧的床也都依次送来了。只剩一些定做的客房床品、一次性洗漱品、前台物件等日用品。

民宿名字叫"春生"，王宝鳌想的"春"，王西平配的"生"，两人很喜欢。

工作人员安装好主卧的床，王宝鳌躺上去翻了一圈，满意极了。她打电话给王西平，他说临时有点事，晚点再过来。

王宝鳌设计了名片，设计了民宿网页的宣传海报，还手绘了一张下溪村游玩攻略图。可把自己厉害坏了，就等王西平夸她。

她忙完围着前后院转了一圈，大致还算满意。她嫌睡莲缸位置不对，俯身搬动大缸，不防大缸年久微裂，缸裂开整个儿砸到脚，差点疼晕过去。

大脚趾甲盖砸得外翻，血往外涌，王宝鳌疼到痉挛，尝试着活动脚趾，又害怕伤了骨头。她一瘸一拐挪回屋拿手机，王西平的电话无法接通，甘瓦尔跑出去玩了。

王宝鳌不能干等着，实在太疼了。她骑着摩托先到王与秋家门口，她家正有人登记住宿，她又轰上油门骑到了镇里。医生给她清创止血，剪掉脱落了一半的趾甲盖儿，裹好纱布开了点药。

王宝鳌拎着药出来，太受罪了，她要吃碗麻辣烫。她最近穿的都是平底鞋，就今儿穿了双人字拖。邬招娣为了不让她穿人字拖，曾说她趾甲盖儿早晚被砸掉。王宝鳌越想越气，当下靠边停车，拿手机拍照发群里：王宝兽！我趾甲盖儿就是被你妈给诅咒掉的！

她骑上摩托正要回去，眼睛死死盯着对面的咖啡屋。王西平穿着粉T恤、牛仔裤，头发也刻意打理过，一身得体地坐在那儿相亲。陈淼拿出手机给他看，两人的脑袋抵到一块儿，王西平表情柔和。

王宝鳌感到一阵眩晕，脑海里一直有个声音叫嚣——冷静，这不是什么大不了的事儿！

缓了老半天，她发动着车回了王国勋老院。王国勋正跟人在院里喝茶，看见王宝鳌瘸着脚回来，搀着她胳膊问："脚咋了？"

王宝鳌垂头不语。

院里人识相告辞，王国勋把他们送走，回来问："伤着骨头没？"

王宝鳌耷着肩，有气无力地摇摇头。

"跟你妈吵架了？吵不过又踢东西撒气？这次吃亏了吧？看你还长不长记性。"王国勋说着往门口走道，"你在这儿歇着，我这次替你出气。"

"我想吃麻辣烫。"王宝鳌说。

"你怎么想一出是一出？"王国勋回头道，"那东西不干净，你想吃啥让你妈……"话没落，见她坐在那儿抹泪。

"都大姑娘了还哭啥哭？"王国勋心疼道，"我去给你买，一碗麻辣烫的事儿跟天塌了似的。"他说完推着"二八"自行车出了门。

王国勋先绕到二儿子家，停好自行车，背着手进了院。邬招娣正在忙，回头招呼了声。王国勋推开书房门，朝王与祯道："我以后带上幺儿去你大哥家吃饭，就不麻烦你了。"说完扭头离开。

邬招娣找来老院，王宝鳌打着电话哭得跟泪人一样，朝电话里喊："你妈要打死我了……你妈要打死我了！"

邬招娣看看她的脚，点着她脑门儿道："我动你一根手指头了？你本事大了是吧？你会搬你爷爷压我了是吧？"说着红了眼。

王国勋拎着麻辣烫回来，王宝鳌正哭得上气不接下气，邬招娣站在那儿数落她。王国勋拉着脸没说话，邬招娣委屈道："爸，她昨晚在与秋那儿住，我跟与祯都不知道咋回事，她砸到脚趾……"说着哽咽，也扭头回了。

王宝鍪哭得一抽一抽，吃一口麻辣烫，擤一下鼻涕："反正你们都有错，你们从小就偏心王宝獣，等他回来我要跟他断绝关系。"

"吃吧吃吧。"王国勋知道这是在外受了委屈，回家里横来了。

"我被砸死了才好，你们都省心了……"

话没落，王国勋瞪她一眼："你长个嘴就不亏。"指着鸡群道："晚上给你炖只……"

"我不吃！我不稀罕！"

"不稀罕拉倒，回头留给你哥。"

"我把它们都毒死！"王宝鍪擤着鼻涕道，"一只都不留给王宝獣。"

王国勋问："这是在哪儿受了气，回来窝里横？"

"除了王宝獣没人给我气受。"

"哟，反了吧？在外头是纸糊的老虎，回家里就是真老虎。"王国勋逗她。

"我跟你们说不明白！"王宝鍪气急败坏，放下筷子，拖着脚回了西屋。

王西平相亲那一幕，犹如当头棒喝。

王宝鍪使尽了力气平复自己。床头手机响到第三遍，王宝鍪接通，王西平问王宝鍪在哪儿，王宝鍪说该整理的都整理完了，闲着没事儿就回家了。王西平问她声音怎么了，王宝鍪说刚吃完饭辣到嗓子了。手机里沉默了一会儿，王宝鍪说乏了，就挂了。

王宝鍪夸自己真棒，情绪控制得好。接王西平电话，既没有质问，又没有大吵大闹，尽显大方得体。

挂了电话有十分钟，门口一道摩托车声，接着是一阵对话。

王西平推门过来，俯身看了看她受伤的脚，深深吁了一口气，在床边站了半晌，才轻喊了声："宝儿。"

王宝鍪装睡，没回应他。

王国勋站门口问："是不是睡下了？"

王西平点点头，拿个枕头垫着她小腿肚，又看了她一眼，才关上门出来。王国勋道："回来闹了一通，这是闹累了。"叹口气道："这丫头真不省心，把我们一个个都埋汰了一遍。"

大半晌，王西平才道："我看到后院的睡莲缸烂了，还有血迹……"他顿了一下道："她没跟我说。"

"这不仅是被砸了一下，肯定还吃了闷亏，不知道谁招她了。"王国勋往菜园走，道，"这丫头从小就爱装大爷捅娄子，遇上硬茬儿就跑回来喊她哥。还好是个丫头片子，要不然我能把她揍死。咱王家人出门挨打都要挺直背，她倒好，就会窝里横。"

王西平挨到傍晚，冒着雨又骑摩托过来一趟，轻声走到床头，缓缓俯下身看她。

王宝鳌听到摩托车声就醒了，又听到推门声，她本能地闭眼装睡。她知道王西平离她很近，她能听到他的呼吸声，能感受到他身上的凉气。

她捏着被角骂自己没出息，自己心虚什么？紧张什么？应该大声地质问他！

王西平看着她乱颤的睫毛，直起身子，又慢慢地退了出去。待他出去好长一会儿，王宝鳌才翻身坐起来。窗外天已经黑了，有淅淅沥沥的雨声，屋里昏昏暗暗，犹如她此刻的心情。

王宝鳌心里烦躁，像困在了迷宫里，死活找不到出口。她可以开口求救，但她不愿被人知道她被困住了。她是无所不能的王宝鳌。她本想杀个痛快，问王西平为什么背叛她，但理性告诉她，绝不能这么问。

她在内心跟自己大战了一场也没理出个头绪，随后筋疲力尽地靠在床头，羡慕窗外的雨，没什么烦恼。心里忽而焦灼，忽而束手无策，伸手把台灯给扫了下去，又懊悔地捡回来，坐在床头跟王宝獃打电话。

两人闲聊，王宝獃问她是不是被人欺负了。王宝鳌说"有"，说着说着泪往下淌，说让王宝獃回来打死他。王宝獃问是谁，怎么欺负她了，他现在就能找人打他。

这话把王宝鳌问住了，她也说不出来王西平怎么欺负她了，但她就是受了欺负。王宝鳌咬牙切齿地说："你别管，你就回来打死他，最好剁了喂狗。"

挂完电话，她拖着脚去院里上厕所，从厕所出来，扫见停在门口的摩托车，心里翻腾了一下，挪到门口，看到菜园里的黑影，犹豫着喊："王西平？"

王西平走过来，王宝鳌问："你站菜园里干什么？"

"砸到脚怎么不跟我说？"王西平看着她。

"没事儿。"王宝鳌扭头回屋，"你回去吧。"

王西平看着她，站在屋檐下不动。

王宝鳌坐在床头，朝窗户喊："你走吧。"话落，响起摩托车发动声。

王宝鳌心里堵，鼻头发酸，自言自语道："谁不会装，这也不难嘛。"

片刻后，王西平又骑着摩托回来，手里拎着药走到床边，要替她换纱布。王宝鳌摇头："不用了，谢谢。"

"纱布湿了，不重新包会发炎。"王西平拆开药袋，拿出纱布替她包。

王宝鳌看见他湿答答的头发，T恤跟牛仔裤上都是泥水，憋住没再说。

王西平包扎好，站那儿看了她一会儿。王宝鳌打了个哈欠，他识相地出了房间，刚关上门，王宝鳌就熄了灯。

王西平站在屋檐下，静默不语。王宝鳌打给王宝猷的电话他都听到了。王宝鳌的哭声，他也听到了。他不清楚发生了什么，但明白跟自己有关，想问又不敢问。

王国勋吃了晚饭回来，看见屋檐下的人，奇怪道："怎么跟站岗似的？幺儿还在睡？"提起手里的饭盒示意："她妈特意做的酥肉汤。"推开门喊："幺儿，吃点东西再睡。"

"我不饿。"

"怎么会不饿？今儿一天就吃了碗麻辣烫。西平等你好一阵儿了，快起来吃点饭。"王国勋说着回堂屋开了灯，看看屋檐下的王西平，琢磨了一会儿，"你们是拌嘴了？"

王西平想了会儿道："我惹宝儿生气了。"

王国勋愣了下，又细细思量，才问："生意上的事儿？"

"不是。"王西平说着打了个喷嚏。王国勋看看他，拿了条毛巾给他："赶紧擦擦头发，怎么一身泥水，路上是摔了？"

"没事儿，坳里那斜坡滑，摩托刹车有点失灵了。"王西平擦着头道。

"要是不想置换新的，那杂屋里还有辆老摩托，跟你这辆差不多，你用哪个零件就拆下来，拼凑拼凑比现在的摩托强。你爸这辆摩托是跟你二爷一块儿买的，当时可花了一万块呢！家底都让他倒腾干净了。"王国勋道，"反正你二爷跟你爸年轻时就是败家子。"

他正说着，王宝鳌从西屋出来了。

"你也能睡得着，那褥子好几个月没晒了。你姑以前还来住住晒晒，现在都不住了。"王国勋递了双筷子给她，"趁热吃。"

王宝鳌接过筷子，拧开保温盒，拉过板凳坐下吃。刚吃了一口呛住，王西平递了杯水给王宝鳌，王宝鳌越过他，自己接了一杯。

"意见不合不打紧，拌嘴也不打紧，合伙生意磕磕绊绊很正常，但一定要好好沟通，话说明白了路才顺。心里都窝着气，生意哪会做得好？"王国勋意味深长地说完，拎着烟袋道，"我去你大伯家坐会儿，宝源跟樱子都回来了。"

王宝鳌埋头吃饭，王西平站在门口，两人没说一句。前者是憋着火，后者是在反省。

王宝鳌放下筷子，抬头看他："上午去哪儿了？"

王西平犹豫着说："我去见陈家姑娘了，你妈——"

"就是去相亲呗！"王宝鳌打断他，"好，是我妈让你去的，你推托不过。你手机给我看看。"

王西平张张嘴，王宝鳌抬手道："你不要说话，我就看一眼微信。"

王西平攥住手机，王宝鳌要夺，突然停住看他："你加了陈淼微信？"

王西平像是被人扼住喉咙，一个字都说不出。

王宝鳌直勾勾地盯住他，拌尽了力气压制住自己，捶着胸口道："我心脏快爆炸了，我要死了！你昨晚上还亲我……今天就背着我相了别人？这算什么？我一直认为我们是同一个世界的人，你懂我，我懂你，有些事儿有些话我们心照不宣。你说你一辈子不结婚，我才允许自己跟你亲近，我从没掩饰过对你的喜欢。我跟你说的话，有好些都从没对人说过，这个世界上我……我掏心掏肺地对你好……你转身就背叛了我。"王宝鳌压制不住了，不管不顾道，"我曾有一刻想过，我也不结婚了，就我跟你……咱俩一辈子都这样好，我还想过……我甚至还想过给你生孩子，我想了很多很多，反正我是绝不会丢下你，让你自己孤老终身……你扭头就狠狠捅了我一刀……"王宝鳌不停地抽泣，说不下去了。

王西平捂住心口坐下，手不自觉地发抖。

"陈淼早就问我要过你微信，我不愿意把你……我妈撮合你相亲，我还信誓旦旦地……算了。"王宝鳌摇摇头，"就这样吧，我已经对你反感了，你不要再靠近我了。"说完，抽泣着回了西屋。

王西平勉强撑着站起来，想要跟她解释，喉咙却像灌了浓硫酸，一个字都说不出来。

王国勋从大儿子家回来，看到屋檐下的王西平，心下一愣道："这丫头气性还不小？"说着就要敲王宝鳌的门。

王西平拉住他，哑声道："太爷爷，是我的错。"王国勋看看他，又听到屋里的抽泣声，心思一转，当下明了，扭头回了堂屋。

王宝錾一夜未眠，王西平一夜未眠，王国勋也一夜未眠。

　　鸡啼鸟叫，王国勋起身要上厕所，看到西屋屋檐下的人，又折回躺床上，翻了一会儿，拿起烟袋抽烟。

　　王西平天亮才离开，摩托车也没骑，回家冲了凉，换了衣服，直接去了民宿。王宝錾捡起门缝下的信纸，犹豫了会儿，折了几折，压在台灯底座下。

　　她躺下正要睡觉，王国勋敲门进来，看着她问："民宿一切顺利？"

　　"还行。"

　　"要是磨合不来，趁着没开张前就散伙，缺多少钱我替你拿。"王国勋道，"都是门里亲戚，别最后闹气，他们家就剩他独个儿，不管谁占理，外人看了都是咱欺负……"

　　"哎呀我知道！"王宝錾烦道。

　　"你要不好说，我去替你说。"

　　"你别管了，你都不清楚怎么回事儿，不是生意上的事儿。"

　　"不管啥事儿，欺负我孙女了我就不依。"王国勋正色道，"他只要欺负了你，我立刻把腿给他——"

　　"没事儿，他没欺负我。"

　　王国勋看看她，再不说一句，关上门出去。他打开鸡棚的挡板，拌了鸡食倒盆里："养啥都不如养鸡鸭，不省心宰了就行。"

　　王宝錾看看灯座，翻来覆去睡不着，朝窗口喊："爷爷，大清早吵死人了，你就不能把它们赶出去？"

　　"拉不出屎怪茅坑。"

　　王宝錾下床出去，挥着一个大扫把，把鸡鸭赶得满院子飞。王国勋气得直骂她，最后还是拉开了大门，把鸡鸭轰到了菜园里。

　　王宝錾回床上翻了一会儿，拿过台灯底座下的信纸看，一目十行浏览一遍，又仔仔细细看了一遍。看完，趴在枕头上安生了。

　　王西平在信里说，去相亲是他的错，他加陈淼微信是因为她有西琳的照片，她曾跟西琳一个班，有几张合影要发过来。

　　她这才想起，陈淼跟西琳曾是要好的朋友，两人上厕所都结伴去，陈淼有西琳的照片没什么奇怪的。

王宝鳌睡到下午才回家，邹招娣撇撇嘴，没给她个好脸色，转身进厨房下了碗面，端出来摆桌上。一碗汤面半碗肉，还是她爱吃的腌肉。王宝鳌一口气吃完，拿了两个保鲜袋裹住脚，进了浴室洗澡。

她洗完下楼，邹招娣正坐在沙发上统计镇里的高龄老人。年满八十岁每月有一百补助，满九十岁每月有两百补助，满一百岁每月有三百补助等。国家补贴是国家，当地政府另有一套补贴。

王宝鳌看了一会儿，没话找话道："可以让爷爷虚报年龄，这样每月能多领钱。"邹招娣连头都不抬，压根儿不搭理她。

王宝鳌无趣，书房里转转，客厅里转转，院里转转。她跟自个儿较了会儿劲儿，扭头去了王西平家。在他家门口观察了一会儿，丢了块石头进去，家里没人。

她推开门进院子，四下看了一眼，拎起铁锹直奔菜园，在土里刨一个深坑，回院里逮了只鸭子埋进去。鸭子伸着长脖子"嘎嘎"地叫，王宝鳌扭头就走。

回了老院，王国勋正在院里跟王西平喝茶，王西平看见王宝鳌，本能站了起来。王宝鳌站在门口不动，王西平自觉站回屋檐下，王宝鳌进屋又搬了张板凳，把王西平坐过的板凳丢到杂物间。

王国勋喝茶不搭话，看不懂她在干啥。

王宝鳌把茶台挪走，坐下道："你以后要戒烟戒茶，我给你买养生保健品。一百岁的老人每月能领八百块补助。"

王国勋不接她话，挪到躺椅上，摇着蒲扇闭眼歇息。王宝鳌要找事儿的时候，最有效的解决办法就是不搭理她。

王宝鳌盯着树上的石榴看了一会儿，扭头看看王西平，起身往外走。王西平默契地跟上，两人一前一后回了三西平家。王宝鳌指着院子："我第一次来你家，你就坐在那儿烤火，我们没说话，各自围着火堆取暖喝鸡汤。"

"有些事儿很神奇，我们还没熟悉就像多年老友，不用刻意寒暄，想聊天就聊天，不想说话就不说，我会不自觉地来你家，很自然就来了，什么话什么事儿都会跟你说，我老忘记我们认识不过几天而已……我也解释不通为什么，但就是很神奇。

"我不喜欢现在的自己，我像个傻瓜一样，老说一些莫名其妙的话，然后回家懊悔反省，下次见到你还犯同样的错，继续说一些……就像我此刻的话一样，脑子告诉我不该说，可我控制不住，我不说难受，说了明天绝对后悔，我每天都在这样撕扯自己。"

"我知道我知道。"王西平安抚她，"我也是，我每天也在这样撕扯，我警告自己不能靠近你……"

"我爷爷曾架过秋千，我们每次荡的时候，爷爷就会在旁边看着，生怕我们荡太高。王宝猷听话，宝源哥听话，宝韵姐听话，但唯独我喜欢刺激。我老是背着爷爷荡四五米高。

"那天王楠在背后推我，我说'再高点'……他使尽了力气推我，我没抓好绳子，整个人飞了出去。半个小时后我爷爷才回来。

"从那以后我再不荡秋千，也再不信任王楠。因为当时他跑了，他不敢告诉家长。"王宝鳌看着他道，"我不是好了伤疤忘了疼的人。"

"你推不过我妈安排的相亲我能理解，但你不该瞒着我。你穿了粉 T 恤、牛仔裤……根本就不是被动的。我脚快痛死了，我打电话你不接，我当时看见你在相亲，我差点骑摩托撞——"

"我那天的穿着是机缘巧合，绝不是我本意，我手机没电……"

王西平要解释，王宝鳌忙捂住耳朵："反正你就是背叛我了，我不会原谅你。"

"宝儿，你听我……"

"我不听，我就是不原谅你！"王宝鳌捂住耳朵死活不听。至少她不愿现在听，如果是一场误会，她这两天就变成了一场笑话。

"好好，我不说了。"王西平哄她。

"你等着，我让我哥回来打死你！"王宝鳌羞恼道。

"好。"王西平观察她的表情。

"你别不信，我哥是跆拳道黑带。"王宝鳌气道。

"我信。"

"宝儿，请你给我一次机会，让我弥补这次的错。我不会说话，也不知道该怎么说才能让你消气，我昨晚上像一具行尸走肉，什么感觉都没了……我什么都没有，只有你。"王西平说完这些话，心脏、脑壳都是麻的，他压制住涌上头的气血道，"我也愿意这么跟你好，咱俩一辈子都这么好。"

"你说这些话干什么？"王宝鳌的脸红得不像话。

"请给我一次机会。"王西平看她。

"看你表现吧。"王宝鳌手要插裤子口袋，插了半天才发现没口袋。

两人都没再说话，各自别过脸调整情绪。王西平用尽余生的勇气才说出这番话。此后不管王宝嫠怎么逗，他再没说过一句，好像当时说这话是被人附了体。

两人就这么干站着，若不是被一只鸭子打断，差点就这么地久天长地站下去。一只浑身脏兮兮的鸭子，站在王宝嫠面前，冲她"嘎嘎"几声，撅着尾巴跑了。

王宝嫠活动着麻掉的腿，王西平伸手要替她捏，被她一巴掌拍掉。

王西平看着她，老半晌憋了句："你怎么样我都喜欢，就是神经病我也喜欢。"

"你才神经病！"

"我读过心理学，心脑口不一很正常。"过了好一会儿，像是为了论证这一句话，王西平说，"我此刻很清醒，嘴里说出的话也很得体，可我心里却想亲你，脑子在理性地反驳心，我怕亲了你……"他止了话，没再说。

两人又静默了一会儿，王宝嫠红着脸问："民宿都安排好了？"

"明天约好换房间的锁，有两个房间马桶要换。后天送浴巾、毛巾和卫生用品，四天后能装窗帘，六天后能送床品。"王西平打开手机备忘录一一念给她听，"一切安置妥当要十天。"

"哦。"王宝嫠点点头。

两人又一阵无话。

"这几天你好好歇息，晚上我给你换药。民宿交给我。"王西平终于找到话了。

"不用，我爷爷能换。"

王西平不再说什么，看看院子中间的铁锨跟几个泥巴鞋印，走到门口看了一眼菜地，花生地里一个深坑，四周散落着泥土。他看了眼王宝嫠的脚，纱布上落有新鲜的土渍，又想到那只浑身泥土的鸭子冲她"嘎嘎"叫，当下明白了怎么回事。

王西平回院里拎了铁锨，填着坑道："估计是熊小孩刨花生了。"

王宝嫠站得随意，单手叉着腰道："我从家里出来的时候，看见俩小孩拎着把花生。"说完转身往回走，走了几步停住，回头别扭道："我没原谅你。"

王西平连着两晚过来，在屋檐下一站就是大半宿。不管换药还是跟王国勋聊天，王西平和王宝嫠两人全程无交流，不说一句话。

王宝嫠过得很滋润，白天跑出去浪，晚上回来有人送饭，有人赔罪。

王国勋看不过眼，敲敲烟杆道："别拿乔了，顺着台阶就下吧，知道你是个厉害的主儿了。"

"爷爷你懂什么呀，我让他站了吗？我撵都撵不走，我烦得不行！"

"你回自个儿家睡去，我就不信他还能……"

"我不回，我是一根草。"王宝鳌打断。

"你妈要知道你这么作人，腿不给你拧断。"

"您知道什么呀？本来就是他的错。要不是你劝我，我早跟他散伙了……"

"我没劝，别往我身上赖。"王国勋撇清自己。

王宝鳌不接话，剥着花生壳往鸡身上丢。

"得饶人处且饶人。"王国勋意味深长道，"不管是朋友、小情侣还是合伙人，两人只要有一方想压制另一方，这日子就过不好。西平他大伯就是例子，被媳妇压了一辈子，最后作践成窝囊废。你呀，老想压你哥一头，屁大点事儿哭得跟黑海似的。西平白天忙民宿，晚上还得来赔错……"王国勋正说着，王西平骑着摩托回来。

王国勋道："西平，早点回去洗洗歇吧。这丫头又不是腿断了，不用来回跑。"

"没事儿，我回去也睡不着。"他说着递过来两盒烧烤，有羊肉串，有烤素菜。

王国勋还能说啥，一个愿打一个愿挨。

王西平拿了盒象棋，陪着王国勋下。王宝鳌举着肉串，大大咧咧地吃。王国勋吃了他一个卒，手里把玩着棋子问："你们俩到底闹啥矛盾？说出来我给调解调解。"

两人都不搭腔。

"公事私事？"王国勋问。

"民宿经营上的事儿，您调解不了。"王宝鳌道。

王国勋下棋，觉得这丫头前言不搭后语，不再接她话。

王宝鳌打算回家冲个澡，收拾一番去民宿。她收拾好下楼，阿玥妈正跟邹招娣聊得热烈，阿玥妈看见王宝鳌问："桂枝，西平咋把陈淼微信给删了？"

"我不清楚。"王宝鳌摇头。

"回头你给问问？"阿玥妈埋怨道，"西平也真不会做人，看不上直接说，背地里删微信是啥意思？"

"他直接说了。上个月陈淼她嫂子问我要微信，王西平当时就拒绝了。"王宝鳌道。

"我咋不知道这事儿？"

"阿玥知道。"

"这也不得劲儿呀？街里街外整天见的，加微信不聊就行了，一个大老爷们儿的删了人家干啥？"阿玥妈道，"她嫂子一早来找我，说了一顿难听话。"

王宝鳌才不接话，心想，谁让你们爱管闲事儿。

"西平也真是的，相亲那天打扮得人模狗样，我以为这事儿都板上钉钉八九不离十了，就等着啃鸡腿了。"

"这事儿怪我，西平一直都不热。那天早上我去了一趟，说陈家都约好了。他穿个干活儿的背心、裤衩，我把他拉屋里挑了身衣裳。"邬招娣道，"这事儿你情我愿，男方不愿意，咱媒人有啥办法？"

王宝鳌回了民宿，前台桌底下堆了好几份快递，依次拆开，都是一些七零八碎的物品。她回后院转了圈，甘瓦尔拎着一桶水，在楼上挨个儿擦房间门。

王宝鳌抬头道："门最后再擦，不着急。"

甘瓦尔从栏杆上伸出脑袋："你脚好了？"

"没好，但不影响走路。"

"我想去看你，他怕我打扰你。"

"没事儿，以后我就在民宿了。"

"他把花盆都加固了。"甘瓦尔指着花盆。王宝鳌回头看，十几个粗缸花盆，盆体都被铁丝加固了好几圈。

甘瓦尔抠着栏杆道："他生我气了，我不该出去玩。"

"跟你没关系。"王宝鳌摇头。

"那天看血滴了一路，他从后院一直擦到门口。他很伤心。"甘瓦尔停了半晌道，"我也很伤心。"

王宝鳌看着他，没接话。

甘瓦尔继续擦门道："他去街上了。"

王宝鳌问："你中午想吃啥？"

"都行。"

"好，我给你煮羊肉面。"

王宝鳌正在厨房忙，王西平出现在门口，眼睛水亮，有隐隐压制的欢喜。王宝鳌切着香菜，王西平洗着小葱问："吃什么？"王宝鳌没跟他说话，从高压锅里捞出一块白煮羊肉。

羊肉凉好，片薄切片，煮好的面捞进羊肉汤里，放上几片白羊肉，撒上层葱香碎。甘瓦尔拨着碗里的肉片，看着王西平问："你有几片肉？"

王西平数了数，一共十四片。

甘瓦尔挑了一大筷子面，嘴里塞得鼓鼓囊囊，用手比画道："我有十五片。"

王西平看了眼前台的王宝鬏，伸筷子夹了甘瓦尔一片，甘瓦尔急道："你夹我……"话没落，王西平忙还给他，连本带息还他三片。

甘瓦尔嚼着肉道："黑贝、虎子都比我吃得好。你整天不是番茄鸡蛋面，就是拍黄瓜、炒土豆丝。"

王西平看看他，半晌憋了句："明天给你炖骨头。"

父子俩在这儿嘀嘀咕咕，王宝鬏在前台做表格。

甘瓦尔连汤带面吃完，王宝鬏问："吃饱了没？"

"差不多。"甘瓦尔道。

王宝鬏回厨房，把凉拌好的肉夹进烧饼里放烤箱里加热，待烧饼两面焦黄，拿出来装盘给甘瓦尔。甘瓦尔咬一口满嘴香，看着王宝鬏问："就一个吗？"

"不够？"

"也不是。"甘瓦尔也不好说。他把手里的烧饼递给王西平，王西平一口下去咬了一半。甘瓦尔扭头站到门口吃。王宝鬏转身回厨房，捣鼓一会儿，又端了两个烧饼夹肉放桌上。

午饭后，甘瓦尔抱着本小人儿书看，王西平在树荫底下锯木头，他要打一张高脚凳。王宝鬏忙完前台的零碎事儿，望着满身汗的王西平发呆。

王西平抬头看她，不时侧头拍拍耳朵，看着王宝鬏道："宝儿，我耳朵痒了。"

王宝鬏背过身去吹风扇。王西平回屋拿了个枕头，枕在王宝鬏腿上。王宝鬏拔根自己的头发，折起来捻一捻，轻扯他耳朵。

王西平的胳膊缓缓攞住她的腰，越搂越紧。王宝鬏拍王西平，王西平头往她怀里凑了凑，闭上眼安心地睡觉。

王宝鬏看着他的脸，手指描绘他的五官，抽了张纸擦他额头的汗，摸过手机给他网购了一套护肤品。

王与秋拎着黄桃罐头进院，入目就是王西平枕在王宝鬏腿上，王宝鬏偷亲他额头，手指按摩他头皮。

王与秋没作声，悄悄退了出去，回到民宿后把罐头放桌上，打开一罐捞出一块到碟子里，用调羹一点点挖着吃。吃得泪流满面，吃得筋疲力尽。

临傍晚，王宝錾过来，王与秋示意她到后厨去："冰箱里有罐头。"王宝錾过去拣了一罐最大的。

"脚怎么样了？"王与秋问。

"没事儿，就等长趾甲了。"王宝錾趴在沙发背上道。

"有什么好事？"王与秋问。

"没有。"王宝錾摇头。

"你那么高兴干什么？"

"我哪高兴了？"王宝錾站直身子道，"我们打算九月九号开张。"说着走到桌子旁，拧开罐头挖了一勺，眯着眼道："也太甜了，甜得蜇心。"

"不觉得。"王与秋道。

"好吃，黄桃软糯，汁黏稠。"王宝錾喝了一大口汁。

"这臭毛病改改，你把汁喝了桃怎么办？"王与秋道，"小自私鬼，吃罐头喝汁，吃西瓜挖心。"

"姑，跟你商量件事儿呗，我现在借你一只鸡，来年还你十只鸡。"

"不借。"

"不借拉倒。"

"你整天嘴这么馋，嫁都嫁不出去。"

"不嫁正好，我陪你一辈子。"

"用不着。"王与秋问，"前儿你妈来说王西平相亲了？"

"王西平就没打算相亲，他拽不过我妈。"王宝錾道，"你们中年妇女真……我妈来这儿干啥？"

"你妈跟我哭了一通，说你是根搅屎棍子，你爷爷给她脸色看了。"

"我妈就来跟你说这？"

"主要是来看民宿，其次才……"

"爷爷就给她下了一次脸，她就受不了了？我可受了二十多年呢。"王宝錾撇嘴道。

家务事儿难管，王与秋不接话。

　　王宝甃舀了一大勺黄桃，填到嘴里嚼，嚼了一会儿，红着眼窝道："我还想哭一通呢，一家子都偏心。"

　　"好了好了，我就随口一提。"王与秋转移话题，"有喜欢的人吗？"

　　"喜欢的人多了去了。"王宝甃擦鼻涕道，"不知道你问谁。"

　　"行了行了，回去吧。"王与秋打发她。

　　"你怨过爷爷奶奶没？"王宝甃忽然问。

　　"忘了。"王与秋道。

　　"忘了就忘了，谁稀罕知道。"王宝甃说着推开门出去，走至半途绕到鸡圈里，左右看两眼，逮了只鸡拉着一条腿就跑。

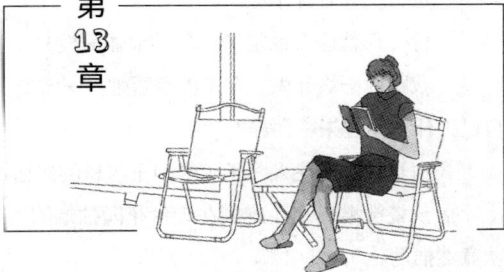

第
13
章

　　王宝鳌炖了罐小鸡蘑菇，三个人吃得不想动。王宝鳌剔着牙对甘瓦尔道："你太瘦了，正长个头呢。"

　　"我瘦了两斤。"甘瓦尔道。

　　"你比同龄人标准偏高。"三西平插话。

　　"他父母基因高。"王宝鳌道，"也兴许是他长得早，有些小孩发育早。"

　　"平常多打篮球，多踢足球——"

　　王西平话没落，甘瓦尔道："我没劲儿，我饿。我每天六点就做早饭……早操跑两圈就饿了，上午要是有体育课我根本就没劲儿跑。"

　　"你以前怎么不说？"王西平看他。

　　"说了也没用，你只会多烙两兆烟饼让我带去学校。"甘瓦尔道，"我宁可不吃，也不愿在班里啃饼。"

　　"……"

　　"同学们都带的三明治，有一层肉，有一层鸡蛋，有一层番茄生菜，还有一瓶牛奶。王老师说吃三明治好，荤素搭配营养均衡。"

　　王西平点头："我给你做三明治。"

　　王宝鳌想了一会儿道："要不你就住这儿？我早上给你做早餐，中午跟晚上给你——"

"也行。"甘瓦尔应下。

"行,那就这么说定了。"王宝鳌拍板。

"我跟你一块儿做。"王西平看她。王宝鳌这才反应过来,甘瓦尔是他儿子,自己为什么揽过来替他养?

民宿暂时不能住人,王宝鳌回王与秋的民宿住,王西平带着甘瓦尔回家住。

王宝鳌洗漱出来,碰到在天台花园抽烟的王与秋,心生诧异,闺秀般的王与秋竟然抽烟。

王与秋看她:"来一根?"

王宝鳌点上一根,跟她并排坐下抽。王与秋问:"阿玥还好吗?"

王宝鳌猛咳了一阵。

"抽太猛了,由着劲儿慢慢来,你竟然不会抽?"王与秋打趣。

"我会抽细烟,这个烟太重。"

"我后天出去一趟,周一开学前回来。"王与秋道。

"又要出去?你自己?"王宝鳌问。

"嗯,这是最后一次了。"

王宝鳌听不明白,也不想问。

"阿玥跟她男朋友怎么样了?"王与秋又问。

王宝鳌不知怎么回答,含糊道:"还行。"想了想道:"他们不是情侣。"

王与秋看她没想说的意思,也就没再问。

第二天早上王宝鳌洗漱妥当下楼,见王西平站在门口同王与秋聊。王西平说着话,手不自觉地捻着手腕上的红绳。王宝鳌别开脸,压制住心头的不舒服,转身去了厨房。

王宝鳌心里不痛快,憋着股气,她烦透了王西平捻红绳这个动作。以前没察觉,如今异常刺眼。她这气无处可泄,不能跟王阿玥说,不能同王与秋讲。她自己都觉得自己无理取闹。

王与秋同王西平聊天时细细打量他,长相是沉稳周正、眉眼分明,不似现在浮浮躁躁、花里胡哨的年轻人。自己要年轻个二十岁,估计也稀罕。怪不得老爸老说,王家就出了两个脚踏实地的人,一个是王西平的父亲,一个是王西平。

"我不踏实?"王宝鳌听王与秋那么说,问她。

"你？早飘了。"王与秋道。

王宝鳌皱皱鼻子："王宝鳌也不踏实。"

"宝鳌实诚。"

"啥意思？我又飘又假？"

王与秋递给她把韭菜道："择择洗了，中午喊上西平吃水饺。一早人家过来帮我修了门。"

"我那边正忙呢。"

"忙什么？西平说都忙完了，就等人送东西了。"

"西平西平，你跟他多熟似的。"王宝鳌撇嘴。

"好赖你都能挑毛病。"王与秋道。

"你又不懂。"王宝鳌择着韭菜唉声叹气。

"怎么了？"王与秋问。

大半晌，王宝鳌才道："有些事儿比黄连苦。有时候又比蜜甜……唉。"

"爱情里的苦也是甜，等将来你回忆起来全部都是甜。"王与秋道。

"我又没说爱情。"王宝鳌别扭道。

王与秋没接话，往锅里煎着鸡蛋。王宝鳌踌躇道："昨晚阿玥又跟我打电话了。她现在又有个苦恼，她喜欢那男人，那男人也喜欢她……这不是重点。"王宝鳌言简意赅道："这男人有个前女友，他老戴着前女友送他的耳钉，还时不时老摸。"

"他前女友呢？"王与秋问。

"白血病去世了。"王宝鳌踟蹰。

"那挺复杂。兴许只是习惯，也有可能是怀念。"王与秋斟酌道。

"会不会是爱？忘不掉她？"王宝鳌问。

"都有可能。"

王宝鳌没接话，择了会儿菜，又问："那阿玥该怎么办？"

"我也不知道。实在介怀就分开，挑明问也行。"

"因为这事儿就分开？"王宝鳌拧眉道，"跟一个过世的人争风吃醋，显得小肚鸡肠。"

"你觉得怎么办？"王与秋反问。

"我也不知道。我觉得这两个建议都不好。"王宝鳌摇摇头，"憋着也不好。"

王与秋剁着鸡蛋碎，没再接话。

"阿玥说，她在重新审视自己跟那个男人的关系。以前他摸耳钉，她觉得这男人好专情啊，这是一个好男人的品质。现在突然觉得刺眼难受。情绪也不能自控，一会儿疯一会儿癫，一会儿苦一会儿甜，一会儿兴奋一会儿沮丧。理性上知道自己在无理取闹，可心里就是……我最看不上别别扭扭不痛快，无理取闹的女人了。"王宝鏊烦躁道，"我也不知道该怎么讲，一切都词不达意。"

"她爱他。"王与秋一针见血。

"谁爱谁？"

"阿玥爱那个男人。一般人对朋友很宽容，只有面对爱人才会苛刻。"

王宝鏊垂头洗韭菜，再不作声。

锅里水开了，王与秋丢了把粉条煮，两分钟后捞出来，端着锅热水问："洗个菜能洗两年？"王宝鏊抓着韭菜腾地方，王与秋把锅里的滚水倒进洗碗池。

"感情这东西，琢磨来琢磨去就没意思了。身在红尘，看破红尘干什么？又不打算出家。"王与秋洗着锅道，"我跟你姑父就很理性，他在外头跟人胡搞，我能帮着他瞒。他没生育能力，我心里一点不难过。他去世，我也不怎么伤心。你问我怨过你爷爷没，我没怨过。我嫁过去的时候，也一心要把日子过好，后来我就无能为力了。"

"我以为那些传闻是假的，你回来也从没提过，我姑父每回……"

"都是要脸面的人，谁不会装。我从不跟人提这些，毕竟死者为大。其实说白了，我不爱他，所以我才能理性。把韭菜甩干切碎，我先和面。"王与秋舀了几勺面，化着盐水道，"我邻居那家人很有意思，这两口子老拌嘴，整天过得鸡飞狗跳。突然有一天这男人推开我家门，他哆哆嗦嗦，话都说不利索，我听了半天才明白他是要借钱，他媳妇癌症住院了。"

"然后呢？"王宝鏊不明其意。

王与秋笑笑："这男人最后倾家荡产，欠了一屁股债给他媳妇治病，还跟他爹闹翻了。我回来那一年，两口子还是在院里拌嘴。我突然就很羡慕他们，共同经历了婚姻里的倦怠期，面对了生活里的苟且，包容了对方的邋遢，几十年置身于鸡零狗碎的生活中，还能打打情骂骂俏，对不对？"

"对什么对？"王宝鏊不太能理解。

"你就是太年轻，以后经事儿多自然就明白了。"

王宝鳌端了两大盘饺子回"春生"。一盘递给甘瓦尔，一盘自己端坐在院里吃。

王西平围着墙根撒花种，回头看看王宝鳌，洗洗手坐到她对面。甘瓦尔调了辣椒油出来，一个饺子蘸一下，一个饺子蘸一下。

"好吃吗？"王宝鳌问。

"好吃！"甘瓦尔点头。

"那就多吃点，饺子多。"王宝鳌道。甘瓦尔看看王西平，想问也不好问，端着半盘饺子回了屋。

王西平干坐了会儿，心里有点闷，又折回墙脚撒花籽。王宝鳌吃了两个，拿着手机上楼，大半晌后下来，盘里一个饺子都没了。

"你吃了？"王宝鳌问甘瓦尔。

"不是我。"甘瓦尔撇清自己。

"那谁吃了？"

"我没看见。"甘瓦尔推着单车跑了。

"咦……那就稀罕了。"王宝鳌朝卧那儿的两条狗问，"你们吃了？"狗不搭理她，王宝鳌抽它们脑袋。

"它们只懂狗语。"王西平道。

"你骂我？"王宝鳌看他。

"它们听不懂人类语言。"王西平纠正。

"你吃了？"王宝鳌走过来，居高临下地看着他。

王西平摇摇头，不说话。

"就是你吃了。"王宝鳌把他推倒。

王西平看着她，眼神纵容平和。

"是不是你吃了？"王宝鳌蹲下看他。

"我没吃……"

王西平正否认，被王宝鳌吻住："你吃了，有我洗的韭菜味儿。"她看了他一眼，准备要站起来，被王西平拉到怀里吻。

王西平从地上起来，把晕晕乎乎的王宝鳌拉起来，拍拍她身上的土。

王宝鳌看看他右手腕上的手串，左手腕上的红绳，别扭道："谁让你吃我饺子？"

"你端给我的。"王西平看她。

"少自作多情了，谁端给你的？"王宝鏊嘴硬。

"宝儿端给我的。"王西平牵住她手。

"我没端。"

王西平捏捏她的脸："好吧，是我偷吃的。"

"本来就是你偷吃了。"王宝鏊眼神游移，就是不看他。

"宝儿，你真好。"王西平发自肺腑道。

王宝鏊闹了个大红脸，怪难为情，不自觉地娇声道："我都还没吃饭呢。"

"我给你宰只鸭……"

"我想吃麻辣烫。"王宝鏊作道。王与秋家几案板的饺子不吃，非吃麻辣烫。

"我给你买回来？还是带你一起……"

"我想在家吃。"

"我去给你买。"王西平拿着摩托钥匙，一身土里土气地出了门。

王宝鏊莫名兴奋，有种拨开云雾见天日的心情。她并没有想通什么，就是突然很欢喜。又想起什么，她跑到王与秋家，克制住欢喜道："我不吃饺子了。"

"怎么了？"王与秋问。

"早上吃太饱了，这会儿还觉得肚子胀。"

"神经质，想一出是一出。"王与秋看她，"遇到什么高兴事儿了？"

"我每天都高兴。"王宝鏊神采飞扬道，"生活如此美好，干吗不开心？有位哲学家说过，人间不值得，它不值得我伤心难过，我要气死它，我要高高兴兴。"

"自己说说，自己圆圆，自己跟自己闹别扭，自己又跟自己和解。"王与秋算服了。早上还是霜打的茄子，这会儿就是炸开的石榴。

门外传来一道熟悉的摩托车声，王宝鏊道："我回去忙了。"说完跷着受伤的脚趾就往外跑。王与秋摇摇头，抱着床品上了楼。

王宝鏊吃了一半，挑着粉道："我饱了。"王西平端过来，连稀带稠地吃完。

王宝鏊趴桌上，开口道："网上曾火过一篇小学生作文，大致意思是，如果我是一棵树，高兴时开花，难过时落叶。我就在想，如果我是一道冷空气，开心时飘雪花，难过时下冰雹。"王宝鏊比画道："下的冰雹要比篮球大，一个下来砸死人，一个下来砸死人。"

"……"

"你知道我为什么不说话？"王宝凳反问。

"你在生气。"

"我为什么生气？"

"因为我背着你去相亲。"

"你误会了，你相亲我不生气。"王宝凳道，"我气的是'背'，背叛的'背'，你理解吧？"

"如果跟你说，我就可以去相亲？"王西平反问。

"嗯？"王宝凳愣怔。

王西平大笑。

王宝凳恼了，扭头躺到地垫上午休。

王西平感激道："宝儿，我实在太开心了，有点得意忘形了。"

"坦白回答我，为什么要穿粉T恤和牛仔裤？"王宝凳看他。

"一方面是出于礼貌，一方面是二娘帮我挑的。"

"你怎么不跟我说？"

"没什么好说的。"

"你担心我跟我妈起冲突？"

王西平捏捏她耳朵，没作声。

"我是成熟的大人，我才不会跟我妈起冲突。"王宝凳道，"以后事无巨细，我跟你说，你也要跟我说。其实我早就原谅你了，我是自己跟自己置气。我发现自己误会你了，我找不到台阶下。"她别扭了一会儿道："还有一点原因，我闹得跟天塌了似的，没两天就跟你说话，显得我这人……怎么说呢，太鸡毛蒜皮了点。"

"我都懂。你住在太爷爷那儿没回家，我就明白宝儿是软心肠的人，你一直都在给我机会。"

"你好像把我吃透了。你万一要伤害我，准一刀毙命。"王宝凳鼻头微酸。

"是你把我吃透了。"王西平看着她，泪顺着眼角淌。

"你不要哭，你一哭我也想哭。"王宝凳哽咽。

王西平笑笑："我是太感动了。"

王宝凳捏捏他的耳朵，揉揉他的脸。

王西平道："你说让尔哥打死我。"

"我没说。"王宝鬏否认。

"你说把我剁了喂狗。"

"不可能。"王宝鬏转过身道,"我佛慈悲。"

"癫皮狗。"王西平咬她。

"就没说。"王宝鬏忽地回头,"你偷听我讲电话?"

"没有。"王西平否认。

"哼!"王宝鬏吃了个哑巴亏。

王西平坐起来揉王宝鬏的颈椎,王宝鬏舒服地伸展四肢,突然撇撇嘴,阴阳怪气道:"你穿粉T恤真丑。"

"我也觉得丑,回家就扔了。"

"我又没让你扔。"王宝鬏扭捏。王西平笑笑,不作声,继续帮她捏颈椎。没捏一会儿,王宝鬏哼哼唧唧着睡着了。

王西平很开心,很开心很开心。他不是善于辞令的人。王宝鬏的内心活动就折射在脸上,高兴就是高兴,难过就是难过。若是心里不爽非要装高兴,她会把家给炸了。

王西平则完全不同。他不善于闲聊,擅长克制情绪。从小父亲就教育他,要做一个大气沉稳、有担当的男人,不要轻易说话,一旦说话,话就要有分量。

他还善于储存情绪,尤其是开心事。他不会在人前表露情绪,他会找一个相对安静的空间,一个人慢慢回味。比如此刻,王宝鬏熟睡,王西平一会儿揉揉她脸,一会儿亲亲她唇。

静看她半个钟头,犹不过瘾,不能宣泄内心的情感。他伸手揽过她,紧搂在怀里,吻吻她唇,啃啃她脸蛋儿,亲亲她头发,欢喜得不知如何是好。

王宝鬏感觉喘不过气,翻了个身睁开眼,王西平睡得正熟。她撑着半坐起来,脸蛋上黏黏的,有点像口水,伸手搓了搓,轻声去了卫生间。

王宝鬏回来坐下,跟没睡醒似的。王西平伸个懒腰,迷糊着眼问:"几点了?"

"三点半。"王宝鬏道,"睡得好累,好像有个怪兽要生吞我,一会儿掐得我喘不过气,一会儿啃我头,感觉无从下口。"她心有余悸道:"还好我醒了。"

王西平内疚了两分钟,问她:"是不是做梦了?"

"好像吧。"王宝鬏说着躺下。

"要不要再睡会儿?"

“不要。”王宝鬈摇头。

“没事儿，一场梦而已。”王西平安抚。

王宝鬈点点头，挠挠脸蛋问：“你几点睡的？”

“没留意，你睡着我就睡了。”

王宝鬈趴到他怀里：“我们再缓一会儿，四点起。”

“好。”王西平亲亲她道，“花生熟了，这两天该拔了。”

“我也拔，我最喜欢拔花生了。”

“你不会拔，你老把花生断土里。”

“它自己断的，怪我？”王宝鬈问。

“行吧。”王西平不跟她杠。

“拔了花生种什么？大蒜、土豆、菠菜、茼蒿、萝卜、白菜……”

“我不吃萝卜、白菜，显得我没档次。我要吃蒜薹、茼蒿。”

“好。我们种大蒜、茼蒿。”

正闲聊着，甘瓦尔急吼吼地回来，两人立刻端庄起来。

甘瓦尔抱着水一顿牛饮，浑身脏兮兮的。王宝鬈问：“干什么了？”

“跟同学踢球了。”

王宝鬈正要说话，手机响了，道完话，她光着脚激动地往外跑，很快又折回来，穿着鞋故作淡定道：“我去高铁站妾个人。”

“接谁？”王西平问。

“就那谁……王宝靛回来了。路边打了个野摩的回来了，还打电话让去接！烦人！”

王宝鬈开车经过街里，王阿玥在排队买炸鸡。王宝鬈冲她按喇叭，王阿玥“嗒嗒嗒”跑过来，拉开车门坐好，脸对着空调口吹：“可热死我了。”

王宝鬈发动着车问：“你不是在减肥？”

“对呀，我买给我小侄子……亭停停，你去哪儿呀？”王阿玥问。

“前头办个事儿，一会儿回来再买。”

“不行，我侄子等着呢。”

王宝鬈看她：“脸小了一大圈。”

王阿玥托着脸：“我瘦了快二十斤。”

"厉害。我一斤没瘦。"

"你不算胖,我要有你身材好……"王阿玥道,"我们去高铁站?"

"接个人。"王宝鬓道,"你这样最好看,不能再瘦了。"

王宝鬓停好车,问:"你下不下来?"

"我不下。"王阿玥问她,"你接谁呀?"

王宝鬓笑而不语,扭了个波浪舞,朝着出站口去。王阿玥喊:"王桂枝,我恨你!"王宝猷跟她联系过,说买的护肤品都买了,大概这几天回。

王阿玥不好在车里等,索性下车追上来。

"那……那是何辞吧?"王阿玥推推她,指着一号出站口的一个人。

"他也回来了?"王宝鬓诧异,"避开避开。"两人转了一大圈,从另一个出口进。

王宝猷打电话说在一号口,王宝鬓不愿去,说车就在露天停车区,大家在停车场集合。王阿玥嘀咕道:"你哥不会跟何辞是一起回……"

"说不好。"王宝鬓道,"我妈要让我跟他相亲,这会儿见他不得劲。"

"没事儿,他有他家人来接……"王阿玥话没落,两个帅小伙并肩过来,手里肩上大包小包。

王宝猷笑着看她们,王宝鬓上前,接过行李箱要拉,王宝猷捏捏她脸:"丑妞变俊了。"

"你才丑。"

话落,王宝猷抱住她道:"丑妞,哥好想你。"王宝鬓身体僵了下,也伸手抱了抱他。

自小王家人就含蓄,尤其在情感表达方面。王宝鬓从未跟家人抱过,家人也从没在肢体或语言上表露爱意。青春期看国外影视剧,里面不管亲情、爱情,还是友情,无时无刻不在表达。早上说"爱你",中午说"爱你",晚上说"爱你"。王宝鬓不能理解,这么郑重的话张口就来,不把"爱"的分量显轻了?

王宝猷松开胳膊看着王宝鬓,她有点难为情。王宝猷刮刮她鼻头:"害羞了?"王宝鬓"嘁"一声,拉着行李箱就走。

"宝猷哥。"王阿玥红着脸打招呼。

"阿玥也更漂亮了。"王宝猷也伸手抱了抱王阿玥,把王阿玥弄得不知所措。

王宝鬓打开后备厢,准备放行李,何辞毫不客气地把自己和王宝猷的行李都塞进去，合上后备厢，看着她道："毛毛虫，谢谢你来接我！"说完伸手抱住她。

国外回来的就是洋气。

"何辞要给家人制造惊喜，就没通知他们来接。"王宝猷道。

"你也应该制造惊喜。"王宝骜指指路边的黑面包车。

四个人上车，车里寂静无声。王宝猷打量王阿玥，何辞打量王宝骜。

王阿玥看看王宝骜，用眼神道：好尴尬呀，快找话！

"阿玥教的是语文？"王宝猷问。

"对，我教的是语文。"

"毛毛虫，你在下溪村接了间民宿？"何辞问。

"欢迎捧场，熟人八折。"

"行。"何辞挑挑眉。

王宝骜送了何辞回家，送了王阿玥回家。王宝猷坐到副驾驶位，抓了抓她的头发："好看，有点像印第安人。"王宝骜手指梳梳头发，不理他。

"丑妞，哥这次承你大情。"王宝猷意有所指道。

车刚拐到路口，王国勋、邬招娣、王与祯几人等在门口。车都没停稳，邬招娣远远迎过来就要拉车门。

"真是看不惯这一家人。"王宝骜服了。

邬招娣搂着王宝猷儿子长儿子短。王国勋拍拍他的肩，长高长壮实了。王与祯拉出行李肩上扛着，手上拎着，王宝猷要接，王与祯死活不让，迈开小步就往家跑。

王宝骜从车里慢吞吞地出来，看着前面的祖孙三代，一家四口，突然好想王西平。

王宝猷扭头喊王宝骜，她不理会，邬招娣骂道："死丫头不懂事，你就不能帮你哥拎个行李？"

到家，王与祯搁下行李，活动肴腰道："可真沉。"

王宝骜眼睛环视屋子，活了二三十年，从没见过这么喜庆，这么窗明几净的家。茶几上摆满了水果、瓜子、糖果，餐桌上布了桌"满汉全席"，规格比王国勋的寿宴都高。

一行人前后进屋，王与祯问："宝猷，行李是搁你屋？"

"爸，等会儿我自己……"王宝猷话没落，王与祯扛着上了楼。

王宝鳌坐在沙发上不说话，王国勋道："幺儿，去给你哥倒杯水。"王宝鳌勉强倒了杯，"咣"一声放到茶几上。

邬招娣瞪她道："王桂枝，你今儿别跟我找事儿……"

"妈，这炸带鱼好吃。"王宝猷道。

"别吃别吃，我再给你炸一遍。"

"不用，这温度正好。"

"不行，带鱼一定要热的才好吃。"邬招娣把带鱼又端进了厨房炸。

大伯、大伯母过来了，拍着王宝猷一顿夸。王与秋也拎着罐头从下溪村回来。王宝鳌坐在院里台阶上，手里玩着手机，耳朵听着屋里的喧闹。

天将擦黑，王与秋问了句："幺儿呢？"

"别管那死丫头，指不准又野哪儿去了。一点事儿不懂，她哥刚回家，她也不来厨房搭把手……"

王国勋敲了敲烟袋锅，邬招娣不再说什么。

王宝鳌忍了忍，回屋拿过围裙系上去厨房帮忙弄菜。

王与秋拍拍王宝鳌的手，王宝鳌的泪往下流。邬招娣没了底气，看她道："说你两句咋了？"

王与秋扯扯她："嫂子，你就少说两句……"

邬招娣不依了："我咋了？我哪句话说错了，她哥回来头一天，她就拉着个脸哭——"

王国勋站门口问："咋了？"

"爸，没事儿。"王与秋道。

"多大个姑娘，哭啥？"王国勋道，"围裙解了给你姑，你出来陪我说说话。"

王宝鳌背对着门口，不停地擦泪。王与秋推她道："出去出去，陪你爷爷聊会儿。"

"让他跟孙子聊吧，他孙女死了。"王宝鳌赌气道。

王与秋点她道："行了行了。"

王国勋把她扯出来，朝着屋子道："以后谁也不准说难听话，说幺儿就是在嫌我。"王宝猷揉揉她的脑袋，王宝鳌拍掉他的手。

"你给幺儿买礼物了没？没买我可不依。"王国勋道。

"买了买了，大半箱都是礼物。"王宝猷忙道，"行李箱都放你房间了。"

"不稀罕！"

"我稀罕，我这孙女婿我得亲自相，我孙女要看不上，他送八匹马都没用。"王国勋逗她。

"我也是，我就这一个漂亮妹妹。"

"我们幺儿这会儿可真吃香。"王与秋打趣道。

王宝鳌破涕为笑，擦擦泪，捏了块酥肉吃。

晚饭后回房间，王宝鳌打开行李箱，"哇"了一声，两个专柜大牌包，几支口红、香水，若干个小饰品。她把礼物都摊平在床上，躺在上头搂啊搂，抱啊抱。

王宝猷敲敲门，王宝鳌迅速把一堆弄回行李箱，打开门问："咋了？"

"礼物喜欢吗？"

"还没看。"

王宝猷拿出两个饰品盒，两条一模一样的项链："你跟阿玥的闺密款。"

王宝鳌皱皱鼻子："谢了，沾阿玥的光。"

"你非要曲解我的意思？"王宝猷笑她，将两个盒子都给她，"你帮我给阿玥，我给她不会收。"

王宝鳌接过，准备关门睡觉，王宝猷问："谁欺负你了？你要我回来修理他？"

"没谁。"王宝鳌摇头。

王西平拔了花生，按着顺序放。王宝鳌一把把拎起来，摘着根上的花生道："你怎么不说话？"

"说什么？"王西平停下动作。

"你生气了？"

王西平没理她，继续低头拔花生。

王宝鳌左右看两眼，凑过去吻他道："好了好了，不生气了。我跟何辞是大路朝天，各走一边的人。我们就是走个过场，反正也相互看不上。"王宝鳌碰碰他："哎，说实话，你是不是吃醋了？"

王西平没接话。

"吃醋就吃醋，还不敢承认。"王宝鳌皱皱鼻子。

"西夏约我们下周吃饭，她说订了十个花篮。"王西平顾左右而言他。

“订花篮干啥？”

“我们开业……”

“用不着。”王宝甃道，“她要是过意不去，送绿植好了。发财树吧，发财树。”

“好，我跟她说。”

王宝甃问：“她都约了谁？”

“就咱们俩，最多有陈正东……”

“我不去，我烦陈正东。”王宝甃看着他问，“你怎么跟西夏介绍我的？”

王西平想了一会儿：“知己。”

“什么知己？”

“红颜知己。”

王宝甃琢磨了一会儿：“也行，那你就是我的碳粉知己。”

“什么是碳粉知己？”

“蓝颜，蓝颜懂吧？就是蓝颜知己。”王宝甃乐道，“男人讨厌你，女人厌恶我，红蓝知己都特不招人待见。感觉咱俩就是一丘之貉，狼狈为奸。”

“为什么？”王西平不解。

“打个比方，你媳妇儿要有个蓝颜知己，你不介意？”

“如果我媳妇儿有蓝颜知己，我介意。”

“你不是不结婚？”王宝甃阴阳怪气。

“以前这样想。”王西平拔着花生道，“现在要是能有个媳妇儿……”话没落，王宝甃抓了把花生砸到他身上。

王西平抬头看她：“你要是我媳妇儿，我绝不允许你有蓝颜知己。”

“……臭不要脸，谁是你媳妇儿，穷得叮当响。”王宝甃面红心跳地捋花生。

王西平看看她，把到喉咙眼的话全咽回去，继续埋头拔花生。王宝甃拿着花生不时砸王西平一下，王西平抬头看她，她就咬着嘴角若无其事地捋花生。

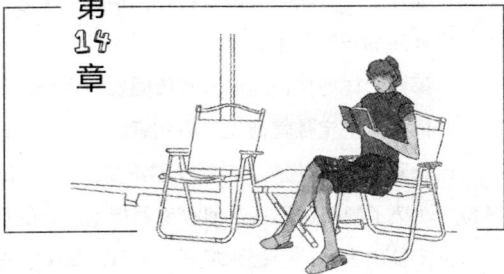

第14章

九月九号，"春生"开张。

王宝猷、王阿玥过来民宿捧场。王宝猷这几天都在市里忙，一直没跟王西平打照面。王宝鋆把王西平扯到他面前，满眼笑意道："哥，这是王西平，我朋友兼合伙人。"

王西平比王宝猷还大两岁，愣了半天，不知该怎么称呼。王宝鋆道："直接喊名字吧，你喊小叔，我哥也难为情。"

王宝猷熟络地捶他肩："还照上学那时候喊吧。"

"你们一届？"王宝鋆问。

"同校不同届，我读初一，西平念初三。"王宝猷道，"我们一块儿打过比赛。"

几个人正聊着，何辞大爷似的晃来，挑挑王宝鋆的头发："洋气妞儿，有几间房？"

"干吗？"

"我有帮同学要来聚。"

"九间。"王宝鋆热情道。

何辞打个响指，朝王宝猷道："咱妹儿，生意人！"说着靠到前台，看着王宝鋆道："三个女人，十二个男人 你看着安排。"

"我有家庭套房，适合三个女生，俩男人一间房，开六间……"

"都开上，有两个人睡觉打呼，估计要单独住。"

"九间都开？"三宝鳖确认。

"都开。你把民宿地址、宣传照发我微信，我圈子人多，帮你吆喝吆喝。"

"行！"王宝鳖就待见办事利索的人。

"想着给你订花篮，老獗说你不要，我想着咱也二十来年交情，空着手也不得劲，就裱了幅画送你。"何辞说着指指门口的台阶。

王宝鳖出去看，一幅水墨画，大气，好看，就是感觉贵重了。

"符合你们格调吧？"何辞道，"我老师随手画的，搁我书柜好几年了。"

王宝獗道："收着吧，何辞也算你半个哥。"

王西平看看画，没作声。

"行，收就收。"王宝鳖爽快道。

"有位置挂？"王西平问。

何辞正眼打量王西平，王宝獗介绍道："丑妞的朋友兼合伙人，王西平。"

何辞犹豫："感觉脸熟……"

"咱们初中的篮球队队长。"

"噢，我说呢。"何辞话说一半。

王西平转身忙手头的事。

王阿玥凑过来小声道："我感觉我礼轻了。"

"礼轻情意重。"王宝鳖道。

"可礼多人不怪呀。"

"那你送我一幅齐白石的虾？"

"……"

何辞找了位置，帮她挂画。王宝鳖扯扯王宝獗："哥，你把何辞的微信推荐给我。"

"你没有？"

"我删了。"王宝鳖略显尴尬。

王宝獗推荐给王宝鳖，她问："我重新加他，他会察觉我删过他吗？"

"不会。"

王宝鳖放了心，重新加回去。她扭头看看在前台规整杂物的王西平，过去帮他道："你怎么没提过跟我哥上过一个初中。"

"没什么好提的。"王西平看她。

王宝甃看着他，"哦"了声。

"我们不是一个年级。"王西平柔声道。

"你不高兴了？"王宝甃后知后觉地问。

"我不高兴什么？"

"我感觉你语气……"

正说着，王西平捏捏她的脸："午饭怎么安排？"

"我买了火锅底料，咱们人多煮火锅！"

"他呢？"

"谁？"王宝甃问，"何辞？他应该也会留下吃。"

王西平点点头："菜买了吗？"

"随时不都能买？"

"现在该买了。"王西平看看时间。

"行，我去买。"

"我们一块儿去，在菜园里摘点，市场上买点。"王西平提议。

"好。"王宝甃喊道，"哥，阿玥，你们在这儿看着，我去买菜煮火锅。"

"好呀，我喜欢吃火锅。"阿玥在后院应声。

"丑妞儿，有我的份儿没？"何辞钉着画框回头问。

"必须有！"

"有良心，画没白送。"

王宝猷从卫生间出来："何辞不能吃辣……"

"辣一点也行。"何辞道。

"没事儿，我煮一锅清汤一锅麻辣。"

王西平拿着摩托钥匙出去，打着车轰油门。王宝甃出来坐上道："这摩托声跟拖拉机似的。"

王西平踩上油门就走，王宝甃环住他腰道："好兴奋呀。"

"兴奋什么？"

"春生开张了，秋风要来了，中秋、端午要到了。"王宝甃道，"以后要跟平平每天在一起了。"

王西平笑笑，也暗暗兴奋起来。

王阿玥坐在后院逗狗，王宝猷蹲下摸摸狗："你是我们家虎子吗？"

虎子把脑袋搁到王宝猷的鞋面上，王宝猷拿出手机，翻出两张照片，递给王阿玥看。王阿玥起初看不明白，看懂后问："这明星侧脸跟虎子真像。"

"对吧？"王宝猷说着侧过脸，一脸严肃地耷拉着嘴角。

王阿玥捂着脸笑："小叔，你跟虎子一模一样……"很快又止住笑，不敢造次。

"项链很好看。"王宝猷指指她脖子。

"我也觉得好看，宝鳌送我的闺密款，我们俩一人一条。"王阿玥眉眼弯弯地笑。

"很好看。"王宝猷又道。

"谢谢小叔。"王阿玥的脸微红，越是有人夸得诚恳，她就越难为情，"我脖子短，没宝鳌戴上好看，长脖子戴更好看。"

"你是说长颈鹿？"王宝猷脖子一伸一伸，学着长颈鹿的动作。

王宝鳌拎着菜回来，王阿玥凑过来道"你哥好搞笑。"说着脖子一伸一伸地"咯咯"笑。

"他一直很幽默风趣。"王宝鳌见怪不怪。

"你说他是呆瓜头……"

"不这么说怎么衬托我？"王宝鳌指指墙脚的颜料，"帮我画地线吧。"又朝屋里喊："哥，你帮我兑兑颜料，阿玥要帮我画地线。"

"好咧！"王宝猷应声。

王西平拎着兜调料进来。王宝鳌片着肉问："我们九个人，得要八斤肉吧？"

"得要，甘瓦尔都能吃两斤。"

"你怎么养了条肉虫？"王宝鳌好笑道，"放开了吃，他能把你吃落魄。"

王西平笑笑，王宝鳌又道："你现在也没好到哪儿去，穷得叮当响。"

"我以后会更好。"王西平嘟囔一句。

"嘿哟，还不情愿了？"王宝鳌碰碰他。

王西平接过菜刀，在磨刀石上打磨道："我来片肉，你洗菜。"

"我怕你片不好。"

"没事儿，我能片得薄如蝉翼。"

"不信，你一个粗糙老爷们儿……"

她话没落，王西平切了片肉，果真薄如蝉翼。

王宝甃正色道："以后绝不能小看平平。"

王西平不理她。

王宝甃洗着菜哼着曲，火上炖着高汤，不时扭头看看后院。王宝猷托着颜料盘，王阿玥用毛笔蘸着颜料画地线。王宝甃道："平平，王宝猷说结婚的时候，让我当伴娘呢。"

"他追上了？"王西平问。

"不分分钟钟的事儿？"王宝甃道，"别看王宝猷长得不出众，但人格魅力强，阿玥早晚得沦陷。"

"你妈同意？"何辞靠着厨房门。

"吓死个人，你怎么不声不响的？"

何辞用手指叩叩门，漫不经心道："你们都是一门宗亲，阿玥是第五代……"

"搁古代，出五服就不是一个家族了。"王宝甃道。

"搁古代，表亲还可以结婚呢。"何辞拿了根黄瓜，咬了口，看她，"丑妞儿，我妈找人去你家说媒了。"

"然后呢？"

"你妈说考虑两天，问问你意思。"

王宝甃心下明了，邬招娣这是在摆姿态，这场亲是跑不了。她琢磨了一会儿问："你啥想法？"

何辞正色道："我考虑的是，长辈们都安排了，咱俩相相就相相，成不成都是后话，先让父母安心——"

"我也这么想！"三宝甃打断。何辞愣住，他还有一堆说辞，没想到会这么顺利。

王西平放下菜刀，俯身在橱柜里拿了几个盘。何辞看看他，朝王宝甃道："妞儿，我是这么想的，咱们先去吃饭，然后看场电影……"

"这事儿咱俩心知肚明，喝杯饮料应付应付散伙得了。"王宝甃道。

"这怎么行？咱得尊重相亲的文化流程，午饭、咖啡、电影一条龙。你妈要知道我就请你喝了杯饮料，我以后怎么登你家门？"何辞道，"显得我这人缺教养。"

王宝甃想了想，觉得有理："那行。"

"就这么说定了。到时候我开车接你去市里。"

"不用不用，咱就在镇上……"

"你扇我一巴掌吧。"何辞把脸凑给她，"我好歹一'海归'，传出去就是个笑柄，老猷都得笑掉牙。"

"那行，市里吧。"王宝甃勉强道。

"你要觉得不得劲，就喊上老猷跟阿玥。"

"行。"王宝甃点头。

何辞啃着黄瓜晃出去，踢踢王宝猷，眼神示意厨房：隔壁老王很危险。

王宝猷半晌才反应过来，懒得理他："你是闲出病了。"

何辞挑挑眉："不信看吧。"

王宝猷顾忌王阿玥在场，隐晦道："没自信了？这不像你呀。"

"我没自信？"何辞朝花盆里扔了黄瓜蒂，看看王阿玥，一语双关道，"学着点，哥教你怎么当爷们儿。"王阿玥专心画地线，压根儿没听懂他们聊什么。

王宝甃看着王西平片的肉，薄的薄，厚的厚，推开他道："这怎么煮？丢锅里熟的熟生的生。"

王西平没接话，站在洗碗池边洗菜。王宝甃尝了口高汤："味儿佳。"

王西平问："障碍克服了？你不是对男人厌恶……"

"何辞打小来我家玩，跟我哥穿一条开裆裤。我厌恶他干吗？他又不喜欢我。"王宝甃舀了勺高汤喂他，"尝尝！"

"我斋戒。"王西平别开脸。

"哦，不好意思。"王宝甃道，"晚会儿我给你做一碗酸汤面。"

"我不饿，你们吃。"

"你斋戒就跟我讲，我给你做素餐……"王宝甃想起什么，碰碰他道，"你好像破戒了，我们在菜园……"

"没事儿，你主动亲我，我不算破戒。"

"……"

一帮人围着餐桌热热闹闹地吃饭，王西平拿了本经书坐在后院看，黑贝跟虎子卧在他脚边。

王宝甃端过来一海碗酸辣面："我用了清汤。"

王西平看着上面浮着的一层芫荽，端起碗吹吹，喝了一口汤，拿起筷子大口吃面。王宝甃皱鼻子道："不是不饿？"

264

王西平闷头吃，没接话。

王宝鳌捏捏他耳朵："怎么不回屋？自己一个人坐这儿装高冷。"

"我接不上话聊。"

王宝鳌端起碗喝了一口汤，王西平也喝了一口，催她道："你回屋吧。"

"为什么？"

"他们都是你朋友……"

"他们不用我照应。"王宝鳌看着他道，"我想在这儿陪你。"

王西平没作声，垂头喝着汤。

王宝鳌亲一下他："你耳朵乱跳，它一跳，我就控制不住想亲你。"

王西平托着她的后脑勺吻，王宝鳌道："你破戒了。"

"破就破。"王西平吻她。

两人时不时地亲着，"砰"一声，靠在门边的簸箕倒了。

王阿玥难为情道："不好意思，我……我先回学校了，下午还有课呢。"

"吃好了？"王宝鳌一脸从容坦荡。

"吃好了。"

"那你回吧。"

王阿玥用口型提醒她："注意点。"扭头离开了。

众人吃完饭离开，王西平收拾着餐桌，王宝鳌跟王宝猷去了姑姑家。王与秋不在民宿，阿姨说她出去了。王宝鳌问去哪儿了，阿姨也说不出个所以然。

王宝猷提议说天凉快，一起去溪边转一转。王宝鳌想着没事儿，转就转，兄妹俩顺着小路闲步走。一阵风吹过，王宝猷惬意道："秋天来了。"

"对呀，秋天来了。"王宝鳌好心情道。

王宝猷看她："丑妞儿变了，变得豁达了。"

"不变怎么办？撞得满身包。"王宝鳌撇撇嘴，"最后疼的还是我。"

王宝猷揽揽她的肩"哥都明白。"

"王西平怎么样？"王宝鳌问他。

"脾气品行看起来不错，就是不怎么爱讲话。"

"他念初中也这样？"

"我印象里他就是个标准的三好学生。不迟到不早退，不聚众闹事打架，用现在的话说就是一股清流。"王宝猷道，"他在学校里不打眼，你要不提，我都不会想起他。学生时代我们都不跟这种人玩，好学生跟好学生玩，痞学生跟痞学生玩。泾渭分明，反正都相互看不上眼。"

"你是什么学生？"

"偏好学生。"王宝猷想了会儿道，"西平比我斯文气更重，更书呆子。如果回到学生时代，你不会正眼看他，应该是你讨厌的类型。"

"不一定。"王宝鬟道。

"绝对的，你喜欢的类型痞一点。"王宝猷道，"你跟阿玥都喜欢道明寺，你们不喜欢花泽类。"

"我才不喜欢道明寺。"

"那你喜欢什么类型？"

王宝鬟看着他，斟酌了会儿道："回头再跟你说。"

"对了，你对何辞是什么想法？"王宝猷回到正题。

"什么想法？"王宝鬟拽了根野草道，"咱妈看上何辞了，相中他当女婿……"

"我问你的想法。"

"我？我想法重要？"王宝鬟吁口气道，"我不想结婚。"

"这话赌气了。"王宝猷道，"人生这么长，一个人怎么……"

"我不是一个人，我只是不结婚。"

王宝猷不纠缠这个话题，转移道："何辞这亲还相不相？"

"我要敢不相，咱妈能杀了我。她惦记何辞小半年了。"王宝鬟道，"我跟何辞达成约定了，我们吃饭看电影走个流程。"

"你对他没一点男女方面……"

王宝鬟笑了："我们都那么熟了，我还碰见他在咱菜园里撒尿。"

"什么时候？"王宝猷诧异。

"上初中的时候。"

"吓我一跳。"王宝猷道，"这算什么理由？那时候年少无知……"

"不是他撒尿，而是大家太熟了。他当我半个哥还行，当男朋友……"王宝鬟连连摇头。

"一点机会都没？"

"我不想在这儿耽搁事儿。"王宝鬟犹豫道，"我不想结婚，真的。要是不能嫁给爱的人……"她改口问，"要是娶不到阿玥，你会结婚吗？"

"会。"王宝猷道，"我给了自己一年时间，这一年正大光明地追，要是追不上就算了。"

"你谈过女朋友吗？"

"傻子，我都三十岁了，哪可能没谈过女朋友。这些年我想忘了阿玥，我也用心谈过两场恋爱，可是感觉总不对，有股气堵在心口意难平，我就想给自己一个机会。能娶到是福气，追不上也就追不上了。"王宝猷笑了笑。

"我预感能成事，阿玥会是我嫂子，我直觉很灵。"

"托妹妹吉言。"

"阿玥有个硬伤，死要面子不会拒绝人，特别是对方的善意。"

"我明白。"王宝猷笑道，"我有信心能追上。"

"你要是追上了，咱妈不同意怎么办？"

"先追上再说，事儿要一步步解决。"王宝猷道，"咱妈会同意的。"

"也是。"王宝鳌皱皱鼻子。

王宝猷揉揉她的头："咱妈是刀子嘴豆腐心。那天你在客厅哭，咱妈在厨房哭，咱妈的思想肯定不对，但她都六十岁了，被有些思想荼毒太深。她就算知道不对，也很难及时纠正。以后受了气尽管出在我身上。"

"不稀罕。反正我都习惯了。你是众星捧月众望所归，我是胡搅蛮缠死不讲理。咱们家亲戚……谁不知道我脾气差？"王宝鳌鼻子一酸道。

"好了好了，明儿个给你买包。"

"不稀罕。"

"丑妞儿，哥发现了一件大事。"

"啥大事？"

"我这次回来，你喊我哥的频率已经超过了前三十年。"王宝猷道，"也不刺人了，以前老跟咱妈针尖对麦芒，竖着满身刺硬碰硬。现在好像柔和了，有回旋余地了。"

"我是懒得计较了。"

"是吗？看来咱妈让你成长了。"王宝猷逗她。

"我老了，已经是老阿姨了。"

王宝猷折了根柳枝，编成一个环，戴她头上道："不老女神，像某个部落的公主。"

"少恭维我。"

王宝猷仰头笑，胳膊环上她的肩膀，沿着垂柳边走边聊。

晚饭后，甘瓦尔拿着卡纸坐在桌前折玫瑰。王宝甃拿起一个问："折这干啥？"

"明天教师节。"

"你老师不稀罕，你把院里菊花折一把——"

"这是我的心意！"

"行吧。"王宝甃点点头，随后看向墙上的画道，"何辞审美不错，这画好，跟我们春生风格搭。"

王西平从厨房出来，拿纸沾着手腕红绳上的水，也没接话。

"戴着不嫌碍事？"王宝甃没憋住问。

"不嫌。"

王宝甃没接话，大半晌道："佛珠跟红绳有冲突，我建议你取下一个。"

王西平取下手串，用棉布擦着一粒粒珠子，小叶紫檀已被盘得发亮。王宝甃抢过手串，随手扔到桌上。

王西平看她，她一副无所谓的样子，戴上耳机出了门。王西平捡起手串查看，甘瓦尔道："她生气了。"

王宝甃刷朋友圈，看到王阿玥发的状态，底下有王宝猷的评论，两人一来一往回复了十几条。王宝甃没好气回：请私聊。她锁上手机，往前走了一截，王西平跟上她。王宝甃回头看他，盯住他看了半晌，皱皱鼻子咽下一口气。

"你摔我手串干什么？"王西平问。王宝甃戴着耳机，装听不见。

王西平摘下王宝甃的耳机，王宝甃看他："你干吗？"

"你摔我手串干什么？"

"它碍我眼。我看见它烦。"

"它哪儿碍你眼？"

"哪儿都碍，我想砸了它，一把火烧了它。"王宝甃恨恨地说。

王西平别开脸，盯着远处看。王宝甃扭头往前走，王西平转身回了民宿，走了一会儿，不放心又跟上她。

王宝甃回头看他："你不是回去了？"王西平不理她，眼睛盯着桃园。

"你不是很厉害？你不是要回去？"王宝甃一把把他推沟里，气恼道，"我让我哥打死你！"又推搡他几下："你回去呀，你现在就回去。"

"你气什么？"王西平问。

"气你把我丢下！"王宝鳌看他。

"对不起。我太生气了。"王西平没什么诚意。

"你气什么？"王宝鳌反问。

"气你摔我手串。"

"手串是我买的……"

"你买给我就是我的。"

"好，对不起，我手滑无意扔的。"王宝鳌看他，"你刚丢下我了。"

"我控制不住，我太生气了。"

"你气什么？"

"气你摔我手串。"

"……"

王宝鳌气得往回走，王西平解释："我没丢下你。"

"你有这意图。"

"我控制不住，我太生气了。"

王宝鳌捂着耳朵，跑回民宿。

邬招娣拎着床蚕丝被下楼，拉开让王宝猷摸："这都是好蚕丝，'双十一'打完折都要两千呢，还给你买了两套好床品，铺床上舒服着呢。"

"是啊，铺着吧，豌豆王子。"王宝鳌皱皱鼻子，"我在市里租房，你妈给我弄了床破褥子，被子还是棉花……"

"棉花咋了？你爷爷盖的还是纯棉花被呢，整天就会唧唧歪歪。"邬招娣朝王宝猷道，"房子离公司有多远？"

"十分钟。"王宝猷道，"妈你别操心了，我都这么大的人了。"

"你长到一百也是我儿子。"邬招娣道，"明儿个让你爸去看辆车，你来回开着也方便。要不你把家里的车开去？"

"用不着，市里太堵了。"王宝猷道，"回来高铁二十分钟，开车至少得俩小时……"

"那行，你回来就让死丫头去接你，一句话的事儿。"邬招娣道。

269

王宝鳌服气了，撂下筷子坐在沙发上玩手机。

邬招娣回里屋翻了一会儿，拿出几盒男士内裤，拆开道："这料子舒服，腰带也宽，穿上不勒得慌。"

王宝猷哭笑不得："妈，贴身内衣我自己能买。"

"妈，您跟着王宝猷去住一段时间，你看他瘦得不像话，整天再吃外卖不得皮包骨？"王宝鳌想挑事。

"死丫头说得有理，你确实瘦得不像话。不能再吃外卖了。"邬招娣考虑可行性。

"妈，我入职体检各项都达标，健康得不行。"王宝猷扯住她道，"你去照顾我，爸跟爷爷怎么办？"

"死丫头照顾一阵儿……"

"我可没空，我民宿可忙了。"

"说起民宿我问你，西平晚上在哪儿住？"邬招娣问她。

"民宿啊？"

"不行！"邬招娣道，"孤男寡女的不行，昨儿个媒人还侧面问我，我说西平当然回家住。"

"我自己一个人守夜？"王宝鳌看她。

"那你就回来住！"邬招娣道，"你姑不一直都一个人守夜？"

"我不回来，三更半夜的我可不回来。"王宝鳌火气上头，"我挑明了，我开民宿就是为了躲你。"

"我还治不了你？你今儿就得给我住家里。"邬招娣指着她道，"我跟你说王桂枝，你跟王西平敢有什么闲话，我腿给你拧断。别学你姑在外面……"

"你拧断呀！"王宝鳌梗着脖子道，"你又不是没打过我……"

"都少说两句……"

王宝猷话没落，王宝鳌怼他："闭嘴吧你，有你说话的份儿？"

邬招娣指着她骂："你再说一句？你敢再这么跟你哥说话嘴给你撕烂。"

"我就这么说！"王宝鳌生气道，"你就认栽吧，我能投生到你们家，你们上辈子肯定做了不好的事儿。"

邬招娣伸着胳膊要打她，王宝猷揽住她道："你先回民宿……"

"我不回我不回，我偏不回！"王宝鳌把蚕丝被抖开——烂被子！把叠好的四件套抖开——破床单！

邬招娣挣扎着要打她，王宝猷死死拦住。

桌上准备了几兜吃食，王宝毳依次打开，把吃食都倒出来一半，放嘴里狠狠嚼着："就不让你儿子吃。"说着拎着一兜吃食，大摇大摆地出了门。

王与祯在路边停车，朝她喊："幺儿，你哥都准备好了没？"

王宝毳骑上摩托轰着油门就跑，当听不见。

王与祯回屋，邬招娣气到不行："我跟你说王老二，你这闺女以后有你气受，指不定以后捅出个大娄子。"

这话王与祯听了八百遍，跟王宝猷对了一下眼神，拎着行李道："我先安置你回城，我傍晚回来还有事儿。"

"你别当耳旁风，有人说碰见你闺女跟王西平晚上闲逛，两人很不一样……"

"有人有人，还听人瞎嚼舌根，你亲眼看见了？"王与祯问，"哪儿不一样了？"

"她说看着像幺儿……"

"像像像，你还没吃够亏？"王与祯黑着脸道，"要听人瞎嚼舌根，我跟何老师的孩子都出生了。"说着拎走行李就走。

邬招娣委屈得说不出话，王宝猷揽揽她的肩："幺儿心里有谱，西平人也正直，别听人瞎说。"

"我知道。我是防患于未然。"

"这事儿也防不住啊。"王宝猷笑道，"别乱想，我周末就回了。"

王宝毳用筷子绕着面条，绕了一坨，放嘴里嚼道："好吃吧？"

"好吃。"甘瓦尔道，"这是我吃过最好吃的炒面。"

王宝毳眼尾扫一眼王西平，已经两天没跟他讲话了。王西平也不搭腔，专注地抄着小楷。

甘瓦尔专心吃面，不管他们的事儿，两个都不好惹。他打开冰箱拿酸奶，看着两盒精美的巧克力，扭头问："这是什么？"

"对了，拿过来拆开吃。"

甘瓦尔拿过来问："里面是什么？"

"巧克力，进口的，贵着呢。"王宝毳捏了一粒道，"这一粒几十块呢。"

"这么贵！"甘瓦尔心里盘算，"这两盒不得好几百？"

"差不多。"王宝甃拆开一枚给他。

甘瓦尔不舍得咬，愣是把它含化了。王宝甃笑他，推给他一盒道："这盒给你，随便吃。"

"你是发财了？买这么贵的。"甘瓦尔瞪着眼。

"傻样儿，我才不会买呢。朋友送的。"

"噢，我明白了。是那个很酷的男人？他在追求你？"

"你还怪早熟的。"王宝甃逗他，"追求是什么意思？"

"他想跟你好，他想娶你呗。"

"小学生都懂这么多？"王宝甃大笑。甘瓦尔不吃了，把巧克力都还给她。

"你别高兴太早，我老师说，黄鼠狼给鸡拜年，是因为它想吃鸡。"甘瓦尔一脸正色。

王宝甃哈哈大笑。

甘瓦尔看着巧克力问："这男人家里很有钱？"

王宝甃道："比我有钱多了。"

甘瓦尔看看王西平，喝了一口水，漱漱吐掉："我不吃他的巧克力。"

"你刚还夸好吃来着。"

甘瓦尔看着她："他没钱给你买巧克力，所以你才生气？"

王宝甃愣住，王西平也怔了怔。甘瓦尔道："你们女人就是肤浅！他以后会给你买的，就算他买不起我会替他买，你别吃那男人的巧克力。"

"你以前对他很好，现在有钱男人送你巧克力，你就跟他生气，不给他饭吃……"甘瓦尔朝王西平道，"你为什么不给她买巧克力！你买了她就不跟别人好了！"

说着，"噔噔噔"跑上楼，抱下来一个铁盒子，塞给王西平。"你给她买吧。"扭头上了楼。

盒子里是甘瓦尔赚了大半年的钱，得有一万五。王西平合上盖子，没作声。

"我不让你吃饭了？"王宝甃看他。

王西平把盒子推到她面前，扭头去厨房盛饭。王宝甃扯住他："你生什么气？"

"我没生气。"

"信你个鬼。"

"那你生什么气？"王西平反问。

"我没生气……"王宝甃话锋一转，"得，这事儿咱俩过了。"

"好。"王西平点头同意。

王西平盛了一大盘炒面坐下，王宝嫕皱皱鼻子："怪长志气，馒头就咸菜也不吃我的饭。"

"你不让我吃。"

"我说不让你吃了？"

"你把饭喂狗……"

"喂狗咋了？你歧视狗？"王宝嫕胡搅蛮缠。

王西平埋头吃面，王宝嫕心痒痒，看着他问："你到底气什么？"她琢磨了两天，死活弄不明白他气什么。她也实在好奇，以前闹不愉快，都是王西平主动求和。

"你气什么？"王西平看她。他也琢磨了两天，死活弄不明白她气什么。

"好，这事儿彻底过了。"王宝嫕立刻打住。脑仁疼。

第二天，何辞带了一帮同学来住宿，本来是约好在城里聚，但何辞大包大揽，说吃住开销都算他的，同学们何乐而不为。

何辞商量着晚上能不能燃篝火，王宝嫕当然乐意，不就拢一堆柴火？顺带推销要不要啤酒、烧烤。何辞正愁没地儿吃东西，两人愉快拍板。

王宝嫕给他拟了份菜单，推出墨脱石锅，打算炖鸡、烧烤一起来。何辞直夸她是生意人。王宝嫕才不管这话是褒贬，来了头"小肥羊"，她要愉快地宰。

入秋了，下溪村的游客慢慢多了，三三两两的游客经过篝火堆，都要打听是哪家民宿。王宝嫕趁机做了一番好宣传。

王西平烤着东西问："我们会不会太张扬了？"

"不张扬怎么做生意？"

王西平哑口无言。

何辞朝她喊："妞儿，再来两箱啤酒。"

"好咧！"王宝嫕应声，转身回屋拿酒。

何辞过来帮她："妞儿，你得请俩阿姨。"

"请了，有阿姨打扫客房。"

"我是说厨房，我看你忙得团团转。"

"还没来得及请，我这是第一次给客人备餐。"

"哟，哥的荣幸。"何辞看着她道，"我联系好老猷了，后天上午我接你们，你回头跟阿玥说声。"

"忘了，我还没跟阿玥说。"王宝甃拍脑门。

"等会说就行。我中午订了西餐，吃了晚饭我们看电影……"

"下午看完电影就回来。"

"老猷让下午去他住的地方坐坐，他想跟阿玥……你懂的。"

"行吧，我明白了。"王宝甃点点头。

"你看起来有点勉强？"

"我怕民宿忙不过来。"

"统共几间房他照看不过来？"何辞看着烧烤架前的人，两人对视一眼，王西平垂头撒调料。

"不能回来太晚，我十点前要——"

"不是问题！"何辞伸出手要跟王宝甃击掌，见她不情愿，挑眉道，"才几年不见？变得扭扭捏捏小家子——"

"你才扭捏。"王宝甃跟他用力击掌。

"对，这才是我认识的爽妞儿！"他说着勾上她脖子。

王宝甃很不自在，正要甩开他胳膊，何辞拍拍她的肩，拎着两箱酒回了餐桌边。王宝甃忽然又觉得自己不是个东西，何辞怎么也算半个哥，学生时代没少替自己出头，现在又替自己拉场子，自己还想甩脸子？不是东西，不是东西。

酒过三巡，何辞让王宝甃过去坐一会儿，王宝甃推托不过。桌上都是同龄人，聊的话题很容易切入，尤其谈的都是业界的生存环境。王宝甃听他们说，偶尔才插一句。何辞想开公司创业，桌上人争论不休。

何辞的胳膊撑在王宝甃的椅背上，趴她耳边问："你什么想法？"

"我很保守。"王宝甃斟酌道。

"你还怕得罪我？咱俩认识都二十多年了。"

"先去同行那里吸收经验，回头再说开不开，眼下创业环境很恶劣。"王宝甃敞开道。何辞满意地笑笑，揉揉她的头发。

王西平把烤煳的菜扔掉，重新穿上食材烤。从这个角度看过去，何辞搂着王宝甃，两人垂着头举止亲密。王宝甃很顺从，看不出有不情愿的意思。

王西平往茄子里放了蒜蓉，专注烤东西。餐桌上再热闹，都跟他没关系。忽然响起一阵起哄声："喝一个，喝一个。"王西平忍不住抬头，何辞朝王宝甃举着杯，有喝交杯酒的意思。王宝嫠看看这边，连喝了三杯搪塞过去，起身走了过来。

王宝嫠站了一会儿，替他打着蒲扇道："我跟何辞打小就认识，他老跟着我哥，替我出头……"

"没事儿。"

没事儿是啥意思？王宝嫠琢磨着，打量王西平的脸色。看来是自作多情了，没事儿就是不介意，单纯的字面意思。

"我后天跟何辞相亲。"

王西平点点头，表示没意见。

王宝嫠站了半晌，放下蒲扇，讪讪地离开。

热闹散尽，那些人各自上楼休息，王宝嫠收着一张张餐椅，王西平捡着一根根烤签，两人各自收拾着。无话。

王宝嫠睡不着，心里比吃了黄连还苦。

王西平更睡不着，他就是那颗黄连。

两人今晚忽然觉得尴尬，相顾无言，这是从未有过的。连王宝嫠这种凡事要问个明白，讲究坦荡荡的人，也怯胆了。

王宝嫠起身上厕所，厨房灯亮着，王西平看看她道："泡点黄豆，明早有客人喝豆浆。"

王宝嫠点点头，上了厕所回来道："早点睡。"

"睡不着。"

王宝嫠踌躇了会儿，搓搓胳膊道："我替你掏耳朵？"

王西平擦擦手，引着她进卧室。王宝嫠道："要不回我房间？我怕打扰甘瓦尔……"

王西平扭头进了她房间，趴在床的一侧。王宝嫠想抽自己的嘴，就是欠。她掏了十分钟，王西平闭上眼缓缓入睡。王宝嫠活动下颈椎，躺在另一侧看他。

王西平忽然翻过身，手捏着她颈椎问："你对何辞是什么想法？"

"什么想法？"

"更长远的想法。"

"谁晓得，看缘分吧。"王宝嫠耍了个心眼，"我家人很满意他，我对他也不排斥，如果有更进一步的关系，我愿意试试。"又补充道："也许我克服了障碍呢？你说呢？"

275

"不好说。"王西平闭眼睡觉。

"好不好说，不得试试？"王宝嫚道，"汪医生老说，你谈个恋爱试试呀，不谈怎么知道克服了没。对吧，王医生？"

"你气什么？"王西平睁眼看她。

"我气？我没生气。"王宝嫚否认。

"那你闹什么别扭？"

王宝嫚坐起来："我没闹别扭，我在跟你理性分析，如果我谈恋爱了，你，王西平，靠边站，你不能睡我的床，不能动不动就亲我……"话没落，王西平扭头出了房间。

王宝嫚一股气出不来，裹着被子骂他。

王西平在集市买了菜，骑着摩托正要走，被买早饭的邬招娣喊住。

邬招娣寒暄了几句，切入主题道："我打那死丫头电话她不接，我正要去坳里找她。西平，二娘不跟你说含糊话，宝獣进城，我们娘儿俩在家吵了一架。我让死丫头晚上回家住，她不回来，我好赖话说尽她都不听。这当口，何家正上门说媒，那媒人提了一句，问幺儿是回家住还是住民宿，我当时没琢磨透啥意思，等人走了我才明白，何家是介意你跟幺儿……"

"我明白，以后我回家住。"王西平道。

"西平，你别嫌二娘说话直，我说话那死丫头不听，她老觉得我亏欠她，我说东她非往西。媒人问这话我也很生气，可后来我也琢磨明白了，你跟幺儿说是姑侄关系，可外人不这么看……"

"我明白。"王西平点点头。

"你这孩子明事理，一点就透。"邬招娣道，"你们要是传出什么闲话，我八张嘴也解释不清。"

王西平回了民宿，王宝嫚蹲在门口洗衣服，抬头看看他，老半天问："有脏衣服没？"王西平拎着菜，手紧攥住袋子，看着她摇头。

王宝嫚没说话，垂头继续洗衣。

大半晌，王西平不动，王宝嫚仰头看他："有事儿？"

"宝儿，我晚上回去住吧。"

王宝嫚愣了大半晌，点点头："正好，我妈嫌我们孤男寡女，你回去住——"

"你不要乱想，我知道时机不对……"

"什么时机？"王宝鳖看他。

王西平没说话，他明白搞砸了。

王宝鳖起身上楼，直奔他房间，把他衣服都拿出来，胡乱塞进一个塑料袋，递给他道："回去吧。"

"你要我回？"王西平看她。

"我要你回？是你自己要回……"

"我不想回，你不要我回，我一辈子都不回。"

"说这些做什么？"王宝鳖上火了，"是你自个儿叫着嚷着要回……"

"我怕传出闲话。"

"什么闲话？"

"对你不好的闲话。"

"管好你自己吧！'王宝鳖道，"我最烦说一套做一套的人。"

"我跟你说的全是真心话。"

"你回去住也是真心话？"

王西平不说话，扭头下楼。

"说不出来跑什么？丢人！"

王西平拎着工具打高脚凳，王宝鳖围着他转，不依不饶道："你回去呀，我不缺这破板凳。"

王西平锯凳面，不理她。王宝鳖踢他："你回去呀！别在这儿妨碍我大好姻缘。"说着木头碎屑飘到了眼里，她捂住眼睛。王西平要替她吹，她捶他踢他，不让他吹。

"你心里都明白，你故意曲解我。"

"我不明白。"

"你明白，你懂我哪句真心，哪句无奈。"王西平撩着她眼皮，把碎屑吹出来。

"哪句无奈？"王宝鳖穷追不舍。

"我不想回去住。但我怕人说咱俩闲话。"

"让他们说去。我才不介意。"

"那我继续住？"王西平看她。

王宝鳖没接话，大半晌道："要不你先回去住？过一阵儿再说。"

王西平点点头，没作声。

"我跟我妈吵架了，她要我回家住。"

"我明白。"王西平捏捏她的脸。

"我计划是你先回去住，过完中秋再回来，到时候我住我姑的民宿。"王宝鳌道，"现在还没跟我姑商量，她不喜欢跟人睡，工作日客房会有余，我担心周末、节假日不方便……"

"工作日你睡姑奶家，周末、节假日我回去住。"

"哎，也行。"王宝鳌笑道，"我妈真烦人！"

"你妈没错，我们是该避避嫌。"

"还好吧，我不觉得。"王宝鳌碰碰他，"你觉得呢？"

"避不避都一样，如果影响到家人，避避也行。"

王宝鳌琢磨了这话，拉着洗衣盆过来，蹲在他旁边洗。王西平道："木屑会飘进去……"

王宝鳌不说二话，端着洗衣盆挪回门口。王西平截住她，将洗衣盆放回原地，他掉了个方向锯木头。王宝鳌皱皱鼻子，心想，敬酒不吃吃罚酒。

"侄儿，你跟人打架打不过就跑？"

"我不跟人打架。我好男不跟女斗。"

"你是落荒而逃吧。"

"对，我落荒而逃。"

"喊，我昨晚搭理你了？好心给你掏耳朵，你甩脸子跑——"

"你拿话刺我，你知道我哪儿软。"

"我刺你什么了？"

"你心里真不明白？"王西平看她，"你拿何辞戳我。"

王宝鳌捏捏扭扭，达到目的了。她捧了一把泡沫吹到他身上，心里兴奋至极，抱住他笑。

"你不是在生气？"王西平笑笑，佯装推开她。

"伟大的哲学家说过，昨天的我不是今天的我。你昨天太过分了，你居然晾着我……"

"我没晾你。"

"你就晾了。"

"我以前执行任务被黑蝎子蜇过，整条腿肿胀了两圈，一阵一阵刺疼地持续了一天。"王西平转移话题道。

"你这话啥意思？我是黑蝎子？"

"我没说。"

王阿玥不情愿去，王宝鳌不依，说相亲太尴尬了，连哄带骗把她拉上车。

何辞穿得人模狗样，把王宝鳌逗笑了。何辞问她怎么了，王宝鳌说不必这么正式。

在市里同王宝猷砟头，四个人吃了午餐，开车朝王宝猷的公寓去。王宝鳌在屋里转了圈，采光好，通风好，什么都好，比她的小黑屋强百倍，看得心里发酸。

王宝猷问王宝鳌以前住哪儿，王宝鳌一肚子的话："我那小黑屋跟你比不得，我上下班，地铁一共八站，按理八站最多半个钟的事儿，可我那条线……"

王阿玥接话道："她那条线高峰必限流，光中间换乘的路都要二十分钟。我去年在她家借宿了一晚，早上闹肚子，我从七点半憋到九点……"她觉得好像不雅，吐吐舌尖不再说。

"丑妞家没卫生间？"王宝猷笑问。

"有啊，但那个房子住了五个人，轮不到上厕所。"王阿玥道，"他们是三房一厅，有两间房是情侣，宝鳌自个儿住在小黑屋……"

"为什么是小黑屋？"何辞问。

"我那个是储藏室改造的房间，没窗户。"王宝鳌道。

"怎么不租好点的？"

"房租太贵，实习期承担不了，后来工资高了，住习惯也懒得搬了。"王宝鳌打量着房子道，"这地段得万把块吧？"

"小八千。"王宝猷道。

王宝鳌皱皱鼻子："你妈最是嫌我那小黑屋没窗户，去中介看了看价格，再不提让我换住处。"

王宝猷塞她嘴里一个点心，拿了包咖啡豆道："我给你们磨咖啡。"

"宝猷哥，你们公司在哪儿？"王阿玥问。

"最气派的那栋。"王宝鳌指给她看。

"哇，怪不得。"王阿玥惊讶。

"怪不得什么？"

"宝猷小叔工资高呀，高你一倍不止吧？"

"工种工龄不同。"何辞道，"丑妞公司潜力大，更有上升空间。"

"可她被裁员……"

"我没有被裁员，是我们国际部撤了！"王宝鳌也要脸。

几个人正聊着，王宝猷接了个电话，打开笔记本道："你们先聊，我处理一点事。"

何辞拿着手机道："老猷，只有九点的场了。"

"太晚了。"王宝鳌道。

"你回去有事儿？"王宝猷问她。

"没大事，就是觉得太晚了。"王宝鳌说得不情愿。

"阿玥，你晚上有事儿吗？"

"我无所谓，反正明天不上班。"王阿玥道。

"行吧，九点就九点。"王宝鳌妥协，拿出手机给王西平发微信。何辞拿着车钥匙下楼，也没说干什么。

"你相亲王西平知道？"王阿玥小声问。

"知道。"王宝鳌点头。

"他什么反应？"

"他有点不舒服。"

"他没不让你来？"王阿玥好奇。

"他没说。"

"弄不懂你们俩。"王阿玥道，"其实我可以不用来，完全看不出你尴尬。"

"我内尬，你看不出来。"王宝鳌胡诌。

"中秋节有安排吗？"

"民宿应该很忙。"王宝鳌回头问，"哥，你中秋节回家吗？"

"回。你有安排吗？"

王宝鳌想了想问："你们去民宿？我让王西平负责烤东西……"

"我同意，我们白天在草坡上野餐，晚上赏月、吃烧烤。"王宝猷道。

"怎么样？白天野餐晚上赏月。"王宝鳌碰碰王阿玥。

"我？你们家聚呀，我就不去了。"王阿玥直摇头。

"不是家人聚，还是咱们几个。"王宝猷接话。

"那行，反正我也没事儿。"王阿玥也不扭捏。

王宝鳌半倚在王阿玥身上玩手机，王阿玥推推她，小声道："宝鳌，你听到关于……"想了想，又不好说出口。

"有话直说，话留一半是王八。"

"我听到有人说你姑闲话。"

"我姑？"王宝鳌坐直身子。

"就是……我说了你别急。"王阿玥趴她耳边道，"有人说你姑跟苏校长……"

"不可能，我姑不是这种人。"

王阿玥不再说，后悔自己冒失。

大半晌后，王宝鳌又问："说得很难听？怎么说的？"

"我忘了，反正就是不中听。"王阿玥道，"我相信与秋姑奶。我跟你说是怕你听到闲话，跟人直接干架，你心里有个数就行。我们办公室就有传，我还跟她们争执了几句。"

"我撕烂她们……"王宝鳌正说着，何辞推门回来，手里拎了盒小蛋糕跟麻辣吃食，都是王宝鳌跟王阿玥的口味。

夜里十二点，王宝鳌还没回来，王西平站在民宿门口徘徊。

上午十一点，王宝鳌说晚上十点准回来，下午三点又说有事儿，可能要十二点才回来。凌晨一点，王宝鳌终于发了语音说，她今晚在家睡，就不来民宿了。语音背景很热闹，有邬招娣的笑声，何辞的笑声，王宝獃的笑声。

第二天王宝鳌下楼，邬招娣直夸何辞会办事，大半夜送他们兄妹回来，还拎了几盒月饼。王国勋卷着烟丝没接话，王宝鳌皱皱鼻子不作声。年年中秋节，何辞都会寄月饼来。

邬招娣看了看日子，离中秋不过一个礼拜，盘算了一会儿道："爸，要不中秋都搁咱家过？让大哥、与秋都来，趁着宝獃刚回国，咱们家好好聚一聚。"

"我看行，今年热热闹闹地过个团圆节。"王国勋道。

"咱家坐得下？"王宝獃问。

"能，摆两桌坐就行。"

"只要不让我掌勺，摆个流水席都行。"王宝鳌翻着月饼道。

"翻啥翻？"邬招娣拍她的手道，"你就做一碗面的能耐还想掌勺？"

"我也不打下手。"王宝鳌挑了两个乌梅馅、两个凤梨馅月饼装起来。

王与祯从卫生间出来，泡着茶问："何辞怎么样？你妈可上心了，昨晚上愣

281

是熬到你们回来。"

"就那样吧。"王宝辔喝着白粥道。

"就那样是哪样？"邬招娣看不惯她说话。

"妈，丑妞说还行，让他们了解了解再说。"王宝猷打岔道。

"我可没这么说。"王宝辔欠揍道。

"我说你是不是皮痒？"邬招娣点她脑门，"三天不打上房揭瓦。"

王宝辔坐到王国勋身边，拆着月饼道："爷爷，这馅超好吃！"

王国勋咬了口道："糯糯的怪好吃。"王宝辔朝邬招娣摇头晃脑。

"爸，你们都纵着她吧，将来捅个窟窿你们可别埋怨我。"邬招娣道。

王西平在后院给花浇水，王宝辔蹑手蹑脚地过去，蹿到他背上。

王西平扭头看王宝辔，王宝辔调戏道："大猫，想我了没？"说着蹭蹭他脖子就要亲他。

王西平躲开。

"哎呀对不起，昨晚上红酒后劲大，回来得又太晚，我头晕难受就没——"

"没事儿。"

"对不起啦，我以后再晚都回来。"王宝辔观察他的脸色。

王西平回屋拿车钥匙道："我去街里买东西。"

王宝辔扯住他，歪头看着他笑："说，你是不是吃醋了？"

"是。"王西平看她。

"哎呀！"王宝辔心里那个欢喜，一副小女儿姿态道，"我跟他相亲就是给我妈个交代，顺便也能撮合下我哥跟阿玥，我对他一点点心思都没。"

"那他对你呢？"王西平柔声问。

"我们俩不是一路人，他不会看上我。"王宝辔碰碰他，"我的心思你不懂？我们这么默契……"

"不懂。"王西平别开脸。

"讨厌！"王宝辔扭捏道，"你别装，我都说了，我只愿意跟你好……"

王西平笑笑，一团乱麻的心，全被她一下一下揉顺了。

王西平在超市门口刚停稳摩托，何辞从奔驰车里下来，瞥了眼他的摩托车，冲他礼节性地笑了下。两人各自在超市买完东西，出来又遇上。何辞递给王西平一支烟，王西平接过没作声，何辞要替他点，王西平摇摇头。

何辞点上烟，看他一眼，垂头笑笑："丑妞约着中秋野餐，去民宿吃烧烤，可能又要麻烦你了。"

王西平没作声，他没听王宝鬐说。

"丑妞脾气很难相处吧？她打小就这样。"何辞伸手比画道，"她这般高的时候，就老打着我跟老猷的旗号在学校里仗势欺人，打不过就来找我们。"

"到现在我都记得，她输人不输阵的气势。都被人摁着剪头发了，还大喊'我哥是何辞，回头让他打死你们'。我跟老猷可没少跟她后头擦屁股。"何辞又笑，"有一回生日许愿，你猜她许了啥？她许将来嫁给何辞。老猷问她为什么，她说就喜欢我这种男生，有安全感。"何辞说着用脚尖踩灭烟蒂，拍拍他的肩："回头咱哥几个喝酒，丑妞的朋友就是我的朋友。"

王西平回来民宿，王宝鬐问："今晚是不是要跟西夏吃饭？"

"对。"王西平点头。

王宝鬐偷亲他一口："你好像不开心的样子？"

王西平捏捏她的脸："中秋节有什么安排？"

"我们全家聚餐。对了，我还约了我哥来民宿，晚上你给他们烤东西。"

"几个人？"

"我本来想撮合我哥跟阿玥，但我哥也喊了何辞。"王宝鬐看着他道，"我找机会跟何辞说明白。"

"好。"王西平应下。

"你要是介意我就不喊他？"

"不介意。你要是同意我就跟他挑明。"

"挑明什么？"

"挑明你只愿跟我一个人好。"王西平看她。

"我才没这么——"

王西平吻住她。两人正吻得忘情，甘瓦尔抱着篮球回来，神色自若地上了楼。

"他怎么这样呀！"王宝鬐嗲声嗲气道。

"他可能见的次数多了。"王西平也红了脸。

"臭不要脸。"王宝鳌轻骂道。

为了避开熟人，王西夏约他们去隔壁村吃地锅鱼，没吃几分钟，陈正东骑着摩托过来。王宝鳌心下别扭，王西平握着她的手，给她夹了鱼，挑了刺。

王西夏看看王西平，垂头吃鱼默不作声。

陈正东夹了鱼头给王西夏，王西夏看他一眼，忍住没出声。几个人聊了一会儿，王西夏起身去厕所，王西平也跟出来，问她："你们怎么回事？"

"没事儿。"王西夏摇摇头。

"受欺负了跟我说。"

王西夏红了眼圈，一言难尽地摇摇头，吁口气问："你要跟宝鳌在一起？"

王西平点点头，没作声。

"她家人知道？"王西夏问。

"还没说。"王西平道。

"宝鳌已经跟何家儿子相亲了。"王西夏看他。

"嗯，知道。"

王西夏明白了，言简意赅道："我跟何辞她姐是朋友，何家已经在准备订婚事宜了。以前何辞父母不同意，现在松口了。"

"宝鳌会处理好……"

王西夏被逗笑了："西平哥，宝鳌跟你说她拒绝何辞了？"

王西平没作声。

"何辞中秋节就要去拜访丈母娘，你处境这么被动……"正说着，王宝鳌从房间出来。

两人回"春生"收拾了一会儿，出来散步。甘瓦尔坐在前台，边玩游戏边照看民宿。王西平一路没话，王宝鳌像只麻雀，叽叽喳喳。

大半个钟头后，三宝鳌止了步，看着他道："西夏说我坏话了？我就知道她不待见我。"

"没有。"王西平捏捏她的脸。

"我才不信。"王宝鳌皱皱鼻子。

王西平指指月亮，扯着她在草坡上坐下。王宝鳌倚着他肩，没再说话。两人赏了月，王西平低头吻她，让她坐到自己腿上，缠缠绵绵地吻，手指一点点描绘她的五官。

"你想要我吗？"

"想。"王西平鼻息不稳。

"多想？"

王西平趴在她脖子边，不作声。

王宝鳌摸摸他的头发，轻声道："我在你家做过一场梦，我掉河里了，你把我救出来。"

"嗯，然后呢？"

"然后……"王宝鳌贴着他耳朵，嘀咕了一段话。

王西平嘟囔了一句："我才不会呢。"说完红着脸起身往回走。

王宝鳌就着月光看他，涨红着脸，压制着心跳道："我句句属实，你跟平常很不一样……"

王西平趔趄了一下，求饶道："宝儿，你别折磨我了。"

"我没有。"王宝鳌难为情道。

王西平看她："如果我跟你求婚，你心里会排斥吗？"

王宝鳌想了一会儿，摇摇头："完全不会，但我不想结婚，我怕以后万一对你……"

"如果以后你厌烦了，跟我说一声就好。我不会有一丁点责怪你。所有都是我自己心甘情愿，我愿意承担。'王西平字字真诚。

王宝鳌毫不犹豫地点点头。

"我明天就去你家跟你爸妈……"

"过了中秋，过了中秋我们一起。我们去找爷爷，只要我爷爷同意，我妈就不会说什么。"

"好。"王西平笑道，"你明天去找何辞，你跟他把话说清。"

直到中秋节当天，王宝鳌也没跟何辞挑明。一来太忙，两人没见过面；二来刻意说显得唐突。

中秋节前一天，王西平大伯家发生了两件事，再一次沦为镇上的笑柄。

王西周在电器厂上班，跟保安里应外合偷偷倒卖厂里的配件，涉嫌金额高达十五万。厂里人报警，王西周被抓了起来，不但要面临刑事责任，还要赔偿。

王西平大伯推着患乳腺癌的媳妇，老两口在电器厂大闹，闹着要跳楼。他们的诉求很明确，要求厂里撤案，让派出所放了王西周，否则他们老两口跳下去。消防车来了，警车来了，嘴皮劝破束手无策。

王西平上去劝，被他大伯破口大骂，僵持了三四个小时。王西夏从市里赶回来，她上去劝，也被破口大骂。民警轮番上去劝，人没劝下来，救护车来了，王西夏她妈体力不支晕倒了。

王西平跟到医院，忙前忙后地办手续。

民宿公账上没钱，王宝螯问王与秋借了五万块，转到王西平卡上，她不想王西平太窘迫。王西平打电话给王宝螯，五分钟没说一句话，王宝螯道："我都明白。"

王西夏先安置好她爸，匆忙赶来医院，打听了钱是王宝螯转过来的，当即借钱还给王宝螯。王西平说没事儿，王西夏知道他说的是表面话，王西平比谁都要面子，任何人的钱都可以借，唯独王宝螯的不可以。

"西平哥，以后我家的事儿你别管了，什么事儿都别沾。你就当我们一家人死了。不然你早晚也会被拖累死。"王西夏催他，"你赶紧回去吧，我在医院守着就行。"

"没事儿，大伯怎么样了？"

"死不了。"王西夏道，"大嫂抱着小的走了，昔阳撇家里了。"

王西平没接话，王西夏也没再说，兄妹俩坐了一会儿，王西平接到大伯的电话，说家里来了一伙放高利贷的，把家具、电器该搬的都搬了。不等说完，王西夏夺过电话给挂断，直接把她爸拉黑。

"你在医院里守着，我回去看看。"王西平道。

"别再管了，你要想跟王宝螯在一起，以后就远离我们家的事儿。"王西夏看他，"千万千万别问她借钱，你会矮她一头，永远矮她一头。"

"嗯。"

"哥，一旦她嫌弃你没本事，不管你有多爱她，你都要离开她。"王西夏红着眼道，"她开始会嫌你没本事，后面会嫌你无能，慢慢你就变成了窝囊废。我爸就是这样。"

王西平点点头，没作声。

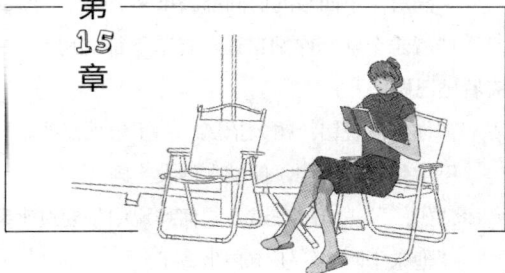

中秋节当天，邬招娣早上从市集回来，进门就道："爸，爱娟抱着小孩走了。王西周家都被放高利贷的搬空了，真是造孽。"

"闺女掐死都不能往他们家门里嫁。"邬招娣唏嘘道，"可怜西夏跟西平了，好好的俩孩子，生生被拖累。"

"西夏跟西平怎么了？"王宝猷从楼上下来问。

"有这么个亲家，镇里谁敢娶西夏？其实有好几家相中西夏，都是因为她爹妈……不提了。"

"干吗非嫁镇里？"王宝猷道，"市里谈一个不就好了。"

"哎哟，你说得轻巧，上下嘴支子一碰。"邬招娣抖开袋子道，"肉饼肉饼，趁热吃。"她回厨房拿了个碗，装了豆腐脑端到王国勋面前。

王宝鏊从民宿回来，看见王宝猷手里的肉饼，双眼一瞪，冲到餐桌前扒早餐袋。邬招娣拍她的手道："就剩了这一个。"

"我不信。"王宝鏊就着王宝猷的手，恶狠狠地咬了一大口肉饼。

邬招娣递给她兜烧卖："你去集上转一圈，没几家吃食了。你姑过来了……"正说着，王与秋拎了兜土鸡蛋过来。

王宝鏊又喝了口豆腐脑，瘫坐在沙发上道："我不打下手，我很累。"

"你干啥了？"邬招娣想挑刺。

"满房，王西平的房间都腾出来……"

"嘚瑟个啥？你姑家逢年过节不都满房？"邬招娣道，"别太张扬，生意要夹着尾巴做。"

"你妈没说错，树大招风。"王与秋点头。

王宝氅敷衍了句，侧躺在沙发上睡。

"妈，"王宝猷喊道，"何辞说中午要过来拜访。"

"他来干啥？"王宝氅坐直了。

"他来不合适吧？"王与秋问。

"我怎么说？不让他来？"王宝猷问。

"来就来吧，添一双筷子的事儿，哪有把客人推出门的道理。"邬招娣斟酌道。

"只要跟我没关系，随你们。"王宝氅一副事不关己的模样。

"何家这儿子办事莽撞，没个礼数。"王国勋放下碗，背着手出了屋。

"我爷爷就是我爷爷！"王宝氅竖起大拇指。

"爸这话是啥意思？"邬招娣问。

"何辞确实唐突，他家里人也不会办事，跟幺儿的事儿都还没落定，哪能登门拜访……"

王与秋说着，邬招娣打断她，低声道："媒人问我意思了，我说先让他们小年轻聊，可能何家误会了——"

"幺儿什么意思？"王与秋打断。

"嘘，别管她个糊涂蛋。"邬招娣看一眼客厅，轻声道，"我看她那意思不太情愿，态度也没很坚决，先聊着回头再说吧。"

王与秋没接话，不好管这事儿。

"你回头劝劝她，我跟她后娘似的，说啥她都能歪曲。"邬招娣没法儿了，"她老怨我偏心，也从不跟我说心里话，我是她娘，我能害她？她爸、她爷爷、她哥，都给她撑腰，我要不当坏人压着点，她能扎翅膀上天！"

"幺儿心地好，就是脾气怪了点。"王与秋道，"她昨晚没怎么睡，一早就拍我门。她还不是怕你忙不过来？她说你偏心也没错，你有时候太过了，明知她脾气怪还故意激她。二哥跟爸也偏心，但他们懂得方式。"

"我也没坏心，我就是想逗逗她……"

"她脾气不好是有原因的，你打小就爱激她……"

"怎么还怪我了？"

"我没怪你，我是说你方式不对，你不要老跟她硬杠。"

"我是她妈，我说她两句咋了？"邬招娣道。

"王西周家又怎么了？昨儿老半夜，西平才从城里回来。"王与秋立刻转移话题。

邬招娣撇撇嘴，把昨儿个他大伯站在电器厂办公大楼闹，警车、消防车、救护车一起出动，包括晚上放高利贷的抄他们家的事，绘声绘色地讲了一通，把王与秋惊得一愣一愣。

邬招娣正说着，王宝鳌打着哈欠进来。

"你回去睡，我跟你妈忙就行。"王与秋道，"今儿凌晨，他们民宿一个小孩发烧，幺儿骑着摩托把他们送到镇医院，忙活了大半宿。"

"西平呢？"

"西平回来都半夜了。"王与秋道，"他大伯嚷着身体不舒服……"

"西平摊上这么个大伯，也算倒八辈子血霉了。"邬招娣道，"镇上谁还敢把闺女嫁给王西平？他大伯那一窝三天两头找事儿，王西平三天两头去处理，跟着丢人现眼不说，哼，指不定还得往里贴钱。王西周要蹲几年牢，爱娟抱着小的走了，他侄子跟着他大伯，以后他大伯有个头疼脑热，王西平就要跑前跑后伺候。"

王宝鳌埋头刮鱼鳞，鳞片四下乱溅。王与秋看看她，心里五味杂陈。

邬招娣又道："西平性情太平，在部队里待了几年也算跟社会半脱节，赚大钱的本事没指望。他要能跟他爹一样，是块经商的料，也不怕他大伯家拖累。就民宿赚那点糊口的钱，早晚也是被他大伯家折腾光。"

"我爸也没赚大钱的本事，你不也跟着享福了？"王宝鳌看她。

"不一样，你爷爷有本事！你大伯也有头脑，当年要不是你大伯把关，我们敢把钱投给电器厂？"邬招娣道，'家里亲戚有一个本事大，其他人都能拉拔起来。要是都没本事，那就只能干穷。你伯母有时候对我趾高气扬，我心里不好受也得忍着，如果没有你大伯指点，你爸就是一个穷酸书生，靠那点死工资，养个屁家！"

眼见王宝鳌要炸了，王与秋岔开话题："王西周当年的生意不也做得风生水起？都已经在城里扎根买房了，怎么呼啦一下就塌了？眼下的风气太浮躁，人只要肯脚踏实地干事儿，不愁过不好日子。我就很待见西平，这种男人靠得住，值得闺女们嫁。王西周以前多讲究排场？不过生意赔了，染了点赌瘾，人就整个儿瘫成烂泥。"

"我没说不能嫁，我是说摊上一窝烂泥……"邬招娣话没落，王宝鳌"啪"地关上门出去。

临近午饭的点，王西平接到送快递的电话，有一份他的快递。他这才想起，半个月前他战友联系上他，说给他寄大闸蟹跟花雕酒。

王西平骑着摩托去拿，超大的一个箱子，绑在后座直接拉到王宝鳌家。王家很热闹，一屋子的人，王西平想放到门口就回，被王与祯拉进了客厅。

王西平一眼就看见沙发上的何辞，跟门口堆放的十几箱礼物。王宝鳌系着围裙从厨房出来，看着他道："怎么了？"

"我战友寄了点大闸蟹……"

"真的！"王宝鳌跑去院里，门口搁着个快递箱，"我最喜欢大闸蟹了！"左右看两眼："尤其是平平送的。"

王西平犹豫着问："何辞怎么……"

王宝鳌正要解释，王国勋出来道："西平，一会儿也在这儿吃。"

"太爷爷，民宿这会儿正忙，我怕里头的冰化了……"

他说着，王与祯拿把剪刀出来，把箱子拆开道："你太爷爷跟幺儿爱吃蟹，这大闸蟹来得正好，今年贵还没买得着。"

王宝源带着樱子出来，蹲下道："哟，这得有几十只吧？"他拿着翻看了一排："西平，你这战友可真实在，个头大，还都是母蟹！"

"他家就是养蟹的。"

"这蟹好。"王国勋拿起一只道。

王宝鳌回屋找了个袋子，装上几只："拿回去养着，我下午给你们蒸……"

"不用。"

"拿着拿着，多装几只回去，小甘还在家呢。"王国勋道。

王宝鳌把他送出来，捏捏他道："我晚会儿就跟何辞挑明。"

"今天必须说。"王西平看她。

"好。"王宝鳌开心道。

何辞的礼重，不是普通的拜访，明眼人一看就是新女婿上门。

伯母跟堂嫂没少打趣她，连王宝源都冲她挤眉弄眼。王宝鳌有口难言，也发作不得，今儿个王国勋很高兴，儿孙满堂，一个都没落。

待饭后送走何辞和大伯一家，王宝鳌先冲王宝猷开火："何辞是啥意思？"

"你们俩没商量好？"王宝猷不明就里。

"商量什么？"

"他家都在准备订婚——"

"跟谁订婚？"

"相亲回来你拒绝何辞了？"王宝猷问。

"我拒绝什么？他又没表示……"

"你跟谁瞪眼呢？你去相亲不就代表同意了？"邬招娣问。

"我同意什么？我相亲是给你一个交代。"

"这话新鲜了，你给我交代啥？"邬招娣问，"何辞不入你眼，李琛可是你看上的吧？看上的是你分的也是你，你是想上天？行，今儿个咱把话撂明了，你啥意思吧？"

"没意思，我没看上何辞。"

"你看上谁了？"

王与秋打岔道"没看上也不奇怪，这事儿讲究你情我愿，萝卜青菜各有所爱。"

"与秋你别替她出头，我今儿个就问问她，她到底想干啥？人家都拎着礼物上门了，她说她没看上？"

"我不结婚，我一辈子不结婚行了吧！"

"不行，我嫌丢人！"邬招娣道，"你是跟王西平混太久了？他不结婚是没人嫁他，你不结婚——"

"谁说没人嫁？你以为大家都跟你一样虚伪市侩！"

王与秋轻拍她，王宝猷斥责她。

"哎哟，我算见识了。"邬招娣朝门口喊道，"王与祯，王与祯你回来，你闺女要上天，你快给她搭梯子。"

"你们又吵啥？过节都不让人清静。"王与祯头疼道。

"你亲闺女骂我，说我虚伪市侩，我怕再说一句，她就要跳起来打我。"邬招娣阴阳怪气道。

"哎呀嫂子，她有嘴无心，你跟她一般见识干啥？"王与秋顺着她背，朝王宝猷使眼色。

王宝猷过来拉王宝鬖，王宝鬖喊道："我不管，你把礼给何辞退回去！要不是为了你，我就不会去跟他相亲！"

"行行，我去退。"王宝猷安抚她。

"要退你自己去退，我们家要脸！自己无能就别冲你哥乱喊！"邬招娣扭头朝王与祯道，"你闺女说一辈子不结婚，她要死赖家里——"

"我不住你家！"

"有志气。"邬招娣坐下问，"你住哪儿？"

"我住王西平家。"王宝鬖瞪着眼。

"你再朝我瞪眼？"邬招娣拍着桌子道，"王桂枝，我就算把你掐死，你也不能住王西平家，我丢不起人。以前你赖在他家我忍了，开了民宿还不知道避嫌？你是看上他——"

"你算说对了，我还就看上王西平了！"

"听听！"邬招娣都气笑了，扭头朝王与祯道，"你闺女上赶着跟人当老妈子……"

"我还就愿意当老妈子……"

王宝鬖话没落，邬招娣指着她："你真行，你想贱卖自个儿，我也不同意，今儿个这门你是出不了了。何家礼我是接了，媒人也说好了……"

王宝鬖踹翻一个凳子："要嫁你去嫁……"

邬招娣冲过来就是一巴掌，王宝猷拦住道："你不知道咱妈脾气……"

"闭嘴吧你！"王宝鬖憋住泪。

王与祯拍桌子道："王宝鬖你想干啥！"

"我想死行不行！"王宝鬖看着他。王与秋怕闹出事，转身去喊王国勋。

王与祯摔了一个杯子，王宝猷道："妈我求你了，你别激她了。"

王宝鬖捂住胸口直抽泣，缓缓转过身，拎起门口的礼，一件件挂到胳膊上，往何辞家去。

王宝鬖拎着礼出家门，被王宝猷拦下接过，说他去何家送。屋里，王与祯在跟邬招娣吵架。

王宝鬖一边抽泣，一边顺着一条偏僻的道，往坳里民宿去。

太阳都落山了，王宝猷把镇里找个遍，都找不见王宝甃。王与祯出来找，王与秋也出来找，这事儿都瞒着王玚勋。

天擦黑，甘瓦尔骑着单车疯回来，"咕咚咕咚"喝着水，朝前台的王西平道："我看见一个很像宝儿的人，站在坡后头的溪边，都快一个下午了。"

"坡后头？"王西平看他。

"就是梨树那边的坡后头，游客的风筝挂到树上，我跑到坡头爬上去够，就看到那底下有一个人，看着很像宝儿，但我喊她，她没应。"

王西平道："你看着民宿，我去看看。"王宝猷一下午来了三四趟，只问宝甃在不在，什么也不说。

王西平找过来的时候，王宝甃正躺在坡上睡觉，王西平捂住她耳朵："虫子爬进来了。"

王宝甃看看他，趴他身上没作声。

两人静了会儿，王西平揉着她头发道："宝儿，我小侄子需要在春生住几天，我大伯病了，他照顾不了。"

王宝甃抬头看王西平，王西平斟酌道："西夏在医院照顾她妈，后天才出院。"

"你大伯病了，你这几天也得去照顾？"

大半晌后，王西平点点头："去送个饭，他家没人煮饭。"

王宝甃摸着他脸问："你伯母煮不了饭，你大伯不会煮饭，你还有个小侄子，西夏在城里工作，你以后怎么打算？一日三餐天天送？像个儿子一样伺候他们？"

王西平变了脸色，没作声。

"西平你告诉我，你想要给我什么生活？跟你一起负担你大伯家？"王宝甃看着他。

王西平放在她腰上的手不自觉地颤抖。王宝甃坐在他身上，捧着他的脸："你爸能照顾得了你大伯家，你能？没你爸的本事就不要揽你爸的活儿。"

王西平没说话，王宝甃束起长发，看着他道："你要我，就不能管你大伯家。"

王西平捏捏她脸，王宝甃道："我只有你了。"王西平闭着眼，鼻尖触着她鼻尖。

"你选我了对吧？"王宝甃看他。

王西平蹲下，替她系鞋带，转过身道："我背你。"

王宝甃趴他背上，搂着他脖子道："我哥把礼给何家还回去了，你明天就去找我爷爷，你只要不管你大伯家了，我爷爷一准同意。"她用鼻尖在他头发上蹭蹭，委屈道："我妈骂我不要脸，说我整天赖在你家，她说要掐死我。我们以后住在春生，我给你生一个小孩，你要嫌不够我还给你生……"王宝甃趴在他背上嘀咕，没一会儿，就闭了眼歇了声。

王西平缓步往回走，十分钟的路程，走了一个钟头。

回民宿把她放床上，她翻了个身夹着被子睡。王西平仔细地看她，打了盆温水，给她一点点擦手，一点点擦脚，盖上被子离开了。

第二天，王宝甃被敲门声吵醒，甘瓦尔说游客要借电瓶车，去街上买吃的。王宝甃拉开窗帘，伸了个懒腰，看看初升的太阳，又是美好的一天。

她正在门口刷牙，王宝猷骑着电瓶车，拎着早餐过来道："肉饼，咱妈特意排队……"王宝甃扭头回了屋。

王宝猷追过来："真是咱妈买的！她不好意思来，委托我过来慰问。"

"从今以后，我再也不会回家了。"王宝甃漱着口道。

"行行，不回家。"

"我是认真的。"王宝甃看他，"打一个巴掌给一个枣，你妈的惯用伎俩。"

"咱妈后悔死了，昨儿找你到半夜，爸跟妈差点闹离婚。"王宝猷道，"你明知道咱妈脾气，一点就着……"

"她从小事事顺着你，从来都是。从小到大，我什么事儿她都要插一脚。你报冷门专业，她夸你眼光独到。我同样报冷门专业，她说不好找工作。你出国是见世面，我出国就不安全。我不想提这些事儿，太没劲。你也别替她揽，她真要后悔了，她自己就来了。她老说我忤逆她，夸你孝顺。她净说大实话，你事事顺心如意，当然用不着忤逆她。"王宝甃擦擦脸，朝楼梯口喊，"王西平，王西平？"

甘瓦尔在后院应声："他抱着小侄子回家了。"

王与秋过来，跟王宝猷相视一眼，王宝猷耸耸肩，意思是她软硬不吃。

一个上午要过去了，有两房客人订了午饭，王宝甃给厨房交代了声，回头打王西平电话，那边正在通话中。

甘瓦尔拎着几兜菜回来，王宝甃道："你回去喊王西平，看他在家干吗。"

甘瓦尔问她："你们不是吵架了？"

"吵什么架？"

"他昨晚就收拾了衣服，抱着小侄子回家了。"

王宝甃蒙了，转身上楼，屋里什么都没有，衣服、鞋子、牙刷，收拾得干干净净。

甘瓦尔看着她道："他说让我帮你照看民宿，他要回去照顾大伯……"说着止了话，看着王宝甃的脸，不吭声。

王宝甃坐在床上没反应，甘瓦尔指指枕头，转身下了楼。王宝甃从枕头底下拿出封信，王西平在信里说让她照顾好自己，他不能去找她爷爷求亲了。

王宝甃冲下楼，骑上摩托直奔王西平家。家里没人，王宝甃去他大伯家，他正带着小侄子在院里熬药。王西平看她一眼，继续往中药罐里放药材。

王西平那一眼让她怯了。王宝甃攥着车钥匙道："春……春生太忙了，有食客点了炖鸡，你熬好药抱着小侄儿就回来。"说完也不等他回应，骑上摩托就跑了。

王宝甃一直等到深夜，王西平也没回来。她明白了，王西平不是在吓唬她。王宝甃又骑上摩托去找王西平，在门口徘徊了一阵儿，推门进屋，王西平站在八仙桌前抄小楷。

王宝甃扯扯他衣摆，小声问："你怎么没回春生？"

王西平看看她，别开脸道："我以后不回了。"

"我昨天被我妈打了，真的。"王宝甃指着脸道，"我……我当时快气死了，我脑子不清醒，我也不知道我说了……"她止住话，又略带哭腔道："你明白我的对吧？我有时候会口不择言……"说着泪往下掉，手指缠着他的T恤下摆，再说不出话。

王西平抹掉她的泪，吻她的头道："不是你的原因，是我自己没本事，我不能把你拖下来……"

"不是不是！"王宝甃忙摇头，"我没有嫌弃你，我敢发誓我真没有，我就是一时……"

"我明白。"王西平红着眼道，"我都懂，宝儿我都懂。"

"那你原谅我了？"王宝甃看他。

王西平抹着她的泪，没说话。

"我……我妈一直在家激我，我当时脑子太乱了，我想着……这个世界只有你懂我，我不想让别人分散……对对，我是占有欲太强了，我只想要你属于我，我绝对没有嫌弃你的意思，我发誓，你明白我的对吧？"王宝甃语无伦次道。

"是我的错，我没有照顾你一生的能力……"

王宝甃把桌子上的墨掀掉，哭着喊："我们一起面对，我们一起解决你大伯家……"

王西平摇摇头，王宝嫈把他写的小楷撕碎，打着嗝喊："你想要我怎么样嘛！"

王西平搂住她，贴在她耳边道："宝儿，我们到此为止，这样对我们俩都好……"

"不要不要！我不要！"王宝嫈哭得上气不接下气。

王西平扭过身，手指尖发抖。王宝嫈抽泣着问："那我们还当朋友……"

"当不了，宝儿，我当不了。"王西平的泪往下直淌，"长痛不如短痛。"

"你就这么决绝，没挽回的余地了？"王宝嫈看他。王西平背着她站着，没作声。

"我再也不原谅你了！"王宝嫈喊完，一路跑出去。王西平随即跟出去，跟在她身后，直至她到民宿。

两人闹掰一个礼拜了，国庆节这几天王宝嫈哪儿都没去，就待在春生，坐在前台发发呆，走走神，跟卡壳了似的。

甘瓦尔再傻，也明白两人闹僵了。王西平不在民宿，他当然不好意思住下去，收拾了衣服准备回去，在门口来回徘徊，朝王宝嫈道："我要走了。"

王宝嫈别开脸，装作很忙的样子。甘瓦尔道："你照顾好自己。"说完就跑了。

他一股劲儿跑回家，瞪着眼看了一会儿王西平，转身回屋锁上门。

王西平拿着钥匙打开门，朝他道："谁让你回来的？"甘瓦尔蒙上被子不说话。

王西平坐在床边："等会儿你回春生去。"顿了下道："我以后可能会在刑侦队工作，如果忙起来照顾不了你，你跟着她会好点。"

"我又不是她的小孩，她凭什么……"

"她喜欢你，你回来她肯定很伤心。"王西平看他。

甘瓦尔又拎着衣服回到春生，难为情道："他非要我回来。"

王宝嫈点点头："你去街上买一副筷子。"甘瓦尔麻利放好衣服，骑着单车上街去。

王宝嫈蹲在后院给花施肥，王与秋过来转了一圈，看看她："你去溪里玩一会儿？那边很热闹……"

"不去。"

"宝源他们说六号晚上过来，我让老张弄了只野鸡，咱们在我后院聚聚？"

"嗯。"王宝嫈点头。

"我昨儿在街里看见阿玥了，她最近怎么样了？"王与秋坐下闲聊。

"就那样吧。"王宝氅敷衍道。

王与秋点点头，不再提。

王宝氅洗洗手道："我去街旦买包花籽。"

"行，我帮你看着。"王与秋道。

王宝氅骑着摩托离开，王与秋闲来无事，坐在前台看电影。抽屉没锁严，一个蓝色笔记本露出来，王与秋拿出来看，前面几页写着王西平的名字，又用红笔狠狠打个叉。其中一页画了个人，脸上身上都被笔尖戳烂。

王与秋笑着摇摇头，往后翻了几页，后面写着"原谅""不原谅""原谅""不原谅"，写了满页纸，最后停在了"不原谅"；又一页写满了"对不起"，然后被画掉；又有一页写满了"想你"，然后又被画掉。王与秋合上本子，叹了口气。

她抖开桌角的一团粉纸，上面写着：我的世界只剩寒冬，再无四季。

王与秋又攥成一团，放回桌角。她起身站在门口，抬头看看门头上的"春生"，泪湿了眼角，长吁一口气道："老了哟。"

王宝氅从花店出来，碰到王西平堂兄妹。王西平垂头看花，王宝氅骑上摩托就走，连王西夏给她打招呼，她都没听见。

回来春生，王与秋在和王宝猷聊天，王宝猷看见她道："丑妞儿，邬女士给你炸了酥肉……"

王宝氅指指狗碗，王宝猷揽着她肩道："欠揍。"

"你们公司破产了？你不要上班……"

"国庆长假上什么班。"王宝猷看了一圈问，"西平呢？"

"死了。"

"怎么说话呢？"王宝猷拍她脑袋，"早晚会吃嘴上的亏。"

"对！"王宝氅点点头，"你们说得都对！是我咎由自取，我就应该被判绞刑。你们都是圣人，从没说错话、办错事，你们性情好、脾气好，什么都好，我性情怪、脾气怪，不招人待见。我不配有幸福……"长长吁一口气，颤声道："人活着好难呀。"

晚饭后，甘瓦尔从王西平家回来，拿了作业本趴在桌上写日记。王宝氅坐在前台看老电影。

春生异常安静，游客都去溪边参加篝火节，唱卡拉 OK 去了。

"他十号要去刑侦队工作了。"甘瓦尔写着作业道。

王宝鏊看着电影，没接话。

"去年档案就调到了刑侦队。前天他去报到了，这两天正办理手续……"

"我没兴趣。"

王宝鏊出来春生，拐到家小卖部，挑了盒细烟，边走边挡着火点上一支烟。夜空飘着几盏孔明灯，一个戴袖章的人冲小卖部呵斥："又是你家卖孔明灯，说多少回了不让卖不让卖……"

一对情侣跟她擦肩而过，她偏了下身子让道，女孩抱着男孩胳膊叽叽喳喳，男孩照着手电筒，时不时应一句。不知不觉走到溪边，王宝鏊倚着柳树，看着草坡上热闹的人，听着跑调的歌。

人群散去，王宝鏊也回了春生。洗漱完从卫生间出来，她拿着打火机跟烟上了天台。站在天台沿往下看，前边民宿里的王与秋坐在后院对着电话低语。王宝鏊移开眼，僵住，扭头就往楼下跑。

跑到路口拐角，什么也没有，只有一个烟蒂。王宝鏊闭着眼道："我数到三，你要是出现我就原谅你了。"

"一，二，三。"王宝鏊睁开眼，看了一会儿又闭上，"我重新数，一，一点五，二，二点五，三。"话落睁开眼，仍是空荡荡的街道。王宝鏊扭头回了春生。

王西平从院里翻出来，避开路灯往回走。

王宝鏊敲开王与秋的房间门，王与秋看着她道："怎么了？"

王宝鏊颤动着下巴，说不出话。王与秋拉着她的手道："今晚跟姑姑睡。"

王与秋轻轻顺着她的背，她缓了一会儿说："他不要我了。"

"发生什么了？"

"我妈捅了我一刀，我转身就捅向了他。"王宝鏊的泪顺着眼角流，"我想跳溪里死掉，我想要我妈一辈子活在悔恨里，可我想到了他，我要是死了就再也看不见他了。他小心翼翼地说，说他需要照顾他家人，他尽量坦荡地看着我，他害怕我小看他。我……我当时被恶魔附了身，我说你没本事，如果你要我，就不能……就不能照顾你家人。"

王与秋揽着她道："没事儿了没事儿了，我们不想了。你跟他解释了吗？"

"他说不怪我，是自己无能照顾不了我。他这话就是在挖我的心，他怪我了，我敢保证他就是怪我了！"

"他在吓唬你，过了这一阵儿就好了……"

"没有没有。"王宝鳌坐起来道，"他没有吓唬我，我说他没本事他就去工作了。"

"我替你们调解……"

"没用，他不会原谅我了。我心存侥幸，我想着他脾气好，他最多生一会儿气，我好好哄哄他就行了，后来他就离开了。"王宝鳌魔怔道，"我去他家找他，他让我们到此为止，我哭着求他，我说我再也不敢了，他很决绝……"

"好了好了，我们不想了。你告诉姑姑是谁，我去找他……"王与秋试探道，"是不是王西平？"

"你不认识！"王宝鳌否认。

"明儿个姑姑给你说一门好亲，把他忘了就好了。"

"忘不掉了。"王宝鳌看向窗外的月色，"我心都碎得稀巴烂了，再也不会好了。"

王与秋拍着她的肩膀，没说话。

"我妈骂我，我都想死掉，我践踏他的自尊，他一定比我痛百倍，对吧？"王宝鳌轻轻地说。

"我不想假意附和你，你要记住这次的教训。恶语伤人六月寒，被爱人捅一刀，跟被外人捅一刀，分量是不一样的。"

"等过了这一阵儿，他气消了，你再慢慢跟他讲。我们幺儿能看上的人，肯定不同凡响，他不会因为这事儿就真跟你分手。"王与秋安慰道，"你整天说要跟王宝猷断绝关系，要跟你妈断绝关系，你不是也没断？"

"不一样，他肯定不会……"

"他会，他只要够爱你，他旦晚会原谅你。"

"真的？"王宝鳌看她。

"我年轻时心里有个人，我发誓绝不跟他有瓜葛，可是后来身不由己。我敢跟你打赌，等他食不知味夜不能寐以后，绝对会来找你。"

"我才不信呢。"王宝鳌半信半疑，"他不是这种人，他……他很能沉得住气，万一四十年后他才后悔，我怎么办？"

"傻子。"王与秋笑她，"你喜欢他什么？"

"他……"王宝鳌想了会儿道，"他什么都好，什么都懂我，他的世界里我最重要。我在他面前没包袱，我抠鼻屎他都觉得我可爱。"

王与秋笑得不行："还有呢？你对他是什么感觉？"

"我们都一样，他开农用三轮车都很帅。"王宝甃沉默了半响，又说，"在他面前，我就是我自己，我是王宝甃。我不是某人的女儿，某人的孙女。他让我的生活回归于生活，语言回归于语言，情绪回归于情绪。"

王宝甃缓缓道："在他面前，我可以胡言乱语，可以疯疯癫癫，可以说一些神经质的话。想说什么就说什么，不需要修饰语言，不需要刻意压制自己的情绪。他明白这是我的表达方式。我妈不行，她会跟我上纲上线，说我胡咧咧，说我满嘴跑火车，说我嘴轻浮……我一直在反抗我妈，最后我变成了她。"

国庆假期结束的前一晚，王宝韵、王宝源姐弟，王宝猷、王宝甃兄妹，几个人拉上王国勋，在王与秋家聚。王宝猷负责烤东西，王宝源负责炒小菜，俩男人说今晚让女人们好好歇歇，他们堂兄弟露一手。

堂嫂不放心，不时去厨房看一眼，王宝韵怀里抱着牙牙学语的孩子，朝她道："你就把心搁肚子里吧，他还能把厨房给烧了？"

"姑姑，我爸真把厨房烧过，消防员叔叔都来了。"樱子接道。

"王西鸢，你又在说爸爸的糗事？"王宝源从厨房出来道。

樱子捂住嘴巴，咯咯地笑："对不起嘛，你亲姐姐不会笑话你的。"

王宝韵刮她鼻头道："鬼精鬼精的。"

"可不是。"堂嫂点头道，"老师就说她是鬼精灵一个。"

"这点倒像宝甃。"王宝韵道。

"樱子是小精灵，宝甃是难缠鬼，她俩才不像呢！"王与秋拿着瓶红酒过来。

"哎，宝甃呢？"

"说是买白酒去了。"王宝猷道。

"你们几个喝点红的就算了，喝啥白的呢？"王国勋道。

"爸，今儿个不是高兴吗？晚会儿让宝甃陪你喝几杯。"王与秋笑道。

"太爷爷。"樱子扯着王国勋的手道，"你要跟上我们年轻人的潮流，要不然你就老了……"

话没落，一院子人大笑。

王宝甃拎了两个大袋子回来，里面装着杂七杂八的啤酒和一瓶白酒。王宝韵问："怎么拿这么多进口啤酒？"

"普通的卖完了，冰箱里就剩这些。"王宝嫯道。

"你是不是瘦了？中秋见你的时候脸还肉乎乎……"

"减肥呢。"王宝嫯拉开啤酒罐，拿了个鸡翅啃着吃。

王国勋逗弄着樱子，看看王宝嫯道："让西平那父子俩也过——"

"爸，民宿这当口正忙呢！"王与秋打开白酒，倒了两小盅道，"幺儿，陪你爷爷喝两口，这些年没喝他都心痒了。"

王宝嫯跟王国勋碰杯，爽快地一口干。王国勋说她："酒哪能这么喝？明儿个有你难受……"

"明儿个再说。"王宝嫯又添了一杯，坐在他身边，慢慢小酌。

王国勋问她："还生你妈气呢？明儿个我就让她跟你赔不是。"

"犯不着，我都习惯了。"

"下巴都瘦尖了。"王国勋又问，"跟西平闹气了？"

王宝嫯鼻头一酸，直摇头。

"爷爷，这是不是咱门里西夏？"王宝源拿着手机问。他朋友圈刷到几段小视频，两个妇女扯着西夏骂，说她不要脸。西夏也不是软茬儿，跟她们对着骂，连骂带推搡地扭打了起来。

"这不是陈正东他妈？"王宝嫯问。

"怎么不是，陈家那厉害的妯娌俩。"

"西夏怎么跟陈家扯上关系了？"王与秋皱眉道，"这妯娌俩骂得太不入耳了，太难听了！"

"西夏在跟陈正东谈恋爱，陈正东他妈不同意。"王宝嫯斟酌道。

"这太欺负人了！不同意就不同意，妯娌俩打骂人家一个小姑娘……"

王国勋道："宝猷、宝源，你们俩过去看看。"

王与秋道："要不我过去？他们俩男的不好……"

"打电话让你二嫂过去。"王国勋道，"宝源，谁发的朋友圈你让他删了。"

"删了。"王宝源道。

王与秋先给邬招娣打电话，又给王西平打电话，出来站在火炉边烤东西。好好的一晚上，被搅了兴。

凌晨一点，王宝嫯满身酒气，蹚着夜路直奔王西平家，以一股抄家的气势踹开他家的门。

王西平正在抄小楷，门被一脚踹开，他抬头看向门口。

王宝鬃跟他对视，瞬间泄了气，想说走错门，舌头打结说不出来。王西平看她一眼，继续抄小楷。

王宝鬃来了劲儿，过去抱住他的腰。王西平让她松开，王宝鬃死死攥住。王西平掰她手，她恶狠狠咬他一口。

"你想怎么样？你说啊，我都跟你道歉了。"

王西平没说话，王宝鬃捧住他的脸："咱们俩那么好，我就说错了一句，你把一切都推翻……"

"我没怪你……"

"虚伪！你去工作了。"王宝鬃瞪着他。

"我早有计划……"

"虚伪！你没跟我讲过。"

王西平别过头，王宝鬃摆正他的脸："你，看着我眼睛。"

"你喝醉了。"

"你在春生鬼鬼祟祟……"

"你看错了。"

"没错，就是你！我能闻到你身上的味儿，你在哪儿我都能闻到。"王宝鬃摩挲着他的眼睛，"你想我对吧？你食不知味夜不能寐对吧？"她闭上眼睛道："亲我，我现在就原谅你。"

"你看错了。"王西平看着她颤动的睫毛。

"行，我亲你也一样。"王宝鬃自顾自道，"我们说好，我亲了你以后，这事儿就过了，谁提谁是王八。"说着就亲了他一口，摇头晃脑道："你想工作我全力配合，我中午给你送爱心便当。"

王西平别开脸，没作声。

"你不原谅我。"王宝鬃盯住他，"行，你有种。"

王宝鬃抄起他的小楷撕碎："刚好你姓王，你跟王八最配了！你就等着吧，我让我哥打死你，他能打死怪兽！我再也不原谅你了，等你发现离不开我了，你就算跪下来求我，我都不看你一眼。"

王宝鬃恶狠狠地说完，雄赳赳气昂昂地离开。

王西平跟在她身后，她步伐不稳，一路指桑骂槐道："有只王八跟着我，大王八！"精心换上的长裙，裙摆一路拖着草地，被露珠打湿。

王宝鳌烦到不行，手拽着裙摆拽不掉，索性搂起来捧怀里，露出两条白花花的大长腿。

王西平上前问："不冷吗？"

"王八也会说话？"说着王宝鳌一阵反胃，直接弯腰呕吐。头晕得不像话，整个人像被剧烈颠簸，看人都是五重影。她今晚喝得杂，红白啤掺着喝，王宝献拦都拦不住。

王西平顺着她的背。王宝鳌把他推开，她人不清醒，但头脑清醒，她不愿被他看到这副狼狈样。

她拖着裙子往溪里去，蹲下用溪水清理裙子上的呕吐物，心里疼得快死了，干脆一屁股坐到溪里。

王西平把她拉出来，拉开拉链脱掉裙子，把自己的 T 恤给她套上，抱着她回了家。王宝鳌折腾累了，趴在他怀里睡。

王西平把她放在床上，打了盆热水，从上到下给她擦洗了一遍，拿着她的衣服蹲在院里洗，洗完用吹风机把贴身衣物吹干，给她换上。

王宝鳌一直睡到下午，中间上吐下泻跑了几回厕所，头昏心烧，难受得不行。临傍晚才勉强起身，换了自己的裙子，站在院门口，看看菜园里的王西平，转身回了春生。

王宝鳌在心里起誓：你今儿个对我爱理不理，以后我让你高攀不起。

回春生的路上遇到邬招娣，王宝鳌目不斜视。

邬招娣撵上她，放低姿态道："我已经跟媒人说了，你看不上何辞就算了。你啥事都爱肚里转，你跟我好好说不就行了？我替你忙活这么久我图啥？我不就想让你过好日子？最后我还落个坏人，让你恼我。"

王宝鳌不想说话，邬招娣继续道："我就没你爸跟你爷爷精，他们俩甩手啥也不用管，还落尽你的好。我忙里忙外操持家，有一点不如意，你们一个个给我脸色，我图啥？"

王宝鳌不作声，不知道说什么。

"我炸了带鱼煲了鸽子汤，还给你弄了盒饺子馅，你回去包包吃了。脸怎么跟鬼似的，一点正色都没有？回头上你哥给你买套好护肤品，买点养颜口服液。我再给你送来几包枣。"邬招娣道，"做人大气点，别学得小肚鸡肠，长辈说你几句就听着，吃不了亏。"说完骑上电瓶车回家了。

王宝辔很服气，邬招娣能把话说尽，圆回来揉过去，软硬兼施恩威并用，完全避开自己的错，你要跟她计较，显得你不明理。

小长假过去了，王宝猷也上了班，三天两头跟她发微信，一会儿给她买了副耳坠，一会儿买了条手链，一会儿一个手机壳。王宝辔烦透了，三天两头让王阿玥来拿这些小物件，她又不是媒婆。

王阿玥晃着手链上的星星坠道："宝猷哥真好，每次给你买还捎上我，我都不好意思……"

"那就请他吃饭吧。"

"好呀，等他周末回来我请你们——"

"我不去。"王宝辔撇清道，"以后你们俩直接沟通，我也很烦。"

"不太好。"王阿玥犹豫道，"我单独请宝猷哥有点……"

"你喜欢他？"

"哎呀你说什么呢？"王阿玥脸红。

"那你们就坦荡荡去吃，别拽上我。"王宝辔很烦。

"你都快变成炮仗了，我们又没惹你！"王阿玥道，"谁惹你你就冲谁，有本事去打他呀，冲我算什么英雄好汉……"

王宝辔抬手打哈欠，王阿玥吓得躲开。

"怎么不吓死你。"

"对了。"王阿玥趴过来道，"王西平怎么穿了身制服，好吓人呀！"

"换身皮不认识了？"

"我今儿早上去学校，跟他打个正面，他冲我点了点头……"

"你什么反应？"

"我吓了一跳，然后也冲他笑笑……"

"你是我的朋友，你要么翻个大白眼，要么吐他一脸唾沫。"王宝辔看她。

"他冲我打招呼，不还是看你的面子？"王阿玥好奇道，"你们究竟因为啥？怎么突然就翻脸了。"

王宝辔没接话。

"我给你讲，他穿警服真的好帅……"王阿玥手舞足蹈道，"他应该是去开会，衣帽整齐，腰杆笔直……人靠衣裳马靠鞍，这话一点不假。"

"我们掰了，你以后不要提他。"王宝鬏吁了口气，眼窝不自觉红了。

王阿玥道："你别哭呀，我以后不提了。"

"你们都回到了正轨，只有我还停在过去。"王宝鬏剥了粒糖。

"失恋就像一场秋风。"王阿玥惆怅道，"我也没忘掉陈正东，但我不会再有幻想了。他妈太厉害了，我妈本来想撮合我表妹跟陈正东，后来再不提了。西夏头发被拽掉一大撮，脸上挠了两道，衣服都差点被撕……"王阿玥摇摇头，红着眼圈："那晚你不在，陈家就是在围攻西夏，要不是宝猷哥及时过来，西夏要吃大亏的。"

"陈正东就是个绣花枕头，中看不中用。"王宝鬏一脸看不上。

王阿玥没说话，大半晌道："我对他挺失望的。我原以为他会在家大闹一场，好好替西夏出气……唉，不提了。"

王宝鬏托着腮，看着院里的矢车菊道："我们去香山看红叶吧。"

"好呀，等到周末呗。"王阿玥好奇道，"宝猷哥喜欢谁？你不是说他有个喜欢了十年……"

"噢，我想想。"王宝鬏想了一会儿，"偏不告诉你。"

田里的庄稼换了一茬，玉米早已收割，麦子都冒出了芽儿。王宝鬏以前还计划着要偷玉米吃，要跟他在玉米地里滚一滚，才一个月的时间，像是过了半辈子那么长，筋疲力尽。

始于春，知于夏，止于秋。

王宝鬏站在田头伤春悲秋，一阵风扫过，她拢了拢外套，打个喷嚏回春生。一辆警车跟在她身后，司机探出脑袋问："妹子，这条小路能通到苏家庄吗？"

王宝鬏回头，副驾驶位上坐了只"大王八"。

民警道："前边大路在修，另一条路被办丧事的堵了，这条也——"

"你把王八卸下来，我就跟你说。"

"啊？"民警看她。

"条条大路通罗马。"

"我不去罗马，我就去苏家庄。"

王宝鬏指着路道："走到尽头先左拐，然后再右拐，开个几百米就是大路了。"

"成，谢妹子了。"

王宝嫈抿着嘴，看着渐行渐远的车屁股。王西平从后视镜看她，她弯腰捡了块石头，朝着他丢过来。司机笑道："这妹子真有意思，神神道道怪吓人。"

王西平拆开档案袋看，后座人问："老王，抽根烟不？"

"抽。"王西平接过点上，先是笨拙地呛了口，逐渐才顺了。

自从几天前大降温，下溪村也回归平静。草坡上的草逐渐枯黄，一阵秋风，一地落叶，刮不了几阵，村里的树就要秃了。溪里的水凉飕飕，不能再蹚进去摸鱼了。大概要等到年尾才会有一次回光返照，蜡梅要开了。

王宝嫈查了天气，周日有雨，她约王阿玥周六去看红叶，但那天王阿玥要请王宝猷吃饭。

王宝嫈佩服王宝猷，追人也追出高境界，润物细无声。

太阳落山，王宝嫈经过刑侦队，王西平穿得人模狗样，站在门口警车旁抽烟。动作之娴熟，宛如一个老烟民。

王宝嫈正走神，被一辆电动车追尾，那人骂她："马路是你家呀，想停就停！哪有正开着突然刹车的！"

王宝嫈只能装孙子。那人骂两句就离开了，王宝嫈也要走，王西平朝她走过来道："你逆行。"

王宝嫈不理他，骑上摩托就要走。王西平拔掉她的车钥匙，看着她道："你逆行。"

你又不是交警，满大街逆行你不管，偏拔我车钥匙。王宝嫈又气又恼，就是不说话。

王西平拿着车钥匙回队里，王宝嫈拽住他，朝他手上就是一口，夺过车钥匙就跑。她刚轰上油门，一辆急救车拉着笛急驰而过，街上人喊："有人跳烟囱了，有人跳烟囱了——"

王宝嫈扭头看工业区，镇里唯一一个大烟囱得有百十米高，多年前就废弃了。人要是跳下来必死无疑。

她忽然心情沉重，也不管是谁跳，开车回了春生。摩托车刚扎稳，接到王阿玥的电话，她泣不成声地说，陈正东跳烟囱了，当场死亡。

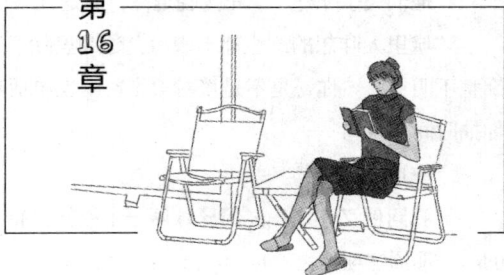

第
16
章

转眼到了十二月。上个月，南坪镇发生了很多事，多到像是蛰伏了一整年，终于伺机破土而出。

在陈正东的葬礼结束后，王西夏的母亲也因病情恶化去世了。一个月里镇上先后办了六场丧事。除了陈正东和西夏母亲，还有一位自然死亡的老人，一位癌症患者，一对被酒驾者闯红灯撞毙身亡的母子，都是镇里左右街坊。

大部分人都连着参加了六场丧事，丧席上遇见相顾无言，不知该说什么。

人像是活到了时候，如秋风扫落叶般，扑簌簌地往下掉，最终入土归根。

邬招娣连着参加了六场白事，人也变得沉默，除了做些家务事，不再唠东家长西家短。镇上人在街里遇见，就相互点个头，问声好，不多说二话。

王国勋不喜白事，一场都没出席，被王与秋接到民宿住了段时间。邬招娣拎着炖好的补品来民宿，一壶给王与秋，一壶给王宝戬。

王宝戬喝着汤道："有点淡。"

"淡点好，从养生学上说就不能口重。"邬招娣道，"你这房间凉飕飕的，等天冷了咋住人？"

"前台有煤炉不冷，晚上睡觉多盖被子就行了。"

"明儿个你爷爷得回去住，这儿太冷了，洗个脸都要烧水。"邬招娣道，"索性关了算了，我看好几家民宿都停了，等开春暖和了再开……"

"他们关了才好。"王宝鳌道，"我这儿平均每天要住三五间房呢。"

"城里人咋想的，也都不嫌冷。这坳里除了光秃秃的树，有啥看头。"邬招娣整不明白，"你哥是不是谈对象了？晚上电话老是在通话中，我琢磨着像是，你抽时间帮我问——"

"你自己问。"

"我问他又不说！你们兄妹俩一个模样，有啥话不能跟我说？我跟个外人似的。"邬招娣埋怨。

"那你要多反省了，为什么我们兄妹俩不愿跟你……"王宝鳌止了话，不想再说。

邬招娣把到嘴边的话死死憋住，拧上保温壶打算回家。王宝鳌看她一眼，整理着前台道："他有心仪的人了，怕你不同意。"

"谁？"邬招娣撇嘴道，"我又不是不开明的父母，子女有喜欢的对象我高兴……反正除了陈家人，我都没啥话。"

"咱王家人。"王宝鳌看她。

邬招娣愣了会儿，脑子转得飞快，把门里姑娘捋了个遍，试探道："不就是阿玥？"

王宝鳌没接话，竖起大拇指。

"当真是？这……这有点不合适吧？"

"你不是说除了陈家人你都没啥话？"

"话也不是这么说的。"邬招娣为难道，"我是怕乱了辈分，以后不好来往。"

"反正跟我没关系。"王宝鳌一副看好戏的模样道，"王宝猷惦记了十年，我巴不得你棒打鸳鸯。"

"你就是个赖心眼。"邬招娣道，"我回家好好琢磨，也不是完全没可能……这事儿得跟你爷爷商量。"

王宝鳌看她这态度，大有余地。要是不同意，邬招娣会当场坚决否定。王宝鳌皱皱鼻子，心想，儿子就是掌中宝。

邬招娣看她："你又不差啥？整天就会说歪嘴话。我偏心他一点又咋了？手指头还不一般长呢。我偏的是你哥，又没偏外人，你就不能大度点？"

什么话都敢说，谁家妈偏心外人？王宝鳌服了。

正说着，甘瓦尔放学回来，背着书包上了楼。

"西平怪精哩。"邬招娣说歪嘴话，"自己在队里工作，把孩子丢给你一个——"

"甘瓦尔很能干，平常都是他帮我。"王宝毲打断道。

"这样也好，他在队里工作，你照看民宿，两人不在一块儿，事儿就少。"邬招娣道。

王宝毲刷着手机没接话。

邬招娣琢磨了会儿问："你们俩没啥事吧？没闹气没——"

"五点了，我爸快下班了。"

"我得走了。"邬招娣忙收拾着饭盒道，"你收着点脾气，在家有人惯你，出门可有人打你，万事和气生财。"

邬招娣慌慌张张离开了，王宝毲上去天台看日落，一天又到头了。

工业区的烟囱上站了俩工人，镇里下了文件，大烟囱要拆掉。打王宝毲记事起，这烟囱就是南坪镇的地标，她愤怒到极致就会想，早晚有一天她要干件大事，她要爬上烟囱顶，她要张开双臂朝下跳，她要让家人后悔死。可每回爬不了几米，她就在通往死亡的道路上退缩了。

寻死更需要勇气。

王国勋常说，好死不如赖活。如非绝望，陈正东怎么会爬到烟囱顶？他爬的时候在想什么？他不害怕吗？自从陈正东离开，好像会传染似的，王阿玥也沉默了，王宝毲也话少了，连王与秋也不怎么笑了。

王宝毲从天台上下来，甘瓦尔问吃什么，王宝毲拿出块肉道："我们煮火锅。"

"好。"甘瓦尔道，"我回家拔点菜……"

"街上没卖？再买点冬瓜。"

甘瓦尔骑着单车拐个弯，还是去了王西平的菜园。家里种了，傻子才去买。

王西平下班回来，看见甘瓦尔在撅着屁股拔萝卜，问他："你们吃什么？"

"宝儿说炖羊排，我们要煮火锅。"

王西平点点头："中午吃的什么？"

"饺子，大葱牛肉馅饺子。"

王西平点点头："你胖了。"

"我们吃得可好了，昨天中午是炖野鸡，前天是火锅鱼，大前天是手抓肉，大大前天是烤兔子，大大大前天是冬瓜粉条炖肉……我们民宿住了一位客人，他老钓鱼给我们吃，还打了野鸡、野兔，反正我们餐餐有肉，顿顿有汤。"

王西平没接话，拿着钥匙回了屋。

甘瓦尔跟进院，拎起墙上的一串大蒜、一串干辣椒回了春生。王西平出来，在院里站了一会儿，在菜园又站了一会儿，回屋馏了俩热馒头就着辣椒酱吃。

王宝鳌喊了王阿玥来，三个人围着火炉吃火锅。楼上的客人闻着味儿下来，也拿个碗坐过来吃，几个人边吃边聊。

吃得正嗨，一辆摩托停在门口，王西平穿着制服下来，直奔前台，公事公办道："有人举报你们打野鸡。"

"哪个王八蛋举报？"王宝鳌看他。

"匿名举报。"

甘瓦尔嘴里的肉不香了，搁下碗悄悄上了楼。

"你搜吧，只要搜出来我们就认。"那住客道。

王宝鳌也说："你搜吧。"三天前打的野鸡，连毛都不剩。

王西平直奔后院垃圾桶，果然，里面还有野鸡毛。屋里人面面相觑，无话可说。

王宝鳌道："这野鸡是我在集市买的，周庄有人养野鸡。不信，你明早去集市看看。"

王西平看看她，没说话，拿了张宣传图贴到民宿门口，骑上摩托离开了。

王宝鳌搁下碗，倒尽了胃口，好不容易换个心情，他却过来一顿搅和。王宝鳌起身往后院去，王阿玥跟出来道："别生气了。"

"阿玥你不懂，他早就看我不顺眼了。一会说逆行拔我车钥匙，一会儿要我摩托车上牌，今儿个又来查野鸡。"

"他想跟你和好？"王阿玥猜道。

"起初我也这么想。后来觉得是我想多了。"

"你们到底为啥闹掰？"王阿玥不解。

"最早是我说错了话，后来时间长了，也说不清为啥。"王宝鳌道，"反正就是闹掰了。"

"你们不才两个月没说话？怎么就时间长了。"王阿玥很迷惑。

"这两个月像二十年一样长，刚开始还好，后来闹着闹着就生分了。我也说不清怎么回事，好像渐行渐远，只剩下心酸。"王宝鳌惆怅道。

王阿玥抱着她的胳膊，将头枕在她肩上道："我也是，我最近很难受，我老是……我老是梦见他血肉模糊……他一定是太绝望了，如果那天我能帮西夏一把，不让事情发展得太……"说着蹲下恸哭，搂着王宝錾的腿道："宝錾，我真的好难受啊，我……我当时要是给他打个电话，让他及时赶回来……"

两人肿着眼泡，坐在火炉前对酌，喝一阵儿抵头哭一阵儿。王阿玥趴厕所吐了两回，喝到半夜两人嗨了，王阿玥指着她道："爱情是一坨屎！"

"对，一坨臭狗屎！"王宝錾点头。

王宝錾跟她勾肩搭背地回卧室，没躺多久，王阿玥酣睡。她翻了半个钟头，下了决心，要展开美丽新人生，又臆想了一会儿，越想越过瘾。她要跟王西平彻底断交，她是新时代的飒爽女性，拎得起放得下！

她激动得睡不着，套了羽绒服上天台。她要好好规划一下，如何展开美丽新人生。溪边路灯下影影绰绰有一道人影，她猫着身子打量，来人正是王西平。

来得正好，她有一肚子话要说。

王西平停在春生附近，一会儿走走，一会儿停停，一会儿像站岗似的立在那儿。

王宝錾转身下天台，在屋里找了根棍子，反手扛肩上，一股社会姐的气势出门，直奔他跟前，拄着棍子看他。

两人对视，王宝錾落了下风，开口问："你来这儿干啥？"

"等你去集市，找司庄那个卖野鸡的对质。"王西平看她。

好，第一个回合，算王宝錾输。王宝錾让自己平静下来，缓了一会儿道："王西平，事已至此，咱们以后老死不相往来。你修仙得道，我嫁人生子，我们再不相干。刚开始我还抱有幻想，我想着等你消气了再说。可是，最近发生的事儿太多了，我这一年像是过完了一辈子。"王宝錾看他："你也觉得吧？"

"你不原谅我就算了，我不强求。"她手里的木棍轻捣着地面，"杀人不过头点地，我就……你就判了我绞刑。后来我也想通了，你内心并不想跟我好，你就是想当个知己而已。那就这样吧，是我会错了意。知己我是当不来，因为我暂时还没忘掉你，等把你彻底清除了，我们再看能不能当个正常的亲戚。我最近在反省，我妈他们都是对的，我们就不该合伙，我们老早就应该保持距离，而不是到如今的……"

王西平点点头："你反省得很好。"他双手在兜里拧成拳，扭头看着路灯，再不说一句话。

王宝錾看着他，一口气憋在心口，换了语气道："记住了，咱们就当对方死了。

我以后要展开美丽新人生，当一个快活的仙子。等着娶我的人一大堆一大堆，我眼又不瞎，为啥要在你这棵歪脖子树上吊死？"她用木棍戳戳他肩："你有什么呀？比你高比你帅比你有钱的一大把。你以后再敢半夜来春生，我就去派出所举报你，你滥用职权，你偷窥我……"

话没落，王西平扭头往回走。

王宝鳖追着他，幸灾乐祸道："睡不着了吧？你那么厉害怎么不抄佛经？我告诉你，我明儿个就去跟人领证！你就等着吧，你最好还保持这种腔调，保持这种高高在上的姿态，泰山崩于前而色不变！"

王西平回头看她，她红着眼道："你就等着吧，你跪下来求我，我要能跟你好我就是孙子！我再也不会给你掏耳朵，再也不会哄你睡了！"

王西平扭头就走，王宝鳖继续追着他："你就等着吧，我明儿个就去跟人结婚，我把结婚证发给你，我请你当伴郎……"王西平拔腿跑，王宝鳖拔腿追："你有种就别跑，你有种就当我伴郎，我王宝鳖喊你一声爷……"

王宝鳖气喘吁吁地止了步，朝着王西平踉跄的步伐喊："王西平！"

王西平停下脚步，不敢回头。

王宝鳖大喊："你就等着后悔吧！我不要你了！我再也不跟你好了！"说完拿着木棍掷过去。

王西平仓皇而逃。王宝鳖大获全胜。

但她不开心，似被万箭穿心，捂着胸口直打嗝，转身回了春生。

第二天酒醒，王宝鳖一口气跑回家，扒着抽屉找户口本，直奔民政局。在门口徘徊了一会儿，都是成双成对的，只有她形单影只。她鼻头一酸，又慢慢往回走。

王宝鳖不甘心，在网上找了结婚证，她要做一张假证，她要气死王西平。折腾了快一天，连红本本都有了，几乎到了以假乱真的程度，于是她骑着摩托去找王西平。路上风大，一吹，她突然放声大哭，把精心制作好的结婚证撕个粉碎。

王宝鳖回春生蔫儿了好几天，王阿玥中午休息就来陪她，两人聊吃喝，聊玩乐，不提不开心的事儿。

这天午饭时，王阿玥随口提到了中学前校长的事儿，唏嘘道："胰腺癌。"

"才查出来？"王宝鳖问。

"有一段日子了。"王阿玥道，"苏校长人挺好的，就是太可惜了，身边也没个子女，我们教师节聚餐那次，我就看他面色不正……"

两人正聊着，一家三口来住宿，王宝鳌拿着身份证登记，看了那男人一眼。一家人登记完上楼，王宝鳌自言自语道："怎么感觉眼熟？"

王阿玥离开后，她坐在火炉边打盹儿，这男住客下来要热水。王宝鳌拎着煤炉上的热水给他。

男住客问："晚上煤炉也烧吗？"

"不烧，晚上我就熄了。"王宝鳌明白他的意思，"床上有电热毯，热水随时都有。"

"没事，需要热水我就下来打。"他说着走到前台，看着贴在上头的路线图问，"今年羊沟村野鸡多还是陉山上多？"

"野鸡不好打，现在少得狠。"王宝鳌道，"羊沟村鱼肥，陉山兔子多。"

男住客笑道："去年这时候我打了好几只野鸡。晚上借你们后院烤个火。"说着上了楼。

王宝鳌想说禁打野鸡，张张嘴又想算了，坐在前台泡了杯咖啡。这一家三口下来，朝她招呼声出了门。

王宝鳌瞥了眼他手里的工具，很专业。她想要不要打电话举报，镇里前两天还点名批评了各个民宿，说没一点保护动物的意识。想着，她突然瞪大了眼，立刻打开电脑查，随后拿着手机冲上天台，观察一家三口的去向，然后情绪激动地蹲下报警："喂，我……民宿住了一名逃犯，十七年前的连环杀人案的逃犯！"

王宝鳌在门口团团转，好一会儿，过来三个便衣，其中一个就是王西平。王宝鳌很着急，语无伦次地朝他们表达，这人绝对是逃犯。另外两个民警一脸质疑，王西平提议查看那人的房间，王宝鳌拿着钥匙引他们上楼，然而并没什么收获。

王宝鳌怕他们不重视，一个人干着急。三个人商量半天，索性申请所有警力过来，万一抓着就立了大功，抓不住也没什么。没几分钟，大队长过来了解情况，当下就调别的警力过来。

太阳将落山，一家三口从羊沟村出来，男人手里拎着野鸡、野兔，手搭着他儿子的肩，边说边笑。这男人刚到春生，扫了眼远处的几辆摩托，警觉地往回跑。埋伏在四周的民警围堵，追了大半天，眼见他就要跑到陉山，有民警鸣枪示警。

王宝鳌这才躲在房间后怕，万一抓不住他逃了呢？万一回来报复呢？正胡思乱想，一道孩子撕心裂肺的哭喊声响起："爸爸，爸爸……"瞬间心情更复杂了。

逃犯被顺利抓获了，他老婆、儿子也被带走了。民警过来交代她，这事绝不能声张。

过了好几天，公安局找上她，说要给她五万块奖励。这人供罪了，他确实是十七年前的逃犯。当地警方立了大功，王西平也立了功，因为是他扑上把逃犯抓获的。

王宝鳌高兴疯了，她就知道自己是干大事的人！不干不说，一出手就一鸣惊人！唯一的遗憾就是警方不能公布她，她不能接受众人膜拜！

王宝鳌憋死了，骑着摩托去找王国勋，王国勋打她嘴，不让她声张，他一脸自豪道："你妈生你的时候下了三天暴雨，我就知道你最有出息。"

王宝鳌处于兴奋状态，完全忘记了王国勋曾说她是妖童转世。

逃犯先引起王宝鳌注意的是身份证，其次是鼻子。她以前见过这通缉犯的照片，还跟室友评头论足，说这逃犯鼻子有点歪，一看就是小时候被打歪过鼻梁，室友们表示看不出来。

逃犯登记时用的是假身份证，写字用的左手，但拎水壶拿东西都是右手，一定是有意为之。加之他的脸像是整过，王宝鳌立马就把他跟那通缉犯联系了起来。

大队长问她怎么识别假身份证的，王宝鳌撒了谎，她本来就会造假证，她曾被同学骗到传销窝，反正就是些不大光彩的经历。

王宝鳌高兴，约了王宝猷、王阿玥等一帮人唱歌。王宝猷带了何辞来，两人把事儿说开，当不成情侣当朋友，毕竟王宝猷夹在中间，也不让他两难。

众人高兴得不像话，王宝鳌反倒平静了。她细细回忆事发那天，王西平完全当她是陌生人，两人全程没眼神交流。她嫌包间吵，嫌不透气，拿了手机出来，去附近商店买烟。刚进去就碰见同样来买烟的王西平，他头一扭，骑上摩托就走。

王宝鳌嚅动着嘴唇，忍了忍，一肚子的悔说不出。她早就后悔了，那天撕完证就后悔了。她晚上躲在被窝狠抽自己嘴巴，为什么就控制不住，为什么说违心话伤害他。王宝鳌想找时机跟他道歉，一直没找到机会。他只要看见自己，扭头就走。

王宝鳌对自己绝望了，会反省，会认错，但就是不会改。一遇到王西平就乱套，尤其见不得他那平和的态度和沉静的眼。

王西平馒头就咸菜凑合一吃，拿着秋衣秋裤去了淋浴间。王宝鳌听见水声，悄悄进了堂屋，琢磨了一会儿，脱掉呢大衣藏起来，躺去里屋的床上。

王西平掀开被子上床，王宝螯抱住他的腰，趴他身上装睡。王西平看着她，喘着粗气问："我像好欺负？没脾气？"

王宝螯装孙子，不说话。

王西平要下床，王宝螯紧抱住他的腰。王西平掰王宝螯的手，王宝螯咬着牙不让他掰。两人对峙了一会儿，王宝螯冻得打了个喷嚏。

王西平问："你要怎么样？"

"对不起。"王宝螯道，"我太生气了，那些话都是故意气你……"再多的解释也无力。

王西平心力交瘁地看着她："我很想念我们初相识的时候，什么话都不用说，我们各自坐在那儿就很美好。那几个月是我人生最幸福……我一直警告自己不能靠近你……"他轻吁了口气，逐渐再也说不出话。

王宝螯瞬间就懂了，王西平是累了，筋疲力尽了，他终于受够了反复无常的自己。

王宝螯挠了下眼皮，手指上沾了一滴泪。她警告自己不许哭，凑近他，揉揉他的头道："我妈说得没错，我满身臭毛病还不知悔改，就会一味地怨别人。那天晚上我说的都是假话，你不要放在心上。你以后要好好吃饭，好好睡觉，没认识我之前怎么生活，以后就怎么生活。对不起，你本来一个人就活得很好，是我跑进来一顿搅和……"

王西平的胳膊揽住她的腰，脸埋到她怀里不作声。

王宝螯捏捏他的耳朵："平平，我是真的……真的……"她眨眨眼，颤抖着嘴唇说不出话。

王宝螯从王西平家出来，在大槐树下站了会儿，回了家。邬招娣在吃炒玉米粒，自己吃一口，舀给王与祯一口，两人吃着讨论着电视剧情。

王宝螯双手插兜，站在门口看电视。

邬招娣看她道："跟个门神一样杵那儿干啥？"

王与祯拍拍沙发道："坐这儿看，站门口怪冷。住宿率怎么样？"

"还行。"王宝螯坐下。

"怎么不穿羽绒服？这手冰凉的。"王与祯摸摸她的手。

"春天有春天的样儿，冬天有冬天的样儿。遵循四季规律，热了脱衣冷了添衣，我还没见过硬扛的。"邬招娣道，"还有那个谁……西平大冬天穿件毛衣跑步，你们这代人真少见。"

"西平是练出来的。"王与祯道，"城里还有冬泳的呢。"

王宝嫠没接话，听着他们夫妻俩碎碎念，坐了大半晌，转身出了屋。

"她这是咋了？一声不吭怪吓人。"邬招娣问。

"你今晚别回民宿了，就住家里吧？"王与祯喊。

"改天吧，民宿就甘瓦尔自个儿。"王宝嫠在院里应声。

"那行，他一个孩子也不放心。"王与祯不强求。

"要不要给你装几根玉米？"邬招娣喊。

"不装了。"王宝嫠出了院子。

她在街上转了圈，路上跟被扫把扫了一样空荡荡的。天冷，没啥人。她不自觉转到王国勋老院，屋里灯亮着，推开门进院。王国勋在屋里喊："谁呀？"

"我。"王宝嫠进了堂屋。

"咋这时候来了？"王国勋泡着脚问。

王宝嫠挑开煤炉盖，双手贴近火取暖。王国勋道："人长得好穿啥都好看，我没见过少穿件棉袄就能好看的。那要么说，夏天岂不都是美女？"

"我不冷。"

"睁着眼说瞎话，鼻涕都冻出来了还不冷。"

王宝嫠擤了下鼻涕："有点感冒……"

"冻得轻，零下五六度穿件大衣。"王国勋道，"你跟你老子一个球样。你老子年轻时雪天穿件风衣，他说许文强就是这么穿的。没两天就爬到卫生院打吊针去了。"他说着拿毛巾擦脚。

王宝嫠把洗脚水端出去倒掉，回屋问："开电热毯了——"

"我怕漏电被电死。"

"晚饭时打开，睡觉时关了就行。"

"那得多耗电？"王国勋穿着拖鞋回了里屋。王宝嫠灌了个热水袋放进被窝，王国勋道："暖一会儿自个儿就热了。"

王宝嫠坐在老式木床上，两条腿腾空来回荡，看了眼昏黄的灯泡道："明天给你换个一百瓦……"

"这光度就正好，一百瓦的刺眼。"王国勋拉了拉被子，靠着床头问，"民宿都怪好吧？"

"还行。"

"你跟西平也怪好吧？"

王宝鳌荡着腿，点点头。

"人哪会那么顺，总会有一点磕磕绊绊，犯错了不打紧，知道悔改就好了。"王国勋说得意味深长。

"我是觉得，我妈性格那么挑剔都有我爸……"王宝鳌泄了口气道，"算了。"

"就是一坨屎，也会有苍蝇围着打转。"王国勋道，"你妈脾气固然不好，可你爸愿意受着，夫妻不就是这样？你妈就是麦秸火脾气，一点就着，一阵儿就过。她对我跟你奶奶还是很尽心……"

"我跟我妈谁性格犟？"

"不偏袒。你心肠软，但性情太直，说出来的话重容易得罪人。你妈说话办事比你圆融，除了你跟她不对付，门里人还没有说你妈不好的。"

王宝鳌用脚尖戳着地面道："我不是有心的，有时候那股劲儿上来了，我就是想在言语上压倒对方·……"

"我自然明白。"王国勋道，"宝丫头呀，从你读中学起你奶奶就说让你收着点性子，我跟你爸从来不提，因为说教没用。有些事非得自个儿经历，踢到铁板，疼了才会改。"

"你妈也是个泼辣脾气，才嫁进门可没少跟你伯母置气。最严重的一次我去市里办事，她们妯娌俩在街上对骂。"

"我怎么不知道？"王宝鳌问。

"早了，你才五六岁。"王国勋指着院里道，"妯娌俩住一个院，院当中砌了一道墙，两人闹得水火不容。你读小学，你爸盖了房搬出去，你大伯也盖了房搬出去，后来不住一块儿了，她们妯娌关系反倒缓和了。再后来你大伯帮了你家一个忙，你妈就压了性子，时常往你伯母家走动。"

王宝鳌把民宿里外布置了一番，贴了喜气洋洋的红贴纸。

甘瓦尔中午回来，被屋里一棵巨大的圣诞树吓了一跳。王宝鳌伸着手问："惊不惊喜？上面挂的有礼物。等圣诞节了你一个个拆。"

"老师说这是洋节……"

"哎呀世界大同，只要是喜庆的节日咱都过。"王宝鬃不拘小节。

"冬至过吗？"

"过，咱传统节日必须过。"王宝鬃查了日历道，"还有三天！咱们回家里过。"

甘瓦尔犹豫道："你回吧，我就不回了。"

"怎么了？"王宝鬃看他。

甘瓦尔为难道："我想跟三叔一块儿过。"

"他又不会包饺子……"

"我们买速冻饺子。"

"回头再说吧。"王宝鬃往圣诞树上挂着装饰品。

"你们家很热闹，不缺我一个。"甘瓦尔怕她生气，"他家一个人都没有，我要是不去……"

"好，没事儿。"王宝鬃捏捏他的脸。

下午王与秋来串门，王宝鬃夹出煤炉里的烤红薯，姑侄俩边吃边唠家常。

王与秋道："过了冬至、元旦、腊八、祭灶，就是除夕了。一年年的，日子多快。"

"现在就剩数日子了，我盼着蜡梅开呢。"王宝鬃看看外头道，"预报的这两天有雪。"

"前年有一回预报有雪，我那天房间订满，中午就飘了两分钟停了，后来房间全给退了。"王与秋道。

"姑，我妈说我气色不好，前天拎了壶乌鸡汤，今天弄了桶黑糯米补血粥，里头放了红糖、桂圆、山药、红枣。"说着就要给王与秋盛一碗。

"别盛了。"王与秋忙道，"你要不说黑米粥，我都忘了我火上炖了东西。"她说着推门离开。

王宝鬃闲着没事儿，坐在火炉边织围巾，不经意抬头，外头飘着零星小雪。今年的初雪。

王宝鬃出来门口，心里隐隐高兴，伸手掌接着雪花。王西平骑着摩托经过，后头挂了俩野兔。

王宝鬃把手揣进口袋，摸出颗牛轧糖，垂头剥开放嘴里，嚼着糖冲他点点头。

王西平也点点头，开着摩托过去。没开多远，又折回来，停在她面前，取下只兔子给她。

王宝鳌一只手揣兜里，一只手接过兔子，来回撇着脚道："谢谢。"

"没事儿。"王西平点点头。

王宝鳌挠了挠脸，指指天空，反手叉着腰道："下雪了。"

"下雪了。"王西平看看天空。

王宝鳌拽着兔子耳朵，没话说。王西平看着她，她示意手里的兔子道："很肥。"

"差不多。"王西平点头。

"那……那我先回屋了。"王宝鳌道。

王西平的手在摩托车把上徘徊，问她："你会剥兔子皮吗？"

"没剥过。"王宝鳌摇摇头。

王西平扎稳摩托，接过她手里的兔子道："我来剥。"说完拎着熟门熟路去了厨房。

王宝鳌回前台站了会儿，看看厨房门，走过去问："在煤炉旁边剥吧，那儿暖和……"

"也行。"王西平点点头。

王宝鳌拿了废弃的大袋子铺地上，王西平把兔子放上头，蹲在那儿剥皮。王宝鳌坐在凳子上，手里抓了把瓜子剥，剥的没掉的多。煤炉上茶壶的水沸了，发出刺耳的嗡鸣声，王宝鳌伸手就拎，王西平快她一步提了起来。

"烫到哪儿了？"王西平看她。

"没事儿。"王宝鳌搓搓手。

王西平没作声，蹲下继续剥兔子皮。

王宝鳌的手指被冒出的热气灼到了，双手插进口袋，忍着疼。王西平帮她把兔子剁成小块，拧开水龙头洗手。王宝鳌道："我给你打热水。"

"没事儿。"

王宝鳌端着脸盆兑了热水，拿了肥皂给他。王西平洗完手，在前厅站了会儿，拿上手套道："我先回了。"

王宝鳌点点头，送他出门。

王西平骑上摩托，朝她道："你回屋吧，门口冷。"

王宝鳌点点头，转身回屋，老半天没听到摩托车发动声，又出来门口，王西平在四下找，嘴里嘟囔着："我的兔子被人拿了。"

王宝鳌看向摩托后座，悬挂在车尾的兔子果然不见了。王宝鳌挠着眼皮偷笑，王西平看看她，也别开脸笑。

雪花飘大了，王宝氅站在天台上，目送着乡间小道上的一辆摩托，直至消失不见。她伸手接了几片雪，真灵验呀！正许愿想见他一面，他就骑着摩托出现了！

王西平到家，拎了把锄头翻菜园。王国勋拎着烟袋经过："节不节气不气，你这时候翻土干啥？"

"闲着没事儿。"

"你真是有劲儿没地儿使了。"王国勋道，"我屋里好像保险丝烧了，你要没事儿就帮我看看，省得我去找电工了。"

王西平扔下锄头，跟着回了老院，先关了总电闸，捣鼓着换保险丝。王国勋抽着烟道："民宿怪好吧？"

"还行。"王西平道，"我去得少，最近队里忙。"

"你跟幺儿也怪好吧？"

王西平点点头，拧着螺丝刀没接话。

王国勋话家常道："前儿个几天，幺儿大半夜跑来坐我屋，晃着腿也不说话。我自个儿的孙女，我还不了解她？我看着她那副难受样儿，我心里头直酸。她晃了大半晌，说她妈脾气那么差，都有她爸愿意受着。她脾气比她妈好，为啥就没人愿意包容她？我就骂她是傻丫头。"

"这丫头性情太真，藏不住事儿，喜怒哀乐全挂在脸上。前一阵儿奖了她五万块，她在我这儿又蹦又跳。我要不压着她，她恨不能跑到央视大楼去露个脸，让全国人民都夸她。"王国勋吁口气道，"这性情就是把双刃刀，控制不好伤人伤己。性子直的人没心眼，好打交道。但同样太直，说话就容易误伤人。"

王西平换好保险丝，坐下没接话。

王国勋看着他道："你跟太爷爷露句话，你们俩是不是闹气了？"

"她说话太气人了。"老半晌，王西平才说了句。

王国勋没再言语。

"没事儿，气人归气人，我也愿意受着。"王西平改口道。

"你年长她几岁，慢慢教她改正就好。"

"好。"王西平点头。

"我以前惹你太奶奶生气，我给她买个发箍，买根簪子，我其实就是顺手买的，你太奶奶感动到不行，她觉得我心里惦记着她。后来我摸透了你太奶奶的脾气，我们吵架归吵，吵完我只要放低姿态，诚恳地说两句好话，这事儿绝对过了。"王国勋手里捻着烟丝，娓娓道，"有些男人万事争个理，不是我的错绝不认。有些男人想大事化了，敷衍认个错。有些男人就放下身段说几句中听话，这事儿麻利就过了。你琢磨琢磨，太爷爷这话在理不？"

"在理。"王西平点头。

"话扯远了。"王国勋磕着烟袋锅问，"你们俩因为啥事闹气？"

"小事儿。"

"小事儿就行。幺儿跟她妈还整天闹气呢，别闹生分就好。"王国勋道，"她要是说了不体面的话，你就跟我说，她回来我好好训她。"

"没事儿太爷爷。"王西平道，"都是些孩子气的话。"他踌躇了一会儿道："我也不懂怎么沟通，我气一上头就想躲，我躲她就紧追，等静下来想沟通又过了时机……"他止了话，看着地面没再说。

第二天中午，王宝骼跟甘瓦尔围着煤炉吃砂锅。王西平穿着制服，手里拿份文件，需要王宝骼补个领奖金的手印。

王宝骼摁好，王西平合上文件，手揣兜里老半天，摸出根木发簪给她。王宝骼接过看了会儿，问他："你自个儿雕的？"

甘瓦尔插话道："老土，又不是古代，谁还用发簪？"

王宝骼捏着发簪，老半天问："你吃饭了吗？"

"我一会儿回队里吃。"王西平老实道。

王宝骼点点头，也没接话，放好簪子坐下吃饭。王西平也没离开，朝甘瓦尔问："最近学习怎么样？"

甘瓦尔嘴里嚼着鱼丸："差不多。"看了看王宝骼，朝他问："你吃吗？宝儿炖的很好吃。"

王西平围着火炉坐下，往碗里夹了片小白菜。甘瓦尔帮他捞酥肉，捞肉片，捞了满满一碗。甘瓦尔两口扒完碗里的饭，往门口走道："我吃饱了，我先回学校办板报。"

王宝骼小口吃着菜，王西平绷着腮嚼肉。屋里很安静，只有砂锅冒出的咕嘟声。

"我手笨，簪子雕得有点粗糙。"王西平先开口。

王宝骼拨着碗里的菜，点点头。

"后天就冬至了，我晚会儿拔点萝卜给你们家送去包饺子。"王西平看她。

"你送我簪子做什么？"王宝鬉没忍住问。

"你以前送我手串，送我藏刀，送我墨脱石锅。"王西平道，"我什么都没送过你。"王宝鬉看着他手腕上的手串，鼻头酸。

王西平接了个电话，看着她道："我先回队里。"

王宝鬉送他出来，又别扭又坦荡地问："你送我簪子是啥意……"

话没落，王与秋迎过来道："西平？"

"姑奶。"

"好长时候没见了。"王与秋笑道。

"队里工作忙。"

"我还以为你跟幺儿闹气了呢。"王与秋打趣道，"听说这次立了功，为咱王家人长脸了。"

"没有的事儿。"

"你不是回队里？去吧，不耽误你正事。"王与秋道。

王西平看一眼王宝鬉，轰上油门离开，开了一大截，突然加速，炫技般"轰"一声上了坡。坡太陡，他翻了车，从地上爬起来，左右看了两眼，扶起摩托若无其事地离开。

王宝鬉拿着簪子细细打量，王与秋道："太粗糙了。"

"这是朴实美。"

"折根树枝插头上，更朴实无华。"王与秋摇摇头，借了包盐离开。

王宝鬉追出来，攀着她的肩道："姑，震惊全国的案子，是我举报的通缉犯，是我提供的线索。是我，一切都是我！"

"能耐。"

"你不信？"王宝鬉看着她道，"你去问你爹，我还有五万块奖金！我才是王家的骄傲！"

"……"

大半个下午，王宝鬉都捏着簪子琢磨王西平是啥意思。她理解的是想求和，但怕会错意。直截了当地问？想想算了。

晚上摊了煎饼裹着薄脆，甘瓦尔喜欢吃煎饼馃子。王宝鬉尝试了四次才成功。

甘瓦尔嚼着煎饼道："比集市上的好吃！"

"当然，我给的料足。"

甘瓦尔犹豫着问："你们和好了吗？"

王宝鳌怔了下，甘瓦尔又问："你不原谅他？"

王宝鳌摇摇头："你太小了不懂。"

"你们大人真复杂。他亲手给你刻簪子，你收下还留他吃饭，这不就是和好了？"

"等你长大就明白了。"

"等我长大了给你买好吃的，世界上最好吃的！"甘瓦尔信誓旦旦地说。

王宝鳌笑出了声，甘瓦尔看着她道："你们就和好吧，我看到他就……就心如刀绞。"

心如刀绞，王宝鳌笑出了泪花。

甘瓦尔抿抿嘴："你别笑，我知道你嫌他穷。我们班陈梓涵说她将来要嫁大明星，黄美琪说她要嫁大总裁，何馥郁说要嫁迪拜王子……你们女人都是这样。"说着收了碗筷回厨房洗。

王宝鳌拎了壶热水给甘瓦尔，甘瓦尔情绪低落："我冬至不回去了。他冬至要值班。"

王宝鳌想了想："冬至我包了饺子冻好，你晚上拿回去跟他煮……"

两人正说着，王西平掀开棉帘子进来，手里拎着青萝卜道："今年的萝卜好。"

甘瓦尔问："你吃饭了没？宝儿做的煎饼馃子可好吃了。"

"没事儿。"王西平看眼王宝鳌，站在门口犹豫。

王宝鳌转身回厨房摊煎饼，甘瓦尔盛了粥出去，父子俩坐在火炉边话家常。王宝鳌摊好煎饼，裹上围巾出来遛弯，本不想遛，但也不想待在屋里。

她转了一圈，着实太冷，转身要回春生，看见站在门口送人的王与秋。王与秋仰头看了看夜空，一手托着后腰，一手不自觉地抚抚肚子，嘴角挂笑地回了院子。

王宝鳌惊了，学着王与秋的动作摸摸肚子，抬脚直奔王与秋的民宿，忽然又止步在门口琢磨，坐在门前观景石上想事情。王与秋出来锁大门，看见门前的人吓一跳，脱口骂道："疯丫头！大晚上坐这儿干啥？也不嫌石头冰屁股。"

"出来消食，歇会儿。"王宝鳌道。

王与秋看见前面的王西平，心下了然："他有意道歉，你差不多行了。"

"什么呀。"王宝鳌道，"他才不是来道歉……"说着王西平走过来，朝王与秋打了招呼。

"你们慢慢聊，我得回屋歇了，这天可真冷。"王与秋哆哆嗦嗦地回了屋。

王西平脱了手套给她戴上，看着她道："我陪你转会儿，坐这儿冷。"

王宝鳌没接话，沿着乡道往前走。怪不得王与秋老穿宽松的羽绒服，整天裹得严严实实。

王西平从兜里掏了一把松子，剥上一小把递给她。王宝鳌接过倒嘴里，完全没意识到出门前的别扭。两人一路无话，一个在琢磨事儿，一个在剥干果。

王宝鳌嚼着松子，看了眼模糊的月亮，长吁一口气，挽上王西平的胳膊，脑袋枕着他肩头道："平平，我发现了一个了不得的秘密。"

"什么秘密？"

"不能告诉你。以后你就明白……"忽地止住话，迅速甩开他胳膊，大糗了半晌道，"我把你当成我哥了。"

王西平软着心窝看她，手里紧攥一把坚果壳，深吸了一口气道："宝儿，我有些话要跟你说。"

王宝鳌糗大了，也不敢看他，双手缩去羽绒服袖筒里，来回甩着袖口，拔腿就往春生跑。跑到卧室猫着腰朝外探，不防正跟王西平对视，她瞬间拉上窗帘，拉得太猛，窗帘被扯掉了一半砸在头上。她抱着脑袋骂脏话，接着手脚并用爬到门口，伸手把卧室灯关上。

王西平一直围着春生徘徊，都快深夜了，才靠着墙站那儿，偏头嗅了嗅肩膀，细细回味今儿晚上两人久违的心心相印与怦然心动。王宝鳌很自然地倚上来，喊他"平平"，他也恍惚了，好像两人从未生分过。

王西平又看了一眼卧室窗口，推着摩托到老远的位置才打着火。

王宝鳌隐约听到摩托打火声，趴到窗口看看，穿上羽绒服跑上天台。看着乡道路灯下的摩托歪歪扭扭地朝前开，车上的人一会儿站起来开，一会儿又坐下开。王宝鳌骂他神经病，步伐轻快地下去睡觉。

王宝鳌冬至回家吃饺子，中午吃完拎了碗馅回春生。和面、擀皮、捏饺子，捏完冻到冰箱里，傍晚装好给甘瓦尔，他拎着，快活地朝王西平家去。

那晚回去以后，王西平再没来过春生，甘瓦尔说他工作很忙，临过年，偷鸡摸狗者多。晚上九点，甘瓦尔才回来，说王西平昨天受伤了，胳膊上挨了一刀。

王宝鬏犹豫到半夜，骑上摩托去看王西平。院里乌漆墨黑，屋里一股药味儿，她喊了声王西平，推开里屋门，他躺在床上咳了声。

王宝鬏凑近了看他，脸发红，嘴干裂，摸摸他的额头，有点发烧了。她看了眼床头的药，端了杯温水喂他。

王西平晕乎乎地喊了声："宝儿？"

王宝鬏应声："喝点水……"说着嘴被王西平吻住。

王宝鬏推他："你有伤……"

王西平没听见一般，不管不顾，为所欲为。

第17章

　　王宝鬶早上睁开眼，身边没了人，自己的衣服被叠得整整齐齐。

　　王宝鬶红着脸，从被窝摸出暖乎乎的内衣，又穿好衣服，收拾妥当，站在窗口探了探身，淋浴间有水声，她回头拿上手机跑了。

　　王宝鬶一口气跑回家，跟正出门的邬招娣撞个满怀。邬招娣骂她："狗追你？慌里慌张的干啥！"

　　王宝鬶喘着气没说话，推上电瓶车就要出去。邬招娣道："你爸要吃小笼包，我急着去买……"

　　"我买我买。"

　　"你的摩托呢？"邬招娣喊。那边转个弯就没影了。

　　邬招娣回屋道："整天跟只落锅的虾一样。"

　　"幺儿回来了？"王与祯问，"这才七点，她回来有急事？"

　　"谁知道，她夺了电瓶车就跑。"

　　王宝鬶在街里转了一圈，全是熟人。她掉头就往隔壁村去买事后药，买完火急火燎地骑回老院。电瓶车都没扎稳，推开门往里冲，看到院里的王国勋跟王西平，惊住，进退两难。

　　"正说你呢。"王国勋看她，意有所指道，"西平说了些胡话，把我给绕糊涂了……"

“啥……啥话！”王宝甃跟只奓毛犬一般。

“你说啥来着？”王国勋回头问。

“我想娶宝儿。”王西平不卑不亢道。

王宝甃愣住，满脸忸怩地站在门口，指指电瓶车道：“那我先回家……”

“不忙。”王国勋坐下问，“他这是胡话吗？”

“我怎么知道。”王宝甃扭扭捏捏道，“你要问他。”

王西平看王宝甃，王宝甃不跟他对视。王西平过来拉她的手，她甩开，王西平又拉住她的手，看着她问：“宝儿，你愿不愿意嫁给我？”

王宝甃红着眼圈，抠着门环不作声。

王国勋问：“你们俩啥时候处的对象？我咋一点没听说？”

“春上就谈了。”王西平看她。

“谁跟你春上谈了？”

王国勋不想看这两人叽歪，朝王宝甃问：“西平说娶你，你啥想法？”

“我也不懂，我全听爷爷的。”王宝甃细声委婉道。

“听我的……”王国勋自言自语了会儿，看着院里斗架的公鸡道，“这事儿先搁着吧，等开了春，打了秋，你们要还想往一块儿过日子了再说。”

王国勋早看出了苗头，王与秋也跟他侧面提过，他内心是不情愿的，但婚姻的事儿不好做主，过好过不好的，回头容易招埋怨。

他看着前后离开的两人，五味杂陈，想阻止也晚了。王国勋摇摇头心想，儿孙自有儿孙福，拿上烟袋去了大儿子家。

王宝甃下着陡坡回春生，头发随着步伐一荡一荡。走了一截，她回头看他：“你笑啥？”

“你头发有点像鸟窝。”

王宝甃把头发随意一扎，看他：“你凭什么娶我？我让你娶了吗？”

“我想一辈子跟你好。”王西平牵她手。

“你想跟我好，我就要跟你好？”王宝甃忽然难过道，“我就这么廉价？我三番两次去找你，我好话说尽……”

“对不起。”王西平看她，“我一直想找你……方法老不对……”又斟酌道：“我大伯是我爸的亲哥，我从出生起他就是我的亲人，我没得选择，我不能弃他们不顾。

我爷爷那辈穷，我大伯没读过几年书，他十二岁就出去赚钱承担家计，我爸老说让我不能忘本……"

"我没让你忘本，没让你弃他于不顾，我那天就是太生气了，我只是……哎呀算了，跟你说不明白。"王宝鳌扭头往前走。

"我明白，我从没有怪过你，更没有不原谅你。你那天说的都是事实，我脑子太乱了，我一时解决不了，我能想到的就是快刀斩乱麻，我不想让你跟着我吃苦……"

"你烦不烦呀！我都说我那天是太生气，你有完没完呀！"王宝鳌说完自己也不痛快，一口气上不去下不来。

王西平再不说，把她揽怀里，顺着她背轻声道："我不说了。"

大半晌，王宝鳌憋屈道："我没有不让你说，你就是老揪着我的错不放。"

"我是想把事儿说明白，我怕你难受。"王西平缓声解释。

王宝鳌没说话，好一会儿道："有些事儿根本就说不明白。那天我妈太气人了，我正憋了一肚子火，你刚好就过来了……"

王西平安抚她："这事儿过了，以后绝不再提。"

"本来就是，一个爷们儿没肚量，三个月不理人。"王宝鳌撇嘴。

"我错了。"王西平说着要吻她。

王宝鳌推开他道："臭不要脸，我又没说跟你和好。"

"那你怎么样才跟我好？"

"看你表现。"王宝鳌摆架子。

两人别扭着回了春生，王宝鳌看他："你不去工作？"

"今天病假，我胳膊有伤。"

"没看出来。"王宝鳌皱鼻子。

王西平脱掉羽绒服，撸起毛衣让她看胳膊上的绷带。又拉着她的手摸自己的额头："还没退热呢。"

王宝鳌看看他脖子，红着脸回厨房烧水。王西平摸摸脖子上的吻痕，看一眼厨房，跟过去道："我以为那是在梦里。早上看到你才相信都是真实的。"

"说这些做什么？"王宝鳌忸怩道，"你不是要清心寡欲，不是要释道两宗，不是要孤身一辈子？"

"不修。你比修行管用。"

"担当不起。"

"真的，不骗你。"王西平看她。

心要跳出来了，王宝鐅转移话题问："带药了吗？"

王西平从口袋拿出药，用擀面杖擀碎。王宝鐅问："你是小孩子？"

"我喝药片会噎着。"王西平嘟囔一句。

吃了药，王西平就去房间休息了。王宝鐅则安生不下来，趴在沙发上给王阿玥发微信。

没一分钟，王阿玥电话过来。王宝鐅立刻挂掉，鬼鬼祟祟地上了天台，打过去问："干吗？"

"你跟王西平和好了？谁先服软的？"王阿玥八卦。

"当然是他！"

"你原谅了？他说和好你就同意了？"王阿玥难以置信。

"我也没同意……"

"对，说和好就和好？我见他了两次都没理。"王阿玥问，"他怎么求和的？"

"他……他抱着我大腿求原谅，他还差点跪下。我这人心肠软，见不得人这样。后来想想他也没犯原则性错误，还有可调教的空间。"

电话那头没出声，王宝鐅"喂"了声，王阿玥道："你是说你吧？"

"哎呀，你不要抠细节，反正是他先服软。"王宝鐅烦道。

"他去民宿找你求和？"王阿玥问，"你应该有点态度！不能这么快就原谅他！"

"他大半夜守在门口不走，好几个晚上呢！"王宝鐅蹲在角落避风道，"零下十几度的天，他万一冻出个好歹……"

"最低零下五六度，没有十几度。"

"我跟你说话可费劲了，你别抠字眼行不行？"王宝鐅烦得不行，"今儿一早六七点，他去我家提亲，死活非我不娶！我爷爷说先搁着，等明年秋天我们俩要还想结婚，他就做主。"

"啊啊啊……爷爷威武！"

"你激动啥？"王宝鐅问。

"我也不知道，我就是激动！我就想听各种喜事，想看到你们一个个都幸幸福福的。"王阿玥开心道。

"你呢？有没喜欢的对象？"王宝鐅反问。

"没有，我感觉没人会喜欢我。"王阿玥瞬间沮丧。

"怎么可能？我哥老夸你，说你有一身优点，让我好好跟你学。"王宝甏宽慰她。

"宝猷小叔……他对谁都很好，看谁都是一身优点。"王阿玥道。

"说实话，我怀疑他喜欢你。"王宝甏有意试探，"我前几天翻他抽屉，竟然扒拉出一张你的证件照。你高中时候的照片，你还留着厚厚的齐刘海儿……我初步怀疑他喜欢了十年的女生就是你！"

王宝甏挂了电话，心情愉悦到不行。

王宝甏推开卧室门，王西平裹得严实，整个儿脑袋都缩到被子里。她摸摸他的额头，看了他一会儿，等彻底冷静下来，骂他："王八蛋。"

"宝儿。"王西平呢喃了声。

"嗯。"王宝甏应声。

王西平打了鼾，没再出声。

王宝甏往他身上凑了凑，吻吻他的唇，美滋滋地回厨房。她要炖肉汤，给他好好补补。

王宝甏正在炖汤，王与秋进屋问："炖什么呢？这么香。"

"我妈拿来的大骨，都放半个月了。"自从发现王与秋的秘密，王宝甏心里总是不得劲。

王与秋瞥了眼椅子上的男士外套，点点头没作声。王宝甏解释道："王西平受伤了，在屋里休息呢。"

"我明白。"王与秋点头。

"他自个儿住家里不方便……"

王宝甏正说着，王与秋笑道："我没说什么呀。"

王宝甏一看她的笑，皱鼻子道："原来你知道了？知道就知道吧，反正我跟王西平在一起了。"

"你们说什么都行，我就要跟他在一起。"她说着说着莫名委屈，泪扑簌簌地往下掉，"你们要嫌丢人我们就住得远远的。反正我不管，法律都允许我们结婚！爷爷都同意了，我爷爷会为我做主。"

"行，结婚给你们封个大包。"王与秋借了两根葱，回自己民宿。

王宝甏追出来问："你不反对？"

"板上钉钉的事儿了，有啥反对的？"王与秋好笑。

"泪没白掉。"王宝甃擦擦泪。

"真是娇女泪多。我就是过来借根葱，你一口气说一堆，我都没明白你说的啥。"

"我怕你反对！"

"我反对什么？"王与秋点她脑门，笑她，"你想跟西平在一起就在一起，多大点事儿。你跟西平正好互补，你们俩很配。"

"我们俩哪儿配呀？"王宝甃笑眯了眼。

王与秋道："西平踏实、沉稳、性情好，你跟他正相反……"

"就是就是！"王宝甃点头。

"你们俩和好了？"王与秋笑她。

"我吧，不情愿跟他和好，他非要跟我和好……"王宝甃攀着她胳膊撒娇。

王与秋问："话都说开了？"

"什么话？"王宝甃琢磨过来道，"我是受我妈刺激了，我嫌他大伯家拖累人……"

"什么都赖你妈，不说自个儿没脑子？谁家没俩糟心亲戚？王西平要真为了娶媳妇而跟他大伯家断了，你爷爷都瞧不上他。你看，西夏知道你和西平因为她家闹气，直接带着他爸和小侄子去了市里，也不知道她上班怎么带他爸和小侄子。"

"说是请了个保姆，前一段时间她小侄子被她嫂子接走了。现在只剩她爸了。"王宝甃道。

王与秋心里不是个滋味，惆怅道："一个姑娘家不容易，你跟西平以后多照应她点。"

"那当然了。"王宝甃点头。

"有时候命比草贱，有时候又脆弱不堪。"王与秋用手摸摸肚子道，"幺儿，你以后要有个小表弟了。"不待王宝甃反应，拉过她的手摸自己肚子道："六个月了，下周陪姑姑去做个产检。"

王宝甃除了点头，不知该说什么。

"你爷爷你爸妈都不知道……"

"我懂我懂，我会守好秘密的！"王宝甃道。

"守不了几天了。过一天算一天吧。"王与秋不在意，"我跟别人不一样，我属于高龄孕妇，血糖这块……我跟你说是要你心里有个数，我怕万一……看你害怕那样儿，没事儿，医生说我整体还不错。"

"我没害怕。"王宝鳌犹豫了一会儿，"一定要生吗？"

"傻子，都这时候了肯定要生，我准备了很多年。"王与秋笑笑，也不解释什么，催她道，"快回去吧，火上还炖着汤呢。"

"我的骨头汤！"王宝鳌转身就跑。

"王西平需要喝白粥。"王与秋提醒她。

晚上七点，王宝鳌把王西平叫醒，端着白粥道："睡一天了，喝点粥再睡。"

王西平睁了下眼，没睁开，继续缩回被窝里睡。王宝鳌拿了温毛巾给他："擦擦眼屎，眼都被糊住了。"

"我是上火了。"王西平强行睁开。

"行行，你上火。"王宝鳌皱皱鼻子道，"有些人别作妖，我又没说跟他和好……"

话没落，王西平麻利地坐起来，捞过毛衣套上。

"先喝粥。"王宝鳌摸摸他的额头，烧退了。

"刷了牙再喝。"

"怪讲究，早上不是刷了？"

"嘴里苦。"

王宝鳌转身给他找牙刷，看看他的脸色问："睡舒坦了吧？"

王西平拆着牙刷道："被窝真舒服，又香又暖和。"

"臭不要脸。"王宝鳌轻骂他，"要是搁古代，我一准被选入宫，我比香妃都香。"她嗅嗅自己身上道："春天绝对能招蝶。"

王西平刷着牙看她，突然凑到她脖间闻闻，认同道："能招蝶。"

王宝鳌擦掉脖子上的牙膏沫，朝他道："既然好了就回自己家睡去。"

王西平漱着口，权当没听见。

甘瓦尔很兴奋，比当事人都兴奋。他没吃饭就打开了电热毯，朝王西平道："我都给你铺好床了，电热毯也开了！"

"不用。"王西平道。

"你不回来住？"甘瓦尔瞬间失落。

"我不住你屋。"

"那你住哪儿？"

"我有屋住。"王西平说得含糊。甘瓦尔机灵，秒懂，转身"噔噔噔"地上楼，关了电热毯。

王宝鳌裹得严实去散步，王西平穿上羽绒服尾随其后。王宝鳌回头问："跟着我干啥？"

"消食。"

王宝鳌也不理他，拿出手机看新闻，读道："俄罗斯一男子婚外情，其妻趁夜割下他的耳朵，扔到提前备好的油锅里。"

王宝鳌自言自语："记下来记下来，说不定以后用得着。"

"这犯法，要坐牢……"

王宝鳌继续读新闻："美国内布拉斯加州，一男子出轨女友的闺密，其护士女友不动声色，每次在饭里下药……"

王宝鳌自言自语："这个高级！二十年后才发现，追诉期都过了。新闻咋不说具体啥药呢？"

"我专情，不会婚内出轨，不会……"

"漂亮话谁都会说。"王宝鳌翻旧账，"我就说错了一句话，你死活不理我。"

"我早就跟你求和了，你不搭理……"

"啥时候？"王宝鳌看他。

王西平戴着羽绒服帽子，勒紧了围巾，就露出一双眼睛，没说话的打算。

"你说不说？"王宝鳌瞪他，摘掉他的帽子。

王西平又戴上："会发烧的。"

王宝鳌把他推沟里："想跟我和好，没门！"

"我拔你摩托车钥匙，说你偷打野鸡，就这些了。"

王宝鳌难以置信："你把我连人带车扣到队里，你扒我家后厨，你三天两头来查我……"

王西平闷着头往前走。

王宝鳌追上他："你在哪儿学的幼稚桥段？"

"我想让你注意我。"

"注意你啥？"王宝鳌道，"小学生都比你……"转念一想，又觉得甜蜜蜜，随口道："今晚月色可真好呀。"

王西平仰头望月，也无端兴奋，朝她笑道："昨晚上像做梦，早上我还拧自己脸了。"

王宝甏奇怪："你脸红什么？想啥呢。"

王西平红着耳根，不作声。

王宝甏碰碰他："你说呀！"

王西平不看，慢吞吞说了句："你什么都依我。"

王宝甏就喜欢他这样，亲他唇，故意逗他："以后都依你，你想哪样就哪样。"说完脸已通红。

王西平腿软，心烫，要化掉似的，举手发誓道："我以后若对宝儿……"

王宝甏吻住他："我明白。"

王西平看着她，认真道："我不会出轨，不会婚外情……"

"我懂。"王宝甏抱住他。

王西平微微哽咽，趴到她肩膀上不作声。王宝甏拍拍他的背，安抚他道："王西平，我们结婚吧！天亮就去结！什么都不去管！你就想着我！我只想着你！"

两人一宿没睡，坐等天亮，拿着户口本就往城里跑。

填资料，拍照，拿证。

马不停蹄地回春生，关门，睡觉。

下午四点进卧室，晚上七点，王西平精神抖擞地出来。甘瓦尔问他："宝儿呢？"

"睡觉呢。"

"我饿了。"

"去街上买点。"王西平给他钱。

甘瓦尔骑上单车离开，王西平在想善后事宜。这一天过得太梦幻，跟打了鸡血似的。冷静下来，他没丝毫后悔，只有几分愧疚，一半对王宝甏，一半对她家人。

想着，他就骑上摩托直奔王国勋的老院。祖孙俩聊了好些时候，王国勋起初脸色难看，闷头抽烟不言语。王西平直愣愣地跪下，跪了足有十分钟，王国勋才把他扶起，叹气道："我拿你们有啥办法？"

凌晨两点，王西平扛着大行李包，拎着几兜衣服，一身酒气地回了春生。把行李安置好，潦草一洗漱，浑身光溜溜地钻去被窝。

王宝甏被一股凉气逼醒，烦得推他："冰死了。"

王西平死皮赖脸地抱住她："平平冷，平平要暖暖。"

王宝鳌吓死了，立刻坐起来看他。王西平把她扯回被窝，搂住她取暖。王宝鳌问："你喝酒了？"

王西平呵了一口气，王宝鳌避开道："这么大酒味儿！"

"我陪爷爷喝了点，他说把孙女交给我很放心！"王西平兴奋道。

"你喝醉了？"

"才没有，我酒量好得很。"

王宝鳌咬咬王西平，王西平抱住她："宝儿，我很想你！"

"我不信。"王宝鳌捏他鼻子。

"你往我心口上泼硫酸，它腐蚀着我的心……"他摇摇头，迷糊着眼不再说。

"对不起，原谅宝儿好不好？"

"嗯，你以后不许再说了。"

"我发誓，以后再不说了。"王宝鳌道。

王西平趴她怀里嗅嗅："宝儿宝儿宝儿，一万个宝儿，平平的宝儿。"

王宝鳌忍住笑，要拿手机录下来，这反差太大了！王西平压住她，不让她动。

王宝鳌大笑："你压死我了。"王西平耍赖般地晃晃，就是不起来。

王宝鳌吻吻他，捏捏他的耳朵问："你跟爷爷喝了多少？"

"很大很大一缸，爷爷说珍藏了二十七年，要等她幺孙女出嫁才能喝！"

"你喝了多少？"王宝鳌摸他脸。

"我喝了很大很大……一缸！"王西平比画。

"是小茶缸吗？"王宝鳌笑他，"你跟爷爷怎么说的？"

"我跟爷爷说，我说我跟宝儿领证了。"王西平直笑，大半晌才道，"爷爷说好，宝儿交给你我很放心！你要是敢欺负她，我从坟里爬出来也要把你腿打断！"

"我爷爷真这么说？"王宝鳌红着眼圈问。

"真的。"王西平发誓道，"爷爷说我搂到宝了，娶到了南坪镇镇花！"

"我爷爷没说错！"

"我也觉得，宝儿比月亮都美，竟然肯嫁给我！"王西平傻笑，"我明天给你买钻戒，我工资卡交给你……"

"我不要钻戒，我有奶奶留给我的金手镯，明天我们去熔了，打一对婚戒，你一枚，我一枚！"

"不好，我一定要买钻戒，电视上说了，钻石恒久远，一颗永相传……"

"我不戴钻戒，都是唬人的玩意儿，还贵！"

"我有钱买！"王西平嚷道。

"嘘嘘嘘。"王宝蛰小声道，"别嚷嚷。这金手镯有来头，我奶奶说了，将来要是遇到如意郎君，就熔了打对戒指，你要是不戴……"

"我戴，我要戴。"

两人兴奋过了头，一个吐了几次，一个冻得流鼻涕。天蒙蒙亮，王宝蛰就去街上请大夫，不过四五个钟头，王西平吐了三次，脸色苍白，人昏昏沉沉。

大夫说是酒精中毒，胳膊上的伤口也发了炎，给他挂了吊瓶，叮嘱他多休息，情绪起伏不要太大。

王宝蛰骑着摩托跑队里，替王西平请了三天病假。队长经过，好奇她跟王西平的关系。王宝蛰爽朗一笑："我们是两口子。"

王宝蛰又绕到老院，朝王国勋一顿埋怨："明知道他不会喝酒，还让他喝那么多！"又撺掇王国勋去老张那儿开中药。她忙活了一圈回春生，王西平睡得憨傻。

太阳落山，王西平才醒，听到外头的动静，披上衣服出卧室。王国勋坐在那儿烤火，扭头看他问："身子还舒坦不？"

"没事儿爷爷。"王西平摇摇头。

"你是没事儿了，我可不好说。她大清早跑去数落我一通，说我不劝着点，现在正不依我呢！"王国勋心里不是味儿。

"哎呀没有，我就是问问而已。"王宝蛰从厨房出来道。

"我是高兴，我是自己非要喝的，跟爷爷没关系。"王西平扒拉着短寸道。

"听见了吧？可跟我没关系。"王国勋指指桌上的中药，意味深长道，"一天两次好好调理吧……"说着往门外走。

"等会儿就吃饭了，去哪儿呀……"

"我去我闺女家，孙女到底是隔一辈，指望不上了哟。"王国勋摇头。

王宝蛰追出来，递给他个馍卷尖椒爆肝："我特意给您炒的。"王国勋接过咬了口，继续朝王与秋家去，不理会她。

王宝蛰开车载王与秋去产检，嘴里哼着曲儿，手指敲打着方向盘。王与秋看她："看你嘚瑟的样儿，啥喜事？"

王宝蛰就等这句话了，一本正经道："我跟你说，你不能告诉别人。"

"说吧。"

王宝鳌从屁股兜里拿出结婚证，甩给她。

"哟呵，你这是有备而来呀，就等着我问你了。"王与秋拆穿她。

"算命先生让我带的，他说这吉利。"王宝鳌胡扯道。

"你们可真急！"王与秋翻着证道，"你妈同意了？"

"我爷爷同意了，他也看过证了。"王宝鳌有恃无恐。

"你们太着急了，应该等这股黏糊劲过了，冷静下来再认真考虑。"王与秋不认同。

"我们上辈子就认识，这辈子就是为了在一起……"王宝鳌嫌肉麻，改口道，"结婚就是头脑发热，冷静下来结啥？我活了这么些年，第一次有结婚的念头。我很难跟喜欢的人长久相处，如果这次不领证，我怕以后就没这冲动了。"

王与秋看看她，合上证放好道："恭喜侄女儿，新婚愉快！想要什么礼物？"

王宝鳌得逞道："我不要份子钱了，我看上了两套床品……"

"行行，链接发过来吧。"王与秋笑她，"什么时候摆喜酒？"

"我正想问你呢。"王宝鳌纠结道，"我想收份子钱，但不想摆喜酒，怎么办？"

"你怎么净想好事？"

"你不懂，我同学间的份子钱都随了万把块……"

"可是你吃酒席了呀。人家摆酒也要钱。"王与秋点醒她道。

"那算了。"王宝鳌摇头，"我不摆酒也不收礼。"

"为什么不摆酒？"

"我们俩没钱，都投到春生了。"

"这事儿轮到你们操心？你妈会操持的。"

"那我也不摆，咱这儿酒席都是男方花钱，王西平就自己，他多少钱我清楚。就算我妈愿意付，我还不情愿妁掏呢！将来要是有点矛盾，我妈就会拿这事儿压我们！我不看重仪式，只要我们俩好，比什么都强。"

"不办婚礼咱们家会很难堪的，你爷爷都不同意。"王与秋斟酌道。

"我们旅行结婚不就得了？门里亲戚还乐意呢，省一笔份子钱。"王宝鳌毫不在意。

王与秋不想掺和这事儿，问她："你们不置办物件？"

"民宿里啥都有，我就缺床品跟摩托车。"王宝鳌得意道，"我让王宝猷给我买辆好摩托！"

"你这算盘打得精，结个婚众筹。"王与秋笑她，"西平怎么想？"

"他觉得内疚，觉得委屈我呀！西夏前后转给了他十几万，他现在大概有二十万，说全部给我当聘礼。"

"你不觉得委屈？"王与秋问。

"当然不委屈！"王宝鳌道，"从认识我就知道他穷得叮当响，我要是图舒坦讲究物质，我就嫁给何辞了。"

"西夏为什么给他钱？"王与秋好奇。

"她爸她哥欠的呗，王西平不要她还，她非还。"

王与秋进去产检，王宝鳌拿出手机打给王宝猷，绕了半天，没说。挂了电话，她又忍不住打过去，痛快道："我看中了一辆摩托车，你要给我买。"

"买买买，小事儿。"王宝猷敷衍她。

"三五万呢！"

"买买买，我有钱！"

"不会让你白买的，等你结婚我也给你买。"王宝鳌绕弯子。

"等会儿……什么意思？"

"没啥意思，就是我结婚了。"

"说什么胡话呢？你跟谁结婚？"

"王西平呀，我们俩大前天扯的证。"王宝鳌道，"我发摩托车型号给你，我希望在新婚期收到。"也不等他反应，挂了电话。

没一分钟，王宝猷又打过来，语气严肃地问："你别唬我，真的假的？"

"爷爷同意的。"王宝鳌强调道，"我就跟你一个人说了，你不能说出去。"

等聊完，她紧接着又打给王阿玥"叮当猫，老娘结婚了。我以后就是优雅少妇，你是寂寞的大龄剩女。我只跟你一个人分享了，你要替我保守秘密。"说着挂断，迎上前搀扶王与秋。

姑侄俩回了南坪镇，邬招娣大老远迎过来，看看王与秋的腰身，不满道："与秋你胆子可真大，这事儿能瞒得住？今儿个突然有人问我，我还骂了她一顿，你倒好，藏着掖着让自个儿家人难看。"

王与秋一时难堪，没接话。

“你姑瞒着，你也不懂事？”邬招娣骂王宝甃道，“起开起开，赶紧嫁出门，别在我眼皮底下晃。”她上前搀着王与秋：“街里人都知道了，就咱家人蒙在鼓里，你这不是打我们脸？”

“我正想跟你们说呢。”王与秋脸涨红。

“检查都怪顺吧？”邬招娣缓了语气。

“挺好的，就是血糖偏高点。”

“脸都肿成了发面馍，你胆子可真大！预产期啥时候？”

“算的是开春。”

“这段时间就让宝甃跟你住，晚上有个人在身边照应着。”

“没事儿。”王与秋笑道。

邬招娣回头看王宝甃，从头到尾扫一眼：“你没给我捅事吧？”

“我好着呢。”王宝甃皱鼻子。

“我右眼皮老跳，小妮子，你别给我找事。”邬招娣警告她，“我这几天晚上睡觉，心口怦怦怦跳得可慌。”

“兴许是更年期。”王宝甃转身道，“我先回春生了。”

“你是不是皮痒了？一个月不着家一次？”邬招娣瞪她。

“我冬至没回家？”王宝甃挠痒痒道，“我该洗澡了，怪不得痒。”

她一溜烟跑回春生，踢开门道：“我回来了！”

王西平在给黑贝打针，扭头看她：“木门不经踢……”

王宝甃亲亲他，跑回屋道：“我要泡澡澡，我要蒸桑拿。”

“我也去。”

“你伤口没好，不能见水。”王宝甃收拾衣服道。

“我用保鲜膜裹着。”王西平凑近她道，“你闻闻，都臭了。”

等到甘瓦尔回来，两人骑上摩托找了家最好的澡堂。两人泡了澡出来，浑身舒坦。

“平平，人家饿了。人家想吃麻辣烫。”王宝甃嗲声道。

“好。”王西平调个头回镇里。

王宝甃跳下摩托，掀着店里棉帘子问：“平平，你吃什么……”话没落，看见坐在角落吃麻辣烫的王宝猷和王阿玥。

"王宝猷你怎么回来了？"王宝鋈惊讶。

"我请假回来的。"王宝猷看她。

王宝鋈心虚地点点头，指指碗道："你们尽管吃，我先去隔壁买点东西。"

"王西平呢？"王宝猷问。

王宝鋈看看他脸色，小声道："哥，回家我给你细说行吗？"

四个人吃了饭出来，王宝猷跟王西平站在车旁聊半天，从两人的表情上也分辨不出喜怒。王阿玥一脸心事地扯扯她道："宝猷哥说你没空，打电话让我去高铁站接他，我也不好意思拒绝。"

王宝鋈只顾着留意那两人，没怎么听清她的话。王阿玥又难为情道："我本来要送他回家的，他说饿了想吃麻辣烫，我想着欠他人情……"

"怎么了？你们不能吃饭？"王宝鋈不解。

"不是，我是怕你想多了。"王阿玥说着说着红了脸，略显扭捏道，"我们没什么的，就是吃顿饭而已。"

"你们有什么？"王宝鋈看她道，"我感觉你在心虚？你别扭个啥？"

"我心虚啥？瞎胡扯。"王阿玥转移话题问，"你真偷扯证了？你跟宝猷哥说了吗？你妈同意……"

"什么叫偷扯？"王宝鋈皱鼻子道，"我就跟你一个人说了，要是泄露出去……"

"放心！绝对放心！"王阿玥直拍胸脯。

两人正说着，王宝鋈的手机响了，是邬招娣的电话，内容简单明了："不管在哪儿，立刻滚回来，我给你留点脸。"

王宝鋈一句话没说，挂了电话，朝王宝猷喊："哥，回家了。"

兄妹俩快到家门口，王宝鋈犹豫道："我想上厕所。"说着又老远折回路口，找了旁边的公厕。

王宝猷没先回家，站在路边等她，他明白王宝鋈是害怕了。大半晌后出来，王宝猷看着她道："没事儿。"

"能有什么事儿？死不了人。"王宝鋈嘴硬。

王宝猷没接话，攀着她肩一块儿回家。王宝鋈问："哥，你说爷爷去哪儿了？"

"也许就在客厅里。"

"哦。"王宝鋈点点头，没再说话。

邬招娣就等在院里，眼睛直盯着大门，一言不发。王与祯道："你别吓着孩子了，有话好好说，我觉得这事儿打不着边，陈家人嘴里就没个实话。"

邬招娣没工夫搭理他，满脑子事儿。

王宝鳌推门就看见邬招娣，心里一惊，摘着手套问："你让我回来干啥？"

"你去澡堂子洗澡了？"邬招娣看她。

王宝鳌双手揣兜，点点头。

"妈，洗个澡咋了？"王宝猷笑问。

"你回屋陪你爸去，我问她点事儿。"

"啥事儿？"王宝猷干笑。

邬招娣道："我去街里买药，碰见陈家二婶，她说在华清池碰见你妹跟王西平，两人开了一间房。"

王与祯出来朝他们兄妹道："回屋回屋，都站院里干啥？"

"陈家二婶要是诬蔑你，我现在就去撕她那张嘴。"邬招娣看她。

王宝鳌杵在门口，不作声。

"看来是没诬蔑你。"邬招娣撇撇嘴，冷笑道，"我嫁到王家几十年了，还没这么丢人过。怪不得死活看不上何家，原来是背着家里人早跟王西平看对眼……"

"妈，这事幺儿跟我说过，我觉得西平挺好……"

"我跟王西平领证了。"王宝鳌从口袋里甩出结婚证道，"龙生龙凤生凤，不是我不争气，人家何辞的父母压根儿就没瞧上你们家。"

邬招娣拿起来看也不看，直接撕掉："打小你就是个反骨……"

"你凭什么撕我结婚证！"王宝鳌过去抢。

"凭你是我生的，凭我是你妈！"

"我让你生我了，我让你生我了！"王宝鳌大喊。

邬招娣上来打她，王宝猷拦住道："你先回民宿去。"

"我不回！你让她打我呀！又不是一次两次了！"王宝鳌道。

邬招娣推开王宝猷，理着衣服道："我不打你，犯不着。小妮子，你等着吧！早晚有你哭的时候。正好，省了份陪嫁呢！正好我没钱打发你。"

"放心，我不花尔一分钱！"王宝鳌恶狠狠道，"我死都不花你一分钱！"王宝鳌说着扭头上楼。

"够了啊，你们娘儿俩越来越离谱了！么儿跟西平扯证这事儿我知道，咱爸前天跟我说了，这两天太忙忘跟你说了。"王与祯轻描淡写道。

邬招娣蒙了，靠着沙发直发愣。王宝猷顺着她背道："妈你没事儿吧？"

"死不了。"邬招娣看着他问，"她扯证的事儿你也知道？"

"我还没来得及跟你说。"王宝猷解释。

"我算明白了，我才是这个家的外人。她扯证全家都知情，就我这当妈的最后知道。"邬招娣备受打击。

王宝鳌把衣服胡乱塞进行李箱，装不完就找大袋子兜着。她胳膊上挂了两兜，肩上背了一包，拎着个行李箱下楼。

"大晚上的你干吗？"王宝猷伸手接她的行李。

"我回我家。"王宝鳌避开道。

"你妈说你两句就说两句，你还气上了？也不怕西平笑话。"王与祯道。

王西平坐在沙发上看她，她酸了鼻头，泪往下直掉，拖着行李就要离开。王西平接过她的行李，轻声道："咱们下次再拿？"

王宝鳌才不管，拎着大包小包死活要走。王与祯劝她不管用，王宝猷也拦不住，王宝鳌朝沙发上不吭声的邬招娣道："以后你们家就清静了，我这孽障终于识相走了，你们一家三口好好过幸福日子吧。"

"你说的是什么话？"王与祯呵斥她。

"我说的是实话，我本来就不受待见！小时候你们一吵架，她就说后悔生了我！你们闹离婚那次，你们全家都在抢王宝猷，你们根本就不要我，你们别以为我不记事！我一直都记着呢！你跟爷爷奶奶一样，你们全都一样……"王宝鳌泣不成声。

王西平一直在安抚王宝鳌，王宝鳌烦透了，冲他嚷道："你走不走呀！不走就算了。"她拽着行李就跑。

王西平追上来帮她拿，王宝鳌踢他不让他拿，连拖带拽地往前走。王西平跟在她身后，扯扯她的头发，拉拉她的帽子。王宝鳌放下行李打他，王西平反手制住她，低头吻住。王宝猷一直跟在身后，看看热吻的两人，放心地转身回家。

王西平背着王宝鳌，手里拖着行李拎着袋子。王宝鳌晃着腿道："累死你！"

"不累！"

"不累你喘啥？"

"亲嘴的。"

"臭不要脸，厚颜无耻！"王宝瞥揪他的耳朵。

"不是不让你来我家？"

"我不放心。"王西平轻声道。

"以后我们就相依为命了。"王宝瞥紧搂住他脖子。

"宝儿。"

"嗯。"

"没事儿，就是想喊喊你。"王西平笑笑。

王宝瞥蹭蹭他，嗅着他脖子。

跟邬招娣闹翻这几天，王国勖来了两回，王与祯来了两回，邬招娣也来了两回。尽管邬招娣不是来找她，而是站在门口跟王与秋聊天。她明白邬招娣的意思，她又不是狗，扔根骨头就巴巴儿地咬住。

王宝瞥骑着摩托，目不斜视地跟门口这对姑嫂擦肩而过。她在刑侦支队门口站了会儿，王西平才出任务回来。王宝瞥递给他保温桶，里面是排骨汤，转身准备走，王西平扯住她，欲言又止地看着她。

"看我能饱？回屋趁热喝呀。"王宝瞥道。

"以后我回家喝，太冷了。"王西平替她裹好围巾。

"你不是没时间吗？"

"放门卫那儿就好了。"

"我想看看你嘛。"王宝瞥红着脸道，"好几个小时没见了。"

"我也是。"王西平轻笑道，"我也好想你呀！"

王西平的同事经过骂了句，浑身的汗毛竖起。

王西平拎着保温桶回办公室，有一个同事绘声绘色地表演："我想看看你嘛，好几个小时没见了。"另一位同事学着王西平的语气，故作轻佻道："我也是，我也好想你呀！"着重强调了这个"呀"字。

"平哥跟咱们说话，就是一糙汉子。跟嫂子说话，那眼神语气柔得能掐出水。对吧，兄弟们！"

"对对，我浑身竖汗毛起疙瘩！"

王西平笑笑，懒得跟他们计较，拧开保温桶吃饭。几个人围上来："好香，

343

嫂子牌炖羊排！"队长经过捏了一根："老王，下回跟媳妇儿去传达室，站门口怪冷得慌。"

"好。"王西平应声。

王西平骑着摩托回来，进院道："宝儿，我回来了！"

他在厨房转了圈，卷了个煎饼刚咬一口，王宝髻接过煎饼加热："凉了对胃不好。"

王西平抱住她，下巴抵在她肩上："宝儿，我们科室年底要聚。"

"聚啊。"

"他们想来我们家。"

"几个人？"王宝髻扭头问。

"七八个吧。"王西平亲她一口。

"没问题，我们可以煮火锅吃。"

"我不想他们来，好想把你藏起来。"王西平嗅着她脖子道。

王宝髻吻他，两人缠绵一阵，王西平比画道："你要是个拇指姑娘就好了，我能把你随时揣兜里。"

甘瓦尔无视他们，卷了个鸡蛋饼出去。王宝髻干跺脚："平平你看他呀，没礼貌。"

"没礼貌。"王西平点头。

王与秋扶着肚子进来，拍拍肩上的雪喊："幺儿。"

"厨房呢。"王宝髻探出头道，"哎，外头下雪了？"

"都下好一阵儿了。"王与秋问，"明儿个满房吧？"

"姑，明天满房。"王西平坐在前台查。

"哦。"王与秋道，"那改天吧。"

"你要去市里产检？"王宝髻问。

"你爷爷说他手脚老打战，我想带他去看看。临过年你大伯会议多，你爸明儿个有事儿。"

"明天我带爷爷去吧。"王西平道。

"你明儿不值班？"王与秋问。

"没事儿，调个休就好了。"

"行，那我先约个号，明天到了省事。"王与秋准备离开，又折回来问，"腊八你们回家……"

"不回。"

"回。"

王宝嫈朝王西平道："你自个儿回吧。"又赌气道："过年我也不回，永生永世都不回。"

"还没消气呢？"王与秋笑她。

"你们打错算盘了，别以为我会找她低头。"

"说什么孩子气话呢？你妈也悔得不行。"王与秋道，"前几天都挂水了。"

外面飘了大雪，王宝嫈戴着帽子散步，王西平碰碰她，王宝嫈挪挪地方不理他。王西平又碰碰她："前天我碰见妈了，她自己在老张那儿挂点滴……"

"喊得怪亲。"王宝嫈皱鼻子。

王西平掸掉她帽子上的雪，揽着她的腰道："雪大了，我们回吧？"

"我不回。我哪儿都不回。"王宝嫈一语双关。

"好，不回就不回。"王西平咬咬她鼻子。

"我真不回，谁回谁是狗！你跟我说好话也没用。"王宝嫈跑到麦田，看着天空打个滚道，"我喜欢雪天！我喜欢大雪！"

王西平也躺下，王宝嫈推着他在麦田里打滚，两人都闭着眼伸舌头接雪花。王西平扭头看看她，起身跑去远处的蜡梅林，折了枝红梅，又一路狂奔过来，半跪着递给她。

王宝嫈接过，哆声道："干吗呀？"

"补求婚呢。"王西平看她。

"讨厌，一点都不浪漫！"她说着趴他身上抱住他，听着呢喃声，听着落雪声。

王西平问："宝儿，你喜欢小孩吗？"

"你要几个我都愿意给你生。"王宝嫈蹭蹭他道。

"你内心喜欢小孩吗？"

"一般吧。"

"我们不要小孩？就我跟你，我们一直都这么好。"王西平抱住她道。

"你不喜欢小孩？"

"我想要也不想要。"王西平轻声道，"我不太想把精力耗费在孩子身上，但我又怕将来我先离开了，你自己一个人为我办葬礼会很难过。"

"你要身体好呀，至少比我活得长久。我不想给你操办葬礼。"王宝嶷想了想道，"我操办不来，光想想都会崩溃。反正不管怎样你都要比我活得长久，我讨厌被丢下。"

"没事儿，我先替你操办。"王西平安抚她。

"我也不想你替我操办。"

"那我们怎么办？"王西平笑她。

"最好我们能一块儿离开，让甘瓦尔替我们操办。"王宝嶷道，"这样的话他哭一回就够了。"

"傻瓜。"王西平吻她。

两人到家小酌了几杯暖身体，又聊到很晚才上床，睡前王宝嶷忽然问："平平，你能把红手绳给取了吗？"

王西平看看手腕，坐起来道："打死结了，我一直没取下来……"

"你躺下睡，我帮你。"王宝嶷替他解。

"你介意怎么不早说？"王西平捏捏她脸。

"会显得我小肚鸡肠。"

王西平笑笑，另一条胳膊环住她的腰。王宝嶷折腾了十分钟，结打得太死，解不开。

王西平半梦半醒道："用剪刀好了。"

"没事儿，你睡吧，我能解开。"

王西平脑袋贴着她蹭蹭，彻底睡去。

小半个钟头过去，王宝嶷借助耳环针才把结挑开。她揉揉僵硬的脖子，拿着红绳去卫生间洗，洗好摊在纸巾上晾。拉开窗帘看看大雪纷飞的夜，回头望望床上酣睡的人，心里默默许愿，希望可以把这幸福感无限延长，延长，延长。

第二天王阿玥发来微信，说苏校长因胰腺癌去世了。王宝嶷忙去看王与秋，她坐在火炉边安静地给宝宝织袜子。王宝嶷摸摸毛线问："不会扎吗？"

"缝层内衬就好了。"

"好可爱。"王宝鳌把袜子套在手上。

"小心别把它撑坏。"王与秋忽然摸摸肚皮，拉过她的手道，"七月在跟姐姐打招呼呢。"

"你好呀！"王宝鳌奶声奶气地问。

王与秋笑笑，眼尾纹折了几道，扶着腰站起来，围着屋子转道："你们计划什么——"

"没计划，目前不打算要小孩。"王宝鳌道，"意外怀上就生，没怀上就我们俩。"

"还是年轻，过个几年你就后悔了。"

"后悔了再说。你四十多都能生，我五十没问题。"王宝鳌不在意。

"我是不得已……算了。"王与秋转移话题问，"明儿个腊八回去——"

"不回。你跟爷爷要想好了，我跟我妈你们只能站一边。"

"不回还省心。去你家吃个饭老费神了。"王与秋揉着肚子道，"明儿个宝猷、宝韵、宝源都回来，在你大伯家吃。"

"哎呀，明天是大伯生日？"王宝鳌懊恼道，"我忘了。我要定做个蛋糕，你们谁都别跟我抢。"

"你这是要回去？"

"我不回，我定做个蛋糕让王宝猷帮我送。有我妈的场合没我，有我的场合没我妈。"

"有志气。"王与秋道。

"之前是人在屋檐下不得不低头。现在我有家了，我才不稀罕她……"

"我怎么跟你大伯说？说你们娘儿俩闹翻了？"王与秋问。

"就说我生病了。"王宝鳌想了一会儿，"我自己会打电话解释。"

"你要是没事儿我就回了，王西平在炖雪梨，他老是把冰糖放很多，交代多少回都没用。"王宝鳌埋怨道。

"我都快五十了，什么都经历过了，能有啥事？"王与秋一语双关道。

王宝鳌抱抱她："没事的姑姑，过几天我们陪你去产检。"

腊八这天，王与仕生日。王西平拿出几盒茶叶，说是最好的毛尖，给爸两盒，爷爷两盒，大伯两盒。

"自作多情，大伯邀请你去了？"王宝鳌看他。

347

"嗯，大伯打你电话打不通，就给我打电话了。"

"我怎么不知道？"

"大伯问我们什么时候办婚宴。"

"你拎着茶叶去吧。"王宝鬈别扭道，"我跟王宝獣他妈闹翻了，我不想见她。"

王西平碰碰她："没事儿，你们不说话就行了。"

"那我也不去。"王宝鬈撇嘴道，"跟我先低头似的。"

"去吧去吧。"王西平亲亲她。

"你很想去？"

"嗯，我们是新婚夫妻，我想跟你出席这种场合。"

"我不知道穿啥。"王宝鬈态度软化。

"昨天那件粉羽绒服就很好看！"

"好吧。"王宝鬈勉为其难。

王西平回房间帮她拿出来，帮她穿上道："配个耳坠吧？那个水晶草的很好看。"他拿了耳坠帮她戴上。

王宝鬈犹豫道："我还是不太想去，我妈都没搭理我，显得我多那个似的……"又扯扯袖口道："算了，我们去吧。"

"前天队里不是发福利吗？我直接带回家了，妈在厨房炸带鱼，还装了一兜让我带回来，我临走给忘了。"王西平捏捏她的脸道，"妈跟我聊了很多，她说如果我待你不好，让你受了委屈，她会打断我的狗腿。"

"才不信。"王宝鬈皱鼻子道。

"真的。"王西平吻住她。

"好吧，姑且信你。"她换上鞋子准备出去，王与秋跟邬招娣一前一后进院。

"你妈给你炸了几兜酥肉丸子。"王与秋搁桌上道。

"我最近上火。"王宝鬈道。

"吃吧你，事儿真多。"王与秋拍她头。

"最近咋不回家？你爸感冒两天了。"邬招娣道。

"不想回。"

"西平都比你跑得勤快。"邬招娣道，"我又没说啥。你偷跑出去扯证我还不兴问了？"也不等王宝鬈反应，出门口道："外头等你啊，别整天磨磨蹭蹭的。"

"我又没让你等。"王宝鬈皱鼻子。

邬招娣跟王与秋走在前头，两人聊着王宝猷谈恋爱了的事儿。王与秋问是谁，邬招娣神秘兮兮道："最近王家丫头见着我就躲，八成是有事儿。"

王宝鏊指着蜡梅林道："明儿个折枝黄梅插屋里。"

"黄梅是谁家的？"王西平问。

"管它是谁家的。折就是了。"

"好。"

"王宝鏊我就说你呢，你们俩好好走路行不行？别拐胳膊牵手的，熟人碰见了多难为情。"邬招娣看不惯道。

"我又不嫌难为情。"王宝鏊道。

"你们回屋随便牵，街上让人看见笑话。"邬招娣道。

王宝鏊扯住王西平跑道："我们走偏道，大伯家集合。"她也不等邬招娣说什么，拐个弯消失在梅林。

两人穿过梅林，停在桃林喘气道："我妈可真……"话没落，被王西平吻住，他又拉着她手往前疯跑。

王宝鏊大喊道："我是王宝鏊呀！"

王西平大喊道："我是王西平呀！"

"我是王西平的宝儿！"

"我是王宝鏊的平平！"

王宝鏊折了枝蜡梅，戳戳他道："谁先跑到大槐树，谁就可以提要求。"

"什么要求？"

"什么要求都行。"

王西平在地上画条线，蓄势待发道："预备，跑！"

"你跑什么呀，我还没准备好呢。"王宝鏊耍赖皮道，"我是女生，你是男生，咱俩体力不对等，你要让我一分钟。"

"好。"王西平看了眼距离，爽快道，"让你两分钟。"

王宝鏊原地做拉伸，压着腿问："哎，你想提什么要求？"

王西平扭着胳膊，不理她。

"小王八样儿。"王宝鏊骂他，半蹲下做准备。

"预备，跑！"

利用这两分钟，王宝鏊跑得贼快，不时回头看看，早把他甩不见了。她正得意忘形，王西平像一支离弦的箭，马上要超过她。

不就一个游戏嘛，犯得着拼老命吗！眼见王西平要跑到大槐树了，王宝辔搂起羽绒服，找了块干净的雪地，"啊"一声，矫揉造作地跌倒。

王西平回头看了眼，坚持跑到大槐树，拿出手机合个影，又一路狂奔回来。

"再不跟你玩游戏了，玩不起。"王宝辔撇嘴道。

"我先跑到了。"王西平喘着气，示意她看手机。

"不算，又没显示时间，鬼知道是哪天拍的。"

"你想要赖皮？"王西平看她。

王西平气了，费劲巴拉跑过去："我再问你一遍，算不算？"

"我又没亲眼看见……"

王西平挠她痒痒，把她扛到肩上，闷头往前走。

"算算算，好了吧！"王宝辔求饶。

王西平不理她，继续往前走。

"老公，算。"王宝辔撒娇。

王西平把她放下来，趴她耳边提要求，王宝辔以为是什么了不得的要求，当即拍板满足他。她撑着他胳膊一路蹦蹦跳跳，叽叽喳喳。

"平平，我不喜欢喝八宝粥。"

"八宝粥是八宝粥，腊八粥是腊八粥。"王西平科普道，"腊八粥也是七宝五味粥，代表了人生的酸甜苦辣……"

"我烦里面的红豆、黑豆、莲子。讨厌，为啥要掺一块儿呢？"

"里面有你爱吃的红枣、桂圆、玉米、黑米、糯米呀。"

"好烦哦，不能把红豆、黑豆、莲子挑出来吗？我不喜欢喝。"

"傻瓜，挑出来就不是腊八粥了。中秋吃月饼，冬至吃饺子，腊八节就要喝腊八粥。"

"好，喝完可以许愿吗？"

"好，我陪你许愿。"

- 正文完 -

番外

一个上午过去了，邬招娣都在炸小酥肉、多春鱼、藕夹……炸好一吃吃几天。别的她也不会，也没心思做新花样。她不喜欢煮饭，厨艺看心情。做姑娘的时候她就讨厌围着灶台转的女人，早些年是不得不做，如今做了妇女主任，能借口不做就不做。

炸好，把小酥肉一分为二，一半跟多春鱼装一块儿给王宝鳌，一半跟藕夹装一块儿给王宝猷。

前两天死丫头说歪嘴话，说开春了，也不知道有没有口福吃上多春鱼，说着还朝女婿比画那个鱼子有多好吃。

上辈子欠她的。

她骑上电瓶车去下溪村，路上碰见从市里回来的宝源，前两月她托他在市里帮忙看房。早年入股镇上电器厂，这些年分红也攒了些钱，想着死丫头结婚了，给她笔钱当嫁妆不安心，万一她大手大脚给花了呢？还不如远远地置办一套房。但她没好说要小平方，也不提价格，只说够住就行了。

这事她也没跟死丫头提过，早先俩人闹不愉快，说一分陪嫁也没，现在提买房显得自己……免得让她得意！

坳里的桃花和油菜花开得正盛，游客熙熙攘攘，不禁让人心情欢畅。她骑着电瓶车迎着这大好春光，思绪突然回到了三十多年前，想着想着就湿了眼角。

民宿前台忙着登记，她把炸食放一侧桌子上，问王宝鳌："就你自个儿啊？"

"不然呢，平平工作也忙。"王宝鳌头也不抬地说。

"你就不能好好说话？"

"我咋了？我哪说错了。"王宝鳌瞪着眼看她。

邬招娣决意不跟她计较，在一侧帮忙道："他没名没姓啊？一个老爷们的也不嫌别扭。"

"我又不嫌别扭。"王宝鳌故意道。

"你就是找骂，不跟我对着干皮痒？"邬招娣说她。

王宝鳌摇头晃脑，只顾忙自己的。

待忙完，邬招娣缓缓坐下，指着桌上的炸食让她吃，要她前台请个小妹。王宝鳌扒着炸食道："犯不着，就周末节假日忙，平常没啥人。"说着连吃了三条多春鱼，吃完撇嘴："你肯定是给你宝贝儿子炸的，顺带才给我炸的。"

"吃还堵不上你的嘴。"邬招娣服了。

"你炸藕夹了没？"王宝鳌嘴里塞得鼓鼓囊囊，"你肯定是给王宝猷炸藕夹，顺带给我炸多春鱼。哼！"

邬招娣都气笑了，咋生了个这样的货，事事都能拉上她哥。随后看见她手腕上的金手镯，问她："咋不买个宽点的，你手腕粗戴细的不好看，嫌小气。"

"我就喜欢细的。"

"戴金就不如戴玉，金子俗气，玉大气又养人。"邬招娣道。

王宝鳌没接话，继续忙自己的。

邬招娣干坐了半天，起身去拿一次性杯子倒茶："明天领你去市里看看玉镯。"

"玉镯干活不方便，磕了碰了……"

"那就收着，出门有啥事戴玉的，平常干活戴金的……"

邬招娣说着，王宝鳌把自己的杯子推给她："刚泡的。"

邬招娣端起杯子喝，顺便倚着前台同她话家常。先老生常谈说结婚一年了，催她要孩子。不要多，一男一女凑个好。再扯到在殡仪馆工作的陈家孙子，说他奶奶大早上登门，让给她孙子说门亲。

"早些年他奶奶看上你了，我给推了，人长得没话说，就是工作有点不得劲……"邬招娣道，"我也不能说嫌弃他工作，我只说你还小。按理他工作也没啥，为人民服务嘛，但就是这心里头……怕怕的。"

"就是怕怕的。"王宝鏊极力附和。

"是吧？我也觉得。"邬招娣随手捏了个杏吃，唏嘘道，"怪可怜人的。按说也没啥，就是人这思想啊，一时难以转变过来。"

王宝鏊忙自己的，听着她的絮絮叨叨，偶尔也附和几句，母女俩就这样和平共处了一个钟头。待临走时，王宝鏊见她手上有个热油烫出的水泡，找了药箱过来帮她挑破。

邬招娣摆摆手："这碍啥事儿，回家我自己就挑。"

王宝鏊没说话，低着头帮她处理伤口。邬招娣看着她发顶，一些话呼之欲出，嫌矫情，又给咽了回去。

那边，王与秋抱着孩子过来，先跟邬招娣聊了几句，接着打趣王宝鏊："心里美了吧，舒坦了吧。"

"咋了？"王宝鏊不明所以。

"你爸说让宝源给你看了套房，要你这几天有空去看看，算作你的陪嫁了。"

"真的，我爸说的？"王宝鏊备受感动。

"那还有假？你爷爷做主的。"王与秋好笑。

邬招娣听见直撇嘴，什么也没说，抬脚回了家。路上越想越憋屈，明明是自己先提议给她买房，自己忙前忙后跑断腿，最后好话全落到王与祯和王国勋身上。

到家接到王宝鏊的电话，问她咋不吭声就回了，又问给她买房的事真不真，可不可以把买房钱折成现金。招了一顿骂，那边哈哈大笑着挂了。

邬招娣瞬间又轻松了，不想那么多，骑上电瓶车又折去大队里。

近一年来除了忙工作上的事，闲下来就往民宿跑，一来给她送点吃的，二来没事唠几句。经常唠着唠着词不达意地就杠起来，杠不过她，说她一顿骑上电瓶车就回……不跟她一般见识。

这天王西平轮休，一早就在民宿院里挖树坑，想把家里的那株樱桃树移栽过来。王宝鏊则在边上捣乱，说坑太大了，说着自己蹲了进去，手捧住脸："今年种下一个宝儿，来年收获无数个宝儿。"

接着又从坑里跳出来，夺过王西平手里的铁锨，埋头铲一锨土："这一锨是你。"再铲一锨土："这一锨是我。将咱两个，用水调和，捏一个你，塑一个我。我泥中有你，你泥中有我。"

王西平跟不上她跳脱的思维，扭头回了屋。王宝鳌仰头傻笑，追过去攀住他。王西平抱抱她，问中午吃什么。王宝鳌说回家吃打卤面，邬招娣做的打卤面可好吃了。

俩人牵着手沿着乡道漫步回家，不时低头私语，聊一些莫名其妙的话。如王宝鳌看见一株蒲公英，就会指给王西平看，说它被风吹秃头了，由秃头的蒲公英跳跃到他将来老了会不会也秃头。接着又指向碧绿可爱的山坡，说此时的草一定是软软的，不扎身子。

王西平静静地望过去，附耳同她说了几句私密话。王宝鳌先傻笑，然后攀着他的胳膊蹦蹦跳跳。路上遇见熟人，对方掏出烟，他笑着接过聊了两句，随后把烟装进了随身的烟盒。早些日子他会抽烟，如今已经戒了。包里装着烟也是为了更好地融入，乡里男人们嘛，见面也没啥话聊，双方让根烟意思就到了。

到家，王西平来不及阻止，大门就已经被王宝鳌"咣啷"一声踢开，伴随着一句大喊："我回来了！"

邬招娣拿着擀面杖出来迎她。王宝鳌退出去把大门乖乖关上，又轻轻地用手推开，夹着尾巴说："我回来了。"

邬招娣懒得理她，回厨房继续忙。

饭桌上，王国勋问："小甘咋没来？"王宝鳌说他要看民宿。邬招娣接话，说在哪个平台刷到甘瓦尔做直播，播播这播播那，还净睁着眼说瞎话。说王西平是他后爸，王宝鳌是他姐。网友们可亲热了，一口一个咱爸，一口一个咱姐，还提要求让王西平穿着警服入镜。

王西平没太关注这块，扭头看王宝鳌。王宝鳌说这是圈粉的人设，而且甘瓦尔某种程度上也没说错，确实是一个爸一个姐。

"他这年纪就该引导好好学习，把心思用在正经地方，将来做一个对社会有用的人。"王国勋说。

"行行。"王宝鳌应承。

"别当耳旁风。镇里人知道了咋看？本来他就是领养的……小小年纪忙着赚啥钱？现在把学习搞好学到真本事，将来赚不完的钱。"邬招娣说她，"镇里早就有人闲话了，我是懒得说你！"

"是这个理。"王国勋附和。

王宝鳌撇撇嘴，不作声。

"撒吧，小心嘴歪眼斜。"邬招娣回卧室拿了个首饰盒出来，递给她，"给阿玥买的，顺便给你买一条。"

"你们娘俩就不能好好说话？你给幺儿买就给幺儿买，非惹她不痛快。"王与祯说。

"就是！"王宝鳌附和。

"就你老好人。"邬招娣不屑搭理他。

王宝猷和王阿玥准备订婚了，就烦琐的订婚事宜，饭桌上又讨论半天。王西平看大家都吃好，收拾了碗筷去洗。邬招娣忙不迭道："我来我来，男人不兴进厨房。"

王宝鳌有话了："男人进厨房咋了？平常在春生也是他和甘瓦尔……"

邬招娣瞪她，压着声说："民宿里我管不着，家里哪有让新女婿刷碗的？"

"不碍事儿，年轻人嘛，干点家务也不丑。"王国勋朝着厨房道，"西平，晚会儿过我那院，咱爷俩儿泡壶茶。"说完拎着烟袋回了。

"看我爷爷这思想觉悟！妈你得反省，为啥镇里年轻人看见你就躲得远远的？你不是催婚就是催育。"王宝鳌说着去厨房，一巴掌拍上王西平的屁股，"你这乖乖的小媳妇样儿，真讨长辈喜欢。"

王西平左右看两眼，不理她。

王宝鳌亲他一下，随后站边上帮忙擦碗。王西平柔声道："平常工作忙嘛，家务能干就干点。"

"那我真是捡到宝了。"王宝鳌夸他，"我们平平啥都能干。上得厅堂入得厨房，还对我那么好！"

王西平看她，发自肺腑地说："我才是捡到宝了呢。"

王宝鳌满心欢喜地望着他，看着看着俩人亲一块去了。邬招娣"哎哟"一声退出去，马不停蹄地催他们赶紧洗，洗了快回去。

俩人没回去，而是先绕到王西平家，把菜园的土翻了翻，打算种点应季蔬菜。忙完又去老院陪王国勋喝了会茶，下了几盘棋，直到夕阳西下，一天要结束了，才伴着落日余晖走在蜿蜒曲折、花香四溢的乡道上，聊聊笑笑地回春生。

- 全文完 -

望儿和平平呐～

舍曲颤

wo jiao
wang
xiping